Luchan

Als das schrille Läuten des Telefons die Stille des Nachmittags zerreißt und einfach nicht enden will, weiß Hilma genau, welche Nachricht ihr überbracht werden soll: Ihr Mann, Studienrat Sigfrid Tornvall, ist am Vormittag dieses 19. Novembers 1936 in der Nervenklinik an einem Herzversagen gestorben.

Zwar muss Hilma sich in den folgenden Tagen und Monaten ganz als trauernde Witwe der Öffentlichkeit präsentieren, doch so ganz traurig sieht es in ihrem Inneren nicht aus, kann doch ihr Leben in Zukunft nur leichter werden. Doch sie hat nicht mit der Reaktion ihrer Tochter Signe gerechnet: Signe ist verzweifelt und voller Wut auf die Mutter, hat sie den Vater doch abgöttisch geliebt. Ein Freund und ehemaliger Kollege Sigfrids, Rutger von Parr, steht Hilma und ihrer Tochter in dieser schwierigen Zeit zur Seite. Signe ist diesem Ersatzvater sehr zugetan, doch als Gerüchte aufkommen, dass diese freundschaftliche Beziehung doch mehr sein könnte, sucht Hilma das klärende Gespräch mit ihm.

Kerstin Thorvall erzählt in diesem zweiten, in sich abgeschlossenen Roman, die ergreifende und aufwühlende Geschichte über eine Mutter-Tochter-Beziehung, die einen nicht mehr losläßt.

»Es ist ein wunderbarer Roman darüber, wie das Schicksal der Mütter das Leben der Töchter formt.« Marianne Fredriksson

Kerstin Thorvall wurde 1925 in Eskilstuna/Schweden geboren und lebt heute in Stockholm. Sie ist Mutter von vier Söhnen und hat mittlerweile elf Enkelkinder. 1957 erschien ihr erstes Buch. Mit ihren zahlreichen Romanen, Kinder- und Sachbüchern zählt sie in Schweden zu den bekanntesten und meistgelesenen Autorinnen. Der erste Band der Trilogie ›Kleide den Himmel in Dunkel‹ (FTV 15283) ist im Fischer Taschenbuch Verlag lieferbar, der dritte Band ›Im Licht eines neuen Tages‹ ist soeben im Krüger Verlag erschienen.

Unsere Adresse im Internet: www.fischer-tb.de

Kerstin Thorvall

Wo das Leben beginnt
Roman

Aus dem Schwedischen
von Senta Kapoun

Fischer Taschenbuch Verlag

Für Lars-Ivar

2. Auflage: Juli 2003

Veröffentlicht im Fischer Taschenbuch Verlag,
einem Unternehmen der S. Fischer Verlag GmbH,
Frankfurt am Main, Mai 2003

Lizenzausgabe mit Genehmigung des
Krüger Verlages, Frankfurt am Main
Die Originalausgabe erschien 1995
unter dem Titel ›I skuggan av oron‹
im Verlag Albert Bonniers Förlag, Stockholm
© 1995 by Kerstin Thorvall
Published by agreement with Bengt Nordin Agency, Sweden,
and Agentur Literatur, Germany
Für die deutsche Ausgabe:
© Wolfgang Krüger Verlag GmbH, Frankfurt am Main 2002
Satz: Fotosatz Otto Gutfreund, Darmstadt
Druck und Einband: Clausen & Bosse, Leck
Printed in Germany
ISBN 3-596-15675-0

Als aber um sie herum nur mehr mitleidig geseufzt wurde, dass es doch tragisch sei, in so jungen Jahren alleine zu bleiben, richtete sie sich auf und sagte: »Aber ich habe doch Signe, meine Tochter.«

1. Station

Sollefteå

1

Sie riefen am Donnerstag, dem 19. November, nachmittags an. Es war schon fast dunkel, als sie zum zweiten Mal anriefen.

Viele Leute meinen, es ist gut und auch notwendig, einen Telefonanschluss zu haben. Aber dort, wo sie aufgewachsen war, rief man niemanden einfach so zum Vergnügen an. Es gehörte schon einiges dazu, wenn man zum Telefon griff und eine Nummer wählte.

Als sie ihr Elternhaus verließ, gab es dort noch keinen Telefonapparat. Es war Sigfrid, der ihren Eltern einen Telefonanschluss schenkte. Sie bekamen im Dorf Lövberga die Nummer 14. Sara Svedberg saß in der Vermittlung in einem Raum hinter Karl Johans Laden. Sinn eines Telefonanschlusses war es in erster Linie, Mitteilungen über Krankheit, Unfälle und Tod an Betroffene weiterzugeben. In weniger eiligen Angelegenheiten schrieb man Briefe.

Das Klingeln eines Telefons zerschnitt die Ruhe des Alltags, man ließ alles liegen, womit man gerade beschäftigt war, und wischte sich die Hände an der Schürze ab. Es klingelte und klingelte, und die in diesem Geräusch liegende Gefahr schlug sich in der Magengrube als etwas Kaltes, schwer Verdauliches nieder.

Was mochte wohl passiert sein?

Es klingelte, und sie wusste, was passiert war.

Sie hatten schon einmal angerufen, es musste vor zwei Tagen gewesen sein, um ihr mitzuteilen, dass ihr Gatte, Studienrat Sigfrid Tornvall, zur Zeit Patient in der Nervenklinik von Gådeå, eine Herzattacke erlitten hatte und mit der Ambulanz schnellstens in das Krankenhaus nach Umeå verlegt werden musste. Arzt und Krankenschwester begleiteten den Transport, und man hatte die Herztätigkeit mittels Druckmassage wieder anregen können. Die Krise sei aber noch nicht überstanden.

So hatten sie es genannt. Krise.

Etwas später an diesem Tag hatte sie selbst dort angerufen. Sie hatte bei der Vermittlung zwei Telefoneinheiten bestellt. Man sagte ihr auch dieses Mal, die Krise sei noch nicht überwunden, der Zustand jedoch stabil. Was immer das heißen mochte. Als sie fragte, ob sie ihren Mann besuchen dürfe – hier unterbrach die Telefonistin: »Zwei Einheiten, wollen Sie weitersprechen?«, und sie rief »Ja, ja!« –, bekam sie zur Antwort, sie möge weiteren Bescheid abwarten. Der Patient sei noch immer ohne Bewusstsein. Und sein Zustand befinde sich, offenbar trotz aller Stabilität, in einer akuten Phase.

Am folgenden Tag rief sie wieder an, und Schwester Magnhild, die Oberschwester, erklärte eher spitz, der Zustand sei unverändert und die kleine Frau Tornvall möge einen weiteren Anruf des Krankenhauses in aller Ruhe abwarten. Sobald eine Veränderung eintrete, werde man sie verständigen.

Das war gestern gewesen, Mittwoch. Somit war heute Donnerstag, der 19. November 1936. Es war das Jahr, in dem Prinz Gustaf Adolf den neuen Sportplatz in Kramfors eingeweiht hatte und General Franco in Spanien zum Staatsoberhaupt ernannt worden war – eine Nachricht, die ihren Gatten heftig erregt hatte.

Sie würden anrufen, wenn eine Veränderung eingetreten sei. Und jetzt klingelte also das Telefon.

Sie war in der Küche, denn sie hatte sich, um auf andere Gedanken zu kommen, etwas Mühsames vorgenommen, das viel Zeit brauchte. Sie wollte Speckwurst machen und hatte die Zutaten schon durch den Fleischwolf gedreht. Jetzt wollte sie gerade die erste Wursthaut füllen. Signe und sie aßen Rübenmus und Speckwurst besonders gern. In einer Schüssel mit kaltem Wasser lagen klein geschnittene Kohlrübenstückchen und ein paar Pastinaken.

Das war gutes, kräftiges Essen für ein Schulkind, dem man beim Wachsen direkt zusehen konnte. Neulich war Signe aus der Schule nach Hause gekommen und hatte stolz berichtet, dass sie die größten Füße in der Klasse habe – sogar wenn man die Jungs dazuzählte.

Im Augenblick hatte sie ihre Füße vermutlich vergessen, denn sie lag in ihrem Zimmer auf dem Bauch und las eines dieser nichts sagenden Mädchenbücher, von denen sie nie genug bekommen konnte. Früher waren es Bücher aus der hübschen Reihe »Sagas Kinderbibliothek« gewesen. Da hatte man sich drauf verlassen können, dass nichts dabei war, was einem empfindsamen, lesehungrigen kleinen Mädchen Flausen in den Kopf setzen konnte. Aber jetzt verschlang Signe, kaum war sie mit den Hausaufgaben fertig, die Bücher mit rotem Rücken und grellbuntem Schutzumschlag, die der Verlag B. Wahlström herausgab. Hilma, die sich ihrer Mutterpflicht bewusst war und überwachte, was ihr Kind las, hatte in den Büchern geblättert und festgestellt, dass es darin immer nur um Liebe ging, oder besser gesagt, um Träume und Schwärmereien. Meistens handelte die Geschichte von einem ganz alltäglichen Mädchen, das in den bestaussehendsten Jungen der Klasse unglücklich verliebt war, der seinerseits die viel hübschere und selbstbewusstere Freundin der Hauptperson verehrte. Aber was auch geschah, Tränen und verzweifelte Hoffnung wechselten sich ab, und es war immer die Heldin des Buches, die zum Schluss den betreffenden Jungen »kriegte«. Die Geschichte, in die Signe gerade jetzt vertieft war, hieß »Nicht wie andere Mädchen«.

Hilma hatte sich mit ihrem Gatten, Signes Vater, beraten, ob man dem Kind erlauben konnte, derart überspannt romantische Mädchenbücher zu lesen, die der genannte Verlag eins nach dem anderen herausgab. Sigfrid hatte über ihre Befürchtungen gelacht und versprochen, sich die »corpi delicti«, wie er es ausdrückte, anzusehen. Als er das getan hatte, lachte er noch viel mehr, denn etwas Harmloseres und Treuherzigeres als diese Machwerke könne man einem Mädchen in der *Vorpubertät* wohl kaum in die Hand geben.

Hilma hatte die Wahl gerade dieses Wortes missfallen. Aber ihr war gleichzeitig sein gerötetes Gesicht aufgefallen. Sie wusste, dass er nicht unterbrochen werden durfte, als er sich über diese kleinen Bücher ausließ, die die Liebe so unrealistisch und ohne Beziehung zur Wirklichkeit als einen schüchternen Kuss unter blühenden Apfelbäumen schilderten. Das konnte bei kleinen Mädchen unmöglich unerlaubte Gefühle wecken.

Überlegen und einen neuen Anlauf nehmend, begann er im Zimmer auf und ab zu gehen, was bei ihm ein Zeichen höchster Erregung war und Hilma vor Besorgnis schwindlig machte.

»Hingegen«, verkündete er in den höchsten Tönen selbstherrlich, »hingegen gibt es in den uns so lieben alten Volksmärchen gar nicht so wenige Zweideutigkeiten, um nicht zu sagen ausgesprochene Grausamkeiten. Nimm als Beispiel nur das Aschenputtel, wo die böse Stiefschwester sich die Ferse abhackt, um ihren Fuß in den zierlichen Goldschuh zwängen zu können, den das Aschenputtel auf der Flucht aus dem Ballsaal verloren hatte. Und stell dir nur vor«, prustete Sigfrid mit viel zu lautem Gelächter. »Stell dir nur die arme Signe mit ihren viel zu großen Füßen vor, nein, da ist es eher beruhigend, dass sie diese einfältigen Geschichtchen liest, in denen immer das schüchterne, weniger hübsche Mädchen den Prinzen kriegt. Ganz gleich, was für Füße sie hat.«

Der Blick, den er ihr zuwarf, hatte diesen Hüte-dich-mir-zu-widersprechen-Glanz.

Und sie hatte sich damit abfinden müssen, dass dieses Unsagbare nun wieder bevorstand.

Es hatte auch noch andere Anzeichen gegeben, aber sie hatte aufgehört, sich in ihrer Not an Gott zu wenden. Die Erkenntnis, dass die Hilflosigkeit Gottes gegenüber Sigfrids Krankheit ebenso groß war wie ihre eigene, glich einer Schmähung, von der niemand erfahren durfte.

Mit Simon Petrus versuchte sie zu beten: »Herr, hilf meinem Unglauben!«

Um noch energischer zu betonen, wer im Haus das Sagen hatte, ging Sigfrid am nächsten Tag in die Buchhandlung Dahlberg und kaufte alles, was an Neuerscheinungen der Wahlström-Reihe vorrätig war. Als er feststellte, dass es laut Katalog noch Titel gab, die in der Buchhandlung nicht vorrätig waren, ordnete er an, sie sofort zu beschaffen.

Sigfrid verhandelte mit dem stets entgegenkommenden Egon Dahlberg persönlich. Wenn Studienrat Tornvall einen dringenden Bücherwunsch hatte, war ihm ein gewöhnlicher Verkäufer nicht gut genug.

Und wenn Sigfrid seine Tochter verwöhnen wollte, ließ er Vernunft und »Benimm« völlig außer Acht.

Er kam tatsächlich mit zwölf neuen Büchern mit rotem Rücken nach Hause, die er zu je drei Stück im Bücherschrank hinter dem mehrbändigen Nordischen Familienbuch versteckte. Wenn Signe dann zu jammern und zu quengeln anfinge, dass sie nichts zu lesen habe, würde der Vater schwupps ein neues Buch hervorzaubern und mit einer von diesen übertriebenen, allzu himmelstürmenden Umarmungen belohnt werden, bei denen Hilmas Herz sich jedes Mal vor Angst verkrampfte.

Weil er Signe so fest umarmte. Weil das Kind so lange an Papas Hals hing. Und weil die beiden in diesen Momenten untrennbar zusammengehörten. Als gäbe es in der ganzen Welt niemanden außer ihnen.

Welcher Anblick hatte sich ihr denn damals geboten, als Hilma ihren Mann unter Vorspiegelung falscher Tatsachen und mit Hilfe des Direktors Johannesén zum Besteigen einer Droschke veranlasst hatte, die ihn nach...

Bevor er noch Schlimmeres hätte anstellen können.

Und nachdem sie ihn damals mit glänzenden Augen und stark gerötetem Gesicht (Unbeteiligte hätten ihn für betrunken gehalten) in viel zu liebevoller Umarmung mit seiner elfjährigen Tochter aufgefunden hatte, konnte sie nur noch Dankbarkeit empfinden.

Dafür, dass er sofort in Gewahrsam genommen wurde und nichts Unerlaubtes mehr würde tun können.

Doch dann hatte das Kind seiner Mutter am Abend aufgeregt anvertraut, dass der Vater ihr, seiner Tochter, kurz bevor er verschwand, als Weihnachtsgeschenk einen kleinen Hund versprochen hatte.

Dafür hatte er also noch Zeit gehabt. Obwohl er so gut wusste, dass seine Frau Hilma ein für alle Mal erklärt hatte, dass sie einen Hund niemals im Haus dulden werde. Und dann verspricht er dem Kind in seiner Umnachtung einen jungen Hund für Weihnachten.

Der Mutter aber überlässt er es, mit Signes Tränen und ihrem trotzigen Geschrei fertig zu werden. »*Aber Papa hat es versprochen! Dass du's nur weißt, versprochen!*« Woher hätte das Kind wissen sollen, dass sein Vater krank war, als er dieses unüberlegte Versprechen gab.

Denn mit welchen Worten kann man einem kleinen Mädchen erklären, dass es Krankheiten gibt, die äußerlich nicht zu erkennen sind? Dass Papas Großzügigkeit oder, besser gesagt, Unüberlegtheit damit zusammenhing, dass sein Geist verwirrt war?

Die Trauer des Kindes war fast nicht zu ertragen. Hilma musste Strenge walten lassen, um ihrer Herr zu werden.

Das Ungerechte an der Sache war, dass er durch seine impulsive Spontaneität immer wieder sie zu derjenigen machte, die nein sagen und erklären musste, dass sie sich etwas nicht leisten konnten. Das führte natürlich dazu, dass Signe ihren Vater immer lieber gewann. Er drückte sich gerne vor allzu strengem Vorgehen, das überließ er lieber seiner Frau.

Und gleichzeitig war es unmöglich, ihm etwas zu erklären, weil er ja keinen Widerspruch duldete.

Als Hilma ihn das letzte Mal in der Anstalt besucht hatte, war seine Gemütsverfassung völlig verändert gewesen, er war traurig und voll Reue. Unglücklich hatte er ihre Hände in die seinen genommen und sie um Verzeihung gebeten. In diesem Augenblick, in dem er sich so demütig und schuldbewusst gab, durchzuckte sie plötzlich ein völlig neuer Gedanke.

»Sigfrid«, hatte sie gesagt, und sie erinnerte sich, wie verblüfft sie selbst gewesen war, als diese Worte fielen: »Du hättest wohl eine heißblütigere Frau gebraucht.«

Und seine gleichzeitig betrübte und doch nachdrückliche Antwort, waren die letzten Worte, die sie von ihm hörte: »Nein, Hilma, so war es sicher am besten. Da wird es bei Signe wohl genau richtig werden.«

Diese Worte hat sie im Ohr, als es klingelt, und sie weiß, was sie hören wird.

Während das Schrillen wie Messerschnitte in sie eindringt, wäscht sie sich die Hände und bindet die Schürze ab, als könnte man sie durchs Telefon sehen. Sie streicht sich, bevor sie abhebt, auch glättend über die Haare. In diesem Augenblick geht etwas rein Physisches mit ihr vor. Eine Lähmung, ein Stocken der Atmung, bevor das Herz auflebt und zu rasen beginnt, als wolle es ihr davonlaufen.

Sie griff zum Hörer.

»Eins-fünf-zwei«, sagte sie atemlos.

»Ist dort Frau Studienrat Tornvall?«, fragte eine Frauenstimme mit energischem Ton.

»Ja, hier ist seine Frau, Hilma Tornvall.«

»Einen Augenblick. Ich verbinde mit Chefarzt Burén.«

Da versagten ihr die Knie. Neben dem Telefon stand immer ein Stuhl, das gehörte sich so. Jetzt hatte sie zum ersten Mal einen Grund, ihn zu benutzen.

Es war, als hätte der Stuhl die ganze Zeit nur dort gestanden, um gerade in dem Augenblick zur Stelle zu sein, als der telefonische Bescheid kam, dass das Familienoberhaupt, der dynamische Studienrat Sigfrid Tornvall, verschieden sei.

Eingetreten war der Tod am Morgen des 19. November 1936. Hilma dachte gar nicht erst darüber nach, dass man sich reichlich Zeit gelassen und sie erst um 16 Uhr 10 vom Sterben ihres Mannes verständigt hatte.

»Hatte er Schmerzen?«, brachte sie flüsternd heraus.

»Nein«, sagte Chefarzt Burén im entschiedenen Ton des die Todesnachricht überbringenden Arztes. Er sprach nicht zum ersten Mal mit einer just zur Witwe gewordenen Frau und wusste sehr wohl, was einer hinterbliebenen Gattin in diesem unfassbaren und entsetzlichen irdischen Augenblick einzig und allein Trost spenden konnte.

»Neeein«, sagte er. »Ihr Gatte ist im Schlaf ruhig hinübergegangen.«

Dieser Phrase bediente er sich immer, wenn Angehörige den Eintritt des Todes nicht unmittelbar miterlebt hatten. Wer würde je nachprüfen, ob er die Wahrheit sprach? Die Person, um die es ging, war tot. Das war die einzig wichtige Botschaft. Und es war auf jeden Fall tröstlich, dass der Tod ohne Schmerzen eingetreten war.

Der Arzt bat darum, gewisse praktische Fragen stellen zu dürfen – es zeigte sich, dass es sich unter anderem auch um die Obduktion des Leichnams handelte.

Hilma hielt noch immer wie benommen den Hörer in der Hand, als ihre Tochter Signe an ihr vorbeirannte. Ohne sich umzusehen, stürzte sie in die Toilette und schob den Riegel geräuschvoll vor.

Das war normalerweise kein Grund zur Aufregung. Signe war, auf dem Bauch liegend, so vertieft in ihre Lektüre gewesen, dass sie den Harndrang einfach nicht bemerkt hatte, der Druck war dann plötzlich so stark geworden, dass sie wie ein Pfeil losschießen musste. Aber irgendetwas war an Signe *anders* gewesen als sonst.

Hilma erhob sich, legte den Hörer endlich auf, drehte an der Kurbel, um abzuklingeln, und spitzte die Ohren Richtung Badezimmer.

Man stelle sich vor, dass das Kind etwas mitgekriegt hatte? Die Tür ihres Zimmers hatte ja offen gestanden. Aber Hilma hatte doch nichts gesagt, was ... DOCH, das hatte sie. Sie hatte gefragt, *hatte* er Schmerzen? Nicht *hat.* Es war eine Frage der Zeitform. Sie hatte statt des Präsens das Imperfekt verwendet.

War es denkbar, dass Kinder, mit denen sie in der Schule mühsam den Unterschied zwischen Gegenwart und Vergangenheit geübt hatte, verstehen konnten, dass der Unterschied zwischen diesen beiden Zeitformen Leben oder Tod bedeuten konnte?

»SIGNE!« Sie klopfte laut an die Badezimmertür. »SIGNE, gib schon Antwort!«

Keine Antwort. Kein Geräusch.

Hilma rüttelte an der Klinke. Auf und nieder. Gleichzeitig rief sie: »Signe, was ist das für ein Benehmen!«

Weiter kam sie nicht, denn jetzt klingelte das Telefon schon wieder. Den Bruchteil einer Sekunde dachte sie, es könnte sich vielleicht um einen Irrtum gehandelt haben. Das Krankenhaus hatte die Patienten verwechselt.

Sie hob ab und vernahm den hohen, schnellen Redefluss des Schuldirektors Johannesén, der wie geschaffen war, Befehle zu erteilen oder Ungehorsam zu brandmarken.

Der Direktor hatte den Bescheid aus Umeå ebenfalls erhalten und wollte jetzt sein Beileid ausdrücken.

Sein Zusatz, wie tragisch es sei, in so jungen Jahren aus dem Leben gerissen zu werden, war unvermeidlich. Sigfrid Tornvall hätte nicht nur in seinem Beruf als Lehrer, sondern auch als Bürger der Stadt Sollefteå noch so viel zu geben gehabt. Sein unermüdlicher Einsatz für humanistische Werte, sein glühendes Eintreten für die Ärmsten der Armen...

Direktor Johannesén hätte gerne noch einige geeignete Phrasen angebracht, aber Hilma konnte ihm keine Aufmerksamkeit mehr schenken, weil die absolute Stille im Badezimmer ihr ganzes Interesse in Anspruch nahm.

Nicht einmal die Wasserspülung rauschte.

»... und wenn ich irgendwie, meine liebe Frau Tornvall, behilflich sein kann«, leierte der Direktor am anderen Ende. Leider, leider saß er gerade jetzt in einer wichtigen Sitzung und konnte daher nicht persönlich...

»Entschuldigen Sie, Direktor Johannesén«, unterbrach Hilma ihn. »Ich glaube, es hat an der Tür geklingelt.«

Und das stimmte wirklich. Die Türklingel schellte laut und unbarmherzig durch die Wohnung, und Hilma musste erneut den Hörer auflegen, vergaß auch das Abklingeln nicht.

Vor dem mit einer roten Jugendstiltulpe verzierten Glasfenster der Wohnungstür drängte sich eine Gruppe der tonangebenden Damen der Stadt. Es waren die Frau Direktor Irmelin Johannesén, geborene Hermelin, und ihre Freundin aus dem Wohltätigkeitsverein, die Frau Oberst von Stuhr. Des Weiteren die Damen aus der oberen Etage, die Witwe Beda Norén und ihre Schwester, Fräulein Borelius, und kaum standen diese Damen in der Diele, mehrten schon Ingrid, die Frau des Pastors, sowie Signes Klassenlehrerin, Fräulein Amelie Josephsson, das Gedränge vor der Kleiderablage, und allen war aus unerfindlichen Gründen die Nachricht gleichzeitig zugegangen, und sie hatten sich bemüßigt gefühlt, auf schnellstem Weg zu kondolieren.

Hilma, aufgeregt und nicht ganz Herrin ihrer Gefühle, musste Kleiderbügel aus dem großen Schrank holen, um sich dann unverzüglich umarmen und bedauern zu lassen. Nicht einmal die Frau Oberst, der Hilma noch nie begegnet war, ließ es sich als Dame der feinen Gesellschaft nehmen, die arme kleine Frau Tornvall an ihren schwach nach Mottenkugeln riechenden mit Sealbisam verbrämten Busen zu drücken; ein plötzlicher Kälteeinbruch hatte die Damen veranlasst, ihre Pelze von Bisam bis Nerz aus dem Schrank zu holen.

Steif und stumm stand Hilma mitten in diesem schnatternden, lamentierenden, wehklagenden und sogar schluchzenden Haufen von Frauen.

Wie mochte es nur zugegangen sein, dass so viele schon vom Tod ihres Mannes erfahren hatten? Die Antwort überkam sie wie ein Anflug von Übelkeit. Dem Schuldirektor musste die Nachricht ganz einfach als Erstem übermittelt worden sein. Man hatte ihn also noch vor der Ehefrau angerufen. Warum?

Eine Antwort drängte sich ihr nicht auf, hingegen ertönte wieder die Türklingel, irgendjemand ging aufmachen, sie selbst brauchte keinen Finger zu rühren. Eingetroffen waren jetzt Sigfrids Kollegin, Fräulein Helena Gabortén, die Chemie und Physik unterrichtete, und, siehe da, Signes Klavierlehrerin, Fräulein Gyllenhage, wie hatte *sie* nur von der Sache erfahren, und dann endlich in dieser Krähenschar auch ein Freund, der Studienassessor Rutger von Parr, echauffiert und verschwitzt, aber vom ersten Augenblick an ganz Herr der Lage.

Und bereit, einzugreifen. Auf ganz merkwürdige Weise, oder vielleicht nur weil er ein Mann war, brachte er das laute Gegacker zum Verstummen und befreite Hilma aus Händen und von schwellenden Busen, nach denen es sie gar nicht verlangte, und scheuchte die Frauen, ja, scheuchte die Damen buchstäblich wie einen Haufen aufgeregter Hühner ins Herrenzimmer, das während Sigfrids Erkrankung so gut wie unbenutzt geblieben war. Und das demzufolge aufgeräumt und in untadeligem Zustand war. Er brachte diese improvisierte Damengesellschaft dazu, sich auf den Sitzgelegenheiten niederzulassen, und dann waren nur noch er und Hilma in der Diele, wo mancherlei Pelzwerk sich an der Garderobe bauschte und sich gewagte Kreationen der Modistinnen auf der Hutablage türmten.

Unfreiwillig kam Rutger von Parr der Gedanke, mit welcher Missbilligung der Verblichene den imposanten Hut der Frau Oberst betrachtet hätte, der überreich mit Federn garniert war. Vielleicht war der Herr Oberst auf einer Entenjagd besonders erfolgreich gewesen?

Hilma stand ratlos und blass in der Diele. Ihre Hände, von harter Arbeit rot und verschwollen, hingen an ihr herunter, als wäre ihnen Sinn und Würde genommen.

Studienrat von Parr griff nach diesen Händen, sie waren eiskalt, er drückte sie fest und sagte sanft und gerührt:

»Meine liebe, liebe Hilma.«

Irgendwie eilten ihre Gedanken zu einem ähnlichen Händedruck, bei dem sie wie in einem Schraubstock festgehalten worden war. Es war an dem Tag gewesen, als Sigfrid sie seiner Familie als seine Braut vorgestellt hatte und seine fromme Schwester Dagmar Hilmas Hände zwischen den ihren hielt, sie unablässig schüttelte, und ihre herzliche Freude beteuerte.

Wahrscheinlich war sie echt erfreut gewesen. Alle Pfarrhofbewohner hatten sich gefreut. Denn jetzt konnten sie diesem unschuldigen, aus einfachsten Verhältnissen stammenden Mädchen die Verantwortung für den geisteskranken Sohn und Bruder übertragen. Als Belohnung dafür durfte sie in eine höhere Gesellschaftsschicht einheiraten.

Bei dieser Begegnung hatten Hilmas Hände vor Hitze gebrannt, und die Hände, die die ihren hielten, waren sehr kalt gewesen.

Jetzt war es also umgekehrt.

»Liebe, liebe kleine Hilma«, sagte der Assessor noch einmal, und es sah aus, als hätte er Tränen in den Augen.

Da erst ließ sie das Wissen um das, was geschehen war und nie wieder ungeschehen gemacht werden konnte, allen Ernstes bei sich zu, und mit einem tiefen Seufzen, das mehr einem trocken zitternden Schluchzen glich, lehnte sie ihren Kopf an Rutger von Parrs Revers. Es roch nach Tabak und »Mann«, genau wie die Anzüge ihres entschlafenen Gatten zu riechen pflegten. Nur waren diese natürlich besser ausgebürstet und gelüftet gewesen als die des Herrn Assessor. Er war Junggeselle.

Während dieses unvorhergesehenen Geschehens, diesem Übereifer, hatte sie selbst nicht ein Wort gesprochen.

Aber jetzt konnte sie sprechen, und sie sagte: »Rutger, wir müssen Signe aus dem Badezimmer holen.«

Es waren die ersten Worte, die ihre Umwelt zu hören bekam, nachdem sie vom Tod ihres Gatten erfahren hatte.

2

Rutger von Parr stand hilfsbereit neben ihr, als sie die Badezimmertür wieder ins Visier nahm. Sie gab sich alle Mühe, die Ruhe und die Beherrschung zu bewahren. Nicht zu schreien oder zu heftig zu klopfen. Die Damen im großen Zimmer brauchten nichts zu hören.

Sie legte beim Sprechen die Lippen an die Tür.

»Signe, hörst du mich, Signe, du musst jetzt herauskommen, hörst du, was Mama sagt, Signe, mach sofort auf! ÖFFNE!«

Sie unterstrich dieses letzte »Öffne« durch festes Rütteln an der Klinke.

Von drinnen kam kein Ton. Sie legte das Ohr an die Tür. Das Atmen, das sie hörte, war ihr eigenes. Ob nun aus Müdigkeit oder Angst schnaufte sie, als wäre sie zu schnell gelaufen. Gleichzeitig fühlte sie, wie der Achselschweiß trotz der eingenähten Schweißblätter innen am Kleid herunterlief, sie glaubte den unangenehmen Geruch schon wahrzunehmen. Vorgebeugt, eine Hand an der rechten Wange, bildete sie sich auch noch ein, dass sie nach durchgemahlenem Fleisch roch. Das erinnerte sie daran, was in der Küche noch alles herumstand. Der Fleischwolf mit einer halb gefüllten Wursthaut, die Schüssel mit der Fleischmasse... Und jetzt, nein, das war wohl nicht möglich, das hatte doch noch vier Tage Zeit. Und trotzdem. Sie spürte etwas klebrig Warmes zwischen den Beinen.

Also war es *dieser* Geruch, den sie wahrnahm.

»Signe, liebe Signe, du musst jetzt aufmachen.«

Ihre Stimme klang, als würde sie gleich zu weinen anfangen. Sie drehte sich um und sah Rutger von Parr hilflos an. Sie hatte das Gefühl, als breite sich der Wahnsinn in ihrem Inneren aus.

Der Mann, der vor ihr stand, erkannte es. In vielerlei Hinsicht war dieser Assessor von Parr ein besonderer Mann. Seine Intuition ging über das normale Maß hinaus. Fast wie bei einer Frau.

Beruhigend griff er nach Hilmas Arm, der soeben wild auf die Tür einzuhämmern begann.

»Liebe Hilma, beruhige dich. Signe kann da drinnen nichts zugestoßen sein.«

»Nicht?!«, schrie sie auf, viel zu deutlich sah sie Sigfrids Rasierapparat und daneben das kleine Päckchen mit neuen Rasierklingen vor sich. Im obersten Regal des Badezimmerschrankes lagen auch noch kleine weiße Briefchen, die Pulver gegen Kopfschmerzen und Schlaflosigkeit enthielten...

»Nein«, sagte er und wusste schon wieder, was sie dachte. »Ein Kind tut so etwas nicht. Sie ist erst elf, vergiss das nicht.«

Sie bemühte sich, zur Vernunft zu kommen, indem sie wieder und wieder zu dem Gott betete, der sie bis jetzt doch immer nur im Stich gelassen hatte. »Guter Gott, nicht auch noch Signe. Guter Gott, guter Gott, guter Gott, nur Signe nicht!«

Als würde sie immer noch an Ihn glauben.

Ihrem äußeren Verhalten nach war sie immer noch eine überzeugte Christin. Nie versäumte sie einen Gottesdienst, mied aber nach Möglichkeit das Abendmahl. In dieser Hinsicht hatte sie die absurdesten Vorstellungen. Für sie hatte dieser Ritus etwas geradezu Kannibalisches an sich.

Es war das physisch Nachvollziehbare darin, dass der Geistliche ständig wiederholte, der Leib Christi, für dich gegeben, das Blut Christi, für dich vergossen.

Signe würde erst in einigen Jahren ins Konfirmationsalter kommen. Selbstverständlich sollte die Tochter, ganz gleich welche lästerlichen Gedanken ihre Mutter im Herzen trug, konfirmiert werden. Aber vorläufig war sie noch ein Kind, und wenn in der Kirche zum Tisch des Herrn gerufen wurde, blieb Hilma neben Signe sitzen. Wenn jemand zu fragen gewagt hätte, warum sie nicht zu den Stufen des Altares ging, um Leib und Blut Christi zu empfangen, hätte sie die Antwort schon bereit gehabt:

»Ich will Signe nicht alleine dort sitzen lassen.«

Als Sigfrid noch dabei war, war er immer einer der Ersten gewesen, die der Einladung zum Tisch des Herrn gehorsam gefolgt waren.

»O, Lamm Gottes unschuldig, der du trägst die Sünd der Welt, gib uns deinen Frieden«, sang sie zusammen mit Signe; es war eine schöne, stimmungsvolle Melodie.

Sollte einer der Kirchenbesucher noch etwas anderes als sein eigenes Singen vernommen haben, hätte er vielleicht Signes glockenhelle Stimme gehört, die sie von ihrem Vater geerbt hatte.

»Hilma.« Rutger von Parrs Stimme durchdrang ihre Verzweiflung. »Hilma, das nehme ich jetzt in die Hand. Geh du in die Küche, stelle die Seltersgläser auf ein Tablett und reiche den Damen eine Erfrischung. Mineralwasser. Oder vielleicht Dünnbier« – er wusste ja, dass in diesem absolut abstinenten Haushalt nicht einmal der kleinste Schluck Sherry angeboten werden konnte.

»Preiselbeersaft«, sagte sie, und es klang fast entsetzt. »Wir haben nichts anderes als Preiselbeersaft.« Gewonnen aus Preiselbeeren, die sie in den Wäldern von Lövberga selbst gepflückt hatten.

Sie sah Rutger fassungslos an.

»Preiselbeersaft ist ganz ausgezeichnet, Hilma, also los!«, sagte er mit der Autorität des Lehrers. »Ich kümmere mich jetzt um die Schwierigkeiten hier.«

Wäre Hilma über Signes Schweigen und ihre eigenen körperlichen Absonderungen nicht so verzweifelt gewesen, wäre ihr aufgefallen, dass das lebhafte Gemurmel im Herrenzimmer in ein leises Flüstern übergegangen war.

Hilma eilte wie befreit in die Küche. Ihre Panik schlug in diesem Moment in Vernunft und Tatkraft um.

Sie befeuchtete ein benutztes Gläsertuch und schummelte es in den Ausschnitt; in einer derartigen Situation war eben nur eine Katzenwäsche möglich. Dann kamen Preiselbeertrunk und Seltersgläser an die Reihe. Diese Gläser wurden nur selten gebraucht und standen im Schrank ganz oben. Sie musste auf einen Stuhl klettern.

Und obwohl sie sich mit Alltäglichem, aber doch Ungewohntem, beschäftigte, kam ihr nie der Gedanke, dass sie all das tat, weil ihr Mann gestorben war. Sie hatte es einfach vergessen. Sie beseitigte alles, was mit der Speckwurst zusammenhing, und stellte Schüssel, Fleischwolf und das Wännchen mit den Rüben in die Speisekammer, um Platz für momentan Erforderliches zu schaffen.

Sorgfältig wischte sie Tisch und Spülstein ab. Dann ordnete sie ihre Frisur, steckte eine Haarnadel fest, die sich selbständig gemacht hatte, glättete den Rock und nahm das silberne Tablett auf, um durch das Speisezimmer zu den Gästen im großen Zimmer zu gehen. Ihre Schwiegermutter hätte »Salon«

gesagt, aber für ihren spitzfindigen Sohn war das ein der Oberschicht zuzuordnender Begriff, den er im eigenen Heim nicht hören wollte. Ausgerechnet jetzt kam ihr dieser unnötige Gedanke in den Sinn.

Das Tablett schwankte, als sie die Tür öffnete und das Zimmer leer vorfand, aber sie konnte es geistesgegenwärtig im Gleichgewicht halten.

Alle Damen drängten sich draußen in der Diele um Signes Klassenlehrerin, Fräulein Josephsson, die sich mit knarrendem Korsett vorbeugte und auf die Tür einredete, hinter der Signe sich schweigend verbarg.

In Hilmas Kopf drehte sich alles. Ihre Arme versagten den Dienst, es gelang ihr gerade noch, das Tablett auf dem geschlossenen Klavierdeckel abzustellen.

»Liebe Signe!«, sagte Fräulein Amelie Josephsson mit einer Stimme, die nach drohendem Zeigefinger klang. »Höre jetzt endlich mit diesen Dummheiten auf. Deine arme Mutter hat auch ohne deine Launenhaftigkeit Sorgen genug.«

Während dieses Monologs tuschelte Frau Direktor mit Fräulein Borelius. Ganz offensichtlich gab es noch mehr wichtige Gründe, die unglückselige Badezimmertür zu öffnen.

Fräulein Borelius fand einen Ausweg, und die Frau Direktor eilte willig hinter ihr her, um das Badezimmer in der Etage darüber aufzusuchen.

»Du bist doch sonst ein so tüchtiges und gescheites Mädchen, Signe. Ich bin wirklich enttäuscht von dir«, predigte Fräulein Josephsson, die jetzt den Rücken strecken musste, denn es war für eine füllige Dame im Korsett anstrengend, länger vornübergebeugt zu stehen.

»SIGNE, mach sofort auf.«

Das Klopfen klang entschieden nach Warte-nur-wenn-du-raus-kommst...

Flüstern und Seufzen beherrschte die Damenschar. Aber Assessor von Parr war der Meinung, dass es jetzt reichte.

»Dieses Verhalten...«, sagte er in unverkennbar sonorem Ton. Und da er in dieser Gesellschaft der einzige Mann war, kehrte in der Diele sofort Ruhe ein. »Hier, meine Damen, liegt nicht gewöhnlicher Ungehorsam oder Dickköpfigkeit vor, dieses Verhalten ist von völlig anderer Art. Das Kind befindet sich offensichtlich in einem Schockzustand. Ich würde vorschlagen, einen Schlosser zu holen. Schneller wäre allerdings der Hausverwalter hier. Wohnt dieser Mann im Haus, Hilma?«

Die Frage schwirrte, begleitet vom Mottenpulvergeruch der Pelze, durch den Raum. Man wandte sich hierhin und dorthin, drehte die Köpfe, und seht nur, da saß die arme, arme Hilma Tornvall auf der robusten kleinen geschnitzten Vikingerbank, die eine Wand der Diele zierte.

Hilma war sich jetzt wieder der Tatsache voll bewusst, dass es ihren Mann nicht mehr gab, aber ihre Gedanken waren in diesem Augenblick vor allem damit beschäftigt, dass ihre Tochter Signe sich blamierte und dass sie, Hilma, jetzt und in Zukunft das Benehmen ihrer Tochter alleine zu verantworten hatte.

Bis jetzt waren sie dafür zu zweit gewesen. Auch wenn Sigfrid zu lasch und zu nachsichtig war – nein, gewesen war – und sie selbst die Zügel oft hatte straffen müssen, waren sie nach außen hin doch zu zweit gewesen. Ein Vater braucht ja gar nicht viel zu tun. Es genügt, dass es ihn gibt. In einer Ehe ist offiziell er die Autorität.

Die Schande, dass Signes unmögliches Benehmen es notwendig machte, einen Schlosser oder diesen Taugenichts von einem Hausmeister in Anspruch zu nehmen, brachte die Witwe in Rage.

Niemand anderer als Hilma würde diesen Flausen jetzt ein Ende bereiten. Sie konnte sich nur zu gut vorstellen, mit welchen Ansichten ihre eigene Mutter bei solcher Aufsässigkeit aufgewartet hätte. Es hätte ihr die Schamröte ins Gesicht getrieben, eine Tochter zu haben, die ihr eigenes Kind nicht besser im Griff hatte. Jaja, die Rute hätte von Anfang an mehr herhalten müssen. Die man liebt, züchtigt man.

Hilma erhob sich entschlossen und schweigend machte man dieser Mutter Platz, die ihr Kind nicht besser im Griff hatte, als...

Unausgesprochene Fragen saßen Hilma im Nacken.

Wie wird das ausgehen? Lieber Gott, was für ein Elend! Und dann der geisteskranke Mann. Man sagt außerdem, es sei erblich.

»SIGNE.« Hilma sagte es kurz, laut und in eisigem Ton. »Es reicht jetzt. Mach auf und komm heraus. Sofort.«

Alle hielten den Atem an. Drinnen bewegte sich etwas. Die Wasserspülung wurde betätigt. Man atmete auf. Und jetzt wurde der Riegel zur Seite geschoben und vor ihnen stand das elfjährige Mädchen, das eben erst vaterlos geworden war. Im Nu fielen alle Tanten über sie her – außer der Frau Oberst, die einen starken Drang verspürte und – schwupps – die Tür hinter sich schloss. Die Frau Oberst würde später berichten, dass ein aufgeschlagenes Familienmagazin vor ihr auf dem Fußboden gelegen hatte. Das Kind hatte offensichtlich ein Wochenblatt gelesen, während... Welche Gefühllosigkeit. Konnte das Kind normal sein?

Aber noch wusste das Tantenrudel nichts davon, als es loslegte: »Lieber kleiner Schatz, liebes, liebes Kind, wie fühlst du dich?«

Wer gerade in der Nähe stand, versuchte sie sogar zu umarmen.

Das vaterlose Kind ließ den Angriff der Tanten wortlos über sich ergehen. Signe ließ sich streicheln und bedauern, ließ sich mitleidig die Wangen tätscheln, und es war, als könnten die vielen Hände und die Münder mit den viel zu vielen Zähnen ihr nichts anhaben. Sie schien zu schlafen.

War es den Damen unangenehm? Die Gruppe löste sich auf, und nun standen Mutter und Tochter einander auf Abstand gegenüber. Erst bewegten sie sich nicht, bis Hilma mit hilflos ausgestreckten Armen einen Schritt und dann noch einen vortrat.

Als wäre ihr das Mädchen fremd.

Und die Tochter schien die Annäherung der Mutter kaum wahrzunehmen. Oder mochte sie nicht haben.

Und dann, plötzlich, schaute Signe ihre Mutter an. In dem geröteten Gesicht waren keine Spuren von Tränen festzustellen, die Lippen waren fest zusammengekniffen und der Augenausdruck, ja, vor allem dieser, ließ alle Anwesenden erschauern. Trotz? Zorn? Nein, wirklich, dieser Blick drückte *Hass* aus.

Aber das war doch unmöglich? Wie kann ein Kind seine eigene Mutter hassen? Vielleicht eine nachlässige, pflichtvergessene Mutter, aber doch nicht eine so rechtschaffene, liebevoll zugetane Mutter wie Hilma Tornvall es war. Kaum eine Frau nahm ihre Mutterschaft so ernst wie sie.

Der höhnisch starre Blick des Mädchens nagelte die Mutter fest, sie ging keinen Schritt weiter.

Mehr als eine der anwesenden Frauen zog in Gedanken den Schluss, dass der Vater in seiner krankhaft veränderten Phase sehr heftig und überempfindlich gewesen war.

Hilma Tornvall musste selbst etwas Ähnliches gedacht haben. Als der tapfere Mensch, der sie bekanntermaßen war, ging sie jetzt auf das Mädchen zu, nahm dessen Hände in ihre und sagte mit kleiner, schwacher, aber doch klarer Stimme: »Signe, dein Vater, liebe Signe, ist tot.«

Da erst begriff man, dass Signe diese Worte noch nie gehört hatte.

Alles wurde jetzt noch peinlicher, ja unerträglich. Jede der Damen schaute auf ihre Armbanduhr und rief: »Ja, du liebe Zeit, so spät ist es schon!« Eigentlich wollten alle dieses unheimliche Trauerhaus so schnell wie möglich verlassen. Bei der um sich greifenden Unruhe tauchte das Kind einfach ab, und bevor noch jemand es bemerkt hatte, war Signe verschwunden. Schon wieder. Und mit einer tragischen Geste griff die Mutter sich an den Hals und stöhnte: »Aber Signe, WAS IST DENN?«

Das entsetzliche Gefühl war ihr unbegreiflich, man mochte es drehen und wenden wie man wollte. Das Kind hatte seine Mutter schon wieder blamiert. Vor den bedeutendsten Damen der Stadt und vor ihrer Klassenlehrerin. Hilma war einer Ohnmacht nahe. Jemand hielt ihren Arm, es war wohl Rutger von Parr, denn es war seine Stimme, die nach einem Glas kaltem Wasser rief. Schnell!

Wieder saß sie auf dem Telefonstuhl, während die Besucherinnen ihre Pelze holten und keinen Wert mehr darauf legten, ob der Hut auch richtig saß. So eilig hatten sie es mit dem Fortkommen.

Das halb ausgetrunkene Glas Wasser auf dem Knie, versuchte Hilma zu begreifen, warum Signe im Augenblick übermäßigen Zornes ganz ihrem jüngst verschiedenen Vater geglichen hatte.

Warum sie ausgesehen hatte wie er, wenn sie, seine gesetzlich Angetraute, etwas getan hatte, was er missbilligte.

Sie erinnert sich. Ein Nachmittag Anfang September. Sie ist alleine zu Hause und wischt die Ablagefächer in der Speisekammer sauber. Ihre größte Freude ist das Putzen, Scheuern,

Wischen, Polieren, mit dem Putzlappen bis in die letzten Ecken vorzustoßen. Wie leicht und froh fühlt sie sich doch, wenn sie sich mit solchen Dingen beschäftigen kann. Wie jetzt, wo sie sich die Speisekammer vornimmt. Es ist eine zeitraubende Arbeit. Alle Bretter müssen abgeräumt werden, bevor sie mit Eimer und Lappen, einer kleinen Wurzelbürste und einem Küchenmesser loslegen kann, das sie braucht, um den angetrockneten Schmutz wegzukratzen. Sie summt ein Lied, weiß nicht mehr genau welches, vielleicht den populären Song von Elvira Madigan, »Traurige Dinge ereignen sich / auch noch in unseren Tagen.« Von der Seiltänzerin und dem Grafen Sparre, der »verheiratet war / Frau und Kinder hatte«.

Ein trauriger und bedenkenswerter Text von Unmoral und ungezügelter Leidenschaft, der angeblich auf ein wirkliches Ereignis zurückging... Und im Lied bekamen sie genau wie in der Wirklichkeit ihre gerechte Strafe.

Sie war ganz vertieft in ihr Singen und Wischen und hörte gar nicht, dass da auch jemand anderer sang.

Erst als er zur Küchentür, dem Werktagseingang mit dem Emailschild »Für Lieferanten und Dienstpersonal«, hereinkam, erkannte sie Sigfrids Stimme, hörte, dass er schon bei der zweiten Strophe des Liedes »Frida beim Frühjahrsputz« war.

»Wie sie bei diesem Tun bleibt unverändert, / der praktischkühlen Hausarbeit, / kann kaum die Wissenschaft erklären / mir, der verliebt sich und auch ratlos zeigt.

Läuft hin und her mit vollen Wasserkübeln, / wischt blank die Prismen um den Lampenrand, / voll Liebreiz gleicht sie einer Blume, / gleicht einer Glitzerwelle dort am Strand.«

Bei der letzten Strophe hatte er sich in der Küche umgesehen und festgestellt, dass Küchentisch und Spülstein, ja sogar der Deckel der Holzkiste überladen waren mit Haferflocken-, Grieß- und Mehltüten, Dosen für Zucker und Salz,

Saftflaschen, Gewürzen, Konservendosen, allerlei Gefäßen mit Vorräten, dem Korb mit Knäckebrot, dem Dünnbierbehälter, zugedeckten Tellern mit Speiseresten, und dass auf dem Fußboden ein Eimer mit in Wasserglas eingelegten Eiern stand. Die Speisekammertür war angelehnt, und sie hörte, wie er näher kam und im pianissimo flüsterte »gleicht einer Glitzerwelle dort am Strand«.

Jetzt war er dicht hinter ihr. Sie stellte sich taub. Wischte und trocknete weiter. Sie drehte sich nicht um. Da umarmt er sie von hinten. Küsst ihren Nacken, feuchte Haarsträhnen lösen sich aus dem weißen Kopftuch. Sie spürt seine drängende Härte unten am Rücken, sein stoßweiser Atem ist wie ein heftiger Sturm, sie rührt sich nicht, er dreht sie um, und seine Küsse auf ihren geschlossenen Lippen sind nass und fest.

Sie wehrt ihn heftig ab.

»Sigfrid, was fällt dir ein? Signe kann jeden Augenblick kommen.«

Aber seine Augen hören nicht. Da versucht sie, ihn wegzustoßen. Und dieser Blick, mit dem er sie damals angesehen hatte, war der gleiche, den Signe auf ihre Mutter gerichtet hatte, als die Badezimmertür endlich offen war und Mutter und Tochter einander Auge in Auge gegenüberstanden. Während der Vater in Umeå auf der Totenbahre lag.

Warum hatte ihre Tochter dieses Gesicht gemacht?

Wie ohnmächtig saß Hilma da, ein halb volles Wasserglas zwischen den kraftlosen Fingern.

Frau Direktor Johannesén blieb als letzte der Damen da. Nach ihrem Besuch auf der Toilette in der Wohnung einen Stock höher war sie wieder lebhaft und energisch geworden und Hilmas Gesichtsfarbe ein Grund zur Besorgnis für sie.

»Könnten wir ihr nicht etwas zur Kräftigung geben? Einen Schluck Kognak.«

Rutger von Parr schüttelte den Kopf.

»Sollte ich vielleicht oben bei Noréns nachfragen? Die haben bestimmt etwas.«

Rutger von Parr schüttelte ein weiteres Mal den Kopf, diesmal mit dem Zeigefinger auf den Lippen.

Hilma selbst schien weder zu sehen noch zu hören.

»Dann eben ein Pulver«, entschied die Frau des Schuldirektors.

Im obersten Fach des Badezimmerschrankes gab es Vorrat.

Irmelin Johannesén nahm Hilma das Glas aus der Hand, schüttete das Pulver hinein, füllte Wasser nach, hielt Hilma die weißtrübe Flüssigkeit an die Lippen und sagte streng: »Trink!«

Und weil sie von Kindheit an gewöhnt war zu gehorchen, wenn die Obrigkeit befahl, leistete Hilma Folge. Frau Direktor hatte das Ihre geleistet und nahm den Persianer vom Haken. Sie wollte nach Hause, um von dort ihre beste Freundin, die Frau Oberst von Stuhr, anzurufen.

Da gab es ja einiges zu besprechen!

Rutger von Parr blieb als Einziger zurück, und behutsam, fast liebevoll, führte er Hilma am Ellbogen zu Signe ins Zimmer.

Doch jetzt widersetzte sich Hilma. Irritiert riss sie sich von seiner Hand los und lief ins Badezimmer, das während dieses Nachmittags der wichtigste Raum der Wohnung gewesen war. In den letzten Minuten hatte sie gespürt, dass das Menstruationsblut warm und unaufhaltsam gesickert war. Zusammengesunken saß sie auf dem Klosett und der schon in ihrer Jugend empfundene Ekel vor allem, was der Körper absonderte, verstärkte sich jetzt noch durch den aufdringlichen Menstruationsgeruch.

Das jedenfalls blieb den Männern erspart.

Mit einem Frottélappen wusch sie sich, während die Übelkeit in ihr wogte. Aber wie lächerlich unbedeutend war doch so ein kleiner Schmerz!

In Signes Zimmer saß Rutger von Parr auf einem Stuhl und streichelte über den Hügel, der sich am Fußende des Bettes gebildet hatte.

Dort unter der Decke befand sich also ihre Tochter.

Rutger von Parr stand auf, um der Mutter seinen Stuhl zu überlassen.

»Signe«, sagte sie matt. »Signe, komm doch endlich zur Vernunft. Sie sind alle gegangen. Nur Onkel Rutger ist noch hier.«

Das Ergebnis war, dass die Decke zu beben begann. Das Kind konnte also endlich weinen.

Hilma riss die Decke weg und zog Signe, schlaff wie eine große Stoffpuppe, hoch.

Das Mädchen ließ sich in den Arm nehmen und weinte immer heftiger und lauter. Aber sie legte ihrer Mutter die Arme nicht um den Hals, wie ein Kind das normalerweise getan hätte. Sie schmiegte sich nicht an. Sie ließ sich nicht trösten.

Da klingelte es wieder an der Wohnungstür. Assessor von Parr ging mit dem Bescheid öffnen, Mutter und Tochter brauchten jetzt vor allem Ruhe. Die Kondolenzblumen legte er in das Waschbecken.

Das kleine Mädchen hob den Blick, und als es Onkel Rutger sah, riss es sich von der Mutter los, lief zu ihm hin, ließ sich hochheben und legte die Arme nun um seinen Hals, um noch herzzerreißender zu schluchzen und zu weinen, während er ihr beruhigend über den Rücken streichelte.

Hilmas Herz wurde hart wie ein Klumpen Glas.

Von allem, was sich seit dem Anruf aus dem Krankenhaus ereignet hatte, war Signes Verhalten das Unbegreiflichste und Erschreckendste.

Der Tod ihres Mannes schien ihr dagegen eher einfach und leicht zu ertragen. Da konnte nichts mehr schlimmer werden. Er war ein für alle Male tot und würde nie mehr etwas von ihr verlangen.

Ratlos stand sie beiseite gedrängt daneben und musste mit ansehen, wie ihr Kind sich in seiner Trauer einem Fremden zuwandte.

Woher hätte Hilma wissen sollen, dass es der Geruch der Kleider dieses Mannes, dass es sein dicker warmer Bauch war, der Signe das starke Gefühl der Gegenwart ihres Vaters vermittelte.

Aber das Schlimmste von allem konnte Signe nicht einmal Onkel Rutger anvertrauen. Sie weinte nicht, weil ihr Vater tot war. Sie weinte, weil sie wusste, dass es jetzt keinen kleinen Hund zu Weihnachten geben würde.

Urplötzlich war ihr alles Warme, Weiche, Lebendige genommen worden, alles, was so wunderbar anschmiegsam war.

Die Mutter hatte in der jetzigen Situation das Hundeversprechen ihres Mannes längst vergessen. Sie spürte, dass sie mit Rutger von Parrs Hilfbereitschaft vorsichtig sein musste. Mit seinen warmen, mitfühlenden Händen.

Er sollte nicht glauben, dass...

O nein, auf gar keinen Fall.

Fünfunddreißig Jahre später würde Signe ein so böses und hartes Buch schreiben, dass Mutter und Tochter nur in Anwesenheit eines Psychiaters darüber sprechen konnten.

Das war natürlich die Idee der Tochter. Mit einundzwanzig heiratete Signe einen Mann, den Hilma unsympathisch und auch unzuverlässig fand, sein Händedruck war schlaff, und er konnte ihr nicht in die Augen sehen. Und gleichzeitig geriet die Tochter auch noch in die Fänge von Psychologen und Psychiatern. Es war die Zeit, in der es modern wurde, die Schuld an allem der Mutter zuzuschieben.

Das hatte nun keineswegs zur Folge, dass Signe ruhiger wurde, vielmehr kam es zu einem schmerzlichen Bruch zwischen Mutter und Tochter.

Im ersten Kapitel dieses schrecklichen Buches, das die Tochter geschrieben hatte, ging es um einen kleinen Hund.

Und weil Hilma die Sache mit dem Hund schon bei Sigfrids Tod vergessen hatte, war sie inzwischen völlig aus ihrem Gedächtnis verschwunden.

Dem Arzt flüsterte sie in vertraulichem Ton zu, damit die Tochter es nicht hören konnte:

»Von diesem kleinen Hund, Herr Doktor, habe ich noch nie etwas gehört. Genau wie alles andere in diesem Buch ist er

nichts als Lüge, sie hat sich das alles erst hinterher ausgedacht. Ich habe mich wirklich bemüht, meiner Tochter beizubringen, dass sie immer die Wahrheit sagt, und jetzt das. Und dieser junge Hund...«

Hier sprang die Tochter auf, griff nach Gegenständen auf dem Schreibtisch des Arztes und bewarf ihre siebzigjährige Mutter damit.

»WIE KANNST DU ES WAGEN?«, *schrie die fast fünfzigjährige Tochter. »Habe ich je von etwas anderem gesprochen? Dass ich einen Welpen haben wollte. Dass Papa mir einen kleinen Hund versprochen hatte?«*

Nein, davon wusste die Mutter nichts. Hingegen fiel ihr plötzlich ihre Eifersucht ein, als das Mädchen in der Stunde der tiefsten Trauer lieber bei einem Kollegen des Vaters Trost gesucht hatte als bei der eigenen Mutter.

3

Es war ein Tag, der um vier Uhr nachmittags begonnen hatte und der nie zu Ende zu gehen schien.

Um etwa 19 Uhr abends nahm Rutger von Parr dem letzten Besucher die Blumen mit den Worten ab, die Trauernden brauchten jetzt Ruhe.

Danach nahm er Hut und Mantel, um zu gehen.

Mit dem ihm eigenen ungewöhnlichen Feingefühl wusste er, dass es für ihn hier jetzt nichts mehr zu tun gab.

Doch Signe stürzte in die Diele, wo sie sich wieder an den Assessor von Parr klammerte, der jetzt begriff, dass dieses Verhalten nicht ganz gesund und normal war. Als Signe ihn nicht loslassen wollte und wieder zu weinen anfing, löste er sich aus ihren Armen und ging schnell zur Tür hinaus.

Aber noch unten an der Haustür hörte er ihr untröstliches Weinen.

Hilma führte das Kind am Arm, um es wieder ins Bett zu bringen.

Signe aber riss sich wütend los und schluchzte, sie müsse auf die Toilette.

»Aber du darfst nicht zuschließen.«

Darauf gab das Kind keine Antwort, aber es protestierte auch nicht, als die Mutter die Tür einen Spalt offen hielt.

»Mama«, sagte Signe beim Herauskommen, »im Waschbecken liegen eine Menge Blumen.«

Nun konnte Hilma sich mit etwas Praktischem und Alltäglichem beschäftigen.

Und es gelang ihr, das Kind mit einzubeziehen.

Die kleineren Vasen standen im bäuerlich bemalten Eckschrank des Esszimmers, Signe konnte welche holen gehen. Die größeren standen in der Küche im Oberschrank, man brauchte einen Stuhl, um sie herunterzuholen.

Signe mochte Blumen. Es war völlig ungewöhnlich, dass man mitten im Winter so viele Vasen für Schnittblumen brauchte. Das Kind hatte besonders viel Sinn für das Stecken von Sträußen.

Um die langstieligen Lilien und die steifen Gladiolen kümmerte Hilma sich selbst. Die Stiele mussten an den Enden gekürzt werden.

Während Signe die Vielfalt an kleinen Rosen, Margeriten und unterschiedlichsten Chrysanthemen arrangierte, schaute Hilma auf die Uhr und stellte fest, dass es höchste Zeit für das Abendessen war. Nicht dass sie selbst den geringsten Hunger gehabt hätte. Aber das Kind.

In der Speisekammer stand noch die Wurstmasse und der Fleischwolf mit der herunterhängenden halb gefüllten Wursthaut, und es ekelte sie davor. Außerdem brauchte die Zubereitung dieses Essens viel Zeit.

Zum ersten und letzten Mal in ihrem Leben warf Hilma unverdorbene Lebensmittel weg. Sie knüllte Zeitungspapier in den Mülleimer und schüttete die halb fertige Speckwurst hinein.

»Mama, was tust du?«, fragte das Kind bestürzt.

Hilma redete sich damit heraus, die Schüssel habe schon nach verdorbenem Fleisch gerochen, und griff nach dem Eimer, um ihn in den Hof zur Mülltonne zu tragen.

Schnell hängte sie sich noch die alte verfilzte Strickjacke über die Schultern. Signe schien ganz im Arrangieren der Blumen aufzugehen. Aber als die Küchentür zufiel, schrak sie zusammen.

»Mama, wohin gehst du?«, fragte sie ängstlich.

»Liebes, du siehst doch, ich trage nur den Mülleimer in den Hof.«

»Jetzt, wo es schon dunkel ist?«

Hilma wusste, woran Signe dachte. Auch wenn sie inzwischen schon ein großes Mädchen geworden und in Religion und schwedischer Muttersprache die Beste in der Klasse war, glaubte sie immer noch, dass in der alten Bude neben dem Müllkeller Gespenster hausten. Obwohl sie wiederholt darüber gesprochen hatten, kam Signe nicht von dieser fixen Idee los.

»Nimm dir inzwischen ein Butterbrot und ein Glas Milch«, sagte Hilma ruhig.

Sie war zu der Ansicht gelangt, dass Angst von alleine verging, wenn man sie einfach nicht beachtete.

Signes Stimme war noch auf der Treppe zu hören: »Mama, ich kann die Butter nicht finden.«

Sie sagte es verärgert, aber weder aufsässig noch trotzig.

»Ich bin in einer Minute wieder oben«, rief Hilma zurück.

Sie hörte selbst, wie erleichtert es klang. Ob Signes Wutausbruch jetzt vorüber war? Ob ihre Tochter jetzt zu ihrem gewohnten vernünftigen Verhalten zurückgefunden hatte?

Normalerweise war Signe doch ein ganz reizendes kleines Mädchen. Als Mutter hatte Hilma oft genug Komplimente wegen dieser netten, wohlerzogenen Tochter bekommen. Daher war das, was sich heute abgespielt hatte, besonders peinlich und unbegreiflich gewesen.

Flink und energisch lief Hilma über den Hof zu den Mülltonnen. Der weiße Schein des frisch gefallenen Schnees machte das Dunkel weniger undurchdringlich.

Aber sie hatte keine Überschuhe angezogen. War das der Grund, dass sie ausrutschte? Unter der dünnen Neuschneedecke lag blankes Glatteis.

Sie glaubte das Gleichgewicht halten zu können, doch das war der reine Hochmut gewesen. Hilflos rutschte sie weiter, denn in der Hand, mit der sie hätte bremsen können, hatte sie ja den Mülleimer.

Das entstehende Geschepper war immerhin so eindeutig, dass Hulda, die Wirtschafterin aus der nächsten Etage, es beim Fischbraten hörte und schnell zum offenen Küchenfenster hinausschaute.

»Liebe Hulda!«, rief Hilma. »Könntest du vielleicht Aino bitten, dass sie mir helfen kommt. Und sie möchte bitte Schaufel und Besen mitbringen.«

Im Nu war das junge Küchenmädchen Aino zur Stelle, um der armen Frau Tornvall zu helfen, die jetzt zwar schon aufrecht saß, aber nicht selbständig aufstehen konnte.

Sie war rundum vom Inhalt ihres Abfalleimers umgeben.

»O je, o je!« rief Aino in ihrem singenden Finnlandschwedisch. »Hat sich die Frau wehgetan?«

Es gab keinen Grund, auf eine Antwort zu warten. Junge kräftige Arme fassten Frau Tornvall unter und brachten sie auf die Beine. Hilma half mit so gut sie konnte, fragte sich dabei aber, ob sie sich möglicherweise etwas gebrochen hatte.

Vorsichtig geleitete Aino sie zum Hintereingang. Dort ließ Hilma sie energisch wissen, dass sie jetzt selbst zurechtkäme. Dass aber der Abfall auf dem Hof ...

»Nur keine Sorge, Frau Tornvall, das mache ich schon«, sagte Aino fröhlich – in den Arbeitsbedingungen der jungen

Küchenmädchen war nämlich festgelegt, dass sie immer guter Dinge und stets zu Diensten zu sein hatten.

Vorsichtig und mühsam hantelte Hilma sich mit der rechten Hand am Geländer die Treppe hinauf. Stufe um Stufe. Es war die Hüfte. Und der linke Ellbogen. Und ein Fußgelenk schien auch betroffen zu sein. Aber sie konnte sich bewegen und, Gott sei Dank, sie war nicht mit dem Kopf aufgeschlagen.

An der offenen Tür stand die verängstigte Signe.

»Mama, warum warst du so lange weg?«

Hilma hörte der Stimme an, dass Signe überzeugt war, die Gespenster hätten ihre Mutter behindert.

»Ich bin hingefallen, sonst nichts. Ausgerutscht.«

Und erst da sah das Kind, dass seine Mutter voll Schnee war, der Haarknoten war in Auflösung begriffen; bei dem Aufprall hatten sich die Haarnadeln gelockert.

Die Holzkiste war wie immer der Sitzplatz in der Küche, den man am schnellsten erreichte. Aber, du lieber Gott, wie weh die Hüfte tat!

Und als Signe sah, dass ihre Mutter große Schmerzen hatte und ganz grau im Gesicht war, fing sie wieder zu weinen an.

Signes Mama war immer stark und selbstsicher gewesen und hatte nie gejammert. Sie jammerte auch jetzt nicht. Aber sie wirkte irgendwie hilflos.

»Signe, jetzt musst du ein ganz tüchtiges Mädchen sein und ein paar Kartoffeln waschen und einen Topf Wasser auf den Herd stellen.«

Und zu allem Übel war auch noch das Feuer ausgegangen.

Wie sagt doch das Sprichwort? Ein Unglück kommt selten allein. Wie wahr! Der schöne moderne Küchenherd, den Sigfrid hatte setzen lassen, als sie vor sechs Jahren hier einzogen, brauchte nicht nur weniger Holz, sondern strahlte auch länger Wärme aus als ein gewöhnlicher Eisenherd.

Aber er war schwieriger anzuheizen. Und es war außerdem eine Arbeit, die Hilma Signe nicht zumuten wollte. Das Kind hatte so ungeschickte Hände. Nur wenn es ums Zeichnen ging waren die Hände zielsicher und ruhig, wie immer das zu erklären war.

Einen Augenblick war es still und dunkel in der Küche, doch dann klopfte tatsächlich ein Engel an der Tür.

Draußen stand die knicksende Aino mit dem leeren Mülleimer in der Hand. Hilma sah, dass er sogar mit Schnee ausgewischt worden war; Aino war offenbar weitaus tüchtiger, als es rein äußerlich den Anschein hatte.

Das Mädchen stellte den Eimer ab, machte wieder einen Knicks und sagte, sie solle von Hulda einen Gruß bestellen und fragen, ob sie, Aino, Frau Tornvall irgendwie behilflich sein könnte.

Tränen brannten in Hilmas Augen. Sie hielt viel aus, aber sie war absolut keine von denen, die andere leicht um Hilfe baten. Nur nichts schuldig bleiben. In Dankesschuld zu stehen, nein, von der Sorte waren sie zu Hause in Lövberga nicht. In einem ersten Impuls wollte sie daher dankend ablehnen, es sei ja so freundlich von den Damen Norén. Schöne Grüße an die Damen und vielen Dank.

Aber jetzt war sie mit ihren Kräften am Ende. Ein Ausrutscher auf dem Glatteis hatte sie nun auch seelisch zu Fall gebracht.

Diesen ganzen entsetzlichen Tag hatte sie aufrecht durchgestanden. Natürlich war sie mehrmals nahe daran gewesen nicht nur die Kontrolle, sondern auch das Bewusstsein zu verlieren, aber sie hatte sich zusammengenommen. Und dann sollten der verräterische Neuschnee und der widerwärtige Anblick von gemahlenem fetten Fleisch, das sich weit über den weißen Schnee hin ergoss, sie gleichsam innerlich mürbe machen? Sie hatte manches Mal schon Trost bei dem Werk des Dichters Runeberg gefunden, der den Bauern Paavo ständig wiederholen lässt: »Der Herr prüft nur / er verstößt nicht.«

Dass sie sich nun aber an diesem Tag neben allem anderen auch noch grün und blau stoßen und nicht einmal mehr fähig sein sollte, einen Topf Kartoffeln aufzusetzen...

Es war vorgekommen, dass sie in tiefster ohnmächtiger Verzweiflung im einsamen Dunkel den Allmächtigen glühend um Hilfe angerufen, dabei aber die Einsicht hatte, dass es ja doch nichts nützte. Sie wusste trotz all ihrer Gebete sehr wohl, dass Gottes Kraft nicht größer war als ihre eigene, und dass sie sich nur auf sich selbst verlassen konnte.

Ein Mann Gottes hätte ihr gesagt, dass sie eben genau diese Stärke von Gott erhalten hatte.

Vielleicht war es ja so. Aber dann war es eigentlich auch Unsinn, sich überhaupt an Gott den Allmächtigen zu wenden.

Ein frommer Mensch hätte Aino selbstverständlich für einen von Gott gesandten Engel gehalten. Hilma hielt sie für eine von Frau Norén Gesandte.

Aber weil sie mit der einen Hüfte auf der Holzkiste mehr hing als saß und spürte, wie der Schmerz im ganzen Körper gleichsam widerhallte, konnte sie sich nur fügen. Sie musste die angebotene Hilfe annehmen.

Kleinlaut dankte sie für das Angebot und, nun ja, es wäre geradezu ein Segen, wenn Aino Feuer machen und Kartoffeln aufsetzen könnte, eine Bratpfanne stehe für späteren Gebrauch schon neben dem Herd, und Hilma könnte dann inzwischen bei Doktor Almhed anrufen.

Aber es war schon zu viel, dass Aino der armen Frau Tornvall unter den Arm fassen und sie in die Diele geleiten wollte. Abgestützt an Wand und Stühlen konnte sie alleine gehen, und die Tatsache, dass sie es schaffte, war ja schon ein gutes Zeichen.

Als sie sich aber endlich auf dem an diesem Tag so oft gebrauchten Stuhl niedergelassen hatte, wollte ihr Doktor Almheds Telefonnummer nicht einfallen.

Aber das Fräulein vom Amt konnte helfen und wußte die Nummer auswendig.

Der Arzt war zu einer schwierigen Geburt unterwegs. Das konnte dauern. Aber die Frau Doktor konnte einstweilen mit provisorischen Ratschlägen aushelfen. Sie konnte auch Hilmas eigene Vermutung bestätigen. Es konnte, wie die Frau Almhed es ausdrückte, keine Fraktur sein.

In der Küche war Signes fröhliches Geplapper zu hören. Das Kind war ganz verschossen in das schwarzlockige Küchenmädchen Aino, das meinte, einen besonders guten Arbeitsplatz gefunden zu haben. Sie brauchte nicht auf der Küchenbank zu schlafen, sondern bewohnte an der Giebelseite des Hauses einen kleinen Abstellraum mit schrägem Dachfenster als eigenes Zimmer. Der Eingang zu dieser Kammer lag im Flur, Wand an Wand mit der Küche.

Nur wenige sechzehnjährige Dienstmädchen hatten es so gut getroffen. In dem Raum hatten nur ein Feldbett, ein kleiner Nachttisch und eine Kommode Platz. Ainos gesamte Habe lag in einem Koffer unter dem Bett. Außerdem stand dort ein Pappkarton, in dem das Küchenmädchen Zeichenblock, Stifte und Kreide verwahrte. Aino hatte den gleichen Traum wie Signe: Sie wollte einmal Modezeichnerin werden.

Man konnte Aino als Signes Idol bezeichnen. Denn ähnlich schöne, flotte Entwürfe hatte Signe noch nie gesehen, nicht einmal in der schwedischen »Zeitung für die Dame«. Oder im »Allers«, dem Magazin für die Familie. Aber in diesem Blatt traf man sowieso nicht auf Schick. Da ging es um Handarbeiten und darum, wie eine gute Hausfrau an den Rändern ausgefranste, verschlissene Kragen und Manschetten an Herrenhemden wenden konnte.

Ainos Bilder hatten Schwung, das hatte Sigfrid selbst über eine Zeichnung gesagt, die Signe von Aino geschenkt bekommen hatte. Hilma konnte das nur bestätigen. Obwohl ihr Mann bei dieser Äußerung schon erste Anzeichen der bevorstehenden und nicht zu beherrschenden Krankheit gezeigt hatte.

In seiner typisch übertriebenen Art hatte er Aino als Rose zwischen Disteln und Unkraut bezeichnet, eine arme Rose jedoch, die später zwischen Gestrüpp und Brennnesseln ersticken würde.

Denn welche Möglichkeiten standen einer Begabung wie Aino offen? Einer Schönheit mit Zigeunerblut?

Signes Bestreben war es, eines Tages so gut zeichnen zu können wie Aino. Im Stillen wünschte Hilma sich, dass ihre Tochter ein – wenn man es so nennen will – würdigeres Idol fände.

Hätte Sigfrid auch nur geahnt, dass seine Gattin Aino gering schätzte, er hätte sich sehr aufgeregt.

Sie war ja wirklich ein besonders schönes Mädchen. Mit dem weißen Kopftuch über den dichten schwarzen Haaren und in der blauen Dienstmädchentracht mit der weißen Schürze war sie ein schmucker Anblick.

Die Damen Norén ihrerseits waren nicht ganz so mit ihr zufrieden. Sie war manchmal gedankenlos oder vergesslich. Andererseits war sie ein prächtiges Mädel, das den eigenen Eingang zu seinem Zimmer nicht ausnützte. Spuren von Herrenbesuch hätte Hulda mit ihrem Scharfblick sofort entdeckt.

Man konnte bis in die Diele hören, wie viel Signe und Aino sich zu erzählen hatten. Aber es klang absolut nicht so, als ginge es in dem Gespräch um Signes heute verstorbenen Vater.

Die Frau Doktor hingegen sprach in diesem gewissen Mollton, der verriet, dass sie Bescheid wusste.

Das bedeutete aber nicht, dass sie eine besondere kriminalistische Begabung hatte. Alles, was sich an Wichtigem und Neuem in der Stadt zutrug, konnte man jederzeit von den Telefonistinnen erfahren. Sie saßen wie die Spinnen im Netz an ihrem Schaltkasten und hatten gelernt, dort mitzuhören, wo es sich lohnte.

Mit dieser leisen, mitleidigen »Arme-Kleine«-Stimme sprach die Frau Almhed jetzt von einem warmen Bad, einem Pulver und Bettruhe.

Bettruhe, du liebe Güte! Wie stellte Frau Almhed sich die Durchführbarkeit vor? Aber kaum hatte Hilma diesen Gedanken gedacht, hatte sie auch die Antwort schon selbst gefunden: Alle besser gestellten Frauen hatten Dienstmädchen. Wer ein so genanntes »großes Haus« führte, hatte Wirtschafterin und Stubenmädchen oder Köchin. Wenn es in einer solchen Familie kleine Kinder gab, hatte man eine Kinderpflegerin in gestärktem Grau-Weiß mit einer Brosche am Hals, die zeigte, dass die Betreffende einschlägig ausgebildet war.

Sigfrid und Hilma waren sich in Fragen über das Hauspersonal vollkommen einig gewesen. Wenngleich aus verschiedenen Gründen.

Hilma konnte sich unmöglich vorstellen, einen fremden Menschen in ihrer Küche hantieren zu lassen. Für Sigfrid war es eine Standesfrage. Arbeiterfrauen hatten kein Dienstmädchen. Nun war er zwar kein Arbeiter im eigentlichen Sinn. Aber er wollte in seiner Lebenshaltung von ganzem Herzen einem Arbeiter gleichgestellt sein.

Nun war also doch ein Küchenmädchen in seiner Küche, und das war in diesem besonderen Fall ein wahrer Segen.

Der Geruch von gebratenem Speck und Zwiebeln verriet

Hilma, dass Aino von sich aus in der Speisekammer ausgekundschaftet hatte, was zu den Kartoffeln passen könnte. Das Schlagen eines Schneebesens bedeutete, dass sie eine Soße zubereitete.

Aber Aino war bei Noréns angestellt und musste so schnell wie möglich dorthin zurück.

Hilma stützte sich auf die Stuhllehne, um aufzustehen.

Der Schmerz war so unerwartet heftig, dass sie sich freiwillig wieder auf den Stuhl sinken ließ.

Die alltäglichen Gerüche und Geräusche aus der Küche waren beruhigend. Sie bestätigten, dass das Leben wie gewohnt weiterging. Obwohl der Herr des Hauses tot war und seine Frau sich, man konnte wohl sagen aus Unachtsamkeit, fast zu Schanden geschlagen hätte, als sie den Müll wegtragen wollte.

Ganz offensichtlich wurde sie aber von niemandem vermisst. Gerade eben war Signe an ihr vorbeigelaufen, um den Karton mit den Papierpuppen und deren Garderobe zu holen, weil Aino das alles unbedingt ansehen musste.

Sigfrids Abwesenheit von zu Hause seit Anfang September konnte in all dem Elend wohl als Trost angesehen werden. Signe hatte ihren Vater mehr als zwei Monate nicht gesehen. Sie hatte sich daran gewöhnt, mit ihrer Mutter alleine zu sein.

Am Anfang der Erkrankung hatte das Kind immer wieder gejammert: Wann kommt denn Papa endlich zurück?

Mit der Zeit stellte Signe diese Frage aber immer seltener. Und schließlich gar nicht mehr. Das ist das Barmherzige an Kindern, dachte Hilma. Sie vergessen so leicht – »Aus den Augen / aus dem Sinn«. Das Nachsinnen über Sigfrid stand im Moment jedoch weit weniger im Vordergrund, als wenn er bis zuletzt bei ihnen gewesen und plötzlich und völlig unerwartet etwa durch einen Autounfall ums Leben gekommen wäre. Oder durch einen Herzinfarkt.

Im Übrigen war es völlig unbegreiflich, dass noch immer Donnerstag, der 19. November war, der Tag, an dem man sie aus dem Krankenhaus von Umeå angerufen hatte.

Hilma und Signe hatten sich während der Abwesenheit des Hausvaters auf ihre Weise eingerichtet. Ein Dasein in Ruhe und Gelassenheit, das im Augenblick seiner Rückkehr völlig auf den Kopf gestellt worden wäre.

Das würde nun nie wieder der Fall sein.

Hilma wollte Signes vor wenigen Stunden an den Tag gelegtes erschreckendes und völlig unbegreifliches Verhalten nie mehr erwähnen. Sie würde mit niemandem darüber sprechen. Signe gegenüber wollte sie so tun, als wäre so etwas nie vorgekommen.

Es war nicht schwer, sich das einzureden, wenn man das Kind in der Küche so munter drauflos plappern hörte. Niemand hätte dieser Stimme angemerkt, dass sie einem kleinen Mädchen gehörte, das gerade erst seinen Vater verloren hatte.

Hilma setzte sich anders hin und verlagerte das Gewicht. Jetzt machten sich auch der linke Ellbogen und der Unterarm bemerkbar. Ob sie Aino wohl bitten sollte, ihr mit einem feuchtwarmen Umschlag behilflich zu sein?

Aber sie blieb sitzen, wo sie saß. Eigentlich wäre das jetzt doch, bevor es zu spät wurde, eine Gelegenheit, die nächsten Angehörigen von dem Todesfall zu unterrichten.

Lövberga.

Nein, dachte sie, und sie schmeckte die Panik im Mund. Ich muss mit etwas Einfacherem anfangen.

Sie bestellte also ein Ferngespräch mit ihrem Bruder Anders und seiner Frau Estrid in Härnösand.

»Bitte zwei Einheiten.«

Estrid war am Telefon.

»Du lieber Gott, was sagst du da!«, rief sie entsetzt und übergab ihrem Mann den Hörer.

Anders hatte die gemächlich singende ångermanländische Mundart immer mehr angenommen. Ganz gleich wie man sich fühlte, empfand man diese wie eine kühle Hand auf fieberheißer Stirn. Nun wollen wir es mal in aller Ruhe angehen.

Was du nicht sagst. Aber gleichzeitig spürte Anders, dass Hilma Hilfe brauchte.

»Ich schnappe Estrid und die Kleine und wir kommen runter. Uns Eisenbahner kostet die Reise ja nichts.«

»Aber das kannst du doch nicht, so mitten in der Woche.«

Doch, doch. Er konnte den Fahrdienstaspiranten einsetzen.

»Aber ist eure Jüngste nicht zu klein zum Mitnehmen?«

Keine Schwierigkeiten damit, wurde verkündet. Die kleine Solveig war schon zwei Monate alt und, verglichen mit ihrer älteren Schwester Elfrida, die zu Koliken geneigt hatte, in jeder Hinsicht ein pflegeleichtes Baby.

»Aber Elfrida müsst ihr doch auch mitnehmen!«

»I wo, Elfrida darf bei den Großeltern bleiben.«

»Aber ich weiß nicht, ob ich genügend Betten habe«, warf Hilma ein, der die Telefonminuten davonschwammen.

Anders tat, als hätte er das nicht gehört. Wichtiger war die Frage: »Du hast doch wohl Vater und Mutter angerufen?«

Aber noch ehe Hilma antworten konnte, war die Zeit abgelaufen.

Mit schweißnassem Nacken kam Hilma zu der Erkenntnis, dass ihre Blutung immer stärker wurde, und sie legte bedächtig den Hörer auf.

Ja, natürlich. Sie musste die Eltern anrufen. Aber vordringlich war jetzt das Badezimmer. Dort angekommen fiel ihr ein, dass ihre Binden immer noch in der untersten Schublade der Schlafzimmerkommode lagen. Aber behindert wie sie war, schaffte sie es bis dorthin nicht. Ein Handtuch musste herhalten. Schrecklich, gerade in diesen Augenblicken auch noch die Periode zu haben, die nach Verwesung roch.

Noch ein Frottétuch wurde geopfert.

Kaum hatte sie sich in Ordnung gebracht, klingelte es auch schon wieder.

Es war die Studienassessorin Fräulein Gabortén, die durch einen guten Freund bei der Zeitung »Nya Norrland« wusste, dass am nächsten Tag ein äußerst stilvoller und würdiger Nachruf auf Sigfrid Tornvall erscheinen würde. Fräulein Gaborten äußerte sich zufrieden darüber, welches Gesicht manche Leute in der Stadt beim Lesen dieser Zeilen machen würden. »Dieser so einmalig schönen Würdigung!«

»Mama!«, rief Signe. »Warum kommst du denn nicht? Das Essen ist längst fertig!«

Eben. Und Aino nahm die Arbeitsschürze ab, machte einen Knicks, bedankte sich und hoffte, dass Frau Tornvall sich jetzt besser fühlte. »Und wenn irgendetwas ist, brauchen Sie nur Bescheid zu geben, hat Frau Norén gesagt«, fügte Aino hinzu und machte noch einen Knicks.

Hilma schlug jeden Gedanken an Hilfe beim Anlegen eines feuchtwarmen Umschlags in den Wind. Unbeholfen hielt sie sich an der Tischkante fest und ließ sich mühsam auf einen Stuhl sinken. Es wäre ja noch schöner, seine Hilflosigkeit offen zu zeigen. Jetzt hieß es die Zähne zusammenbeißen und noch ein Pulver nehmen.

Hilma waren Schmerzen seit ihrer Kindheit vertraut. Vater Christian hatte Schmerzen im Rücken. Mutter Selma hatte es in den Knien und den Ellbogengelenken, und Hilma war wehe Knie und blutende Risse an den Fingern sowieso gewöhnt.

Es gehörte zu einem ehrenhaft strebsamen Dasein, irgendwo Schmerzen zu haben. Für Zimperlichkeiten hatte man nichts übrig. Zu leiden war ganz normal.

Und es barg kein Risiko, denn es verhinderte die allgewaltige Zufriedenheit. Zu meinen, man habe es gut. Ein solches Gefühl war vielleicht nicht gerade eine Todsünde. Aber eben nicht gut. Bestrafung war zu erwarten.

»Duldsam leiden / fromm verzichten.«

»Danke, Aino«, sagte sie. »Jetzt kommen wir gut zurecht. Grüße an Frau Norén, und wir lassen vielmals danken. Und an Hulda«, fügte sie hinzu. Denn praktisch war es wohl ihr zu verdanken.

Der anerzogene Widerwille dagegen, in jemandes Schuld zu stehen und mit gesenktem Kopf danken zu müssen, ließ ihr die Worte gleichsam versiegen.

Aber Aino fand nichts Merkwürdiges daran. Ein dritter Knicks und weg war sie.

Signe ließ sofort den Kopf hängen. Stocherte mit gerümpfter Nase im Essen herum. In der Soße waren Klumpen. Aber auch ihre Mutter hatte keinen besonderen Appetit.

Da meldete sich das Telefon schon wieder.

Es war Signes Klassenlehrerin, die nur mitteilen wollte, dass Signe selbstverständlich in den nächsten Tagen zu Hause bleiben konnte. Vor der Beerdigung kam jetzt ja viel auf sie zu. Und außerdem könnten die vielen Blicke und das Geflüster hinter ihrem Rücken für Signe störend sein. Dass ein Vater sterben musste, beunruhigte wohl alle Kinder. Aber der Vater einer Mitschülerin. Jemand, den sie kannten, mit dem sie schon gesprochen hatten. Es wäre besser für Signe, einige Tage abzuwarten, bis der Schauder dieser Nachricht abgeflaut war, meinte Fräulein Josephsson, die sich für Psychologie interessierte.

»Ich gebe Signes Schulhefte Annastina mit, sie wohnt wohl am nächsten.«

Ja, ja. Gewiss. So war es.

Hilmas tiefer Seufzer bezog sich nicht unbedingt auf das Mädchen Annastina, sondern galt eher der Trauer, der Verwirrung und Bestürzung, die in einem Heim, das den Hausvater verloren hatte, herrschen mussten.

Hilma mochte Annastina nicht. Hilma wollte nicht, dass dieses Kind Signes beste Freundin war.

Hilma verstand ganz einfach nicht, wieso Annastina geradezu *Macht* über ihre Tochter hatte. Zu ihrem zehnten Geburtstag hatte Annastina zehn Mitschülerinnen einladen dürfen. Signe fieberte vor Angst, nicht mit dabei zu sein. Denn genau zu diesem Zeitpunkt war Berit Annastinas beste Freundin.

Aber zwei Tage vor dem Fest kam Signe mit der Nachricht nach Hause, dass sie eingeladen worden war.

Eine hübsche kleine Schachtel mit drei bestickten Taschentüchern wurde im Kurzwarengeschäft erstanden. Das kleine Fest sollte am Sonntag um zwei Uhr beginnen. In der Nacht davor schlief Signe unruhig. Kam um Mitternacht angelaufen, weil sie es an den Fenstern hatte rascheln hören. Es war windig. Kein Wunder also, dass die Fenster ein bisschen rappelten und klapperten. Aber das Kind war überzeugt, dass es Gespenster waren. Eine Tasse Honigmilch beruhigte sie einigermaßen. Aber sie wachte früher auf als sonst. Am Vormittag war sie rastlos, und nicht einmal Sigfrids Kunststück half, als er ein neues Mädchenbuch aus den geheimen Vorräten des Regals zauberte.

Hilma brauchte lange, bis sie Signes Haare mit der Brennschere zufriedenstellend frisiert hatte.

Ein blaues Kleid mit Volants und Puffärmeln; Signe sah darin allerliebst aus. Aber als sie gehen wollte, entdeckte Hilma, dass ihre Tochter sich die schöne blaue Saphirbrosche angesteckt hatte, eine Hinterlassenschaft der Schwägerin Dagmar.

»Neeein, Signe«, sagte die Mutter. »Die darfst du nicht nehmen. Du weißt, wie leicht der Verschluss aufgeht.«

Da war Signe blutrot im Gesicht geworden und hatte gesagt, dass sie die Brosche anstecken *müsse*. Und hatte die Hand ganz fest zugedrückt.

»Was ist denn mit dir los, Signe? Du könntest ja die Türkisbrosche anstecken.«

Hilma war offensichtlich nicht auf den Ausbruch vorbereitet gewesen, der diesem simplen Vorschlag folgte.

Laut heulend riss Signe das Schmuckstück so heftig ab, dass ein kleines Loch im Kleid entstand, das sie jetzt, noch immer heftig weinend, auszog, sich aufs Bett warf und ohne Rücksicht auf die frisch gelockten Haare sich das Kissen aufs Gesicht drückte.

Nach und nach bekam Hilma heraus, wie alles zusammenhing. Annastina hatte Signe nur unter der Bedingung eingeladen, dass sie die Saphirbrosche geschenkt bekam.

Hilma war vor Entsetzen so zornig geworden, dass sie sich ans Herz hatte greifen müssen. Was für eine Geschichte!

Signe war wegen der unnachgiebigen Haltung ihrer Mutter fast hysterisch geworden. Unter gar keinen Umständen durfte Signe in dieser Verfassung zu Annastina gehen. Hilma wollte jedoch die Mutter des feinen Fräuleins anrufen und ihr sagen, dass...

»NEIN, NEIN! DAS DARFST DU NICHT!«, schrie Signe ganz außer sich. »Sonst will Annastina nie wieder mit mir gehen.«

Guter Gott, was macht eine Mutter da?

Signes Verzweiflung war so groß, dass telefonisch nur kurz mitgeteilt wurde, Signe könne wegen plötzlich aufgetretener Halsschmerzen nicht kommen.

Am Montag hatte Signe wirklich Halsschmerzen und 37,7 Temperatur.

Hilma hatte nie gewagt, mit Sigfrid über diese Episode zu sprechen. Er mit seinem, auch wenn er gesund war, plötzlich aufbrausenden Temperament. Man konnte nie wissen, was Annastinas Eltern von ihm zu hören bekommen hätten. Er war stets bereit, jeden fertig zu machen, der an seiner Signe auch nur das Geringste auszusetzen hatte.

Hilma hatte das Gefühl, dass Signe beängstigend überreizt war, wie ihre zornige Art, den nicht leer gegessenen Teller naserümpfend wegzuschieben, zeigte.

Sie schaute ihre Tochter beunruhigt an. Die Gesichtsfarbe war zu kräftig. Ihre Augen glänzten. Sie würde doch hoffentlich nicht krank werden?

Aus alter Gewohnheit wollte Hilma Signe die Hand auf die Stirn legen, um nachzufühlen.

Aber das war einfach unmöglich. Signe wandte das Gesicht mit einem boshaften Zug um den Mund ab. Man stelle sich vor, es ginge wieder von vorne los. Das gleiche Verhalten wie...

Das Ereignis spielte sich in weiter Ferne ab. Wie durch ein umgedrehtes Fernglas betrachtet.

Doch dann fiel Hilmas besorgter Blick auf eine Zeichnung, die auf der Holzkiste lag. Eine Dame in einem weiten, langen Kleid, die einen Fuchspelz um den Hals geschlungen hatte.

»Sieh einer an!«, rief Hilma unnötig laut und erfreut. »Hat Aino dir wieder eine Zeichnung geschenkt? Ist die aber schön!«

Signe riss das Blatt an sich und drückte es fest an die Brust.

Hilma zwang sich mühsam zum Aufstehen.

»Das war aber sehr lieb von Aino. Wir hängen sie in deinem Zimmer an die Wand. Was hältst du davon?«

Begeistert und mit plötzlich ganz fröhlichem, liebem Gesicht läuft Signe an die Schublade, in der Heftzwecken, Bindfaden, Etiketten und Gummibändchen aufbewahrt werden.

Hilma schaut auf die Küchenuhr. Es ist schon fast zehn.

Es ist alles andere als einfach, Signe zu mäßigen. Weiter als sie kann keiner von aller Müdigkeit entfernt sein. Hilma weiß, was ihr bevorsteht, wenn Signe übermüdet ist.

Ihr eigener schmerzender, hilfloser Körper ist im Moment wirklich das kleinste Problem.

Es gelingt ihr, Signe ins Badewasser zu stecken, dem sie nach 4711 duftendes Badesalz zugefügt hat; ein Geschenk von Sigfrid. Dann ein Glas warmer schwarzer Johannisbeersaft mit einem halben Päckchen Schlafpulver.

Signe bittet, dass das Licht an bleibt.

Signe bittet, dass sie noch lesen darf; es sind nur noch zwei Kapitel in dem Buch, in das sie versunken war, als das Telefongespräch kam, das ihre Mutter zum ersten Mal zwang, sich auf den Stuhl neben dem Telefon fallen zu lassen.

Sie blättert sich zu der Stelle durch, wo das Engellesezeichen liegt. Sie wirkt ruhiger. Ihr Gesicht ist zwar etwas mehr gerötet als normal, aber das mag an dem Bad liegen.

Hilma stopft die Decke so gut fest, wie es ihr mit dem wehen Rücken möglich ist. Sie setzt sich, streicht dem Kind über die feuchten Haare. Das Kind liest weiter, als würde es Mamas Hand gar nicht spüren.

Hilma humpelt in die Küche, um den Abwasch zu besorgen. Bei nur zwei Personen ist es ja nicht besonders viel. Es ist jetzt schon ein gutes Stück später als zehn Uhr. Sie hat ihre Eltern bisher noch nicht angerufen. Und jetzt ist der Abend schon zu weit fortgeschritten.

Aber ob sie später einmal verstehen würden, warum Hilma sie nicht noch am selben Tag benachrichtigt hat?

Sie würden es übel nehmen.

Hilma wischt Tisch und Spülstein ab, rückt den Läufer zurecht. Trinkt ein Glas Saft, um die Trockenheit im Mund zu vertreiben.

Sie bestellt eine Gesprächseinheit.

Am Apparat meldet sich Selma. Schlaftrunken schrill und auf das Schlimmste gefasst. Sie reagiert auf die Todesnachricht genau so, wie ihre Tochter es befürchtet hat. »Das war aber barmherzig von unserm Herrgott, dass er ihn hat gehen lassen. Wenn man bedenkt...«

»Jetzt kannst du ja – und die arme Signe – endlich in Ruhe und Frieden leben. Du kriegst doch wohl eine Witwenpension?«

»Eine Einheit. Ende«, meldete sich die Telefonistin.

Am liebsten hätte Hilma sich bei der Vermittlung bedankt.

Wenige Minuten später klingelte es noch einmal. Es war ihre Schwägerin Edit Tornvall, die Beileid wünschen und auch mitteilen wollte, dass ihr Gatte den Nachtzug nach Sollefteå genommen hatte. Schuldirektor Johannesén hatte ihm die Todesnachricht übermittelt. Eskil hatte ein Zimmer im Hotel Appelberg reservieren lassen.

Nachrufe auf Sigfrid Tornvall

Im Krankenhaus von Umeå verschied gestern der Studienrat Sigfrid Tornvall aus Sollefteå. Tornvall war bei seinem Ableben 47 Jahre alt und hinterlässt als trauernde nächste Hinterbliebene seine Gattin und ein Kind.

1931 wurde er zum Studienassessor an der Realschule in Sollefteå ernannt. Mit Sigfrid Tornvall schied ein sehr begabter, redlicher Mann aus dem Leben. Schon in jungen Jahren waren ihm soziale Fragen ein Anliegen, und er hatte immer großes Mitleid mit den Notleidenden. Selbst Opfer einer heimtückischen Krankheit, wusste er, was Leiden bedeutete, und hatte daher tiefstes Mitgefühl für alles Leid in seiner Umgebung. Der Sozialdemokratischen Partei war er beigetreten, weil er sie als ein Werkzeug zur Linderung und Überwindung der Not betrachtete. Bei der Friedensbewegung und der Schlichtungsstelle leistete er begeisterte Arbeit mit dem Ziel, menschliches Leid einzudämmen und zu verhindern. Im Tempelritterorden, dem er in seinen letzten Lebensjahren angehörte, fand er ein Betätigungsfeld für umfassenden Altruismus, und bei den »Kirchenbrüdern«, einer Organisation, die er hier in der Gemeinde einführte, fanden seine seit Kindertagen tief empfundenen religiösen und kirchlichen Interessen ihren Auslauf.

Sigfrid Tornvall war ein Idealist reinsten Wassers. Für ihn gab es keine Rücksichtnahme auf den eigenen Nutzen oder das Urteil seiner Mitmenschen, wenn er Partei ergriff. Er richtete sich danach, was ihm sein Gewissen sagte, das in Handel und Wandel seine Richtschnur war, und bereitwillig opferte er, ohne einen Gedanken an persönliche Vorteile oder Belohnung, Zeit, Geld und Körperkräfte für die Verwirklichung seiner Ideale. Die Zeitung »Nya Norrland« hatte während der letzten Jahre, zuletzt zum Friedenstag am 11. November, als Tornvall schon auf dem Krankenlager lag, von dem er sich nie mehr erheben sollte, Gedichte aus seiner Feder publiziert. Es waren kleine Kunstwerke, formal unantastbar, und im Inhalt von den reifen Gedanken eines edlen Gemütes beseelt. In diesen Gedichten spiegelt sich eine suchende, kämpferische Seele, die sich wie eine Saite über Wohl und Wehe der Welt spannt und die vor unbegrenztem Mitgefühl für alles Lebende und Leidende in unserer Welt vibriert.

So stehen wir an der Seite der Freunde und Kollegen trauernd an Sigfrid Tornvalls Bahre und fragen, warum das unergründliche Schicksal es ihm versagte, seine Geistesgaben weiterhin auf uns überströmen zu lassen, doch soll uns auch die Gewissheit trösten, dass dieser Geist endlich den Frieden gefunden hat, den er in seinen Lebenstagen gesucht, aber nicht gefunden hat.

Die bürgerliche Zeitung »Västernorrlands Allehanda« brachte ihren Nachruf am darauf folgenden Tag. Er war kürzer als der von »Nya Norrland«, aber ebenso schön:

Der Tod kam zu Sigfrid Tornvall als ein Befreier, ein Freund.

*Und die Nacht wird hell, und es rufen mich Stimmen,
und die befreite Seele darf empor aus dem Staube
sich schwingen.*

Hell und rein war die Atmosphäre, die Sigfrid Tornvall umgab.
Dummheit und Niedertracht waren ihm so fremd, dass er sie nicht zu erkennen schien, nicht an sie glaubte. Er verharrte in den lichten Gefilden des Idealismus. Für seine Ideale kämpfte er offen und ehrlich. Man mochte ihn wirklichkeitsfremd nennen, aber unvermeidlich ließ man sich von seinem hehren Glauben, dass das Gute siegen werde, erwärmen.

Mit großem Idealismus übte er auch seinen Lehrerberuf aus. Er wollte andere an seinem reichen Wissen teilhaben lassen und ihre Augen für tiefere Zusammenhänge öffnen. Diese Art von Unterricht stellt hohe, vielleicht sogar zu hohe Anforderungen an die Schüler, und nicht immer stieß er auf das erhoffte und erwartete Verständnis.
Der Allgemeinheit war Sigfrid Tornvall vor allem als Sänger bekannt. Wie viele schöne Feierstunden hat er den Kirchenbesuchern von Sollefteå doch bereitet, wenn er die von dem schwedischen Komponisten Wennerberg vertonten »Psalmen Davids« sang. Text und Ton verschmolzen zu einer höheren Einheit und schufen eine Andacht von seltener Tiefe. Immer war er gewillt, anderen Freude zu bereiten, zu helfen und zu trösten.
Für die Kirchenbrüder bedeutet Sigfrid Tornvalls Hinscheiden einen unersetzlichen Verlust. Ihm ist es zu verdanken, dass die Vereinigung zustande kam, und er war die Seele ihres Wirkens. Er war von tief empfundener, strahlender Religiosität, und nie hätte er Härte walten lassen oder gar jemanden verurteilt. Und in seiner Sehnsucht konnte er mit dem Bettler von Luossa singen:

Es gibt etwas hinter Bergen, hinter
Blumen und Gesang,
es gibt etwas hinter Sternen, hinter
meines Herzens Drang.
Horcht – etwas raunt und etwas flüstert,
fleht gar noch und wispert
Komm zu uns, denn dort hernieden
Ist dir nichts Reiches mehr beschieden.

4

Am nächsten Morgen plumpste die Zeitung »Nya Norrland« schon um halb sieben auf den Abtreter in der Diele. Hilma war längst wach, und es hatte sie viele schmerzhafte Minuten gekostet, um aus dem Bett zu kommen.

Vielleicht hatte dieser Ausrutscher auf dem Eis sogar einen tieferen Sinn gehabt? Dass etwas anderes ihr Kummer bereiten sollte. Etwas Handfestes, Augenfälliges. Etwas, das seine Zeit brauchen und dann vorüber sein würde. Körperliche Schmerzen vergehen schneller als das Weh der Seele. Die Trauer und das chaotische Gefühl nach dem Verlust eines geliebten nahestehenden Menschen kann sogar ein Leben lang anhalten.

Sie machte sich eine Tasse Silbertee und aß ein Butterbrot dazu. Mit dem Frisierjäckchen über dem Nachthemd las sie am Küchentisch über ihren verstorbenen Mann. Sie verstand jetzt, was Fräulein Gabortén gemeint hatte. Dass manch einer nachdenklich werden würde.

Hilma beschloss, sofort drei Exemplare kaufen zu gehen, sobald der Tabakladen offen hatte. Eines davon wollte sie an Christian Strömberg und Gemahlin in Lövberga schicken.

Hilma hatte bei diesem Gedanken etwas Boshaftes im Blick. Sie sollten ruhig erfahren, mit welchem Respekt und mit welcher Wertschätzung man in der Zeitung über ihren verrückten Schwiegersohn berichtete. Den Mann, dem sie von Anfang an misstraut hatten. Seinen übertriebenen Manieren. Dem verdächtigen Redefluss. Gemäß dem ungeschriebenen Gesetz ihrer Heimat hatte jeder, der viel redete, etwas zu verbergen.

Einem Phrasendrescher wie diesem konnte man nicht trauen, dessen Goldring an der linken Hand ihrer Tochter glänzte, als er angereist kam, um seine zukünftigen Schwiegereltern kennen zu lernen. Schon als er anfing, Selma heftig zu umarmen und ihr jubelnd für die wunderbare Tochter zu danken, der sie das Leben geschenkt hatte, schon da war das Urteil gefallen. Ein »Quasseljöns«. Ein Schaumschläger.

Aber dass es noch schlimmer kommen sollte, so über alle Maßen hoffnungslos, als er beim eingemachten Kalbfleisch vom Streikrecht der Arbeiter zu faseln anfing, was hieß, dass sie die Arbeit niederlegen sollten, wenn sie mit Lohn und Arbeitsbedingungen nicht zufrieden waren!

Zufrieden?

Und wie die Kinder am Tisch zu weinen angefangen hatten, weil das Schweigen nach so unchristlichem und ungebührlichem Reden zu unheimlich war und weil ihre Väter keine Worte fanden, sondern die Stühle zurückschoben, dass das Linoleum quietschte, und aufstanden und ihren Frauen mit einer Kopfbewegung andeuteten, dass es an der Zeit wäre zum Fuhrwerk zu gehen und heimzufahren...

Die Stimmung hätte nicht bedrückender sein können, wenn man auf der Küchenbank einen Lungenkranken angetroffen hätte, der Blut hustete.

Die Katastrophe war ein Faktum gewesen. Ihr Vater war schweigend in der Kammer verschwunden. Die fassungslose Selma stand händeringend in der Küche.

Und Tochter Hilma, die Braut dieses gottlosen Wortverdrehers, hatte sich auf dem Örtchen eingeschlossen und so viele Tränen vergossen, dass sie fast daran erstickt wäre.

Eigentlich hatte sie sich damals ganz ähnlich verhalten wie zwölf Jahre später ihre Tochter Signe, die sich im Badezimmer einschloss, weil sie nicht wissen wollte, dass ihr Vater gestorben war. *Es nicht ausgesprochen hören wollte.*

Als aber Hilma beim Durchlesen des überragenden Nachrufes in »Nya Norrland« an den Skandal beim ersten Besuch dieses Mannes in Lövberga dachte, sah sie keine Parallele zu Signes schockierendem Auftreten.

Im Haus ihrer Kindheit hatte Hilma auf dem Abortdeckel gesessen und geweint, weil sie wusste, dass es keinen Weg zurück gab.

Das Versprechen war gegeben.

Und sie wischte sich die Tränen ab und schnäuzte sich in ihren Rock, denn mit den herausgerissenen Seiten aus dem Kaufhauskatalog konnte man sich wohl den Hintern abwischen, aber für Tränen und Schnupfen taugten sie nicht. Dann ging sie hinaus zu ihrem Schicksal, ihrem Leben mit dem geisteskranken Studienassessor Tornvall.

Sie wusste, dass sie von nun an keine Tränen mehr vergießen würde. Wenn alles wirklich ganz unerträglich schwer ist, hat es keinen Sinn zu weinen.

Als Hilma den Nachruf zum dritten Mal gelesen hatte, klopfte es an der Küchentür.

Es war wieder Aino, die ausgesandt worden war, um zu fragen, ob Frau Tornvall irgendwelche Hilfe bräuchte.

Hilma streckte Hals und Rücken und ließ Hulda dankend bestellen, dass sie alleine zurechtkäme.

Zu diesem Zeitpunkt hatte sie noch keine Ahnung davon, wie anstrengend der erste Tag nach einem Todesfall sein würde.

Das Telefon würde pausenlos bimmeln und die Klingel an der Wohnungstür das Täfelchen Nr.1 an der Küchenwand immer wieder herunterfallen lassen, denn die Wohnung der Herrschaften Tornvall war für einen standesgemäßeren Haushalt als den jetzigen eingerichtet.

Hilma brauchte eine Weile, um in den Flur zu humpeln. Signe, die von der Türklingel aufgeweckt worden war, kam blinzelnd und in ihrem Nachthemdchen frierend heraus, um nachzusehen, wer da kam.

Ihre Mühe wurde belohnt. Denn es war der Assessor von Parr. So früh hatte er hier doch noch nie etwas zu besorgen gehabt?

Aber nur sehr wenig würde fortan so bleiben, wie es war.

Erhitzt stand der Assessor mit drei Exemplaren des »Nya Norrland« an der Tür. Als hätte er gewusst, dass Hilma genau diese Anzahl hatte kaufen wollen. Signe wartete verhalten darauf, entdeckt zu werden.

»Signe«, sagte ihre Mutter streng. »Zieh sofort den Bademantel und die Pantoffeln an.«

Zwar war Signe noch ein Kind, aber es gehörte sich nicht, dass sie dem Besucher im Nachthemd entgegenlief, um in den Arm genommen zu werden.

Denn damit hatte sie doch wohl gerechnet.

Rutger von Parr begnügte sich jedoch damit, Signe zerstreut über Kopf und Rücken zu streicheln, während er mit ihrer Mutter sprach.

Aus unerfindlichen Quellen wusste der Assessor von Parr, dass Hilma Tornvall auf dem Hof ausgerutscht war und sich ziemlich verletzt hatte. Und da er freitags in der ersten Stunde frei hatte, dachte er, ja, es war wirklich nur ein Gedanke gewesen, dass Hilma, selbst wenn sie »Nya Norrland« abonniert hatte, ein paar weitere Exemplare würde brauchen können.

Immer wieder, dachte sie erstaunt, hat er diese merkwürdige Intuition.

»Der Nachruf auf Ihren Gatten«, betonte er jetzt, »ist wohl einer der schönsten, die man je gelesen hat. Und zutreffend. Nicht ein Wort zu viel. Denn so war er wirklich, dieser viel zu früh von uns gegangene Freund und Kollege.«

Für eine untröstlich trauernde Ehefrau war ein Nachruf auf die Dauer wohl keine Hilfe. So schön und erhebend er auch sein mochte, konnte er ihr den Mann nicht wiedergeben.

Aber gerade in diesem besonderen Fall würde es für die Witwe leichter sein, den Bürgern der Stadt gegenüberzutreten, denn es war zu erwarten, dass man sie in nächster Zeit auf der Straße anhielt, um ihr die Hand zu geben und mit Leichenbittermiene zu sagen: »Mein Beileid, mein Beileid, mein Beileid, mein Beileid.«

Den Blick der armen Frau würden sie hinter dem schwarzen Witwenschleier jedoch nicht erkennen.

Hätten sie es gekonnt, sie hätten den mit einem Anflug von Hohn versetzten kleinen Triumph bemerkt.

O ja, gewiss, als ein Mann von ungewöhnlicher Haltung, mutig und vor Idealismus glühend, war es ein schwerer Verlust für die Stadt, aber man durfte nie vergessen, dass er auch geisteskrank gewesen war.

Es bedrückte Hilma bisweilen, dass er diese späte Ehrung und Wiedergutmachung nicht mehr selbst lesen konnte.

Wie sehr hätte er sich doch darüber gefreut!

Aber so spielt es sich nun einmal nicht ab. Ein Mensch, der gekämpft, gelitten und nicht nur mit Menschen, sondern auch mit Dämonen gerungen hatte, musste sich damit begnügen, im Grab seinen Frieden zu finden. Und auch damit, dass er nach seinem Tod hoch geschätzt und gepriesen wurde.

Hilma glaubte nicht daran, dass er sich jetzt im Himmel darüber freute.

Hilmas abtrünniger Glaube würde in Zukunft immer schwieriger zu meistern sein, denn er durfte ja von anderen nicht wahrgenommen werden.

Signe zuliebe musste sie die Form wahren.

Sigfrids Tochter sollte eine gute christliche Erziehung erhalten.

Hinter einem schwarzen Schleier sind die ketzerischen Gedanken einer Witwe nicht zu sehen. Zum Beispiel, dass es für einen Toten keine Rolle mehr spielt, ob er ins Meer geworfen oder auf einer Müllhalde verbrannt wird.

Er fühlt nichts. Er weiß nicht einmal, dass er tot ist. Nur die Überlebenden wissen es. Ihretwegen werden die Nachrufe geschrieben, während die Schnittblumen in seinem Heim verwelken, das bisher solchen Blumenschmuck nicht gekannt hatte.

Sigfrid hatte den Liederzyklus »Fridas Weisen« des schwedischen Dichters Birger Sjöberg ganz besonders geliebt. Seine bevorzugten Texte waren trotz seines normalerweise so heiteren Gemütes die beiden letzten Strophen des Liedes »In der Minute des bleichen Todes« gewesen.

Ach, was brauche ich mehr...
ich so wenig begehr.
Besser wäre, ich falle so
wie ein Blatt fällt und stiebt
durch die Luft und begibt
sich zur Ruhe in Staub und Stroh.
Und der Tau fällt und Frost macht es weiß
und zerbricht es zu Krümeln von Eis.
Ach, was brauche ich mehr...
ich so wenig begehr
von den Glocken und Liedern froh.

Hast du doch eine Ros,
komm und leg sie aufs Moos
auf den Hügel hier über mir,
wenn du wanderst vorbei
unter Vogelgeschrei,
wenn es Sommer ist im Revier.
Kann mein Geist dir mit nebliger Hand
freundlich winken, er tut es galant!
Wie ein fächelnder Wind
will ich kosen dich lind
zwischen Kreuzen am Wegesrand.

Lieber Gott. Sie konnte seine Stimme hören, die zärtlich sanfte letzte Strophe.

Und es war der Gedanke daran, dass sie diese Stimme nie mehr hören würde, der ihr Herz gleichsam umklammerte und ihr die Knie versagen ließ. Nie mehr dieser Schimmer, der einzige Lichtschimmer, den es in ihrem Leben gegeben hatte. Der Goldglanz seiner Stimme, der sie dort oben in Tärnaby in eine milde Süße gehüllt hatte...

Sie hätte weinen wollen. O ja, sie wollte es wirklich! Aber sie konnte es nicht. Sie wagte es nicht. All die ungeweinten Tränen der letzten zwölf Jahre durften auch jetzt nicht hervorströmen. Signe würde erschrecken.

5

*D*ann kam Eskil Tornvall.

Er hatte sich vorgestellt, mit der Witwe per Bahn nach Umeå ins Krankenhaus zu fahren, dann einen Sarg zu beschaffen und den Transport nach Sollefteå zu regeln.

Eskil wusste, dass man einen Güterwagen mieten und so den auf Tannenreisig stehenden Sarg mit dem Leichnam befördern konnte.

Die Kosten dafür wollte Eskil tragen.

Als er merkte, wie elend es seiner Schwägerin ging – man bedenke das Missgeschick, mitten in den Begräbnisvorbereitungen derart hinzufallen, ein Unglück kam wahrlich nicht allein –, erbot er sich, die Reise ohne sie zu unternehmen, um den Verstorbenen zu identifizieren und die Überführung zu veranlassen.

Hilma hatte auch so genug Anstrengendes hinter sich zu bringen. Nie hatte sie es geschafft, Sigfrids einzigen Bruder zu mögen, und nun musste sie sich auch noch in aller Demut dankbar zeigen, dass er ihr diese traurige Reise abnahm.

Unterbewusst konnte sie dennoch einen Sinn darin erkennen, dass sie am Abend des Tages, an dem ihr der Tod ihres Mannes telefonisch mitgeteilt worden war, auf dem Glatteis ausgerutscht war. Sie brauchte den Toten nicht mehr zu sehen.

Sie wusste nicht, welchen Anblick ein obduzierter Leichnam bot. Dank ihres Sturzes musste sie diese Erfahrung nun nicht machen. Die Ausrede, dass sie Signe nicht alleine lassen konnte, hätte ihr nichts geholfen. Denn am selben Tag würden auch Anders und Estrid mit der Kleinen kommen.

Was wäre der Mensch ohne seine praktischen Aufgaben? Das alltägliche Streben und Mühen, das Essen auf den Tisch zu bekommen, aufzuräumen, das Geschirr zu spülen, Wäsche zu waschen, zu bügeln und auszubessern und wieder Ordnung zu schaffen.

Wenn das Dasein aus dem Gleichgewicht geriet und aus den Nähten platzte, gab es immer noch genug für die Hände zu tun. Die Tätigkeiten einer Mutter und Hausfrau dürfen, wie schlimm es anderweitig auch zugeht, nie vernachlässigt werden. Keine Traurigkeit darf so sehr überhand nehmen, dass man die Bedürfnisse eines Kindes unbeachtet lässt, seien sie nun seelischer oder körperlicher Art. Und das Feuer im Herd in Gang zu halten, zu lüften, die Betten zu machen, das Kind rechtzeitig in die Schule zu schicken, Lebensmittel einzukaufen, kochen, spülen, aufräumen, waschen, bügeln, Strümpfe stopfen...

Ein Todesfall in der Familie hat natürlich automatisch eine ganze Menge praktischer Verpflichtungen im Gefolge. Ein Begräbnis mag wohl in den Himmel führen, doch sind wahrlich eine Menge irdischer Betätigungen damit verbunden. Und Kosten.

Aber das Finanzielle war eine später zu beantwortende Frage. Zum gegenwärtigen Zeitpunkt konnte man nur sagen, dass jeder Tag seine eigenen Mühen mitbrachte.

Nie hätte Hilma sich vorstellen können, was alles in der Gesellschaftsschicht, der sie jetzt durch ihre Heirat verpflichtet war, dazu gehörte, wenn jemand gestorben war.

Als der uralte Onkel Enok aus dem Altenteilhäuschen oben im Storriset verschieden war, hatte man den Deckel von der Küchenbank abgeschraubt und den Toten darauf gelegt. Zwei Männer hatten angepackt und den Verstorbenen auf der Bankklappe über den Hof in den Holzschuppen getragen, in dem jetzt im Vorfrühling zum Glück nicht mehr allzu viel Brennholz lagerte.

Frauen hatten die freie Bodenfläche vorher gekehrt und Tannenreisig gestreut. Der Bankdeckel war auf zwei hölzerne Böcke gestellt worden. Alles war sehr langsam, feierlich und schweigend vor sich gegangen. Zusammen mit anderen Kindern hatte die kleine Hilma mit großen Augen in der Nähe gestanden – keines der Kinder hatte bisher einen toten Menschen gesehen.

Aber sie hatten nur kurz zuschauen dürfen, denn plötzlich hatte einer von den Erwachsenen sie entdeckt und verscheucht.

Wenige Tage später durften nur die Jungen und Mädchen, die in absteigender Linie direkt mit Onkel Enok verwandt waren, im Pferdewagen mit nach Strömsund fahren, wo die Beerdigung stattfinden sollte.

Die Kinder waren in schwarze, kratzige, aus alten Sachen der Erwachsenen genähte Kleider gesteckt worden.

In der Familie der Tornvalls hatte es Todesfälle in dichter Folge gegeben. Aber aus den verschiedensten Gründen war Hilma nie mit dabei gewesen, wenn die verstorbenen Anverwandten zur letzten Ruhe eingesegnet wurden. Ihr Schwiegervater und ihre Schwiegermutter waren im Zeitraum von nur einem Jahr gestorben, und Signe war bei beiden Anlässen nicht ganz gesund gewesen.

Sigfrid hatte seine Familie bei beiden Begräbnisfeierlichkeiten alleine vertreten müssen und war selbstverständlich einer der Sargträger gewesen.

Als Dagmar verstarb, war Hilma mit Signe bei Anders und Estrid in Härnösand zu Besuch gewesen und hatte nichts davon erfahren.

Erst bei ihrer Heimkehr hatte Hilma zwischen der vielen unter dem Briefschlitz in der Diele angehäuften Post den schwarz umrandeten Umschlag mit der Nachricht samt Einladung gefunden. Die tapfere, gutherzige Dagmar, die sich für das Wohl der Armen so selbstlos eingesetzt hatte, war zu diesem Zeitpunkt im ganzen Land bekannt und wurde, soweit das in der protestantischen Kirche überhaupt möglich war, schon fast als eine Heilige verehrt.

Aus diesem Grund bekam sie eine eigene, besonders schön angelegte Grabstätte im unteren Teil des Friedhofs nahe am See. Jenem See, an den Hilma geflüchtet war und sich mit dem Kahn im Schilf versteckt hatte, um nicht gefunden zu werden.

Aber sie war damals ja auch in anderen Umständen gewesen, und als die Übelkeit immer unerträglicher und der Herbstabend immer kühler wurde, musste sie sich schließlich zu erkennen geben. Obwohl man sie in Decken hüllte, hatte sie gefroren, dass die Zähne aufeinander schlugen.

Am nächsten Tag wurde im düsteren Zimmer des Herrn Pastor Familienrat gehalten. Man mußte die »Angelegenheit« in tiefster Bedrängnis in Angriff nehmen. Aber es hatte vorläufig keine andere Lösung gegeben, als alles in die Hand des Höchsten zu legen.

Gott fügte es denn auch, dass alles sich auf das Beste regelte. Im Abort eines Hinterhofes in Strängnäs hatte der Fötus Hilma verlassen und war als ein warmer, blutiger Klumpen in die Senkgrube gefallen. Das nächste Kind hatten Gott, Dagmar und der Herr Pastor aber nicht verhindern können.

Das Begräbnis ihres eigenen Ehemannes war somit das erste Leichenbegängnis in Hilmas Leben. Und nicht nur das. Sie würde auch noch diejenige sein, die anordnete und bestimmte.

Hilma hatte tatsächlich den Willen bekundet, dass niemand außer ihr die Planung der Begräbnisfeierlichkeiten zu verantworten hatte, damit alles so geschah, wie sie es haben wollte. Und so, wie Sigfrid es ihrer Meinung nach haben wollte, nein, *es gerne gehabt hätte.*

Nun war sie aber eine arme allein stehende Frau von einfacher Herkunft. Ihre Umgebung verschwendete keinen Gedanken daran, sie ein so herausragendes Ereignis nach eigenem Gutdünken in die Hand nehmen zu lassen. Hier hatte schließlich kein namenloser Armenhäusler das Zeitliche gesegnet.

Es war der Studienrat Dr. phil. Sigfrid Tornvall, ein bekannter und hoch geschätzter Bürger der Stadt Sollefteå, Sohn des Pfarrherrn Folke Tornvall und Bruder des angesehenen Rechtsanwaltes aus Eskilstuna, Eskil Tornvall. Jener Eskil, der aus Umeå zurückgekommen war und anderentags zusammen mit Anders und dem Direktor des Gymnasiums den Güterzug am Bahnhof erwartete, um von dort aus die Überführung des Leichnams zur Aufbahrungshalle der Gemeinde Sollefteå zu veranlassen.

Eskil war es wichtig, dass seinem Bruder eine würdige und standesgemäße Beerdigung zuteil wurde. Bei dieser Aufgabe war ihm Direktor Johannesén eine große Stütze. Ebenso wussten einige der besseren Damen der Stadt um ihre Verantwortung, der armen Witwe mit Rat und Tat zur Seite zu stehen.

Die Trauerkleidung war eine der vordringlichsten Angelegenheiten. Trauer darf die Bedeutung eines Verlustes nicht überschatten, sie braucht vielmehr zu Ehren des Heimgegangenen einen erhabenen, angemessenen Rahmen. Irmelin, die Frau des Schuldirektors, die Hilma bisher nur flüchtig bekannt gewesen war, hatte ihr jetzt das Du angeboten und gab sich als enge Freundin. Dafür nahm sie sich auch das Recht, hier und dort eigenmächtig zu handeln.

Sie hatte auch eine gute Begründung: Hilma Tornvall war nicht nur jählings mit einer minderjährigen Tochter alleine gelassen worden, sondern sie war auch noch durch ihren schmerzhaften Sturz im eisglatten Hinterhof physisch angeschlagen.

Am Vormittag des zweiten Tages kam also Anders mit seiner Frau Estrid und dem Kind. In der Stadt war man der Meinung, dass es für die arme Hilma ein großer Trost sein musste, in dieser Zeit der Trauer Besuch von nahen Verwandten zu bekommen. Aber sie stammten eben aus Hilmas Familie. Einfache Leute, von denen man nicht erwarten konnte, dass sie das Zeremoniell einer repräsentativen Beerdigung kannten.

Von diesen Überlegungen wusste Hilma natürlich nichts. Aber sie war froh, dass ihre Angehörigen gekommen waren, auch wenn es im Herrenzimmer dadurch ein wenig eng wurde.

Anders war groß, wirkte zuverlässig und war als Mann ein schöner Anblick. Angeblich baute er auf bestimmte Leibesübungen, die ihn gesund und kräftig erhielten. Aus diesem Grund aß er auch kein Fleisch, keinen Zucker und nichts, was gesalzen war; diese Dinge betrachtete er als das reine Gift.

Sein Leibgericht nannte sich Kleiengrütze und bestand aus verschiedensten Sorten von Getreide und Kräutern und hatte eher den Anschein, auf der Tenne zusammengekehrt worden zu sein.

Die Mischung musste stundenlang vor sich hin köcheln.

Anders war Anhänger einer *naturgemäßen* Lebensweise, wie sich das nannte. Er glaubte, der Mensch brauche sich nur gesund zu ernähren, seinen Körper zu pflegen und durch kaltes

Wasser und reichlich Aufenthalt in Feld und Wald abzuhärten, um nie krank zu werden oder einen Arzt zu brauchen. Täglich zweimal ergiebiger Stuhlgang gehörte auch dazu. Anders sah auch wirklich gesund und kräftig aus, Fleisch gewordene Werbung für ›Hermods Fernkurse‹, die in ihren Prospekten gern zwei junge Menschen mit energischem Kinn im Profil zeigten, deren blonde Haare im Wind wehten. Anders konnte lateinisch ausdrücken, was diese Körperkulturbewegung wollte: »Mens sana in corpore sano«. Das hieß: »Ein gesunder Geist in einem gesunden Körper«.

Hilma konnte sich erinnern, dass Sigfrid etwas über diese Körperkultur gelesen und gemeint hatte, es gäbe da bedenkliche Ähnlichkeiten mit der nazistischen Verherrlichung junger arischer Menschen, die durch und durch wohlgeraten und geneigt waren, in Reih und Glied dem deutschen tausendjährigen Reich entgegenzumarschieren.

Hilma dachte bei sich, dass Anders mit seiner Spezialkost und in erster Linie mit diesem Körnerfutter, das Estrid auch noch in aller Herrgottsfrühe aufstellen musste, übertrieb. Seine Frau teilte die Ansichten ihres Mannes in dieser Hinsicht auch nicht, was Anders spürbar missbilligte. Er hätte gerne durchgesetzt, dass die ganze Familie sich von Wurzelgemüse und Beeren, Kleie und Magermilch ernährte und den Urlaub im Zeltlager für Körperkultur verbrachte.

Hilma hütete sich davor, dieses Thema anzuschneiden. Estrid hatte das Kochen übernommen, und es gab Meerrettichfleisch mit viel gekochtem Wurzelwerk.

Signe hatte Onkel Anders immer lieb gehabt, und Hilma musste zugeben, dass er besonders gut mit dem Kind umzugehen verstand. Aber jetzt nahm die kleine Solveig Signe vollkommen in Anspruch. Dieses unerhörte, fast feierliche Glück, das Baby im Arm halten zu dürfen, es hin und her zu wiegen, hochzuheben und ihm auf den Rücken klopfen zu dürfen, damit es aufstoßen konnte – all das überstrahlte die Tatsache, dass ein schon lange abwesender Vater gestorben und dieser Tod nun der Anlaß war, dass die kleine Solveig mit ihren Eltern bei ihnen wohnte.

Signe durfte in dem verwaisten Bett neben Hilma im Schlafzimmer übernachten, weil die Näherin, Frau Stina Andersson, Signes Zimmer mit Beschlag belegt hatte.

Die kleine Frau Andersson, verheiratet mit Edvin Andersson, der gern dem Alkohol zusprach, war als die absolut beste aller Hausschneiderinnen bekannt. Sie war ganz einfach eine echte Begabung. Ihre Damen konnten sich im Modejournal jedes beliebige Modell aussuchen und wussten mit Sicherheit, dass Frau Andersson es nachschneidern würde. Falten, Einsätze, Passen, Plissees und schmale Biesen saßen genau wie auf dem Bild.

Außerdem hatte die kleine Näherin einen Blick dafür, was man mit Rücksicht auf die Figur der Kundin ein wenig ändern, versetzen sollte...

Frau Andersson wusste alles über Knopfreihen, die schlanker machten, wusste, wie man Wülste wegzauberte, wenn die Kundin ein zu kurzes Korsett trug. Sie war ganz einfach ein Schatz, darüber war man sich einig. Aber natürlich hatte sie ihren Preis.

Soll es schmecken, wird es kosten...

Doch die Ehemänner, also höhere Beamte, Ärzte, Zahnärzte, Offiziere und Fabrikanten öffneten willig ihre Brieftaschen. In vielen Berufen ist eine elegant gekleidete Gattin eine reine Geschäftsangelegenheit. Schlank und schick und im »Salon Doris« auf der Storgata perfekt onduliert, war sie der lebende Beweis für die gute Position ihres Mannes.

Die richtige Ehefrau bestätigte die Solvenz ihres Gatten.

Hilma wäre in dieser Hinsicht bedeutungslos gewesen. Aber ihr Mann, der politisch rot orientierte Studienrat, brauchte an seiner Seite keine Luxusfrau. Er wollte seine Jungfrau Maria haben, seine scheue, liebliche Waldblume, die sich im ruhigen Wasser des Waldsees spiegelte. Ein Kind aus dem Volk – und die hatte er auch bekommen. Eine an und für sich bildschöne junge Frau, aber so bescheiden, so schlecht gekleidet, dass jemand im Wohltätigkeitsverein überheblich bemerkt hatte, es werde behauptet, dass die Frau des Studienrates Tornvall die Kleider für sich und ihre Tochter selbst nähte. Und irgendjemand hatte dazu gemeint, das könne man doch auf den ersten Blick sehen.

Die Damen der Stadt schienen es nie begriffen zu haben, dass ein so stattlicher und charmanter Mann mit dieser unwiderstehlichen Ausstrahlung, der, wenn er zu sprechen begann, jedes andere Gespräch zum Verstummen brachte, dass also ein solcher Mann keine elegantere ebenbürtige Frau hatte finden können. Also jemanden aus seiner eigenen Gesellschaftsschicht. Ungefähr hier endete der Klatsch und das Geschwätz, denn jemand erinnerte sich und die anderen an die KRANKHEIT.

Danach wurde das Gespräch leise fortgesetzt, es war ein Flüstern und Seufzen, Blicke nach rechts und nach links, und mit einem Mal war diese Ehefrau tapfer und einmalig, loyal und stark und ihrer armen kleinen Tochter Signe eine außerordentliche Mutter, die vielleicht ja das Erbe ihres Vaters in sich trug.

Aber was nicht so richtig gefallen wollte, war der Umstand, dass sie sich so sehr absonderte. Nach der Aufsehen erregenden Scheidung des Ehepaares Dahlström und der Entdeckung der Unterschlagungen des sympathischen Bankprokuristen Dahlström und seines damit in Zusammenhang stehenden

Doppellebens hatte Brita Dahlström Sollefteå ja verlassen und war nach Hoting zurückgekehrt, wo sie vor ihrer Heirat gelebt und im Lazarett gearbeitet hatte. Brita Dahlström war Hilma Tornvalls einzige Vertraute gewesen.

Seit diesem Skandal waren vier oder sogar schon fünf Jahre vergangen. Aber Hilma Tornvall hatte seither keine wirkliche Freundin mehr gehabt, sondern hatte sich immer mehr abgekapselt, während ihr Mann die ganze Zeit ein strahlender Gesellschafter gewesen war.

Einladungen zum Essen sprach man immer für Paare aus. Einmal war Sigfrid in Begleitung seiner Tochter Signe gekommen, weil Hilma sich wegen einer Unpässlichkeit hatte entschuldigen lassen. In einer kleinen Stadt fällt so etwas auf und gibt Anlass zu Mutmaßungen.

Als Witwe war Hilma im Nu zum Eigentum aller geworden. Vieles, was jetzt um sie herum geschah, erinnerte an ihre kurze Verlobungszeit und vor allen Dingen an die letzten hektischen Tage vor der Hochzeit. Man hatte sie, das erkorene Opferlamm, herausgeputzt, und alles schien immerzu nur aus Wohlwollen und Hilfsbereitschaft zu geschehen. Alles, um sie zu einer standesgemäßen Braut für den Akademiker und Sohn des Pfarrherrn zu machen, der diese Waldarbeiterstochter während eines Sommerurlaubes hoch oben in den norrländischen Wäldern gefunden hatte.

Alle hatten geseufzt und festgestellt, dass sie in ihrem Brautstaat nicht nur schön war, sondern auch Stil hatte, als sie neben dem besonders lebhaften, rotgesichtigen Bräutigam einherschritt. Im Grunde genommen wussten alle Eingeladenen, dass der älteste Sohn des Pfarrerehepaares zeitweilig so schwer gemütskrank war, dass er der Pflege bedurfte...

Trotzdem hatte natürlich keiner von ihnen die Schrecken der Hochzeitsnacht vorausahnen können, in der die Polizei den Mann in die Irrenanstalt bringen mußte und die geschockte, heftig blutende Braut in ärztliche Pflege.

Davon wusste in Sollefteå, Gott sei Dank, niemand etwas.

Möglicherweise Studiendirektor Johannesén. Bekam er in seiner Funktion als Direktor bei einer Neueinstellung eigentlich geheim zu haltende Unterlagen über den betreffenden Lehrer?

Als Hilma das letzte Mal sozusagen für Publikum herausgeputzt worden war, hatte Weiß vorgeherrscht. Dazu zarte Rosa- und Beigetöne.

Damals waren die Kleider für Kerzenlicht und Freudenfest angefertigt worden.

Jetzt war Schwarz und nichts als Schwarz gefragt. Die Witwe und ihre Tochter sollten in der Kirche auf dem Ehrenplatz sitzen und sich in gut geschneiderten, dem Anlass entsprechenden schwarzen Kleidern zeigen. Die geeigneten Stoffe hierfür waren Wollcrêpe und schwer fallender, matter Atlas.

Für die kleine Signe war Wollcrêpe am besten geeignet. Ein runder weißer Kragen am Hals würde ein wenig aufhellen. Sie war schließlich noch ein Kind.

In Signes Zimmer, wo an Mutter und Kind Maß genommen, abgesteckt und zusammengeheftet wurde, stand die Nähmaschine im Mittelpunkt. Der Fußboden war mit Stoffresten, Fäden und Stecknadeln übersät.

Trotz ihrer untergeordneten Stellung nahm Stina Andersson nie ein Blatt vor den Mund. Es klang sehr streng, wenn sie Signe anhielt, nicht nur stillzuhalten, sondern regungslos stehen zu bleiben, damit die Stecknadeln an der richtigen Stelle saßen. Außerdem würde Frau Andersson sie weniger oft pieksen, wenn sie gehorchte.

Als sie Hilmas Körper mit Hilfe des Maßbandes in Zahlen umsetzte, riet sie Frau Tornvall, sich so schnell wie möglich ein neues Korsett anzuschaffen. Die Figur würde dann besser zur Geltung kommen, erklärte sie, und die Kleider würden besser sitzen.

Es ging ihr vor allem um die eigene Berufsehre. Nichts, was auf ihrer Nähmaschine entstanden war, durfte schlecht sitzen oder Falten werfen, nur weil die Kundin sich geweigert hatte, durch ein gut angepasstes Korsett die richtigen Grundlagen zu schaffen.

Das war nun wieder ein Augenblick, in dem Hilma ihre Freundin Brita Dahlström vermisste.

Hilma verabscheute es, in einer Umkleidekabine mit vielen Spiegeln zu stehen und von einer Verkäuferin Häkchen schließen, an sich herumzupfen, den Stoff glattstreichen zu lassen … Aber ein intimes Kleidungsstück wie das Korsett schloss andere Möglichkeiten aus. Wenn nun Brita dabei gewesen wäre, hätte sie durch ihr Geplauder und eingestreute scherzhafte Bemerkungen alles erleichtert. Sigfrid selbst, für den all dieser Aufwand getrieben wurde, war ein beredter Gegner dieser Art, einen warmen, lebendigen Frauenkörper in einen Käfig aus Schnallen, Fischbeinstäben, Haken und Ösen zu sperren, gewesen. Die schöne Rundung des Gesäßes als der für seinen Geschmack hübschesten Körperpartie wurde auf diese Weise hart und flach! Welcher Narr hatte sich nur eine solche Torheit ausdenken können?

Die auf der weißen Haut entstandenen roten Streifen, die sich zeigten, wenn der Körper aus seinem Gefängnis entlassen wurde, bewiesen sehr konkret, wie ungesund diese Mode war.

Hilma hingegen fühlte sich in dem lachsrosa Panzer irgendwie geborgen. Sobald sie ihn umgelegt hatte, spürte sie, wie sie sich dadurch auch seelisch zusammennahm.

Mit Freuden hätte sie eine eiserne Rüstung getragen, wenn sie dadurch hätte Sigfrid abhalten können.

Aber vermutlich hätte es ihm Vergnügen bereitet, ein solches Hindernis zu überwinden.

Frau Andersson arbeitete zugleich an zwei schwarzen Kleidern zum Wechseln, beide mit abnehmbarem weißen Kragen. Nach angemessener Zeit war es der Witwe erlaubt, ihre Garderobe mit etwas Weißem am Hals zu beleben.

Aus dem Wollcrêpe wurde ein zweiteiliges Kleidungsstück, bestehend aus Rock und Jacke, genäht. Aus der besonders schön fallenden Atlasseide entstand ein hoch geschlossenes Kleid mit einem der momentanen Mode nicht ganz entsprechenden längeren Rock.

Im Sitzen fiel der Rock seiner Trägerin in schwermütigen Falten bis auf die Schuhe.

Am Hals hatte das betreffende Kleid einen schräg drapierten Einsatz; das ließ die Gesichtszüge etwas weicher erscheinen, was man bei der Beerdigung durch den dichten Witwenschleier allerdings nicht sehen konnte. Aber gerade bei solchen Kleinigkeiten war die kleine Frau Andersson besonders erfinderisch.

Später durfte die Trauer durch etwas Graues oder Dunkelviolettes gemildert werden. Zu diesem Zeitpunkt würde man dann die kleine Frau Andersson wieder in Anspruch nehmen.

Das Sterben kam mindestens ebenso teuer wie das Heiraten. Der einzige Unterschied war, dass einer der Kontrahenten mit nur zwei Zubehörteilen auskam: Totenhemd und Sarg. Bei Sigfrid Tornvall, der sich schon frühzeitig dem Verein für Feuerbestattungen angeschlossen hatte, kam noch der Preis für die Urne dazu. Davon gab es teurere und billigere. Hilma überließ Eskil den Kauf, der entschlossen alle Notwendigkeiten um den Leichnam und die damit verbundenen Formalitäten regelte.

Hilma, der die Rituale bei einer Einäscherung unbekannt waren, hielt Sarg und Urne eigentlich für überflüssig. Aber man konnte wohl nicht gut ein Schüsselchen voll Asche feierlich in die Kirche tragen, es vor dem Altar auf den Katafalk stellen und mit Kränzen bedecken, die mit breiten bunten Seidenbändern geschmückt waren, auf denen Beileidsbekundungen geschrieben waren.

Reichlich viel für jemanden, der gar nicht mehr anwesend war. Etwas anderes war es, wenn ein Verstorbener auf seinem letzten Weg begleitet wurde, um im Grab wieder zu Erde zu werden.

Der Verschiedene konnte ja auch das Kleid der Witwe nicht bewundern, sondern musste sich der Notwendigkeit fügen, dass ihre Trauer sich in tiefem Schwarz ausdrückte. Mindestens ein halbes Jahr lang musste sie von nun an Schwarz tragen, und dann würde auch erst der lange Witwenschleier einem kürzeren weichen.

Das einzig Weiße während der Trauerfeier war das weiße Taschentuch, mit dem sich die trauernde Gattin oder der hinterbliebene Gatte diskret die Tränen trocknen konnte. Während des soeben stattfindenden Begräbnisses war bei der Witwe allerdings kein wie immer gearteter Versuch zu beobachten, sich Tränen abzuwischen. Unbeweglich saß sie aufrecht da und drehte das weiße Taschentuch in den gefalteten Händen.

Viele der Anwesenden meinten, sie mache einen ›verhärteten‹ Eindruck. Andere hingegen sahen in dieser Gefasstheit einen Beweis für Hilma Tornvalls Tapferkeit.

Doch niemand konnte erraten, was sie in ihrem Dunkel tatsächlich dachte. Keiner hätte es für möglich gehalten.

Sie dachte an Signe. Daran, wie barmherzig es war, dass Signe drei Tage vor dem Begräbnis an Windpocken erkrankt war, die mit hohem Fieber einhergingen, und daher nicht imstande war, ihren Vater auf seinem Weg zur letzten Ruhe zu begleiten. Sie brauchte dieses kratzige schwarze Wollkleid, die schwarzen Strümpfe, die Falten warfen, und die engen neuen Lackschuhe nicht anzuziehen. Und auch nicht die neue schwarze Haarspange mit dem schmalen silbernen Rand.

Bei dem Besuch im Geschäft der Modistinnen, den Fräulein Norén – man nannte sie allgemein so, obwohl jeder wusste, dass die Besitzerinnen Frau Norén und Fräulein Borelius hießen – hatte Signe einer Vielfalt an glitzernden und koketten Spangen und Stirnreifen gegenübergestanden. Wie nicht anders zu erwarten, hatte Signe sich in eine zwar schwarze, aber mit glitzerndem Strass übersäte Haarspange verliebt.

Die schließlich erworbene Spange war zwar durch das kleine Silberdekor nicht ganz korrekt, aber Fräulein Borelius meinte nur: »Sie ist doch noch ein Kind.«

Die in schwarzen Handschuhen fest gefalteten Hände der Witwe sprachen in Wirklichkeit dem allmächtigen Gott, an den sie ja nicht mehr glaubte, ihren Dank aus. Möglicherweise hatte Er ja gerade zur richtigen Zeit die – wenn auch recht unangenehme so doch erträgliche – Kinderkrankheit geschickt und Signe dadurch von der Trauerfeier befreit.

Und ihre Mutter war davon befreit, in Erwartung des unruhigen Gezappels auf dem Stuhl nebenan wie auf Nadeln zu sitzen. Denn jeden Augenblick konnte das verzweifelt geflüsterte »Mama, Mama, ich muss auf die Toilette« kommen.

Ihre Mutter wusste, wenn es schon so weit war, dass sie flüstern musste, war es über die Maßen dringend.

Und wohin hätten sie gehen sollen, wenn sie für alle Anwesenden sichtbar vorne im Chor saßen und sich Signes Bedürfnis ausgerechnet an einer besonders feierlichen Stelle des Rituals gemeldet hätte? Etwa bei den drei Schäufelchen

Erde und den gedämpften Gebeten des Pfarrers: »Aus Erde bist du geschaffen, und zu Erde sollst...«

Hilma hatte sich schon wegen des unvorhersehbaren, häufig sehr ungelegen auftretenden Harndrangs ihrer Tochter mit Doktor Almhed beraten. Zum Beispiel meldete er sich, wenn sie im Kino einen Platz in der Mitte der Reihe hatten. Oft musste Signe dann schon nach einer Viertelstunde laufen.

Einen gewöhnlichen Kirchenbesuch konnte man kurz unterbrechen – in besonders dringenden Fällen konnten sie hinüber ins Pfarrhaus gehen.

Bahnreisen waren immer aufregend. Signe konnte im fahrenden Zug nämlich nicht pieseln. Schuld war dieses scheußliche Gefühl, mit dem nackten Po auf der Brille zu sitzen, während es von unten zog und auch noch die Eisenbahnschwellen vorbeirasten. Signe tat ihr Möglichstes. Mit zusammengekniffenen Lippen schob sie den Rock hoch und die Hose herunter und versuchte es. Aber auch beim stärksten Drang verhielt sie.

Ihre Mutter musste sich dann beim Schaffner nach dem nächsten, etwas längeren Aufenthalt erkundigen. Denn auf der Klosetttür des Zuges wurde eine Benutzung der Toilette in Bahnhöfen streng untersagt. Signe weigerte sich hartnäckig, etwas zu tun, was nicht erlaubt war.

Also musste die Mutter mit ihr zunächst an den Fahrkartenschalter rennen, um dort den großen Schlüssel für das kleine Holzhäuschen mit den zwei Türen, einer für MÄNNER und einer für FRAUEN, zu holen.

Auch wenn sie in irgendeiner Stadt zu Besuch waren und durch Straßen mit hohen Häusern gingen, in denen sie niemanden kannten, dauerte es nicht lange, bis Hilma Signes Hand in ihrer spürte.

Sie mussten dann rasch eine Bäckerei oder ein Lebensmittelgeschäft suchen, eine Kleinigkeit einkaufen und über den

Ladentisch gebeugt fragen, ob die Kleine das Klosett benutzen dürfe.

Die Frage stieß in den wenigsten Fällen auf Entgegenkommen. Manchmal war es notwendig, mit dem Schlüssel in der Hand einen nach Abfällen riechenden Hof zu überqueren, bevor man zu dem Holzverschlag mit den grünen Lattentüren kam.

Hilma hatte ihre Schwierigkeiten mit solchen Höfen und dieser Art von Türen. Es war die Erinnerung an damals, als... Nun, diese Erinnerung kam immer in ihr hoch, wenn sie mit Signe in einen solch widerlich riechenden, schmutzigen Abort ging. Hilma riss eine dort vorhandene Zeitung in Streifen und legte sie, bevor Signe sich setzen durfte, auf den das Loch umgebenden Rand.

Doktor Almhed meinte, Signes Verhalten sei auf Nervosität zurückzuführen. »Signe hat eine sehr nervöse Blase.«

Harnproben hatten ergeben, dass ein medizinisches Gebrechen nicht vorlag. Schon allein diese Harnprobe war der reinste Zirkus gewesen. Denn als es äußerst wünschenswert gewesen wäre, dass das Kind Wasser ließ, kam kein Tröpfchen. Doktor Almhed war sehr unzufrieden. Hilma musste ihre Tochter nun dazu bewegen, zu Hause auf den Nachttopf zu gehen, und den Urin dann in einer kleinen braunen Flasche auf schnellstem Wege in die Praxis des Arztes bringen.

Bei diesem Arztbesuch wollte man auch eine Blutuntersuchung vornehmen. Die Sprechstundenhilfe nahm Signes Mittelfinger vor und stach und stach, versuchte es mit einem anderen Finger, aber kein Tropfen Blut sickerte heraus.

»Hier ist offensichtlich weder Harn noch Blut vorhanden«, hatte die Assistentin erbost ausgerufen.

Signe ließ den Kopf hängen. Hilmas Schweißblätter wurden nass. Schließlich übernahm der Arzt die Sache und brachte

Signe durch scherzhaftes Geplauder so weit, dass sie sich ein wenig entspannte und man doch ein Tröpfchen Blut aus dem Finger drücken konnte.

»Das Kind wirkt verspannt«, hatte der Arzt vorwurfsvoll gesagt. »Nervös und verspannt.«

Eine Pause entstand, in der Hilma den dringenden Wunsch verspürt hatte, etwas zu unternehmen.

Doch sie tat, als wäre nichts. Was sollte sie denn auch sagen? Mit etwas aufwarten, das seit langem vergessen und begraben war?

Vielleicht von damals sprechen, als Sigfrids Krankheit ihre Grenze überschritten hatte und er in Gewahrsam hätte genommen werden müssen, sie es aber nicht richtig begriffen hatte und ohne Signe ins Milchgeschäft gegangen war, und von dort, plötzlich von Panik ergriffen, wieder nach Hause gelaufen war und die beiden vorgefunden hatte, als seine Hand sich bei Signe gerade durch den Hosenbund schieben wollte und sein offener Hosenschlitz...

Und wie es Hilma gelungen war, Signe, die damals sechs Jahre alt gewesen war, vorsichtig an sich zu ziehen, in aller Eile Mantel und Mütze des Kindes zu schnappen und mit der Kleinen im Arm zu Brita Dahlström in die Villa zu laufen.

Brita Dahlström vertrat bisweilen Ansichten, die Hilma nicht teilen konnte, aber sie war in der Stunde der Not besonnen und zuverlässig und außerdem keine von denen, die etwas ausposaunten.

Von ihrer Arbeit im Lazarett her war ihr die Schweigepflicht in Fleisch und Blut übergegangen.

Es würde also niemand, absolut niemand, und nicht einmal Doktor Almhed davon erfahren.

Hilma antwortete nur ganz vage. Signe sei vielleicht besonders schüchtern oder schamhaft, wie das bei Einzelkindern vorkommen konnte. Aber sonst war sie ein fröhliches und aufgeschlossenes Kind. Flink im Denken und besonders im Zeichnen begabt.

Bei der herrschenden Stimmung wagte die Mutter es nicht, auch noch Signes Neigung zu Verstopfungen zu erwähnen. Die wollte sie weiterhin selbst mit eingeweichten, entkernten Dörrpflaumen behandeln. Und schlimmstenfalls mit einem Löffel Rizinusöl mit Preiselbeeren.

Es war also Signe und die Sorge um Signe, die ihre Gedanken ganz ausfüllte, während eine Rede nach der anderen folgte, Kinder- und Männerchöre sangen und Erde auf den Eichensarg prasselte, auf dem sich kostspielige Kränze und Gestecke türmten.

6

Dem Begräbnis war einiges an Aufregungen, um nicht zu sagen Missstimmigkeiten, vorausgegangen. Hilma hatte erkennen müssen, dass Eskil Tornvall von Seiten des Krankenhauses als näherer Verwandter betrachtet wurde als die Ehefrau des Toten. Es war Eskil gewesen, der die Genehmigung zur Obduktion gegeben hatte. Und was das Leichenbegängnis betraf, hatte er, um ein standesgemäßeres Totenmahl im Hotel Appelberg durchzusetzen, Direktor Johannesén vorgeschoben.

Eskils Vormundschaft über den kranken Bruder war schon vor langer Zeit festgeschrieben worden und Hilma hatte nie zu fragen gewagt und wusste daher auch nicht, wie groß die Erbschaft war, die Sigfrid, als dem ältesten Bruder, nach dem Tod der Pfarrersleute zugefallen war.

Sigfrid hatte es immer als Demütigung empfunden, dass er nicht selbst darüber verfügen durfte. Dass er Eskil bei jeder größeren Anschaffung bitten musste, den betreffenden Betrag gnädigst auf sein Bankkonto zu überweisen.

Sigfrid war gezwungen gewesen, diese Maßnahme zu akzeptieren, die während seiner gesunden Phasen ja nicht notwendig gewesen wäre, aber wer konnte schon wissen, wann der nächste manische Anfall sich zeigen würde. Dass Hilma als die rechtmäßige Gattin und damit eben als seine Frau diese Mittel verwalten könnte, war überhaupt nie in Erwägung gezogen worden.

Sigfrid hatte mit Hilma über diese Abhängigkeit von seinem Bruder, mit dem ihn darüber hinaus nichts verband, nie sprechen wollen. Die beiden hatten weder ethisch noch politisch irgendwelche Berührungspunkte.

Eskil Tornvall, der Rechtsanwalt, war ein Mann mit kostspieligen Gewohnheiten, eleganten Anzügen und Havanna-Zigarren. Im Hotel Appelberg bewohnte er die Ecksuite. Seine Ehefrau Edit würde später nachkommen. Für die Verwandten von dieser Seite war also bestens gesorgt, während Hilmas Familie sich mit Sigfrids engem Herrenzimmer begnügen musste. Als Eskil zu Besuch in die Wohnung kam, hatte er also den nicht standesgemäßen Familienangehörigen die Hand geben müssen. Signe ließ den Kopf hängen, das Baby weinte, und Hilma fühlte sich wie zerschlagen, als sie Eskil und Anders einander vorstellte, der als leiblicher Bruder ihre männliche Stütze und ihr Ratgeber war.

Eskil trat als Bevollmächtigter und Obrigkeit auf.

Hatte Hilma schon die Todesanzeigen und Einladungen verschickt? Sie hatte hoffentlich die beste Papierqualität gewählt?

Sein wichtigstes Anliegen aber war die Speisenfolge für die eingeladenen Beerdigungsgäste. Er hatte im Appelberg bereits den oberen Speisesaal reservieren lassen. Die so genannte »Festetage«.

Sie saßen am Esstisch, als er das sagte. Hilma hatte ihm ein Glas Preiselbeersaft vorgesetzt. In Sigfrids schönem Kristallaschenbecher ruhte Eskils Zigarre, wenn er nicht gerade daran paffte.

Hilma hatte ihre Einwände noch nicht geltend machen können, als es an der Tür klingelte. Rutger von Parr. Er begriff sofort, dass er ungelegen kam. Die Witwe hatte schon mehr als genug Gäste.

»Aber versprich mir, dass du mich anrufst«, sagte er mit seiner hellen, warmen Stimme.

Signe hörte ihn durch die halb offene Tür und kam angelaufen, um in den Arm genommen zu werden, oder zumindest sollte er ihr mit seiner großen, liebevollen Hand über die Haare streicheln.

Es war Rutger von Parr, der als Erster bemerkte, dass Signe nicht gesund aussah. Ihre Augen waren fieberblank, und hatte sie nicht rote Pünktchen im Gesicht?

Da erst sah es auch Hilma. Das Befühlen der Stirn bestätigte, dass der Assessor richtig beobachtet hatte.

Doktor Almhed musste sofort geholt werden.

»Lieber Rutger«, sagte Hilma. Ihre Stimme war schrill und doch heiser. »Vielleicht könntest du so lieb sein und dich im Speisezimmer mit Sigfrids Bruder Eskil bekannt machen, während ich versuche, Doktor Almhed zu erreichen. Ich wäre dir ganz außerordentlich dankbar.«

So ging das die ganze Zeit. Die Schmerzen in ihrer Hüfte waren damit verglichen so nebensächlich, dass sie, als Rutger von Parr sich danach erkundigte, im ersten Moment gar nicht wusste, wovon er sprach.

Welche Schmerzen?

Denn wer konnte sich in einem Trauerhaus, in dem die Leute kamen und gingen und sitzen blieben, als wäre es eine Fremdenpension, schon Zeit für körperliche Beschwerden nehmen?

Estrid war ein wahrer Segen. Sie stand gerade jetzt am Spülstein und putzte Wurzelgemüse für eine kräftige Suppe.

Doktor Almhed ließ nicht lange auf sich warten und stellte fest, dass Signe die Windpocken hatte. Sie fühlte sich sehr warm an, also verordnete er Bettruhe. Der Ausschlag würde bald zu jucken anfangen. Zur Linderung und Kühlung empfahl der Arzt Kartoffelmehl.

Hilma griff sich verzweifelt an den Hals. Wenn nun die kleine Solveig...? Estrid wurde beigezogen. Während sie sich die Hände an der Schürze abtrocknete, machte sie vor dem Doktor, der ihr in aller Ruhe erklärte, Signe müsse vorläufig jeden Körperkontakt mit dem Baby meiden, einen Knicks.

Die beiden Frauen sahen einander schweigend an. Solcher Kontakt hatte längst stattgefunden und zwar sehr intensiv.

Signe, die dem über ihren Kopf hinweg geführten Gespräch sehr beunruhigt gelauscht hatte, fing laut an zu heulen.

Doktor Almhed gab daraufhin zwei weitere ärztliche Ratschläge. Erstens: Solveig musste sich nicht unbedingt angesteckt haben. Brustkinder sind gegen Infektionen gut geschützt. Und sollte sie die Krankheit trotzdem bekommen, würde diese einen sehr mäßigen Verlauf nehmen, und das Kind wäre dann für immer vor Windpocken geschützt. So war das also mit den so genannten Kinderkrankheiten.

Zu Signes Mutter sagte er: »Geben Sie Ihrer Kleinen ein Pulver und stecken Sie sie sofort ins Bett.«

In Hilmas Kopf entzündete sich ein chaotisches Feuerwerk. Sie hatte das Gefühl, dass es in ihrem linken Auge blitzte.

Rutger von Parr hatte inzwischen den Wintermantel und die Persianermütze abgelegt und war durch die Anrichte und die Küche ins Speisezimmer gegangen, wo Eskil Tornvall, bereit zu gehen und zu einem besser geeigneten Zeitpunkt wiederzukommen, ungeduldig an seiner Zigarre paffte.

In Rutger von Parr erkannte er jedoch sofort einen Ebenbürtigen, und die beiden Herren fanden schnell heraus, dass sie ungefähr zur gleichen Zeit in Uppsala ihren Studien nachgegangen waren, wenngleich an verschiedenen Fakultäten.

Als Hilma gute zwanzig Minuten später ins Speisezimmer kam, unterhielten Eskil und Rutger von Parr sich angeregt. Auf dem Tisch standen zu Hilmas Verwunderung zwei Eierbecher. Gerade als sie das Zimmer betrat, hoben die beiden Männer diese kleinen Becher und sagten: »Skål, Bruder, skål!« Das brachte Hilma noch mehr durcheinander.

Rutger von Parr wurde ihrer als Erster gewahr.

»Nun, da bist du ja, liebe Hilma. Wie geht es der kleinen Signe?«

»Gut«, erwiderte Hilma. »Und?«

Sie betrachtete die beiden Eierbecher aus schwerem Silber.

Rutger von Parr wurde verlegen.

»Ich bitte um Vergebung, Hilma. Aber Eskil und mir kam es ein wenig dürftig vor, mit Preiselbeersaft Bruderschaft zu trinken.«

Hilma war völlig perplex. Das Ganze wollte ihr einfach nicht in den Kopf. Wo konnten die beiden etwas Gehaltvolleres als Preiselbeersaft zum Anstoßen herhaben?

Nun ja, aus der Innentasche des Assessors von Parr. Er zog eine leicht konkave und, wie es schien, mit Fell überzogene kleine Flasche daraus hervor. Mit einem silbernen Schraubverschluss. Oder war es Zinn?

»Oh«, sagte Hilma und setzte sich schwerfällig auf den Stuhl, den der Assessor ihr zurechtrückte. Er ging ein Glas in der Küche holen, das er für sie mit Preiselbeersaft füllte.

Eskil begann erst zu sprechen, als Hilma ein paar Schlucke getrunken hatte.

Sie dürfe in Kürze den Gemeindepfarrer erwarten, mit dem Eskil schon ein langes Gespräch geführt hatte.

Die Türklingel schrillte. Estrid rief: »Ich gehe aufmachen!«

Und richtig, wie bestellt kam der Herr Pfarrer. Mit seinen weichen Seelsorgerhänden drückte er, Beileid wünschend und etwas wie »Der Herr möge Sie schützen und bewahren« murmelnd, Hilmas beide Hände.

Der Pfarrer konnte mitteilen, dass der Sarg jetzt in der Aufbahrungshalle stand, der Deckel war noch nicht verschraubt. Der Küster würde ihn entfernen, damit die liebe kleine Hilma ihren Gatten ein letztes Mal sehen könne.

»Aber sie haben ihn doch aufgeschnitten«, sagte sie.

»Ja, allerdings, das stimmt. Aber...« Er legte jetzt seine Seelsorgerhand auf ihre. »Sie haben ihn ja wieder zugenäht. Darin sind sie heutzutage sehr geschickt.«

Die plötzliche Übelkeit in ihren Eingeweiden empfand Hilma wie einen heftigen Schnitt.

»Sie müssen mich entschuldigen, Herr Pfarrer«, hauchte sie und eilte in die Küche, um sich die Handgelenke mit kaltem Wasser zu kühlen. Und das Gesicht.

»Du Ärmste«, flüsterte Estrid. »Was ist los?«

Hilma schüttelte nur den Kopf, trocknete sich ab und ging wieder ins Zimmer. Mit hoch erhobenem Kopf und, so gut es ihr mit der verletzten Hüfte möglich war, geradem Rücken.

Im Flur trampelte jemand unruhig herum. Estrids Stimme: »Wohin willst'n, Anners?«

»Raus«, hörte sie Anders zornig und kurz antworten. »Die Kleine schläft.«

Und Hilma wusste, dass weder Rutger von Parr noch der Pastor Anders mit Handschlag begrüßt hatten.

Alle drei Herren wandten sich jetzt Hilma zu. Ihre Gesichter waren rosige Ovale mit Augen, Nase, Mund. Rutger von Parrs Gesicht war eher rund wie ein Vollmond.

Eskil räusperte sich und sagte dann: »Hilma, wir haben jetzt zusammen hier gesessen und beratschlagt. Es geht um das Totenmahl für die geladenen Gäste. Mit Rücksicht auf Sigfrids gesellschaftliche Stellung in dieser Stadt würde ich die Festetage im ersten Stock des Hotels Appelberg für am ehesten stilgerecht und würdig erachten.«

Hilma hatte sich noch nicht auf eine Antwort konzentrieren können, als Estrid rief, sie müsse sofort in Signes Zimmer kommen. Frau Andersson hatte alles zusammengeheftet, und Hilma müsse jetzt anprobieren.

»Sag ihr, ich komme gleich. Im Moment bin ich verhindert«, rief Hilma zurück.

Um ihre Worte zu unterstreichen, schloss sie die bisher nur angelehnte Tür.

So kam es, dass sie Eskil stehend wissen ließ, was sie von dem Hotel Appelberg hielt.

Sie sprach jetzt nicht in eigener Sache. Sie sprach für jemanden, der aufgeschnitten und, ach so geschickt, wieder zusammengenäht in der Totenhalle aufgebahrt lag.

»Niemals«, sagte sie hart. »Sigfrid hätte nie gewollt...« Für Sigfrid war das Hotel Appelberg der Ort, wo die Offiziere sich zu Trinkgelagen zusammenfanden und wo sich manchmal auch unbekannte junge Damen...

Im Appelberg hatten die Sägewerksbesitzer ihre Grogabende. Im Appelberg hielten die wohltätigen Damen ihre Jahresversammlungen ab.

»Appelberg steht für alles, was Sigfrid zu bekämpfen versuchte!«, schloss sie atemlos.

Die Beine drohten ihr zu versagen; innerlich zitterte sie. Aber sie stand aufrecht und selbstbewusst vor den Männern und blickte ihnen furchtlos in die Augen. »Niemals das Appelberg...«

»Aber liebe Hilma«, begann Eskil. »Wir müssen immerhin an jene denken, die hierher kommen, um Sigfrids Andenken zu ehren.«

»Wenn sie das tun wollen, wissen sie auch, dass sie sich nicht ins Appelberg setzen wollen.«

Mein Gott, sie loderte jetzt förmlich in ihrem Inneren. Feuchte Nackenhaare. Achselschweiß. Da erhob sich Rutger von Parr, stellte sich neben Hilma und sagte laut und deutlich: »In dieser Frage stehe ich voll und ganz auf Hilma Tornvalls Seite. Hilma bleibt Sigfrids Ehefrau, auch wenn er selbst von uns gegangen ist. Sie ist ihm immer eine loyale und treue Gattin und vertraute Freundin gewesen. Ich halte es für mehr als recht und billig, dass sie und niemand anderer zu bestimmen hat, wo das Totenmahl stattfinden wird.«

Eskils Gesicht war alles andere als gnädig, als er sich nun ebenfalls erhob.

»Als Bruder des Verstorbenen und einziger Vertreter seiner eigenen Familie fordere ich...«

Der Pfarrer, der diesem Disput einigermaßen verwirrt und sichtlich verstimmt zugehört hatte, erhob sich nun ebenfalls. Er trug seine Amtstracht, die gestärkten weißen Kragenecken standen unter dem Doppelkinn steif ab. Sie sahen wie ein zusätzliches Augenpaar aus, das Eskil Tornvall nun fixierte. Mit priesterlichem Pathos erklärte der Geistliche, dass er es als Freund der Familie und als großer Bewunderer der mutigen und kompromisslosen Lebenshaltung Sigfrid Tornvalls für unmoralisch und unrecht hielte, dessen Ansichten auch nach seinem Tod nicht zu respektieren, wie gleichermaßen Hilma Tornvalls leidenschaftlichen Einsatz, die Begräbnisfeierlichkeiten im Sinne ihres Mannes ausklingen zu lassen...

Hier verlor er ein wenig den Faden, hustete diskret in sein Taschentuch, um danach seine Rede mit den Worten abzurunden, dass er in dieser Frage Hilma Tornvalls Wünsche hinsichtlich eines anderen, besser beleumundeten Lokals als es das Hotel Appelberg sei, vollkommen und warmen Herzens unterstütze.

»Und«, sagte er emphatisch und in einer etwas höheren Tonlage, wie sie sich am Ende einer Predigt ergibt, »ich weiß, dass ich des vollen Einverständnisses meiner Gattin sicher sein kann, wenn ich hiermit den Pfarrhof zur Verfügung stelle. Der große Salon und das Vorzimmer stehen für das Beisammensein, das nach der eigentlichen Einsegnung stattfinden soll, bereit. Meine Frau werde ich bitten, die praktischen Details mit niemand anderem als Hilma Tornvall zu besprechen.«

»Hilma, Hilma!« Estrid stand ganz aufgeregt in der Tür. »Frau Andersson sagt, sie kann heute nicht mehr weiterarbeiten, wenn du nicht sofort anprobieren kommst. Außerdem ist Signe aufgewacht und verlangt weinend nach ihrer Mama«, schloss Estrid mit einem tiefen Knicks, der vor allem dem Pastor galt.

Die Zeitung »Nya Norrland« brachte einen Tag nach dem Begräbnis folgenden Bericht:

Sigfrid Tornvall wurde beigesetzt

Unter Anteilname einer großen Gemeinde wurde der Leichnam Sigfrid Tornvalls gestern zur ewigen Ruhe eingesegnet. Das Trauergeleit setzte sich vor der Aufbahrungshalle des Friedhofs von Sollefteå in Bewegung und wurde von Mitgliedern des Tempelritterordens feierlich angeführt. Vor der Kirchentür bildeten die Schüler der Realschule Spalier. Unter den Klängen der Trauermusik wurde der Sarg von sechs Brüdern aus besagtem Orden in den Chor der Kirche getragen, wo auch das Ehrengeleit Platz nahm. Von der Orgelempore herab sang Herr Erik Malm »Mein Seel verlangt, o Gott, nach dir« sowie »Ach wie flüchtig, ach wie nichtig ist des Menschen Leben«. Danach sang die Gemeinde a capella einen Choral. Nun hielt Herr Pfarrvikar G. A. Olvén, ausgehend vom Ersten Psalm Davids »Wohl dem, der nicht wandelt im Rat der Gottlosen noch tritt auf den Weg der Sünder noch sitzt, wo die Spötter sitzen, sondern hat Lust am Gesetz des HERRN *und sinnt über seinem Gesetz Tag und Nacht!« eine Betrachtung über den Tod. Der Prediger erinnerte daran, wie Sig-*

frid Tornvall diesen Psalm Davids in der Kirche von Sollefteå mit seiner ganzen Überzeugungskraft und aus vollem, gläubigem Herzen hatte erklingen lassen. Sigfrid Tornvall hatte seine Wahl getroffen und begeistert und opferwillig für das gekämpft, was sein Gewissen ihm als das einzig Richtige, Gute und Wahre eingab.

Nach der rituellen Einsegnung legte Direktor Arvid Johannesén im Namen des Inspektors des Schulamtes und im eigenen Namen einen Kranz nieder und sprach dem Verstorbenen einen letzten Dank für seinen Einsatz als Lehrer aus. Die Templer bildeten danach einen Kreis um den Aufgebahrten, und Herr Anton Andersson trug dem Verstorbenen in einer Rede den Dank der Mitbrüder für seinen Einsatz in der Templerarbeit vor und gab der Trauer mit dem Hinweis auf die Lücke Ausdruck, die dessen plötzlicher Tod gerissen hatte. Er legte im Namen Solatunums einen Kranz nieder, und jeder der anwesenden Ordensbrüder legte eine weiße Rose auf den Sarg.

Im Namen des Lehrerkollegiums sprach Herr Assessor Rutger von Parr, der dem Toten für seine gute Kameradschaft, für seine Bereitwilligkeit, den Kollegen mit Rat und Tat zur Seite zu stehen, sowie für seine sonnige und fröhliche Wesensart dankte, und zum Schluss einen Kranz niederlegte. Redakteur Erik Nylund brachte schließlich dem Mann den Dank der Kirchenbrüder vor, der ihr Leiter und ein Vorbild für die christliche Gemeinschaft gewesen war, und legte von der Organisation, die jetzt ihre Führerpersönlichkeit verloren hatte, einen Kranz nieder.

Danach trat eine Anzahl Realschüler vor, die Kränze von den betreffenden Klassen niederlegten und an der Bahre des verstorbenen Lehrers ihrer Trauer um den Verlust Ausdruck verliehen sowie ihren Dank für den Geist, den er ihnen als Lehrer vermittelt hatte, aussprachen. Eine große Anzahl Kränze war außerdem von Korporationen und Privatpersonen geschickt worden.

Von Trauermusik begleitet wurde der Sarg zum Abschluss zu dem vor der Kirche wartenden Leichenwagen getragen, mit dem der Tote zum Krematorium in Kramfors gebracht werden sollte, um dort zu einem späteren Zeitpunkt eingeäschert zu werden. Die Urne wird am Sonnabend im Geburtsort des Verstorbenen, Åby Rekarne in Södermanland, beigesetzt.

Außerhalb des Protokolls kann mitgeteilt werden, dass die geladenen Gäste sich im Anschluss an die Feierlichkeiten im Wohnhaus des Pfarrers versammelten, wo ganz im Sinne des Verstorbenen, so wie wir ihn während seiner Zeit in Sollefteå kennen gelernt haben, Kaffee, belegte Brote und Hefegebäck serviert wurden. Er war seit langem als leidenschaftlicher Alkoholgegner bekannt, und alles Pompöse und Kostspielige war ihm fremd.

Während der von Trauer und Wehmut geprägten Kaffeestunde kümmerte sich Hulda Svensson, Haushälterin bei den Fräulein Norén, den Nachbarinnen der Herrschaften Tornvall, um die Gäste. Die junge Aino Lesthonen nahm in der Diele die Garderobe entgegen.

7

Tatsache war, dass Hilma an den Feierlichkeiten und der daran anschließenden einfachen Bewirtung ebenso einsam und von ihrer Familie im Stich gelassen war wie damals, als sie diesem Mann angetraut wurde.

Nach dem Gespräch der feinen Herren im Esszimmer hatte Hilmas Bruder Anders einen Wutanfall gekriegt und war noch am selben Abend mit dem Zug um 20.04 Uhr von Sollefteå nach Härnösand aufgebrochen.

Großspurig hatte er, sich seiner Rechte als Mann bewusst, verlangt, dass auch Estrid und das Baby mit ihm abreisen sollen.

Aber die sonst so gefügige Estrid, die er so gut zu kennen glaubte, hatte sich plötzlich quer gestellt. Hilma brauche sie bis zum Ende der Begräbnisfeierlichkeiten. Wer sollte sich denn sonst um die sich kratzende und fiebernde Signe kümmern?

Als Anders seine Ehefrau, verblüfft über deren Aufbegehren, an die Ansteckungsgefahr erinnerte, hatte sie forsch geantwortet, wenn schon, dann hätte sich die kleine Solveig längst angesteckt.

»Aber fahr du nur, Anders. Es wird schon genug Männer geben, die den Sarg tragen können.«

Und da hatte sie ja ganz Recht.

Schweigend und gekränkt nahm er den kleineren Koffer und knallte die Tür so laut hinter sich zu, dass das Baby davon aufwachte und zu schreien begann.

Anders verstand das Ganze nicht. Was war nur in diese Frauen gefahren? Nicht genug damit, dass seine Schwester fremde Männer hinsichtlich der Bestattung seines Schwagers frei schalten und walten ließ und damit ihren eigenen Bruder ausgeschaltet hatte, es kam jetzt auch noch die Aufsässigkeit seiner eigenen Frau dazu. Sie lehnte sich ganz einfach gegen ihren Herrn und Meister auf. Da rissen ganz neue Sitten ein, die nichts Gutes verhießen.

Anders saß also in der Eisenbahn und konnte nicht über das ihm widerfahrene Unrecht hinwegkommen. Er starrte zum Fenster hinaus, sah aber wegen der draußen herrschenden Dunkelheit nichts anderes als sein eigenes Gesicht, das bei jeder Schienenfuge wackelte.

Und deren gab es viele.

Vergebens versuchte er sich zu erinnern, was Are Waerland hinsichtlich des richtigen und wahrhaftigen Verhaltens zwischen Ehegatten gesagt und geschrieben haben könnte.

Es wollte ihm nichts einfallen. Aber als Vordenker schien Are Waerland sowieso mehr am Funktionieren des Bauches interessiert zu sein.

Aber in dem neuen, erstarkten Deutschland mit seinem Führer Adolf Hitler gab es sicher strikte Regeln dafür, wer in einer Familie die Hosen anhatte.

Eskil Tornvall seinerseits fühlte sich schändlich übergangen und desavouiert. Wer hätte sich auch nur träumen lassen, dass Hilma, diese im Grunde nichts sagende Frau von sozial niedriger Herkunft, sich in der tonangebenden Gesellschaft der Stadt derartige Verbündete hatte schaffen können?

Wütend rief er im Hotel Appelberg an und bestellte die Suite ab, die für ihn und seine Frau Edit vorgesehen war. Im nächsten Gespräch verständigte er Edit selbst davon, dass umdisponiert worden war.

»So etwas«, sagte Edit entrüstet. »Gerade ist mein Kleid fertig geworden. Und den Hut bekomme ich morgen.«

»Welchen Hut?«

»Den kleinen schwarzen natürlich. Mit einem sehr kurzen diskreten Schleierchen.«

»Du bist doch, verdammt nochmal, nicht die Witwe!«

»Aber Eskil, du weißt doch, ich habe keinen schwarzen Hut. Ich kann zu dem schwarzen Mantel mit dem Persianerkragen schließlich keinen braunen Hut aufsetzen.«

»Herr im Himmel! Hast du dir auch einen neuen Mantel gekauft?«

»Aber Eskil, wie hätte das denn ausgesehen, wenn ich als Schwägerin des Verstorbenen im Rotfuchsmantel gekommen wäre?«

»Habe ich dir damals nicht gleich gesagt, du sollst den Sealbisam nehmen...«

»Aber lieber Eskil. Keiner von uns konnte wissen, dass Sigfrid so bald von uns gehen würde, er war doch erst siebenundvierzig. Und außerdem weißt du, dass mich Schwarz nicht kleidet.«

»Und was gedenkst du nach dem Begräbnis – wenn die Frage erlaubt ist – mit dem Persianermantel zu machen?«

»Meine Freundin Gabrielle Schönfeldt sagt, dass es nie rausgeschmissenes Geld ist, einen eleganten schwarzen Mantel im Schrank zu haben. Schließlich kann man nie wissen, sagt Gabrielle.«

Solche Redensarten, gesprochen mit Edits heller, von einem leichten Beben untermalten Kinderstimme, hatten von Anfang an viel dazu beigetragen, dass er sich leidenschaftlich in sie verliebte. Die hilflose Mädchenhaftigkeit, von der Edits Stimme Zeugnis ablegte, hatte ihm das Gefühl gegeben, MANN zu sein, ein Tarzan im zweireihigen Nadelstreif.

Er hatte sich damals nicht vorstellen können, welche Wirkung ein solches Stimmchen haben konnte, wenn es eine kleine Bosheit oder etwas geradezu Infames von sich gab. Barg dieses »Man kann ja nie wissen, sagt Gabrielle« nicht vielleicht sein eigenes Todesurteil? Er war schließlich nur zwei Jahre jünger als sein großer Bruder, und der Arzt war bei der letzten Visite mit seinen Werten nicht unbedingt zufrieden gewesen.

Und Edit würde eine wesentlich attraktivere und vor allen Dingen vermögendere Witwe sein als dieser Bauerntrampel Hilma!

»Ich könnte ihn ja auch der armen kleinen Frau Olsson geben«, fuhr seine Gattin fort.

»Und wer ist das, wenn ich fragen darf?«

»Die Putzfrau, das weißt du doch, Eskil. Die die Fenster so wunderbar putzt. Ihr Mann ist Trinker und...«

Jetzt schaltete sich die Telefonistin ein: »Drei Einheiten, sollen wir abbrechen?«

Er sagte: »Ja, bitte.«

Von diesem Gespräch wusste Hilma natürlich nichts. Eskil war bei den Begräbnisfeierlichkeiten anwesend. Mit einem Gesichtsausdruck tiefster Verstimmung saß er an Hilmas Seite im Chorgestühl.

Er war auch einer der Sargträger.

Aber bei der nachfolgenden Zusammenkunft im Pfarrhof vermisste man ihn. Zu diesem Zeitpunkt saß er bereits in einem Raucherabteil Erster Klasse, von Sollefteå nach Hause unterwegs zu seiner impertinenten Frau, der er gründlich die Leviten lesen wollte.

Hilma empfand die Abwesenheit des Schwagers als Erleichterung.

Hingegen bereitete ihr der Zwist mit ihrem Bruder Anders Kummer. Sie litt unter Gewissensbissen. Hätte sie nicht ihren Bruder, den einzigen anwesenden Vertreter ihrer eigenen Verwandtschaft, bei der Debatte um den so genannten Leichenschmaus zu Wort kommen lassen müssen?

Konnte sie sich damit rechtfertigen, dass Anders, der keine höhere Schulbildung besaß, sich mit dem Sprachgebrauch der Herren Akademiker nicht so gut auskannte und daher in deren Gesellschaft in Verlegenheit geraten wäre und sich nicht wohl gefühlt hätte? Sodass er, sozusagen um seiner selbst willen, verschont geblieben war?

Oder war es eher ein Ausdruck ihres eigenen Zornes darüber, dass ihr Bruder sich am Tag nach Signes Erkrankung so ungehörig geäußert hatte?

Estrid, Anders und Hilma hatten nach dem Essen im großen Zimmer Kaffee getrunken. Hilma stellte fest, dass das Sahnekännchen fast leer war und wollte es in der Küche nachfüllen. Zwei Türen standen zwischen ihr und den beiden im Herrenzimmer offen. Ihnen war wohl nicht bewusst, dass Hilma ihre Worte in der Küche hören konnte, obwohl sie leise sprachen.

Aber von Hilmas fünf Sinnen war das Gehör besonders gut entwickelt.

Estrid: »Wie schrecklich schwer für Hilma, dass sie jetzt mit Signe alleine ist.«

Anders murmelte zunächst etwas für Hilma Unverständliches, wahrscheinlich, weil er an seiner Pfeife nuckelte; das hatte er sich trotz aller gesunden Lebensweise nicht abgewöhnen können. Aber dann kam es deutlicher: »Ja, und wenn man dran denkt, dass das Kind eigentlich nicht hätte zustande kommen dürfen.«

»Um Himmels willen, was sagst du da?«, war Estrids bestürzte Stimme zu hören.

»Ist doch wahr. Vergiss das Erbe nicht. Die Erbmasse ist in diesem Fall nicht gesund...«

Hier konnte Hilma nicht mehr heimlich lauschen, sie schritt hörbar auf das Zimmer zu, in dem das Gespräch jäh abbrach.

Anders konnte sich noch hinter dem Pfeifenqualm verstecken, während Estrid eher ungeschützt war. Das Baby lag schlafend im Kinderwagen, sonst hätte sie sich wenigstens mit der Kleinen beschäftigen und ihr errötetes Gesicht verbergen können.

»Aber Hilma, das hätte ich doch machen können«, versuchte sie das zu übertünchen, was nie hätte gesagt werden dürfen. »Mit deiner wehen Hüfte sollst du doch nicht...«

»Wieso?«, fragte Hilma trocken. »So behindert bin ich auch wieder nicht.«

Sie wandte sich dem Schlafzimmer zu.

»Ich glaube, ich muss mal nach Signe sehen.«

Vor der Tür angekommen, merkte sie, dass diese einen Spalt offen stand. Und im Nu fühlte sich Hilma in der Zeit um zwölf Jahre zurückversetzt, als in der Pfarrhofküche eine Tür nicht ganz geschlossen gewesen war und zum Nachmittagskaffee unüberlegter Klatsch durchgekaut wurde.

Hilma hatte damals ein leer gegessenes Teetablett abgeben wollen, war aber auf der vorletzten Treppenstufe stehen geblieben, weil sie den Eindruck hatte, dass über sie, die junge Schwiegertochter des Hauses, gesprochen wurde.

»Übelkeit!«, hatte das Stubenmädchen Astrid gekichert. »Die Sommergrippe erwischt – so was kann sich wirklich nur eine alte Jungfer ausdenken.«

»Astrid, nimm dich zusammen«, hatte die Köchin Ida

streng erwidert. »Überlege, was du sagst. Die Hochzeit fand ja erst vor...«

»... fünf Wochen statt, ja!«, ergänzte Astrid. »Und da fängt man an, es zu merken.«

Die unfreiwillige Zuhörerin Hilma hatte es kaum gewagt, zu atmen und sich zu bewegen. Erst als die Kaffeetassen klirrten, weil zum dritten Mal eingeschenkt wurde, stellte Hilma das Tablett vor der Tür ab.

Blieb aber wie angewurzelt stehen.

»Das geht uns nichts an«, sagte Ida feierlich, aber ein wenig undeutlich, denn sie hatte offenbar ein Stück Zucker im Mund.

»Aber wenn es so ist, kann ich nur sagen, armes Mädel. Möge Gott sie beschützen und bewahren. Bei diesem Erbe!«

Jetzt hatte das Küchenmädchen gemerkt, dass sich draußen auf der Vortreppe etwas rührte, und rannte hinaus.

Und sah die junge Frau durch den Garten und hinaus durch das Törchen laufen, das zum See führte.

Damals hatte sie aber nicht *jenes* Kind unter dem Herzen getragen, das jetzt stark gerötet und fieberheiß in Sigfrids Bett lag. Der Fötus, dem die Kommentare des Küchenpersonals gegolten hatten, war bald darauf in einem Abort in Strängnäs aus Hilmas Leib herausgeflossen.

Auf Zehenspitzen ging Hilma zu Signe hin. Das Kind war bis obenhin zugedeckt und atmete tief ein und aus, so als schliefe es.

Die Atmung war aber so deutlich zu hören, als stecke eine Absicht dahinter. Tiefer Schlaf?

Nur vorgetäuscht?

Hilma setzte sich auf den Bettrand und beugte sich über das Mädchen.

Die Reaktion war, dass Signe sich heftig umdrehte und die

Decke noch weiter übers Gesicht zog. Und als ihre Mutter versuchte, die Decke wegzuziehen, hielt Signe sie fest.

Echtes Entsetzen bemächtigte sich Hilmas.

Hatte das Kind etwas gehört?

Ratlos blickte sie auf Signes schweißnasse Haare, die unter der Decke hervorschauten.

Wie sollte sie erfahren, ob diese unglückseligen Worte bis an Signes Ohr gedrungen waren?

Hilma überlief bei diesem Gedanken eine Gänsehaut.

Es war völlig unmöglich, Signe danach zu fragen. Damit würde sie vielleicht erst recht schlafende Hunde wecken und noch mehr Unruhe stiften.

Schweigend ging sie zu den anderen zurück.

Nachdem Signe ein Weilchen geweint hatte, rief sie nach ihrer Mutter, weil ihre Haut so schrecklich juckte und der Arzt doch gesagt hatte, sie sollte mit Kartoffelmehl eingepudert werden.

Du lieber Gott, ja, das hatte er wirklich gesagt!

Rasch rannte Hilma zum Küchenschrank mit den Trockenvorräten, schüttete ein paar Esslöffel Kartoffelmehl in eine kleine Schüssel, holte im Badezimmer einen Wattebausch und war schon wieder bei Signe.

Estrid stand nervös mitten im Zimmer und fragte, was mit Signe los sei. Hilma nahm sich gar nicht die Zeit für eine Antwort. Dass Signe über Hautjucken geklagt hatte, wusste Estrid doch sowieso schon.

Und was sonst noch los war, wusste Hilma auch nicht.

Kartoffelmehl zwischen Zehen und Finger, in die Armbeugen und in die Leistengegend kann bei Windpocken Linderung bringen, aber ob Signe nicht doch...

Hilma spürte eine Wut in sich wachsen, die sie unbedingt unterdrücken musste, denn wer konnte wissen, ob ihr Zorn sich nicht noch steigern würde, wenn sie ihren Gefühlen freien Lauf ließ. Es war ein Aufbegehren gegen die unverzeihliche Gedankenlosigkeit der Menschen, die nicht einmal darauf achteten, ob die Türen geschlossen waren, wenn sie ihre Zunge laufen ließen.

Vielleicht hatte das Gerede ihres Bruders sie so verbittert, dass sie ihn bei der Beratung hinsichtlich Sigfrids Begräbnis absichtlich nicht zu Wort kommen ließ?

Zudem war dieser Tag durch ihre körperliche Unpässlichkeit belastet, alles nahm mehr Zeit in Anspruch, und manchmal waren die Schmerzen so heftig, dass sie Grübeleien gar nicht zuließen.

Und da jammerte Signe, und da war auch noch Frau Andersson, die mit dem Mund voll Stecknadeln ein strenges Regiment im Haus führte. Wenn sie Maß nehmen, anprobieren, abgleichen wollte, ließ sie keine Ausreden gelten.

Unverblümt machte sie ihrem Ärger darüber Luft, dass sie mit Signes Kleidern nicht fertig wurde und eigens wiederkommen mußte, wenn Signe so weit gesund geworden war, dass sie stillhalten konnte und nicht wegen jeder Stecknadel herumzappelte, die zufällig mit ihrer Haut in Berührung kam.

Ein zimperliches, verwöhntes kleines Mädchen, das war Frau Anderssons ganz private Meinung, die sie durchaus mit anderen Leuten teilte.

Einer Hausnäherin sind, genau wie einer Telefonistin, Einblicke gewährt, die sonst über die vier Wände eines Haushaltes nicht hinauskämen.

Eine Klavierlehrerin hatte ähnliche Möglichkeiten.

Zu jeder gutbürgerlichen Familie mit Töchtern gehörten auch ein Klavier und ein Fräulein, das sich abmühte, einem mehr oder minder willigen kleinen Mädchen Tonleitern und die Etüden von Czerny beizubringen.

Signe gehörte natürlich zur zweiten Kategorie.

8

*E*s entsprach nicht ganz der Wahrheit, dass sie jetzt nach diesem schweren Schock wieder alleine dastand.

Sie hatte ja Signe.

Und natürlich auch den Herrn Assessor, dessen tiefe, herzliche Anteilnahme und dessen Bereitschaft, ihr Hilfe und Stütze zu sein, ihr manchmal auf die Nerven ging.

Denn sie war jetzt kein armes, unwissendes Opferlamm mehr.

Wie etwa damals, als Hilma in das Taxi stieg, das sie und ihren soeben angetrauten Ehemann ins Stadthotel von Strängnäs bringen sollte, und Edit ihr den verrutschten Brautschleier zurechtgeschoben hatte. Reiskörner waren gegen die Wagenscheiben geprasselt, und die Hurrarufe wollten nicht enden. »Hoch lebe das Brautpaar, es lebe hoch, hoch, hoch!«

Das unbeschreibliche Entsetzen des Hochzeitsabends würde sie nie verwinden können. Aber sie war nun einmal so erzogen, dass man das, was man begonnen hatte, auch zu Ende führen musste.

Über Jahre hinweg hatte sie ihren Eltern einreden können, dass Sigfrids wiederholte Krankenhausaufenthalte wegen seiner Magengeschwüre notwendig waren. Erst nach längerer Zeit hatte Hilmas Mutter Selma durch Zufall die Wahrheit über den Gesundheitszustand ihres Schwiegersohnes erfahren, und sie musste zusammen mit Christian begreifen lernen, dass sie ihre tüchtige und prächtige Tochter, deren Ausbildung zur Grundschullehrerin so viel Geld gekostet hatte, an einen Verrückten verschenkt hatten.

Der doch aus einer Pfarrersfamilie stammte.

Und Selma hatte sich nie verzeihen können, dass sie das alles nicht rechtzeitig begriffen und verhindert hatte.

Denn hatte er sich während dieses unvergesslichen Verlobungsbesuches nicht in vielem wie ein Narr aufgeführt?

Nichts wurde besser. Denn obwohl die Tochter schwieg und nie ein Wort der Klage über ihre Lippen kam, fühlte Selma, dass da etwas nicht stimmte.

Die Tatsachen kamen in hässlicher und demütigender Form ans Tageslicht, als Dorfklatsch vor Karl Johans Gemischtwarenladen.

Selmas Scham über Hilmas Schicksal, ein Leben lang an einen Mann gekettet zu sein, der nicht ganz richtig im Kopf war, konnte nicht einmal der Herrgott mildern, so viel sie IHN auch im Gebet anflehte.

Als der Schwiegersohn dann in noch recht jungen Jahren unerwartet das Zeitliche segnete, gab Selma das, was bisher ihr bestgehütetes Geheimnis gewesen war, endlich auch vor sich selbst zu: dass nämlich Gott ihre Gebete schließlich doch erhört hatte.

Jäh war das Joch, das ihre Tochter so demütig zwölf Jahre lang getragen hatte, von ihr genommen worden.

Hilma wusste nur zu gut, dass ihre Mutter so dachte. Und obwohl sie in Stunden größter Verzweiflung selbst so dachte, wollte sie nicht, dass andere...

Er war schließlich ihr Ehemann gewesen.

Das war auch der Grund, warum sie ihren Eltern die Nachrufe mit der Post schickte. Um ihn und sich selbst zu rechtfertigen.

Da seht, was für ein großartiger Mann er war! Humanist, Idealist, einsatzfreudiger Kämpfer für Gerechtigkeit und Frieden.

Für seine Krankheit konnte er nichts.

Und ihre letzte Begegnung war wunderschön gewesen.

Er war abgemagert. Sein Gesicht war blass, und die Hände, mit denen er die ihren drückte, waren kalt gewesen.

Und wie warm hatten sie sich früher immer angefühlt.

Möglicherweise hatte sie da zum ersten Mal voll und ganz verstanden, dass er wusste, welche Qualen die körperlichen Ehepflichten ihr verursacht hatten. Und dass er sozusagen selbst ein Opfer seiner drängenden Sinnlichkeit geworden war. Und sie hatte sich selbst sagen hören: »Du hättest wohl eine heißblütigere Frau gebraucht, Sigfrid.«

»Nein«, hatte er da geantwortet. »So war es wohl am besten. Vielleicht wird es dann bei Signe gerade richtig.«

Diese Worte waren ihr wie eine Art Trost immer gegenwärtig. Er hatte verstanden.

Signe war ihr gemeinsames Herzenskind. In seiner aufrichtigen Reue und plötzlichen Einsicht sah Sigfrid die Rettung darin, dass Signe, Blut von ihrem Blute, die Ungleichheit ihrer Eltern bereinigen und versöhnen würde.

Seine starke Abhängigkeit von allem Fleischlichen und Hilmas Abscheu davor würden in Signe zu einem wohltuenden Einklang finden.

Dieser Gedanke war ergreifend und schön gewesen. Bleibend. Signe war vorläufig noch ein unschuldiges Kind. Es würde noch einige Jahre dauern, bis das untrügliche Zeichen ihrer Frauwerdung sich in der ersten Monatsblutung bestätigte.

In ihren tiefsten Tiefen war Hilma dankbar dafür, dass sie mit Signe alleine sein würde, wenn dieser Tag anbrach.

In den überschwänglichen Formulierungen der Nachrufe, dass dieser edle, aufopfernde Mann selbst Opfer einer tückischen Krankheit geworden war und diese kämpferische Menschenseele nun ihren Frieden gefunden hatte, den sie gesucht, aber im Leben nie gefunden hatte, sprach jedoch niemand davon, was es hieß, die Ehefrau dieser kämpferischen Seele und diesem zudringlichen Körper ausgeliefer zu sein.

Niemand im Kreis der Eingeweihten hegte Zweifel, um welche tückische Krankheit es sich handelte. Es war aber doch etwas anderes, mit den Auswirkungen dieser Krankheit im täglichen Zusammensein leben zu müssen.

Darüber machten sich anständige Menschen eben keine Gedanken.

Die herbe, aufrechte Hilma Tornvall hatte sich ja auch nie mit einem noch so kleinen Seufzer über ihr Schicksal beklagt.

Das erkannte man in höchstem Maße an.

Das tief empfundene Gefühl einer Befreiung, das in so unpassender Weise immer mehr in ihr aufwallte, konnte sich natürlich niemand vorstellen. Es war auch für Hilma selbst störend, sie fürchtete sich davor, dass es in irgendeiner Weise sichtbar werden könnte. Zum Glück schützte sie der Witwenschleier, wenn sie mit der armen kleinen Signe die Storgata entlangging und ununterbrochen Menschen begegnete, die ihr Beileid wünschen wollten.

Mein Beileid, mein Beileid, mein Beileid, mein Beileid.

Und sie neigte artig und würdevoll den Kopf, das Kind machte einen Knicks, die junge Witwe und ihre Tochter senkten beide den Blick.

Manch einer mochte Hilma Tornvall steif und gefühlskalt nennen, weil sie ihre Trauer nie offen zeigte.

Sie hatte keine wirkliche Freundin in der Stadt.

Doch eines Vormittags kam Brita Dahlström mit ihrer Tochter Ingrid aus Hoting zu Besuch. Man hatte sie den Platz überqueren und an der Ecke Storgata nach links abbiegen sehen.

»Sieh einer an«, dachte oder sagte man. »Noch eine Frau, die es im Leben nicht ganz leicht gehabt hat. Knut Dahlström hatte zwar keine Schwierigkeiten mit der Gesundheit. Aber über seine Moral schweigt des Sängers Höflichkeit. Sein Gefühl für das, was recht und billig ist, hat halt getrogen. Es hat sich gezeigt, dass er bis ins innerste Mark verdorben war.«

Aber es war ihm gelungen, alle zu täuschen.

Die Enthüllungen waren für jedermann ein echter Schock gewesen. Seine Gefängnisstrafe hatte er weiter im Süden abgesessen.

Wo er danach abgeblieben war, wusste niemand. Zumindest behaupteten alle, keine Ahnung zu haben. Es wurde aber gemunkelt, dass die betreffende Frau noch in Ramsele wohnte.

Die ersten Minuten in der Tornvallschen Diele waren bedrückend und peinlich.

Nicht nur die Mütter, sondern auch die Kinder hatten sich seit Jahren nicht gesehen. Seit der Zeit, als sie befreundet waren, hatte sich so vieles ereignet. Das Leben beider Frauen hatte eine drastische Wendung genommen. Die beiden Mädchen drückten sich schweigend an ihre Mütter, und für Augenblicke schienen sie »Versteinerung« zu spielen und darin zu wetteifern, wer am längsten unbeweglich stehen bleiben konnte.

Aber Brita Dahlström war die ungezwungene und herzliche Person von damals geblieben und schüttelte die Lähmung gleich ab. Sie umarmte Hilma und sagte: »O, liebe, liebe Hilma, dass es so kommen musste. Die Wege unseres Herrn sind wahrhaft unergründlich.«

Hilma reagierte in ihrer unbeholfenen Art auf Umarmungen immer verlegen. Jedes Mal seufzte sie innerlich auf, denn es wäre ihr lieber gewesen, den Rest ihres Lebens unter Menschen verbringen zu dürfen, bei denen Körperkontakt außerhalb der heimischen Sphäre nie weiter als bis zu einem scheuen, kurzen Handschlag ging. Und deren Rede so war, wie die Bibel es empfahl: Ja, ja, oder nein, nein. »Alles, was darüber hinausgeht, ist von Übel.«

Ihre Seele gehörte dem wortkargen Menschenschlag einer Gegend an, wo man zwanzig Kilometer auf Skiern zurücklegen konnte, um in ein Haus einzutreten, sich neben dem Wassereimer auf einen Stuhl zu setzen, sich, nachdem man zweimal genötigt worden war, bescheiden eine Tasse Kaffee und ein Stück Zucker aufdrängen zu lassen, das man auf die Zunge legte, um sodann das heiße Göttergetränk aus der Untertasse zu schlürfen. Die Untertasse hatte man zwischen den abgestorbenen, eiskalten steifen Fingern zu halten und zu schweigen. Die Wärme, der Geruch von frisch gebackenem Brot, Kindergeschrei, der Wetterbericht aus dem Radio in der Kammer aber nahm man wahr. Nach einer guten halben Stunde musste man sich dann erheben, sich nach den Fäustlingen strecken, die die Hausfrau einem schweigend abgenommen und auf die Schnur über den Herd gehängt hatte.

Man musste die kurze Jacke zuknöpfen, die Mütze aufsetzen und sagen: »Also schönen Dank für den Kaffee und Adieu.«

Draußen lehnten die Skier am Geländer. Mit den Fausthandschuhen wischte man den frisch gefallenen Schnee ab, legte die Bretter auf den Boden, schlüpfte in die Bindungen, ergriff die Stöcke und hob eventuell einen Arm, als winke man der Person zu, die einem hinter den winterlich dürftigen Geranien nachschaute. Der draußen Stehende konnte sich dann vorbeugen und vor dem Überqueren der Straße, auf der der Pferdemist dunkel von dem Weiß abstach, nach rechts und links schauen. Dann verschwand er im Wald und hinterließ eine blau glänzende Spur. Und jetzt war Eile geboten, denn es dämmerte schon. Und die Sterne leuchteten.

Hilma verstand es selbst nicht, aber seit sie nach Sollefteå gekommen war, hatte sie ihre Skier nicht mehr benutzt. An ihre Stelle war der Tretschlitten getreten.

Als Brita sie aus ihrer Umarmung entließ, hielt sie die Freundin mit bekümmertem Gesicht ein wenig auf Abstand.

»Ja, du meine Güte, hast du aber abgenommen! Du musst dir jetzt aber angewöhnen, wieder ordentlich zu essen. Ich weiß, schlank zu sein ist modern, aber man darf es nicht übertreiben.«

Brita sollte in der anderen Richtung selbst ein wenig aufpassen, dachte Hilma. Aber sie sprach es nicht aus. Sie hatte nicht Britas Talent, etwas Kritisches zu sagen, das trotzdem lieb und wohlwollend klang.

Hilma strich sich also glättend über den Rock und meinte, das schwarze Kleid ließe sie wohl etwas schlanker erscheinen.

Darüber musste Brita herzlich lachen und sagte, bei ihr selbst würde man da sicher keinen Unterschied merken.

Aber das schien ihr keinen Kummer zu bereiten.

Sie sah einfach blühend jung und frisch aus. Der Verlust eines untreuen und gewissenlosen Ehegatten hatte in ihrem Gesicht keine Spuren hinterlassen.

Unterdessen hatten auch die Mädchen ihre Verlegenheit überwunden und waren in Signes Zimmer gelaufen.

Man hörte Ingrids laute Bewunderung für die Papierpuppe, die Signe ihr zeigte.

»Sie spielt also immer noch mit Papierpuppen?«, sagte Brita nachdenklich.

Hilma fühlte, dass sie errötete. Warum nur? Aber Brita hatte irgendwie kränkend vorwurfsvoll geklungen.

»Sie spielt nicht«, erklärte Hilma trocken. »Sie entwirft Kleider für die Puppen. Sie will Modezeichnerin werden.«

Darüber musste Brita wieder lachen. »Ich frage mich oft, woher die Kinder das nur alles haben?«

Eine Frage, die nach keiner Antwort verlangte.

Hilma hatte eine kleine Mahlzeit vorbereitet und im Esszimmer mit dem besten Service gedeckt. Es gab Blaufelchen mit Eiersoße und jungen Kartoffeln. Zum Nachtisch Reis à la Malta mit Himbeerkompott und Schlagsahne. Aus der Kristallkaraffe schenkte sie Dünnbier ein. Hilma selbst trank, wie die Mädchen, lieber Preiselbeersaft. Doch Brita behagte die Frische des Dünnbiers.

Nach dem Essen verschwanden die Kinder wieder in Signes Zimmer, während die Damen Kaffee trinken wollten. Hilma hatte ein mit Hohlsaum verziertes Leinentuch über den Rauchtisch gebreitet. Brita ließ sich Mandelmakronen, Finnische Stäbchen, Schokoladenplätzchen und Sahnetörtchen wohl schmecken.

Hilma versuchte die unangenehme Erinnerung an ein früheres Beisammensein beiseite zu schieben, als sie in ähnlicher Weise mit Brita zusammen gesessen hatte.

Auch damals war der Herr des Hauses, allerdings aufgrund seiner Krankheit, abwesend gewesen. Brita hatte anzudeuten gewagt, wie einsam Hilma sich fühlen müsse, weil Sigfrid wohl noch Monate wegbleiben würde.

Hilma hatte zunächst nicht verstanden, was Brita damit sagen wollte, sondern hatte zögernd erwidert, sie habe seit seiner Einweisung wesentlich mehr Ruhe. Da war Brita deutlicher geworden. Sie hatte an das Alleinsein im Bett gedacht und wie sie selbst, wenn Knut weg wäre...

Errötend hatte Hilma den Deckel der silbernen Kaffeekanne angehoben und festgestellt, dass sie in die Küche gehen und nachfüllen müsse. Sie konnte vor Entrüstung über Britas Taktlosigkeit kaum atmen. Als ob Frauen ein ähnlich drängendes Triebleben hätten wie Männer.

Hilma wäre es nie in den Sinn gekommen, dass das Gefühl des Alleinseins *mit dieser Sache* zu tun haben könnte.

Als aber Brita darüber geredet hatte, mußte Hilma immer an diese hektische, unermüdliche Intensität denken, die Sigfrid in den letzten Wochen vor seiner Einweisung so beherrscht hatte. An den launenhaften, heftigen Umschwung seines Gemütszustandes und an dieses unersättliche Bedürfnis, sich Hilma in den Nachtstunden aufzuzwingen und ein weiteres Mal stöhnend und keuchend über sie herzufallen, um in ihr zum Erguss zu kommen.

Dass ihr Schlaf in dieser Zeit eher ein Schlummerstakkato gewesen war. Die Befreiung, als er endlich in Pflege kam.

Es war wie eine Rückgewinnung ihrer selbst. Es war die ruhevolle Stille der Nacht, in der ihr Körper langsam zu der Einsicht gelangte, dass es vorläufig ein Ende hatte.

Während dieser kleinen freundschaftlichen Kaffeestunde viele Jahre später dachte Brita, begierig, mit Hilma darüber zu sprechen, über vieles ganz anders.

Errötend vor dem, was sie jetzt erzählen wollte, nahm sie sich noch ein Sahnetörtchen und, bitte, gern auch noch ein Tässchen Kaffee...

Brita biss so fest zu, dass ihr Sahne und Marmelade übers Kinn tropften. Aber das genierte sie nicht. Ohne zu zögern leckte sie sich die Finger ab und wischte sich den Rest mit der Leinenserviette vom Kinn.

Es war ja so viel passiert, seit sie und Knut sich getrennt hatten. Der Schock über die Schande hatte sie gleichsam gelähmt, aber nachdem sie wieder im Lazarett zu arbeiten begonnen hatte, überwand sie ihn schnell, und sie fasste neuen Mut für die Zukunft. Eine gläubige Kollegin hatte sie zu einer Erweckungsversammlung der Pfingstler mitgenommen, und dort hatte sie während der Jubelgesänge und Gebete den Anruf Gottes verspürt.

Es war ein Gefühl gewesen, als schwebe sie in lieblicher Glückseligkeit gleichsam über ihrem Stuhl, und sie hatte Jesus Christus und seine Engel gesehen.

Hilma hörte ihr höflich zu. Sie konnte jetzt ganz beruhigt sein. Brita würde nicht auf das peinliche Thema der Vereinsamung einer jungen Witwe zu sprechen kommen.

Gleichzeitig war sie aber von dem ekstatischen, fast verzückten Ausdruck in Britas rosigem Gesicht befremdet. Und als Brita auch noch das Stoßgebet Danke-Herr-Jesus aufsagen wollte, gab Hilma vor, die beiden Mädchen im Kinderzimmer rufen gehört zu haben. Sie musste nachsehen, ob die zwei vielleicht noch Saft haben wollten.

Aber es sah nicht danach aus. Fürsorglich hatte Signe das Tablett mit den leeren Gläsern und der leeren Saftkanne in die Küche getragen. Und als Hilma trotzdem ins Kinderzimmer schaute, saßen die beiden, umgeben von langen, schlanken Papierpuppen und einer Vielfalt an Kleidern auf dem Fußboden. Sie waren so sehr damit beschäftigt, immer wieder einen Grund für das Umkleiden der Papierdamen zu finden, dass sie Hilma gar nicht bemerkten. »... und als Myrna den Grafen kennen gelernt hatte, lud er beide zu einer Cocktailparty in sein großes Schloss ein...«

Als Hilma ins Herrenzimmer zurückkehrte, blätterte ihr Gast in einer alten Nummer der Zeitschrift »Tidevarvet«, die noch im Zeitungsständer gesteckt haben musste.

Fast unmittelbar nach seinem Ableben hatte Hilma die Abonnements der verschiedensten Zeitschriften gekündigt, die Sigfrid bezogen hatte. Es waren auch zwei ausländische darunter gewesen, eine deutsche und eine französische. Die deutsche schien er nur bestellt zu haben, um sich über die Vorgangsweise dieses barbarischen Adolf Hitler aufregen zu können. Die französische war ihm wegen der Sprache und der Kulturbeiträge wichtig gewesen. Sigfrid hatte Wert darauf gelegt, sich mit der Entwicklung der französischen Idiomatik à jour zu halten.

Brita las bei Hilmas Rückkehr gerade einen Artikel mit der Überschrift »Was kann unsere Gesellschaft für die Mütter tun?«.

Eine Institution, die sich Bevölkerungskommission nannte, wusste die Antwort. »Wenn eine Frau ein Kind geboren hat, sollte ihr aus staatlichen Mitteln ein Mutterschaftsgeld in Höhe von 75 Kronen bewilligt werden«, las Brita laut vor.

»Wie findest du das, Hilma?«

Hilma wusste nicht recht. Für Minderbemittelte war es vielleicht eine Hilfe. Aber hier klang es ja, als sollten *alle* das bekommen.

Hilma hatte ihre klar und deutlich formulierten Grundsätze schon als Säugling mit der Muttermilch eingesogen. Dass man alleine zurechtkommen muss. In niemandes Schuld stehen darf. Sich vor Abhängigkeit hütet, die Dankbarkeit fordert.

Almosen für die Ärmsten. Zu Weihnachten kirchliche Körbe mit Lebensmitteln und Schuhe für die Kinder. Es würde wohl keinen Unterschied machen, wenn der Staat der Geber war. Oder doch?

Sie selbst hätte im Übrigen nicht studieren können, wenn nicht der Pfarrer und ihre Lehrerin finanziell dazu beigetragen hätten.

Dafür musste Hilma ewig dankbar sein.

Es war nicht die Schuld ihrer Wohltäter, dass ihre berufliche Laufbahn durch die Heirat so bald abgebrochen werden musste.

Und jetzt stand sie also wieder alleine da.

Zum ersten Mal seit Sigfrids Ableben wurde es ihr deutlich bewusst. Dass sie ihren Lehrerinnenberuf wieder aufnehmen könnte.

Aber nun hatte sie ja Signe. Andererseits wurde Signe bald zwölf Jahre alt.

»Staatliche Mittel«, wiederholte Brita verächtlich. »Soll es bei uns vielleicht wie in Russland werden? Dass die Kinder nicht mehr der Familie gehören, sondern dem Staat?«

»Davon verstehe ich eigentlich nichts, es war immer Sigfrid, der...«, begann Hilma vorsichtig.

»Nicht zu fassen, dass er so ein Roter war«, erwiderte Brita. »Wo er doch aus einer Pastorenfamilie stammte...«

Selbst wenn Hilma dazu etwas hätte sagen wollen, wäre sie nicht zum Zuge gekommen. Brita hatte wichtigere Gesprächsthemen als diesen Zeitungsartikel. Frohe Nachrichten ganz einfach. Denn dadurch, dass sie jetzt dieser Gemeinschaft angehörte und eine Stütze im Zweiten Sopran des Chores geworden war, hatte sie Bekanntschaft geschlossen...

Brita legte eine kleine Atempause ein und schüttelte die Kuchenkrümel von den Volants am Halsausschnitt.

»In der Pfingstkirche klingen die Melodien einfach ganz anders. Froh und glücklich. Wir singen von der Glückseligkeit der Gnade des Herrn, es klingt wirklich ganz anders als in den jämmerlich traurigen Liedern der Schwedischen Kirche.«

Eine weitere Pause. Dann kam sie zum Wichtigsten, was ihr in dieser neuen Kirche widerfahren war. Abgesehen vom Herrn Jesus und der Taufe der Erneuerung war da ein Mann.

Der Konditor Esaias Lundström. Witwer, 54 Jahre alt. Auch er war Chorsänger. Bass.

Jetzt folgte ein allumfassendes Verzeichnis der guten Eigenschaften dieses Esaias Lundström.

»Und er hat mich gebeten, seine Frau zu werden.«

»Was sagst du da!« Hilma traute ihren Ohren nicht. »Und was ist mit Knut?«

»Ach ja, Knut«, sagte Brita in geradezu störend oberflächlichem Ton. »Wir sind vor einem guten Jahr geschieden worden.«

Hilma wusste nur wenig über das Leben im Schutz der Pfingstkirche, aber ihre Schwester Asta war ja dort Mitglied und hatte einmal ganz nebenbei erwähnt, dass die Gemeinde verpflichtet sei, über den Lebenswandel ihrer Mitglieder zu wachen. Das konnten ganz belanglose Dinge sein, etwa, dass eine junge Tochter ohne die Eltern (die Gemeinde) zu fragen, sich die Zöpfe hatte abschneiden lassen. Dies ließ sie weltlicher aussehen, was sich aber für eine Erlöste nicht schickte, die die heilige Taufe des Geistes in der Pfingstkirche empfangen hatte.

Bei Asta hatte es geklungen, als wäre das ein Beweis der liebevollen Fürsorge der Brüder und Schwestern für jede einzelne Seele in der Gemeinschaft.

Für Hilma sah es eher nach Überwachung aus.

»Wir haben mit den Gemeindeältesten gesprochen, das heißt, Esaias hat es getan. Esaias ist nämlich ein bedeutendes Mitglied, denn er hat im Lauf der Jahre großzügige finanzielle Spenden gemacht. Er besitzt nämlich ›Lundströms Bäckerei und Konditorei‹, den ältesten und besten Betrieb in Hoting. An ihn wendet man sich bei Hochzeiten, Begräbnissen, Jubiläen, Vereinsfeiern und bei den Aufnahmezeremonien der Tempelritter.

Esaias ist also eine hoch geachtete und respektierte Persönlichkeit. Seine Gattin verschied schon in jungen Jahren, und er ist nun seit neun Jahren alleine...«

»Eigentlich, ich meine, natürlich...«, fuhr Brita fort und klang gar nicht wenig nervös. »Eigentlich ist die Gemeinde gegen eine Heirat, wenn einer der Beteiligten geschieden ist. Denn was Gott verbunden hat, soll der Mensch nicht trennen.«

»Na ja, dann«, sagte Hilma.

Sie hörte selbst, dass es spitz klang.

»Ja, freilich«, warf Brita schnell ein. »Aber es sind ja sozusagen auch außergewöhnliche Umstände. Knuts Unehrenhaftigkeit und sein unsittlicher Lebenswandel haben ja die Scheidung notwendig gemacht.«

Hilma warf ein, dass das ihrer Meinung nach kein Ausweg wäre.

»Und ihr *müsst* doch wohl nicht heiraten?«

Jetzt wurde Brita rot wie eine Pfingstrose.

»Du meinst doch nicht, dass wir lieber in Sünde leben sollten?«

Hilma versuchte zu erkunden, ob Brita etwa scherzte. Aber diese machte nicht den Eindruck.

»Du wirst wohl verstehen, dass ich das damit nicht sagen wollte.«

»Oder denkst du etwa, ich bin in anderen Um...?« Jetzt konnte Brita nur noch amüsiert lachen.

»Brita!«, warf Hilma mit brüchiger Stimme ein. »Das ist kein Scherz. Ich kann nie und nimmer glauben, dass die Gemeinde den Bund der Ehe zwischen euch beiden anerkennt. Könnt ihr euch nicht damit begnügen, einfach Freunde zu sein? Gute Kameraden.«

Britas Augen wurden schmal.

»Aber Hilma, Gott hat den Menschen als Mann und Frau

geschaffen, damit sie einander lieben in Not und Lust. Und damit die Menschheit fortbestehe«, fügte sie schnell hinzu.

»Aber Brita. In deinem Alter.«

»Mit zweiundvierzig ist es noch nicht zu spät. Elisabeth, die Mutter Johannes des Täufers, war viel älter. Von ihr wird gesagt, dass sie aufgrund ihres hohen Alters unfruchtbar war. Als aber Maria von ihrer Empfängnis sprach, hüpfte die Frucht in Elisabeths Leib vor Freude. Denn für Gott ist nichts unmöglich. Und, liebe Hilma, wenn man jemanden von Herzen liebt, reicht Freundschaft nicht aus, oder?«

Lieber Gott, jetzt waren sie wieder bei diesem Thema angelangt! Erlöst oder nicht, wenn man es genau nahm, war sie die alte schamlose Brita geblieben ...

Hilma richtete sich auf, strich die Krümel in die hohle Hand und glättete dabei das Tischtuch. Dann stand sie mühsam auf und sagte: »Ich kann mir nun einmal nicht vorstellen, dass sie es zulassen ...«

»Hilma, wohin willst du denn?«

Hilmas Ziel war das Badezimmer. Eine der wichtigsten Funktionen einer Toilette war, dass man sich jederzeit dorthin zurückziehen konnte.

Als sie zurückkam, stand Brita am Fenster und schaute hinaus. Ihr Gesicht war ernst und schien plötzlich gealtert. Sie hörte Hilma kommen, wandte sich um und ging auf ihre Gastgeberin zu. Nahm ihre Hände zwischen ihre und sagte: »Ach, du meine liebe Hilma. Kannst du mir verzeihen? Ich rede die ganze Zeit nur von mir und denke überhaupt nicht daran, dass du ... Dass der Tod dir deinen geliebten Sigfrid genommen hat.«

Hilma zog ihre Hände mit der Frage zurück, ob Brita nicht noch einen Schluck Kaffee haben wolle.

Als sie wieder am Rauchtisch saßen, tastete Brita abermals nach Hilmas Händen, um ihr reumütig zu versichern, wie Leid ihr das alles tue. Wie hatte sie nur so taktlos sein können. Aber wessen Herz voll ist, dessen Mund geht über.

Hilma hörte gar nicht mehr zu. Ihre Gedanken trugen sie flüchtig auf ein Karl-Johan-Sofa mit gestreiftem Seidenbezug zurück, wo damals auf ihrem Schenkel auf dem dunkelblauen Kleid eine andere Hand gelegen hatte, die genau wie jetzt Britas Hände eine vordringliche Botschaft unterstreichen und vertiefen wollte. Tante Rut, die zukünftige Schwiegermutter der jungen Hilma, hatte von der nahe bevorstehenden Hochzeit sprechen wollen.

Die Pläne für die anstehende Trauung waren der verblüfften Hilma in den schönsten Farben ausgemalt worden. Also schon in zwei Monaten? Empfahl der gebotene Anstand nicht eine Verlobungszeit von mindestens einem Jahr? Um jeden etwa aufkommenden Verdacht von Dringlichkeit zu vermeiden.

Doch es war tatsächlich Eile geboten. Nicht aus dem »üblichen« Grund, sondern weil es der Pfarrhofsfamilie ein dringendes Anliegen war, den geisteskranken Sohn endlich im Hafen der Ehe landen zu sehen. Bevor noch die ahnungslose, unwissende Braut erkannte, dass nicht alles zum Besten stand.

Brita merkte nicht, dass ihre Gastgeberin sich in Gedanken weit entfernt hatte, sondern plauderte munter drauflos.

»Du bist ja noch eine junge Frau, Hilma, fünfunddreißig Jahre alt, du wirst bald einem neuen Mann begegnen. Gut siehst du auch aus. Es mag dir schwer fallen, jetzt in dieser Richtung zu denken, der Verlust ist noch zu frisch, aber du wirst sehen...«

Wie auf Bestellung klingelte es.

Hilma, der diese Richtungsänderung im Gespräch immer peinlicher wurde, lief erleichtert ans Telefon. Sie kam zu spät, Signe hatte schon abgehoben. Erhitzt und fidel teilte diese Onkel Rutger kichernd mit, dass sie Besuch hatten.

Das Kind wirkte ihr viel zu aufgekratzt.

Recht unfreundlich riss Hilma den Hörer an sich, konnte aber nur bestätigen, was Signe eben gesagt hatte. Sie hütete sich jedoch davor, etwas Genaueres über die Besucher zu äußern. Rutger hätte nur neugierige Fragen gestellt.

Es gibt ein eigenartiges Interesse, das Menschen für Gesetzesbrecher und zwielichtige Gestalten an den Tag legen.

Man kann vom neuesten Klatsch über gerade diese Ausgestoßenen, die man natürlich verurteilt, nie genug hören, denn eigentlich sind sie an ihrem Schicksal ja selbst schuld.

Rutger hörte Hilmas Stimme an, dass sie aufgeregt war, und bat, gegen Abend noch einmal anrufen zu dürfen.

Hilma sandte ein kleines Stoßgebet zum allmächtigen Gott. Sie wusste, dass man bei geringfügigen Anlässen bisweilen erhört wurde. Und siehe da, Brita fragte nicht, wer angerufen hatte – sie wäre sonst unendlich neugierig geworden. Sie hatte sich den Fahrplan vorgenommen und fuhr mit dem rechten Zeigefinger die einzelnen Spalten entlang. In einer guten Stunde ging ein für sie günstiger Zug.

Also mussten die schwatzenden und ganz in ihrem Spiel aufgehenden Mädchen damit vertraut gemacht werden, dass man möglichst schnell aufbrechen wollte.

»Am besten hilfst du Signe gleich, alles vom Fußboden wegzuräumen«, sagte Brita Dahlström in strengem Mamaton.

»O nein, nur noch ein ganz kleines Weilchen«, baten die Mädchen.

»Nein, ihr hört doch, was ich sage«, entgegnete Brita.

Hilma war unendlich erleichtert, dass hier jemand anderer das Kommando übernahm. Sigfrid hatte seiner Tochter nie widersprechen können.

Er machte nicht selten rückgängig, was Hilma gerade erst verboten hatte.

Signe zu erziehen würde jetzt, wo es allein in ihrer Hand lag, zweifellos leichter sein. Die Leute dachten vermutlich, dass es umgekehrt sein würde. Die arme Hilma ist jetzt ganz alleine verantwortlich. Unmittelbar nach Sigfrids Tod hatte Hilma wohl ebenso gedacht. Aber damals hatte sie sich von den Vorstellungen ihrer Umgebung beeinflussen lassen, dass es ein Vater sein musste, ein *Mann*, der in der Kindererziehung die Zügel straffte.

Sie wussten nicht, dass diese Pflicht in der Familie Tornvall seit jeher der Mutter oblag. Der Vater hatte feige den einfacheren Weg gewählt und damit Signes Liebe gewonnen.

Hilma hatte sich mit ihm nie darüber auseinandergesetzt; er brauste zu leicht auf. Außerdem gab es irgendwelche neuen Ideen über Kindererziehung, die er aus einer seiner Zeitschriften aufgeschnappt hatte. Dass nämlich Kindern gegenüber nicht Strenge zu walten hätte, sondern dass sie durch sanfte Worte zu wohlerzogenen und verständigen Menschen werden würden.

Wenn es ihn so richtig überkam, konnte er sogar erklären, dass Kinder überhaupt nicht erzogen zu werden brauchten – nur geliebt.

9

Rutger von Parr, ja – ihm war nicht zu entkommen.

Er sorgte immer dafür, dass er bei ihr nicht in Vergessenheit geriet.

Natürlich wäre sie auch ohne seine Unterstützung zurechtgekommen. Aber andererseits war eine Frau ja nicht komplett, wenn sie nicht so oder so den Schutz eines Mannes genoss.

Wenn Rutger in Fragen des Festsaals bei Appelbergs nicht für sie Partei ergriffen hätte, wäre es viel schwieriger, wenn nicht geradezu unmöglich gewesen, sich gegen Eskil durchzusetzen. Ihr Schwager war ja sogar bereit gewesen, für die Geigenmusik aufzukommen.

Hilma hegte den Verdacht, dass hinter diesem großzügigen Angebot noch etwas anderes steckte. Eskil hatte nämlich als Treuhänder für das Vermögen seines geisteskranken Bruders über einen Teil von Sigfrids rechtmäßigem Erbe noch immer nicht Rechenschaft abgelegt. Das war eine der Fragen, denen Rutger von Parr in nächster Zeit nachgehen wollte.

Hilma hatte Sigfrid nie zu fragen gewagt, um welche Beträge es sich dabei handeln konnte. Sobald sie diese Angelegenheit auch nur streifte, regte er sich furchtbar auf und begann ruhelos im Zimmer hin und her zu gehen.

Er schämte sich. Er wollte diese Sache nicht mit seiner Frau besprechen. Über sein Lehrergehalt konnte Hilma im Wesentlichen verfügen. Hier kannte sie den Betrag und wusste, was sie sich, nachdem Miete, Strom und Telefon bezahlt waren, leisten konnten. Es war kein großartiges Einkommen, und wenn es um eine etwas kostspieligere Anschaffung ging, musste Sigfrid Kontakt mit Eskil aufnehmen. War möglicherweise noch ein Guthaben aus der Erbschaft vorhanden?

Das also besprach sie mit Rutger von Parr, der ohne zu zögern versprach, diese Angelegenheit mit Eskil zu klären.

Aus dem Kreis, der sich während der Zeit in Sollefteå manchmal im Heim der Tornvalls traf, hatte Rutger von Parr Hilma als Einziger richtig *erkannt*. Er schätzte sie nicht nur als die stille, bescheidene Gattin des strahlenden Sigfrid Tornvall, sondern als die eigenständige Persönlichkeit, die sie war.

Seine aufmerksamen braunen Augen waren Hilma gefolgt, wenn sie zwischen Küche und Speisezimmer hin und her lief. Sie hatte seine Aufmerksamkeit nicht als peinlich empfunden, sondern eher als Ansporn. Er war anders als die anderen.

Seine Besonderheit kam deutlich zum Ausdruck, wenn die Gäste sich nach dem Essen ins Herrenzimmer zu den angebotenen Erfrischungen zurückgezogen hatten. In diesem Haus wurde ja kein Alkohol gereicht. Angeboten wurden Mineralwasser, Zitronenwasser, Apfelsaft und Preiselbeertrunk. Und meistens in der großen Kristallschüssel auch ein selbst zusammengestellter Obstsalat. Für das Rauchen war bestens gesorgt.

Aber während der angeregten Gespräche, wenn Hilma, umgeben von schmutzigem Geschirr, in der Küche gestanden hatte, hatte Rutger von Parr die Gesellschaft verlassen und war zu ihr herausgekommen. Sie war vor Verlegenheit rot geworden und hatte ihn wegschicken wollen. Lachend hatte er ihr Platz gemacht, war aber in der Küche geblieben, hatte übermütig nach dem Gläsertuch gegriffen und abzutrocknen begonnen. Als ob es die natürlichste Sache der Welt wäre.

Es war auffallend, wie behutsam er die trockenen Gläser auf den Küchentisch gestellt hatte.

Währenddessen hatte er sich mit Hilma unterhalten. Er bediente sich gern einer drastischen Ausdrucksweise und brachte sie damit zum Lachen. Aber möglicherweise klang vieles auch wegen seiner betont schonischen Mundart witziger.

Es war vorgekommen, dass Sigfrid zur Tür hereingeschaut hatte, um zu fragen, was es in der Küche denn so Lustiges gäbe.

Ob es so etwas wie Eifersucht gewesen war?

Ebenso ungewöhnlich wie Hilmas so seltenes Lachen.

Einmal hatte Hilma Sigfrid gegenüber das Gespräch darauf gebracht, wie es denn möglich sein konnte, dass ein so angenehmer und warmherziger Mann wie Rutger von Parr mit einer noch dazu festen Anstellung als Lehrer es bisher noch nicht zu einer Frau gebracht hatte. Wusste Sigfrid möglicherweise, ob es im Leben Rutger von Parrs eine stark gefühlsbetonte Enttäuschung gegeben hatte?

Sigfrid, der am Schreibtisch gesessen hatte, hatte den Federhalter aus der Hand gelegt und seine errötende Frau belustigt und liebevoll angesehen.

»Du glaubst, dass unser lieber Rutger an verschmähter Liebe leidet und die Frau nicht vergessen kann, die ihn um eines anderen willen sitzen ließ?«

Der belustigte Ausdruck in seinen Augen hatte ihr nicht gefallen.

Sie hatte aber nicht lockergelassen.

»So etwas soll vorkommen«, hatte sie hoch erhobenen Kopfes erwidert. »Und wenn, dann ist es kein Grund, sich darüber lustig zu machen.«

Sigfrid hatte überraschend reagiert. Er hatte sich erhoben, sie in die Arme genommen, sie zärtlich auf den Hals geküsst und gemeint, seine liebliche Waldblume solle sich über Rutger von Parrs Junggesellenstand nicht den Kopf zerbrechen.

»Aber warum?«, hatte sie beharrt und sich seiner Umarmung entzogen.

Er ließ sie etwas zu rasch los. Etwas verlegen hatte er sich in seinen Arbeitsstuhl gesetzt, die Feder in das Fass mit der roten Tinte getaucht und damit unterstrichen, dass er keine Zeit mehr für seine Frau hatte.

Nun ja.

Sie hatte in keiner Weise das Gefühl, eine Antwort auf ihre Überlegungen bekommen zu haben. Aber aus Erfahrung wusste sie, dass es besser war, nicht weiter zu fragen, wenn Sigfrid dieses Gesicht machte.

Jetzt, nach seinem Tod, hätte sie manchmal gerne gewusst, wie Sigfrid Rutger von Parrs unermüdlichen Einsatz für Hilma und ihre Tochter Signe eingeschätzt hätte.

Hätte er sich darüber gewundert? Hätte er es missbilligt? Doch Rutger hatte ihm ja von allen Kollegen als Freund am nächsten gestanden.

Sie konnte sich nichts anderes vorstellen, als dass es ihm recht gewesen wäre, dass seine Witwe im Umgang mit Ämtern und Behörden einen Mann zur Seite hatte. Sobald es um Angelegenheiten außerhalb der engeren Sphäre des eigenen Haushaltes ging, hielt man Frauen ganz allgemein für unwissend und einfältig. Sie wurden in dieser Hinsicht nie ganz ernst genommen.

Aber es gab Ausnahmen. Die dreißiger Jahre hatten eine ganze Reihe erfolgreicher Frauen hervorgebracht, die sich schon deshalb in der Männergesellschaft behaupteten, weil sie gelernt hatten, sich eher männlich zu verhalten.

Jetzt gab es Frauen, die Ärztinnen, Rechtsanwältinnen, Schuldirektorinnen oder Politikerinnen waren. An den Universitäten gab es sogar schon Frauen, denen der Titel »Ordentlicher Professor« zugesprochen worden war.

Madame Curie bekam den Nobelpreis für Physik zwar gemeinsam mit ihrem Ehemann, aber es herrschte durchaus nicht die Meinung vor, dass *er* der eigentliche Entdecker und sie seine Assistentin war; nein, sie bekamen den Preis, weil sie diese Entdeckung unter gleichen Bedingungen gemeinsam gemacht hatten.

Inzwischen unterrichteten auch schon viele Frauen an Gymnasien. Aber alle Frauen, die es in der Gesellschaft zu etwas gebracht hatten, schienen unverheiratet zu sein – ausgenommen Madame Curie. Alle Damen in Fogelstad waren ebenso wie Sigfrids Schwester Dagmar unverheiratet gewesen. Desgleichen Fräulein Gabortén und die Turnlehrerin Louise von Birrbaum. Aus dem Verhalten der beiden Letzteren zu schließen, waren die Frauen bestrebt, es den Männern gleichzutun. Sie saßen gern breitbeinig da und hielten die Zigarette zwischen Zeige- und Mittelfinger. Vom vielen Rauchen bekamen sie eine heisere, tiefe Stimme. Es waren Frauen mit Kurzhaarschnitt. Sie trugen gerne Jacken und bequeme Schuhe mit niederen Absätzen.

Von Sigfrid, der sich ja mehr in Gesellschaft bewegt hatte, hörte Hilma, dass Fräulein Gabortén nach einem Essen lieber mit den Herren in den Raum ging, in dem man sich einen Grog mischen konnte, als dass sie sich mit den Damen zu einem Gläschen Likör zum Kaffee setzte.

Als Hilma in der eigenen Wohnung einmal mit Erfrischungen ins Herrenzimmer gekommen war, sah sie, dass Fräulein Gabortén schnell eine kleine flache Flasche in ihrer geräumigen Handtasche verschwinden ließ.

Hilma hatte nicht weiter darüber nachgedacht, sondern begriff es erst, als Rutger von Parr eine ähnliche Flasche aus der Innentasche seines Jacketts gezaubert hatte, um mit Eskil Tornvall Bruderschaft zu trinken.

Nachträglich errötete Hilma bei der Erkenntnis, dass ihre so spontan fröhlichen und scheinbar ungezwungenen abstinenten geselligen Abende von unechter Freude getragen waren, weil mancher Gast solch eine kleine Flasche bei sich gehabt hatte.

Sie fragte sich, ob Sigfrid das gewusst haben mochte?

Sie kam zu dem Ergebnis, dass das wohl der Fall gewesen war. Aber er hatte ihr, seiner lieblichen Waldblume, nichts von diesem heimlichen Bechern im Haus eines Alkoholgegners verraten wollen.

Jetzt nach seinem Tod hatte sie eine neue Denkart bei sich entdeckt, eine Art Scharfblick, der sie noch wachsamer sein ließ.

Sie hatte diese Beobachtungsgabe wohl schon immer besessen, aber früher war es Sache des Hausherrn gewesen, über die Angelegenheiten der Familie zu wachen.

Jetzt war ihr dieser Schutz genommen; sie musste ihr eigener Wächter sein.

Die Hilfsbereitschaft Rutger von Parrs, seine Güte und sein Wunsch, ihre Trauer um den Gatten zu mildern, schätzte sie sehr.

Hilma hatte ihn aufrichtig gern. Bei Signe ging es tiefer. Sie strahlte und hopste vor Freude, wenn Onkel Rutger kam. Es bestand die Gefahr, dass sich bei ihr eine festere Bindung entwickelte.

Das Angenehme an Rutger von Parr war, dass er Unbeschwertheit ausstrahlte. Schon seine Leibesfülle vermittelte das Gefühl, dass er Unannehmlichkeiten gern aus dem Weg ging. Er war ein Mensch, der das Leben liebte. Ohne deswegen ein

Luftikus zu sein. Wenn Hilma Sorgen hatte oder mit jemandem über ihre Gedanken sprechen wollte, war er immer zur Stelle, bereit zuzuhören und seine Meinung zu äußern.

Es machte ihm Freude, unangemeldet mit drei Karten für den neuesten Harold-Lloyd-Film aufzukreuzen. Es war lustig, im Kino nebeneinander zu sitzen, gemeinsam zu lachen und hinterher über den Film zu reden. Er ging gerne noch zu einer Tasse Tee mit ihnen nach Hause. Signe spazierte leichtfüßig und glücklich neben ihm her.

Aber was *wollte* Rutger von Parr eigentlich?

Sich unentbehrlich machen?

Für Signe bedeutete Onkel Rutger Wärme und Fröhlichkeit.

In gewisser Hinsicht war es wohl auch für Hilma so.

Ein herzensguter Freund, der sie sogar zum Lachen bringen konnte. Aber nie würde Hilma die Verwirrung und Verzweiflung vergessen können, die sie empfunden hatte, als ihre Tochter, nachdem sie sich im Badezimmer eingeschlossen hatte, die eigene Mutter beiseite gestoßen und bei diesem Fremden Zuflucht gesucht hatte, denn einen Fremden musste man ihn doch wohl trotz allem nennen. In einem solchen Augenblick.

Oft, wenn sie abends, nachdem Signe endlich eingeschlafen war, noch flickte oder stopfte, ließ ihr der Gedanke keine Ruhe:

»Was will er eigentlich?«

Diese Frage musste sich ja stellen, wenn ein Freund der Familie ohne triftige Gründe immer öfter zu Besuch kam.

Aber gerade in dieser Hinsicht gab es für solche Überlegungen keinen Anhaltspunkt. In Rutger von Parrs Blick, in seinem Lächeln, seinem Handschlag gab es nichts, was beunruhigend hätte sein können. Er war – ein wenig plump ausgedrückt – nicht die Spur schöntuerisch.

Trotz ihrer sehr spärlichen Erfahrungen bemerkte Hilma

stets dieses Aufblitzen in den Augen eines Mannes, wenn ein gewisses Interesse vorlag.

Bei Sigfrid hatte es sich schon gezeigt, als er am Mittsommertag des Jahres 1924 beim Kirchenkaffee im Pfarrhof von Tärnaby das erste Mal mit ihr gesprochen hatte. Hilma hatte dieses Aufleuchten der Augen damals noch nicht deuten können. Ihre Kusine Hildur jedoch war damit recht vertraut gewesen. Sie kannte die Gefahr und auch die Möglichkeiten. Ein stattlicher Mann im weißen Leinenanzug aus einem Landesteil weiter südlich, ein Junggeselle im besten Alter. Studienassessor. Ältester Sohn eines Pfarrers.

Hildur hatte seine Werbung wie einen persönlichen Triumph empfunden. Schließlich war es ihr zu verdanken gewesen, dass die jungen Leute sich kennen gelernt hatten.

Dass aber ihre junge unerfahrene Kusine unmittelbar nach der Hochzeit unter schwersten Schockzuständen in der Frauenklinik von Eskilstuna landen würde, hätte sie sich nie träumen lassen.

Nach ihrer Genesung war das Pfarrhaus Hilmas einziger Zufluchtsort gewesen. Ihr geisteskranker Gatte war für unbestimmte Zeit in die Irrenanstalt von Stora Sundby eingeliefert worden. Es wäre absolut undenkbar gewesen, nach Lövberga zu reisen und ihre Eltern damit in Schande und Verzweiflung zu stürzen.

An den Wochenenden waren ihre Schwägerin Dagmar und deren Freundeskreis aus hageren gebildeten Damen, die sich einer christlichen Lebenshaltung verschrieben hatten, in den Pfarrhof gekommen. Der Gruppe hatte auch ein junger Mann beigewohnt, ein gewisser Hammarén. Seine Blicke hatten nicht selten auf der jungen Schwiegertochter des Hauses geruht, die so tragisch... Er hatte ihr einen Ausflug zu interessanten Vorträgen in Stockholm angeboten.

Hilma hatte damals das Aufblitzen in den schwarzen Augen des Herrn wahrgenommen, schnell den Blick gesenkt und dankend abgelehnt. Sie sei für eine solche Reise noch nicht kräftig genug.

Für Hilma bedeutete dieser fiebrig dunkle Glanz in den Augen eines Mannes nichts anderes als Gefahr.

Als Sigfrids Ehefrau hatte sie sich dagegen gefeit gefühlt.

Als junge Witwe – man betrachtete sie jetzt als eine Frau ohne Mann – hatte sie *diesen Glanz* hier und da beobachten können. Beim Verkäufer im Kolonialwarenladen, wenn er die Tüten auf den Ladentisch stellte und fragte, ob es noch etwas anderes sein dürfe. Seine galante Art, sie anzusehen. Der Eisenbahnschaffner, der die Fahrkarten entwertete, als sie mit Signe nach Lövberga fuhr. Wie er absolut unnötig zögerte und Signe die Frage stellte: »Fühlt dein Papa sich nicht recht einsam, wenn seine Mädels so einfach verreisen?«

Signes über und über rotes Gesicht und ihr unglücklicher Blick ließen die Mutter sofort aufstehen, um den Schaffner sehr kurz und energisch zu fragen, was er damit meine.

Er hatte sich sofort verlegen mit einer Entschuldigung zurückgezogen, aber Hilma war ihm gefolgt und hatte ihn im Gang darauf hingewiesen, dass es sich wohl nicht schickte, den Fahrgästen ohne Grund eine solche Frage zu stellen.

Außerdem sei sie seit kaum zwei Monaten Witwe.

Das hätte eigentlich ins Schwarze treffen müssen.

Aber man stelle sich vor: die Mitteilung hatte die umgekehrte Wirkung, denn der junge Schaffner musterte sie nun mit Blicken von oben bis unten.

Nach Luft schnappend und vor Zorn und Missbehagen errötend war sie wieder an ihren Platz zurückgekehrt.

Hinterher fiel ihr ein, dass dieser Eisenbahnbeamte nach Bier gerochen hatte, und auf der Strecke nach Hoting formulierte sie in Gedanken einen Beschwerdebrief an irgendeinen Chef bei der Staatlichen Eisenbahngesellschaft. Hilma wusste aber, dass sie sich namentlich und mit Wohnadresse an die zuständige Person zu wenden hatte. In der nächsten Gedankenkette kam sie zu der Einsicht, dass diese Angelegenheit doch einen eher privaten Charakter hatte. Sonst würde so etwas wie ein Schatten von Peinlichkeit oder gar Schuld auch auf sie fallen.

Was konnte man wissen? Bei einer Befragung konnte der Schaffner behaupten, dass die Frau selbst… Oder dass sie sich hysterisch etwas eingebildet hatte.

Sein Wort gegen ihres.

Gab es irgendwelche Beweise dafür, dass die Worte eines Mannes ausnahmsweise einmal nicht schwerer gewogen hätten?

Natürlich hätte sie mit Anders darüber reden können, aber der konnte, wenn er sich ärgerte, so aufbrausend werden, dass man nie sicher sein konnte, was er sich einfallen ließ.

Aber wie gesagt, in Rutger von Parrs Augen las sie nichts anderes als Güte und Fürsorglichkeit.

Das Frühjahr verging und der Sommer näherte sich. Der Schnee war geschmolzen, und Signe war mit den ersten kurzstängeligen Huflattichblümchen nach Hause gekommen. Eines Nachts brach drüben beim Sägewerk das Eis. An der Südseite des Hauses zeigten sich die ersten grünen Halme.

Hilma trug noch immer Grau. Oder das schwarze Kostüm mit einer weißen Bluse. Erst im Spätsommer konnte sie die Trauerkleidung gegen Violett tauschen. Den schwarzen Trauerflor hatte sie an den helleren Frühjahrsmantel geheftet. Sie war noch immer Sigfrids Frau.

Manchem Mann fiel jetzt auf, dass die strenge, korrekte

Hilma Tornvall eigentlich eine schöne Frau war. Ihr Profil hatte etwas von der klassischen Schönheit der Greta Garbo.

Aber genau wie ›Die Göttliche‹ sah man sie selten lächeln und noch seltener lachen. Wenn es dann doch vorkam, fühlte der, der es hervorgerufen hatte, sich irgendwie als Auserwählter.

Der Assessor von Parr hatte also allen Grund zur Zufriedenheit, durfte geradezu stolz sein.

Bei Rutger von Parr fühlte Hilma sich unbeschwert und sicher. Sie schienen schon damals, während ihr Mann Sigfrid mit den anderen Gästen im Herrenzimmer saß, beim Abtrocknen in der Küche immer ihren Spaß zu haben.

Sie war Rutger auch ewig dankbar dafür, dass er den unvermeidlichen Kontakt mit Eskil Tornvall freiwillig übernommen hatte.

Hilma verstand selbst nicht, warum sie ihren Widerwillen gegenüber Eskil nicht überwinden konnte. Sie wurde aus diesem Gefühl nicht klug. Aber sie fürchtete ihn. Eskil war ein böser Mensch, vor dem man sich hüten musste.

Oder kam es ganz einfach daher, dass er der letzte Überlebende dieser feinen Pfarrersfamilie war, die ohne zu zögern ein kleines ahnungsloses Arbeiterkind geopfert hatte, um den kranken Sohn zu verheiraten und einer Ehefrau die Verantwortung für ihn zu überlassen? Obwohl unheilbar Geisteskranken eine Eheschließung laut Gesetz verboten war?

Aber in der besseren Gesellschaft konnten solche Gesetzwidrigkeiten ohne weiteres durchgehen.

Inzwischen waren ja alle, die mit dieser Eheschließung zu tun gehabt hatten, tot und begraben. Außer Eskil und Hilma.

Hilma war dadurch eine freie Frau geworden.

Denn niemandem hatte Hilma etwas über den Widerwillen, wenn nicht sogar Abscheu, anvertraut, den sie gegenüber dem physischen Teil des Ehesakramentes empfunden hatte. Sie wusste, dass sie Sigfrid in diesem einen Punkt nichts vorwerfen konnte. Jeder gesunde und normale Mann schien diese Bedürfnisse und somit auch das Recht zu haben, sie in der Ehe zu befriedigen.

Was die Gattin während dieses Aktes fühlte und dachte, ging niemanden etwas an. Durch ihr Versprechen vor dem Altar hatte sie zu diesem geheiligten Vorgang ›in Freud und Leid‹ ja gesagt.

Der Bibeltext enthielt auch den Zusatz »zum Fortbestand der Familie«.

Und so wurde Signe gezeugt. Damit war der Pflicht Genüge getan. Ein gemeinsamer Beschluss des Chefarztes der Frauenklinik und der Pfarrersfamilie führte dazu, dass Hilma unmittelbar nach ihrer ersten und einzigen Entbindung sterilisiert wurde.

Sigfrids Krankheit konnte vererbt werden. Musste aber nicht schon in der ersten Generation auftreten. Aber die Anlagen waren gegeben.

Hilma war sich nicht sicher, ob Sigfrid von diesem Eingriff am Unterleib seiner Frau erfahren hatte. Sie selbst belog ihn der Sicherheit halber. Dass nämlich die Geburt des Kindes so schwierig gewesen war, dass sie nicht mehr schwanger werden konnte.

Praktisch bedeutete das für ihn, dass er über sie ungehindert und unbeherrscht verfügen konnte, wann immer es ihm behagte.

Er war sich des Unwillens seiner Frau wohl bewusst gewesen. Und dass alles nur um seinetwillen stattfand.

Möglicherweise gab es ja andere Frauen, die selbst Momente des Genusses verspürten, während sie ihrem Mann Befriedigung verschafften. Sigfrid selbst war bei der Eheschließung ja schon ein reifer Mann gewesen. Er hatte seine Erfahrungen gemacht, und sicher hatte es die eine oder andere gegeben, die ebenso große Beglückung empfunden hatte wie er. Es waren jedoch durchweg Frauen von eher zweifelhaftem Lebenswandel gewesen; einige sogar älter als er. Wie etwa die schamlos gierige Französin, die ihn im schönen Heidelberg entjungfert hatte.

Aber eine Frau dieses Schlages hätte er nie zu seiner Gattin gemacht. Er war ein Mann mit hohen moralischen Maßstäben. Er hätte sich nie vorstellen können, in der Ehe eine andere Frau aufzusuchen. Untreu zu sein. Wenn er nur geahnt hätte, wie gerne Hilma ihre Zustimmung zu einer solchen ›Entlastung‹ gegeben hätte.

In Freud und Leid.

Hilma durfte ihre Erleichterung darüber, dass sie ihren Körper jetzt endlich ganz für sich alleine hatte, nie aussprechen. Es war ein Geheimnis, das sie so lange wie möglich für sich behalten wollte.

Erst als ihr Schwiegersohn Jahrzehnte später anrief und ihr sagte, dass ihre Tochter Signe ihn betrogen habe, war es damit vorbei. Das Geschwür brach auf, und heraus quollen die Qualen ihrer Ehe. Es gab keinen Grund mehr, der Tochter etwas vorzuenthalten.

Aber noch war Signe ein Kind, und der Mann, der als Freund in ihr Haus kam, war ein Beispiel dafür, dass ein Mann nicht von Sinnlichkeit besessen sein musste. Er war wie eine Freundin – aber noch besser und zuverlässiger als eine Frau. Und trat trotzdem in all jenen Belangen als Mann auf, in denen es gut war, einen Mann zur Hand zu haben.

Sie vertraute ihm fast uneingeschränkt.

Aber sie hatte die unterschwellige Wachsamkeit nicht abgelegt.

Man musste trotzdem Acht geben. Vielleicht war es für

Signe gar nicht gut, sich immer mehr mit Rutger von Parr verbunden zu fühlen? Gleichzeitig war es eine Erleichterung, sie so fröhlich und vertrauensselig mit jemandem zusammen zu sehen, der sie nie im Stich lassen würde.

Wie es bei der von Signe so angehimmelten und boshaften Annastina von einem Tag auf den anderen vorkommen konnte.

Genau wie Hilma selbst hatte Signe kaum Freundinnen. Sie saß zu viel alleine zu Hause und zeichnete und phantasierte mit ihren geliebten Ausschneidepuppen herum. Obwohl sie inzwischen schon ein großes Mädchen geworden war, fast zwölf Jahre alt.

Länger als jedes andere Kind, das Hilma kannte, hatte ihre Tochter jeden Abend neun Puppen in verschiedene Bettchen und Laden schlafen gelegt. Im vergangenen Winter hatte Hilma sie dann endlich alle mit Kleidern und sonstigem Zubehör in einem großen Karton auf den Dachboden tragen dürfen.

Aber es war überhaupt nicht daran zu denken, die Papierpuppen und deren reichhaltige Garderobe endgültig loszuwerden. Es war wie in manchen Märchen. Diese Wesen waren einfach nicht auszurotten. Sie wuchsen immer wieder neu hervor. Es gab sie in Signes Kopf, in ihrer Hand, die die Puppen zunächst zeichnete, dann anmalte und ihnen flink Kleider mit den kompliziertesten Rüschenkragen und am unteren Saum plissierten Röcken ausschnitt.

Sonst war Signe ja bei fast allem, was sie in die Hand nahm, unbeholfen und ungeschickt. Hatte, wie man so sagte, zwei linke Hände, genau wie es bei ihrem Vater auch gewesen war.

Doch wenn sie mit diesen Papierpuppen herumbastelte, war mit ihrer Motorik alles in bester Ordnung. Und sie wurde dieser Spielereien nie überdrüssig. Nicht dass sie ihre Hausaufgaben deswegen vernachlässigt hätte. O nein, Signe war eine fleißige und gewissenhafte Schülerin und bei ihrer Lehrerin sehr beliebt. Und nachdem sie vom Turnen befreit worden war, weil sie nicht wie ihre Mitschülerinnen einen Purzelbaum übers Reck machen oder über den Bock springen konnte, waren auch diese Schmach und Schande von ihr genommen. Sigfrid hatte seinerzeit Doktor Almhed überredet, ein Attest auszustellen, dass Signe Tornvall aufgrund schwacher Fußgelenke in Zukunft von »Turnen und Sport« zu befreien sei. Aber sonst war Signe in der Klasse eine wahre Leuchte, wie ihre Klassenlehrerin es ausdrückte.

Gepflegt, hübsch frisiert und mit den nötigen Lehrbüchern versehen, trabte Signe schon in aller Frühe die Storgata entlang und den Berg bei Hullsta hinauf, was einen Weg von gut zwanzig Minuten bedeutete. Bei Schnee und Eis nahm sie den Tretschlitten; da ging es flott dahin. Um die linke Stiefelsohle hatte sie einen Sporn geschnallt, unter dem der Boden leicht knirschte. Besonders wenn die Temperatur sich den −20° C näherte. Dann reichte Signes Schal bis dicht unter die Nase und die Pelzmütze saß über den Augenbrauen. Atemwolken quollen aus ihrem Mund.

Signe erkältete sich leicht, hatte dann erhöhte Temperatur und konnte die Schule nicht besuchen. Diese Tage schien das Kind zu genießen. Sie schickte ihre Mutter in die Bibliothek, um Bücher zu besorgen, ein neuer Zeichenblock musste gekauft werden und vielleicht auch noch eine neue Packung Buntstifte. Den Hals mit einem Schal umwickelt, saß oder lag Signe in dicken Wollhosen auf dem Fußboden und zeichnete, malte, schnitt aus. Folgsam trank sie heißes Honigwasser. Weniger bereitwillig nahm sie unter gutem Zureden auch einen Löffel Rizinusöl ein.

Signe hatte dauernd Probleme mit der Verdauung. Ihr Onkel Anders hatte natürlich als einzig wirksames Mittel seinen Körnerbrei verordnet, aber da machte Signe nicht mit.

Hilma konnte sie gut verstehen. Für sie selbst war dieser angeblich so gesunde Brei das Widerwärtigste, was man hätte löffeln können.

Jedes Mal wenn Signe krank war, brachte eine Mitschülerin ihr die Aufgaben nach Hause. Oder zeigte ihr, was sie bis zum nächsten Tag aus dem Lehrbuch lernen musste. Manchmal kam auch ihre Freundin Annastina; das war dann für Signe immer ein Freudenfest. Ihren fieberroten Wangen war anzusehen, wie sehr der Besuch sie aufregte. Hilma musste sofort heiße Schokolade und Zimtschnecken auftischen. Wenn Annastina gnädig gesinnt war, ließ sie sich alles schmecken; andere Male war sie in Eile. Denn dann warteten unten Berit und Ingegärd auf sie. Und immer öfter auch ein Mädchen namens Gullevi.

Wenn Signe das hörte, wurde ihr Gesicht ganz klein und die Unterlippe verschwand fast. Annastina brauchte gar nicht erst zu erzählen, welchen Spaß die drei miteinander vorhatten. Signe hätte, auch wenn sie gesund gewesen wäre, ja doch nicht mitgemacht.

Die Mädchen würden sich im Dunkeln Gespenstergeschichten erzählen, eine gruseliger als die andere. Von durchsichtigen Damen, die nachts ohne Kopf durchs Zimmer gingen. Von klappernden Gerippen und einem toten kleinen Kind, das untröstlich weinte.

Signe traute sich nicht, an solchen Zusammenkünften teilzunehmen. Sie hatte diese dumme Angst vor Gespenstern nie überwunden. Wenn es draußen dunkel wurde, zog sie in aller Eile die Rollos an den Fenstern mit Blick auf den Hof herunter, denn dort stand noch immer die verfallene Baracke, für die sich niemand verantwortlich fühlte.

Signes Angst vor Gespenstern war nur eine ihrer fixen Ideen. Als sie die Gespenster nicht mehr unmittelbar neben ihrem Bett klappern und stöhnen hören konnte, bildete sie sich ein, dass jeder Mann, den sie nach Einbruch der Dämmerung alleine auf der Straße gehen sah, ein Betrunkener sei.

Und das war im Grunde ebenso blödsinnig wie die Sache mit den Gespenstern. Denn sie hatten in ihrem Bekanntenkreis niemanden, der Alkohol missbrauchte. Signe war, soweit Hilma wusste, noch nie einem Betrunkenen begegnet.

Und wäre sie irgendwann einmal wirklich von einem solchen Tunichtgut belästigt worden, dann hätte sie es doch wohl zu Hause erzählt?

Signe war ein Kind, das vor seiner Mutter keine Geheimnisse hatte.

Hilma hatte mit Rutger darüber gesprochen, aber auch er hatte keine plausible Erklärung dafür. Kinder können sich ja die merkwürdigsten Dinge einbilden. Und dass Signe Phantasie hatte, zeigte sich doch schon in ihren Schulaufsätzen.

Darüber hinaus machte sie fast immer einen fröhlichen Eindruck. Alte Damen waren entzückt von ihrem schüchternen Lächeln und den tiefen Knicksen. Ein bezauberndes kleines Mädchen. Ein Trost für ihre arme allein stehende Mutter. Die Leute, die Zeugen ihres unbegreiflichen Verhaltens am Sterbetag ihres Vaters gewesen waren, hatten ihr diese Entgleisung mehr oder weniger verziehen. Denn seither war nichts Ähnliches mehr vorgefallen. Über die kleine Signe Tornvall konnte man nur Gutes berichten.

Hingegen wurde über ihre Mutter neuerdings allerlei weniger Vorteilhaftes verlautbart.

Dass der Junggeselle Assessor Rutger von Parr die junge Witwe und ihre Tochter so oft aufsuchte, war mehr als ungehörig. Die beiden zeigten sich in der Stadt sogar öffentlich zusammen. Man war erstaunt, um es milde auszudrücken.

Und sie selbst tat so, als hätte sie ein Brett vor dem Kopf, denn sie ahnte nicht einmal, wonach ihre Freundschaft mit Rutger von Parr eventuell hätte aussehen können.

Sie glaubte nämlich, dass auch die Beobachtenden, die Damen mit ihren Wohltätigkeitsveranstaltungen, ihren Nähkränzchen und Bridgeabenden erkennen mussten, dass in Rutger von Parrs Augen nie dieses gewisse Aufblitzen zu erkennen war, wenn er sie ansah.

Nicht im geringsten Maße.

10

Hilma vernahm also dieses Raunen nicht, das dank der Vermittlung heimlich horchender Telefonistinnen in Umlauf war.

Bis zu jenem Mittwoch Anfang Juni, als Signe zwei Stunden früher aus der Schule nach Hause kam. Hilma putzte gerade das Schlafzimmerfenster. Und nun stand Signe mitten im Raum. Ihr Gesicht war rot und angespannt, und ihre Unterlippe zog sich zusammen, als wolle sie jeden Moment in Tränen ausbrechen.

»Mama, Annastina hat gesagt, dass Boel gesagt hat, dass du Onkel Rutger heiraten willst.«

Die Worte kamen im Stakkato. Eins nach dem anderen. Als müsste das Kind nach jedem Wort Luft holen.

Hilma, die von der Leiter gestiegen war, spürte den Schock wie einen Schlag unter die Gürtellinie und konnte kaum atmen. Ihre Gedanken schwirrten. Sie ließ sich auf das gemachte Bett fallen und starrte Signe an, die steif vor ihr stand. Die Hände tief in den Taschen ihrer Jacke vergraben.

»Was sagst du da?«, bekam Hilma schließlich mit erstickter Stimme heraus.

»Wollt ihr das?«, fuhr Signe fort.

»Was denn?«, fragte ihre Mutter, denn sie hatte noch immer nicht begriffen.

»Heiraten«, druckste Signe.

Als ihre Tochter dieses unfassbare Wort ein zweites Mal sagte, begann in Hilma alles zu beben.

Sie holte tief Luft oder versuchte es zumindest, erhob sich und ging auf das Kind zu.

Erinnerungen zuckten auf und führten sie zu dem Augenblick an Sigfrids Sterbetag zurück, als Signe sich, nachdem sie sich über eine Stunde im Badezimmer eingeschlossen hatte, steif machte und sich losriss, als Hilma sie tröstend hatte umarmen wollen...

Nein, dieses Mal verhielt Signe sich nicht so abweisend, eher widerspenstig, als wolle sie Mutters Arme so schnell wie möglich von den Schultern weg haben.

Die die beiden umgebende Einsamkeit war zwei unsichtbaren Zäunen vergleichbar. Oder zwei Einsamkeiten, die wie zwei an einem Steg vertäute Boote gegeneinander schwappten.

»Ist das wahr, was Annastina sagt?« Es klang weinerlich.

Hilma legte langsam die Schürze ab und sagte: »Nein, wirklich nicht. Wer hätte je solchen Unsinn gehört?«

»Aber Annastina hat gesagt, dass Boels Mama das gesagt hat.«

Jetzt war also die Katze aus dem Sack. Hilmas überhitzte Gedanken klärten sich. Sie bekam langsam alles wieder in den Griff.

Boels Mama war die Frau des Schuldirektors, Irmelin Johannesén.

Signe ging hinter Hilma her in die Küche.

»Signe, setz dich, also, setz dich, hab ich gesagt.«

Signe gehorchte. Sie kannte diesen strengen Ton der Mutter. Wie ein Häufchen Elend saß sie da, die Ellbogen auf dem Tisch, und sah, wie ihre Mutter Milch, die Dose mit Kakao und die mit Zucker aus dem Schrank nahm und alle Zutaten in einem Kochtopf mischte. Hilma rührte mit energisch ausholenden Bewegungen.

»Du trinkst jetzt eine Tasse Schokolade und isst den Rest des Hefezopfes dazu. Ich gehe nur kurz weg.«

Das Kind reagierte sofort:

»Wohin denn? Wohin gehst du, Mama?«

»Zur Direktorin Johannesén.«

Signe sprang auf.

»Aber das ist ja Boels Mama.«

»Eben. Sie muss wissen, was ihre Tochter da rumerzählt.«

Jetzt fing Signe laut zu heulen an.

»Aber du darfst ihr nicht sagen, dass ich das gesagt habe! Sssonst wwill Annastina nie mehr meine Fffreundin sein...«

Sie schluchzte jetzt so heftig, dass die Worte kaum noch verständlich waren. Hilma reichte Signe das Gläsertuch, damit sie sich die Nase putzen konnte.

Wagte sie aber nicht anzufassen. Rührte weiter, bis die Milch aufkochte. Dann zog sie den Topf an den Herdrand.

»Signe, ich muss mit der Frau Direktor sprechen. Hier geht es um eine Unwahrheit, von der vielleicht schon viele Leute gehört haben...«

Während sie das sagte, erinnerte sie sich an Blicke. Im Milchladen. Am Postschalter. An leicht zur Seite geschobene Gardinen, wenn sie lächelnd auf dem Vordersitz des alten Ford Platz nahm.

»Und was sagst du ihr?«, schniefte Signe.

»Dass es nicht wahr ist. Damit nicht noch mehr...«

Sie hielt inne. Verbiss sich das alte Sprichwort von den kleinen Ursachen.

Die Frage war nur, wie groß die Wirkung sich schon ausgewachsen hatte, während sie Rutger von Parr arglos und unbedacht hatte kommen und gehen lassen, wie es ihm gerade einfiel.

Und weshalb? Nun ja, weil Signe und auch sie seine Besuche schätzten. Und weil in seinen Augen nie dieser hitzige Glanz aufleuchtete, der darauf hätte schließen lassen, dass er mehr als Freundschaft von ihr wollte.

Ein Grund konnte auch sein, dass sie selbst keine Freude am Weitererzählen von Klatsch hatte.

Niedergeschlagen und lustlos tunkte Signe das Hefebrot in die heiße Schokolade, während ihre Mutter das beste graue Kleid und die Schuhe mit den hohen Absätzen anzog, um zu Besuch zu gehen. Und einen Hut aufsetzte. Den gewöhnlichen schwarzen. Signe, die wußte, wie man eine Papierpuppe anzuziehen hatte, wünschte sich ob dieser farblosen Traurigkeit, dass ihre Mutter einen anderen, ein wenig frühlingshafteren Hut gehabt hätte.

»Könntest du nicht anrufen, Mama?«

Sagte das Kind in einem letzten Versuch, diesen Besuch zu verhindern.

»Nein«, erklärte ihre Mutter. »Das würde alles nur noch schlimmer machen. Die Damen in der Zentrale könnten zuhören. Und dann wüsste es gleich die ganze Stadt.«

Signe starrte in ihre Tasse, in der viele eklige Krümel schwammen.

Aber ihre Mutter hörte in Gedanken nur noch das lustvolle Kaffeeschlürfen zu Finnischen Stäbchen, die man auf der schönen Tischdecke zerkrümelte. Man sprach über nichts anderes als dieses unpassende Benehmen vor den Augen der ganzen Stadt. Dass eine Witwe knapp ein halbes Jahr nach dem so tragisch frühzeitigen Heimgang ihres Gatten... Und ausgerechnet diese so korrekte Hilma Tornvall. Und jemand fügte, den Mund voller Sahnetörtchen, hinzu, dass stille Wasser eben tief sind.

Hilma wurde rot ob der sich in ihrem Kopf abspielenden Bilder, die so deutlich waren wie die Wochenschau im Kino.

»Trink deinen Kakao, bevor er kalt wird, und wenn du dir die Hände gewaschen hast, solltest du einen Brief an Ingrid schreiben. Wenn wir zu Oma und Opa fahren, werden wir ja ein paar Tage in Hoting Station machen. Papier und Umschläge liegen in der obersten Schreibtischlade. In der rechten.«

»Soll ich die mit Trauerrand nehmen?«, erkundigte sich Signe jetzt schon wieder etwas lebhafter.

»Nein«, so Hilma. »Das Trauerbriefpapier brauchst du jetzt nicht mehr zu verwenden. Nimm das gewöhnliche weiße mit dem Lessebo-Wasserzeichen.«

Sie beglückwünschte sich selbst zu dieser Briefidee. Das würde Signe auf andere Gedanken bringen.

»Außerdem«, fügte sie hinzu. »Heute Morgen ist das neue Allers Familienblatt gekommen. Es liegt in der Diele auf der kleinen Bank.«

Sie vergaß auch nicht, Brita Dahlströms Adresse auf die Rückseite eines gebrauchten Briefkuverts zu schreiben.

Als Hilma Adieu zu ihrer Tochter sagte, saß diese schon am Schreibtisch ihres Vaters, der Deckel vom Tintenfass war abgeschraubt, und vor ihr lag ein Bogen weißes Briefpapier.

»Radio hören kannst du auch, die deutsche Kurzwelle sendet nachmittags so hübsche Operettenmusik.«

Bei Direktor Johannesén kam die Köchin an die Haustür. Schwarzes Kleid, weiße Schürze und ein gestärktes Häubchen auf den schwarzen Locken. Sie machte vor der Besucherin einen höflichen Knicks.

»Guten Tag, Elin«, sagte Hilma mit einer Stimme, die

gleichzeitig herzlich und doch ein wenig »von oben herab« klingen sollte.

So hatte eine feine Dame mit Dienstboten zu sprechen.

»Ist Frau Direktor Johannesén zu Hause?«

Nein, das war sie nicht. Der Bescheid, begleitet von einem weiteren Knicks, kam prompt und fast ein wenig triumphierend.

Man konnte sich fragen, wieso?

Ein gut erzogenes Dienstmädchen hatte eine Stimme, die weder das eine noch das andere ausdrückte. Gefühle durfte die Betreffende nur in ihrer Freizeit haben, also jeden zweiten Sonntag.

Der etwas dreiste Zug um den Mund des Hausmädchens Elin war ganz offensichtlich regelwidrig.

Denn Elin wusste, dass Frau Tornvall nicht von Grund auf *fein* war, sondern nur durch Heirat, und das auch nur mit einem, der nicht ganz richtig im Kopf gewesen war. Und jetzt wurde getuschelt, dass die Witwe schon einen neuen Mann gefunden hatte.

»Hat Frau Tornvall vielleicht eine Karte, die ich aufs Tablett legen kann?«

Elin knickste zum dritten Mal.

Nun, Frau Tornvall hatte, womit Elin schon im Voraus gerechnet hatte, keine Karte. Das war eine jener Kleinigkeiten, die eine echte *feine* Dame von einer weniger feinen unterschied. Und dann natürlich die Hände.

Bei Tornvalls hatten sie ja nicht einmal eine Putzfrau.

»Soll ich ausrichten, dass Frau Tornvall hier war?«, begann Elin.

»Nein«, sagte Hilma und spürte, wie die Röte aufflammte. »Das ist nicht nötig.«

Ihr wäre es am liebsten gewesen, Elin hätte gar nichts von diesem Besuch erwähnt.

Noch während sie auf dem Wiltonteppich mit dem chinesischen Muster in der großen Diele der Direktorswohnung stand, spürte Hilma, wie nahezu unmöglich ihr Anliegen war.

Vielleicht war es besser, es wie Signe zu machen? Einen Brief zu schreiben. Andererseits wurden Briefe aufgehoben. Man konnte sie später wieder hervorholen und noch einmal lesen. Ein Brief konnte in die falschen Hände geraten.

Vor die Sonne hatten sich Wolken geschoben und der Nordwind blies durch ihren dünnen Mantel. Man spürte, dass seit der Eisschmelze noch nicht einmal ein Monat vergangen war. Als Hilma bergab ging, frischte der Wind so auf, dass sie den Hut festhalten musste.

Sie begegnete keinen Bekannten.

Es mochte die Erleichterung sein, dass sie vor dem Schaufenster der Fleischerei, das mit rinnendem Wasser gekühlt wurde, stehen blieb und beschloss, einige Scheiben Rindfleisch zu kaufen und für Signe und sich Rouladen zu machen. Danach überquerte sie die Straße und kaufte bei Hedwalls zwei kleine Packungen Sahnebonbons mit Abbildungen von Filmstars unter der Schleife. Signe würde sich freuen. Sie und ihre Klassenkameradinnen sammelten diese Bildchen.

In den Pausen wurde eifrig getauscht. Gewisse Stars waren mehr wert als andere. Dafür musste man dann zwei andere hergeben.

Die Unruhe brannte wie Fieber in Hilma und machte sie fast schwindelig. In diesem extremen Zustand kaufte sie auch noch eine Dose Pfirsichkompott. Im Milchladen borgte man ihr ein kleines Deckelglas, sodass sie auch noch Sahne mitnehmen konnte.

Sie kaufte ganz einfach mitten in der Woche die Zutaten für ein Festessen ein.

Während des Einkaufens hatte sie fast vergessen, mit welcher Absicht sie eigentlich von zu Hause weggegangen war. Plötzlich fiel es ihr wieder ein, und fast im Laufschritt nahm sie die ausgetretene Abkürzung über das sprießende Gras vor dem verlassenen Spielhaus, das wie ein liegen gebliebener Bauklotz im Hof stand.

Auf der Treppe zum Kücheneingang nahm sie zwei Stufen auf einmal. Das Einkaufsnetz stellte sie in der Speisekammer auf den Fußboden. Im Herrenzimmer spielte das Radio. Es trieb ein knatternd lärmendes Unwesen; warum hatte Signe es denn nicht abgestellt?

»Signe!«, rief sie, während sie ins große Zimmer lief.

Sie hörte, dass Tausende Menschen diesen Lärm mit dem Ruf »Sieg, Heil! Sieg, Heil! Unserm Führer Adolf Hitler Sieg, Heil!« ausgelöst hatten.

Das Zimmer war leer. Automatisch schaltete Hilma zunächst das Radio ab. Aber noch immer hatte die Angst in ihr nicht wirklich zugeschlagen.

»Signe! Wo bist du, Signe?«

Die Badezimmertür war nicht verschlossen, und drinnen war es dunkel und still. Planlos ging sie ins Herrenzimmer zurück, und da sah sie es.

Ein aufgefalteter weißer Bogen Papier mit deutlichen Kniffen lag quer über dem Brief, den die Tochter angefangen hatte. »Liebe Ingrid! Wie geht es dir? Mir geht es gut.« Beim letzten Wort hatte die Briefschreiberin mit der Feder zu sehr aufgedrückt, sodass ein großer Tintenklecks das halbe Wort »gut« verdeckte.

Langsam drehte Hilma mit vor Angst zitternden Fingern den anderen Bogen um. Sie wußte bereits, was es war. Die

Rechnung der Irrenanstalt Gådeå, die ihr nach Sigfrids Tod zugesandt worden war.

Ihr Gefühl für Katastrophen war gut ausgebildet. Ein plötzlicher Anflug von Übelkeit. Beine, die versagen wollten. Trockener Mund, klebriger Gaumen, mangelnder Speichel. Gestörter Herzrhythmus. Erschöpft sank sie auf den Schreibtischsessel nieder.

Der Mechanismus des Stuhles bewirkte, dass die Rückenlehne zurückklappte, wenn der darin Sitzende zum Beispiel etwas lesen und daher etwas bequemer sitzen wollte. Wer eine solche Konstruktion aber nicht kannte, hatte beim unerwarteten Zurückweichen der Lehne das Gefühl, dass der Stuhl umkippte und man im nächsten Moment hilflos auf dem Fußboden landen würde. Das aber war nicht möglich. Der deutsche Hersteller besaß das Weltpatent auf diesen beweglichen Schreibstuhl, und der Sperrmechanismus hatte noch nie versagt.

Hilma kam also wieder auf die Beine und las im Stehen dieses Papier, das ohne Umschweife bestätigte, dass der Studienrat Sigfrid H. Tornvall Patient in der betreffenden Irrenanstalt gewesen war. Die Rechnung war für die Direktion unterzeichnet von...

Sie las nicht weiter. Kraftlos zog sie die linke Schublade heraus, in der das Dokument gelegen hatte. Signe hatte, als sie sich einen neuen Briefbogen nehmen wollte, die falsche Lade geöffnet und den braunen Umschlag mit dem Absender Gådeå Hospital entdeckt. Sie war neugierig geworden. Und hatte das Kuvert geöffnet.

Signe hatte nie erfahren, an welcher Krankheit ihr Vater litt, wenn er plötzlich für einen längeren Aufenthalt ins Krankenhaus gebracht werden musste. Sie hatte auch nie gefragt.

Das Verschweigen einer Wahrheit, die für Signe nur schwer zu begreifen gewesen wäre, erleichterte Hilma manches.

Hilma war in dieser Hinsicht eisern gewesen. Kinder müssen so lange wie möglich Kinder bleiben dürfen. Ein kindliches Gemüt durfte nicht mit erschreckenden Dingen belastet werden, die Anlass zu sehr schwierig zu beantwortenden Fragen geben konnten. Vor der *Wahrheit* über die schlimmsten Seiten der Wirklichkeit versuchten gute Eltern ihre Kinder zu bewahren.

Es gab Familien, und natürlich waren es immer nur leichtsinnige und liederliche Leute, bei denen etwa die Trunksucht des Vaters nicht geheim gehalten werden konnte, oder in deren Mitte eine schwer lungenkranke Tochter lebte. Dort konnte kein Kind vor den Schattenseiten des Lebens verschont bleiben.

Aber in anständigen, situierten Familien hütete man seine Zunge, wenn Kinder in der Nähe waren.

»Gedenk' der süßen Tage / wie kaum vergangner Zeit / als Unschuld noch und Frieden / stets waren mein Geleit« heißt es in einem der beliebtesten Gedichte der Anna Maria Lenngren. Diese Worte waren eine Art Richtschnur. So sollte Kindheit sein. Es war Hilma also gelungen, dem Kind das Wissen um die Geisteskrankheit des Vaters zu verschweigen.

Aber dann kam vor sechs Jahren *das Ereignis.* Als sie vor Müdigkeit nachlässig gewesen war und das Kind hatte nach Hause laufen lassen, um auf die Toilette zu gehen.

Vor dem Milchladen hatte sie plötzlich die Erkenntnis überkommen, dass Signe ihr Geschäftchen längst erledigt haben musste.

Das Herzklopfen beim Lauf nach Hause.

Und die beiden zu finden.

Unbegreiflicherweise, glücklicherweise hatte Signe sich ohne Traurigkeit oder Aufregung sagen lassen, dass ihr Vater plötzlich krank geworden war und mit der Ambulanz ins Krankenhaus gebracht werden musste.

Während der folgenden Woche wartete Hilma besorgt auf Anzeichen irgendwelcher Ängste bei ihrer Tochter oder einer neuen Art von Nervosität.

Aber Signe blieb sich absolut gleich. Spielte mit den Puppen. Zeichnete. Blätterte in Bilderbüchern, die Hilma in der Bibliothek besorgt hatte. Unter Mithilfe ihrer Mutter klebte sie Bibelbildchen aus der Sonntagsschule in ein eigenes Album.

Zur Abendzeit kamen dann und wann diese unerklärlich heftigen Anfälle von Gespensterfurcht. Aber sie waren nicht schlimmer als früher.

Vielleicht war Signe ja während des *Ereignisses* in eine Art Halbschlaf versunken und hatte gar nicht richtig begriffen, was ihr da geschah. Denn für den Reinen ist alles rein.

Sie hatte gar keine Zeit gehabt zu erschrecken. Ihre Mutter war trotz allem rechtzeitig nach Hause gekommen.

Seither waren mehrere Jahre vergangen. Und Kinder vergessen leicht.

Jetzt war Signe fast zwölf Jahre alt. Schon lange las sie eifrig alles, was ihr unterkam. Nun hatte sie ein Dokument gefunden, aus dem klar und deutlich hervorging, dass ihr Vater in eine Irrenanstalt eingewiesen worden war.

Der Name Gådeå Hospital löste genau wie Stora Sundby, wo Sigfrid früher einmal Patient gewesen war, erschreckende Gedankenverbindungen aus.

Die Diskretion in dieser Angelegenheit war, das musste man sagen, in der Stadt erstaunlich gewesen. Wie auf Verabredung hatte jeder seine Zunge gehütet.

Irrenhäuser und Menschen mit Krankheiten, die einer solchen Anstalt bedurften, waren nach Möglichkeit kein Gesprächsthema.

Und wenn, dann nur äußerst vorsichtig und leise von Mann

zu Mann. »Selig sind die Armen im Geiste, denn ihrer ist das Himmelreich«, heißt es in den Seligpreisungen.

Arm im Geiste? Man war sich nicht ganz sicher, aber es konnte immerhin zweierlei bedeuten, konnte diejenigen betreffen, die demütig und jene, die zurückgeblieben waren. Und dass die, die im Leben auf die Gabe des Verstandes hatten verzichten müssen und deshalb verhöhnt und verfolgt wurden, dafür im Himmel voll entschädigt werden würden.

Aber über die Spinner, die total Verrückten, gibt es in der Bibel keine vorteilhaften Zitate. Von ihnen erfährt man nur, dass sie von Dämonen besessen sind. Und wer möchte schon einen solchen Menschen kennen?

Vielleicht deshalb dieses Schweigen über die schwere Krankheit des Studienrates Tornvall? Wenn man tratschsüchtig über jemanden sprach, der in dieser Weise erkrankt war, konnte man nie sicher sein, ob es nicht irgendwie auf den Schwätzer zurückfallen würde.

Syphilis hieß eine andere schreckliche und schändliche, ebenfalls unheilbare Krankheit. Die man jedoch selbst zu verantworten hatte. Hier konnte man nicht behaupten, dass ein böser Geist von einem unschuldigen Menschen Besitz ergriffen hatte. Seiner eigenen ungezügelten Liederlichkeit hatte der Mann dies zuzuschreiben.

Und hier kam es nicht selten vor, dass die Missetaten der Väter auf die Kinder übergingen.

In Sigfrids Bücherschrank standen unter anderem drei Dramen des norwegischen Dichters Henrik Ibsen. Hilma hatte keines davon gelesen. Aber Sigfrid hatte, von Enthusiasmus beflügelt, über deren Inhalt gesprochen. Diese Kostproben hatten Hilma in keiner Weise Lust gemacht, sich mit einem der Werke dieses Herrn Ibsen zu befassen. August Strindberg war ein schwedischer Schriftsteller, um den Sigfrid viele schöne

Worte gemacht hatte, um seine Frau zum Lesen anzuregen. Sie hatte gehorsam in »Sohn einer Magd« und auch in einer Broschur geblättert, die »Heiraten« hieß; beides waren Novellen. Aber sie hatte diese Schriften abstoßend gefunden. Sie hatte gespürt, dass hier ein unruhiger, unversöhnlicher und zu Übertreibungen neigender Mann federführend gewesen war.

Mit einem solchen war sie selbst versorgt.

Im dem Augenblick, als sie mit dieser unglückseligen Rechnung in der Hand im Herrenzimmer stand, entsann sie sich bestürzt, dass eines der Dramen von Ibsen von einem jungen Mann handelte, der nicht vom ungezügelten Leben seines bewunderten Vaters wußte und somit auch nichts von der Krankheit ahnte, mit der dieser sich angesteckt hatte, am Ende des Stückes infolge des bösen Erbes zu einem lallenden Toren wird.

Diesen Band wollte Hilma so bald wie möglich aus dem Regal entfernen und in die Mülltonne werfen. Wer konnte wissen, was Signe lesen würde, wenn sie allen Ernstes im Buchbestand ihres Vaters auszuwählen anfing? Es gab gewiss noch eine Menge anderer Bücher, die auszusondern waren.

Bei Gelegenheit wollte Hilma dieses Problem mit Rutger von Parr besprechen.

Rutger von Parr! Du lieber Gott, wie selbstverständlich es ihr geworden war, die verschiedensten Fragen mit dem Mann zu besprechen, dem sie in Zukunft nie wieder begegnen durfte.

Viele ähnlich ungeordnete Gedanken gingen ihr durch den Kopf, als sie Signes Namen rufend durch die Wohnung lief.

Das Badezimmer war noch immer unbeleuchtet und leer. Nochmals durchquerte sie, um ins Schlafzimmer zu schauen, das Herrenzimmer, in dem der grüne Schirm der Schreibtischlampe genau jenes Papier beschien, das sie längst hätte wegwerfen müssen. Niemand da. Still und dunkel.

In Signes Zimmer hatte sie schon einen Blick geworfen, auch hier Dunkelheit und offensichtliche Leere.

»SIGNE!«, rief sie laut. Blieb stehen, um Geräusche aufzufangen. Aber auch jetzt, vom Ton einer Autohupe gestört, der sie zusammenfahren ließ, das gleiche dumpfe Schweigen.

Langsam ging sie durch die Diele zurück in Signes Zimmer. Knipste die Deckenleuchte an. Und dort lag sie. Wie blind man doch sein kann. Signe musste die ganze Zeit dort gelegen haben! Mit angezogenen Beinen, eingerollt wie ein Embryo, auf der Seite liegend. Genau so hatte sie unter der Decke gelegen, als man sie damals endlich aus dem Badezimmer gelotst hatte...

Aber dieses Mal lag sie, in die Tagesdecke gewickelt, oben drauf. Ein zerknülltes Taschentuch in der Hand. Sie schien zu schlafen, und zwar so tief, dass sie schnarchte. Ein solcher Schlaf an einem Juninachmittag war nicht normal. Als Hilma Signes Schulter leicht berührte und ihren Namen nannte, war keine Reaktion zu merken.

Jetzt überkam sie wieder diese Übelkeit.

In der Diele warf sie ihren Mantel auf den Telefonstuhl und den Hut auf die geschnitzte zweisitzige Bauernbank und lief wieder zurück ins Badezimmer. Eine verzweifelte Ahnung kam in ihr auf. Aber das Kind konnte doch nicht?...

Ein Stückchen Papier, die Ecke eines zerrissenen Briefchens, das ein Schlafpulver enthielt, lag auf dem Fußboden unter dem Waschbecken. Der Rest war offensichtlich in der Wasserspülung gelandet. Hilmas Hände waren eiskalt und zitterten, als sie das Badezimmerschränkchen öffnete. Dort lagen im obersten Fach drei kleine weiße Kuverts. Waren es gestern nicht vier oder fünf gewesen?

Jetzt befand sie sich wieder in dem wohl bekannten Stadium

der Angst, wenn der Körper wie gelähmt ist und die Gedanken durch den Kopf rasen. Kraftlos musste sie sich auf den Klodeckel setzen.

Diese unfreiwillige Pause dauerte wohl nicht länger als eine Minute, fühlte sich aber wie eine ganze Ewigkeit an, bis sie tief durchatmen, aufstehen und sich das Gesicht mit kaltem Wasser abspülen konnte, um dann mit klarem Kopf und an allen Gliedern beweglich in die Diele zu gehen und Doktor Almhed anzurufen.

Aber ganz bei Sinnen war sie anscheinend doch noch nicht. Denn die der Telefonistin angesagte Nummer war die des Assessors von Parr.

Seine sanfte Stimme mit den freundlichen Vokalen rief seltsamerweise ihre Übelkeit wieder hervor. Die Beine versagten. Wieder der Telefonstuhl. Sie landete auf dem nachlässig hingeworfenen Frühjahrsmantel. Die dadurch zu erwartenden Falten waren dagegen geradezu belanglos.

»Rutger, es geht um Signe. Sie hat Pulver eingenommen und schläft ganz tief. Nein, ich weiß nicht, wie viele. Aber ich denke, nicht mehr als zwei.«

»Ich komme sofort«, sagte Rutger von Parr.

Ihr Herz überschlug sich.

»Nein, das darfst du nicht«, hauchte sie in den Hörer.

Er fragte nicht, weshalb. Ermahnte sie nur, sofort Doktor Almhed anzurufen. »Er hat die Nummer 155.«

Sie hatte nicht die Kraft ihm zu erklären, dass sie eigentlich den Doktor hatte anrufen wollen. Aber...

Dieses Mal irrte sie sich nicht. Und sie hatte Glück. Der Arzt war ausnahmsweise nicht am Sterbebett eines Greises oder gerade dabei, das Leben eines an Krupp leidenden Kindes zu retten. Er war selbst am Telefon und versprach, sofort zu kommen.

»Halten Sie das Kind vor allem warm.«

Hilma rannte ins Schlafzimmer, wo sie beide Decken an sich riss, um Signe damit zuzudecken. Sie kriegte kaum Luft.

Wieder das Telefon. Rutger von Parr, der wissen wollte, ob er nicht doch kommen sollte.

»Nein«, sagte sie verzweifelt. »Nein, auf gar keinen Fall. Es geht einfach nicht. Du darfst überhaupt nicht mehr zu uns in die Wohnung kommen.«

Rutger von Parr wollte sich mit dieser Antwort nicht zufrieden geben. Sah aber ein, dass Hilma viel zu aufgeregt war. Sie war ganz einfach so aus dem Häuschen, dass sie nicht wusste, was sie sagte.

Er beendete das Gespräch also mit den Worten, dass mit Signe bestimmt nichts Ernstes los sei. Dass es aber trotzdem klüger wäre, Doktor Almhed nachsehen zu lassen.

Der Arzt tat mehr als das. Er horchte das Herz des Kindes ab. Sah sich die schlafblinden Augen des Mädchens nach allen Regeln ärztlicher Kunst an und machte keinen ganz zufriedenen Eindruck.

»Kochen Sie ganz starken Kaffee«, befahl er der von Panik ergriffenen Mutter, die sich an den Hals fasste, als hinderte sie dort etwas am Atmen und Schlucken.

Jetzt starrte sie Doktor Almhed an, als hätte sie nicht verstanden.

»Nein«, sagte der Arzt. »Es ist nicht so schlimm, dass wir sie ins Krankenhaus bringen müssen. Aber wir müssen sie aufwecken. Mischen Sie den starken Kaffee mit einer halben Tasse reichlich gezuckerter Milch. Dann trinkt sie ihn leichter.«

Hilma blieb immer noch stehen. Unbeweglich. Nicht verstehend. Auch sie schien in Schlaf versunken.

»Nun also, liebe Frau Tornvall«, sagte der Arzt streng. »Tun

Sie jetzt gleich, was ich sage. Starker Kaffee in gezuckerter Milch.«

Während er das sagte, sah Hilma, dass er das schnarchende, schlaffe Mädchen aus den Decken befreite – es durchfuhr sie noch der Gedanke, wie groß sie geworden war – und wie er sie fest zu schütteln und gleichzeitig mit der rechten Hand schnell und hart auf die Wangen zu schlagen begann.

Das Kind reagierte mit einem widerwilligen Wimmern.

Schließlich stand Hilma in der Küche, schüttete mit zitternden Händen Bohnen in die Kaffeemühle – sie hörte, wie die Hälfte davon auf den Linoleumboden rasselte – brachte das Wasser zum Kochen. Jeder weiß, wie lange das dauert, wenn man wartend daneben steht.

Sie war schon den Tränen nahe, als es dann doch aufwallte.

Doktor Almhed setzte sich mit der betäubten Signe im Arm an den Küchentisch und hielt ihr die Tasse energisch an den Mund. Zunächst begann sie zu prusten und zu spucken, aber der Doktor ließ nicht locker, bis sie ein paar tüchtige Schlucke getrunken hatte.

Währenddessen befahl er ihrer Mutter, Badewasser in die Wanne laufen zu lassen. Der Prozess, Signe aufzuwecken, schien unendlich langwierig zu sein, aber schließlich schlug sie die Augen auf und begann sofort zu weinen, als sie ihre Mutter sah.

Das schien den Arzt sehr zu befriedigen.

Er war Hilma dabei behilflich, Signe abzutrocknen und ihr das Nachthemd anzuziehen. Und zum ersten Mal fiel ihr auf, dass die Brustwarzen ihrer Tochter ein wenig angeschwollen waren.

Eine Entdeckung, die sie nur noch mehr verwirrte.

Bevor Signe erneut ins Bett schlüpfen durfte, musste sie ein Käsebrot essen und noch etwas Milch trinken. Sie wimmerte vor sich hin und wollte nicht. Aber nach wenigen Bissen verging die Unlust und sie aß mit gutem Appetit. Die Schläfrigkeit, die sie gähnen und sich die Augen reiben ließ, war nach Doktor Almheds Aussage ein Zeichen dafür, dass es ungefährlich war, sie weiterschlafen zu lassen.

Die Auswirkungen des Pulvers hätten nicht dazu geführt, dass man das Kind zum Erbrechen hätte zwingen müssen. Signe würde am nächsten Morgen aufwachen und sich ganz normal fühlen. Etwas benommen vielleicht. Hilma sollte sie am Vormittag zu Hause behalten. Aber danach könnte es nichts Besseres geben, als ihr die gewohnte Bewegung zu verschaffen.

Die Worte des ahnungslosen Arztes machten Hilma nervös. Wenn Signe nun gar nicht in die Schule gehen wollte?

Der Doktor hatte wirklich die Absicht gehabt, Hilma zu befragen, was dieses elfjährige Mädchen veranlasst haben mochte, im Badezimmerschrank zu stöbern und das Schlafpulver einzunehmen. Leider blieb keine Zeit mehr für dieses klärende Gespräch, denn die Frau Doktor schlug wegen eines Unfalls im Sägewerk Alarm.

Als Hilma dem Arzt in den Mantel half, sagte er, während er in die Ärmel fuhr: »Frau Tornvall, vergessen Sie nicht, dass derartige Pulver nicht so leicht zugänglich aufbewahrt werden dürfen. Sie müssen unter Verschluss gehalten werden. Wir wollen doch nichts von einer Wiederholung wissen, oder? Signe hat vermutlich keine besonders starken Nerven...«, rundete er seine Ermahnungen ab.

Die Erblast erwähnte er jedoch nicht.

An der Tür hatte er noch einen Rat.

»Ich meine, Frau Tornvall sollte jetzt eine Freundin anrufen und sie zu einem Glas Sherry einladen«, er räusperte sich erschrocken, »oder vielleicht eher zu einer Tasse Tee. Es waren anstrengende Stunden für Frau Tornvall. Unsere Signe ist jetzt über den Berg, aber ihre Mutter braucht sicher jemanden, mit dem sie reden kann.«

Hilma befand sich in einem so überempfindlichen Zustand, dass sie bei dem Wort »Freundin« so etwas wie ein Zögern zu hören gemeint hatte. Dass der Doktor es um ein Haar bei *einem Freund* belassen hätte. Aber das war natürlich nur Einbildung.

Im nächsten Moment dachte sie, warum sollten der Doktor oder seine Frau von dem, was die Schulkinder in der Pause redeten, nicht auch Kenntnis haben?

Und Freundin? Wie konnte er glauben, dass sie eine enge Freundin hatte, mit der sie über das sprechen konnte, was an diesem schicksalsträchtigen Tag Anfang Juni 1937, sieben Monate nach Sigfrids Tod, geschehen war?

Mit schweren, kraftlosen Schritten ging sie in die Küche. Holte den Besen und kehrte die verschütteten Kaffeebohnen zusammen. Setzte sich dann an den Küchentisch, das Möbel, an dem sie sich am meisten heimisch fühlte, weil ihr Bruder Anders es seinerzeit als Geschenk für die neue Wohnung in Sollefteå getischlert hatte.

Eine ordentliche Hausfrau, die sich noch bei Tageslicht an den Küchentisch setzt – und im Juni wird es in Schweden spät dunkel –, kann dafür nur einen einzigen Grund haben, nämlich bei Gott dem Herrn Trost und Beistand zu suchen. Also faltete Hilma die Hände, aber die wunden Risse machten es fast unmöglich, die Finger zu verschränken. Es wollte nicht gelingen. Es tat weh. Aber solches Weh ist dennoch leicht zu ertragen, denn arbeitende Menschen haben immer irgendwo Schmerzen.

Angst machte ihr nur ihre innere Stille. Vor zehn Jahren hätte sie mit dem Allmächtigen noch viel zu besprechen gehabt.

Jetzt war es nur ein verzweifeltes Wiederkäuen der immer gleichen Gedanken. »Guter Gott, was soll ich tun? Guter Gott, hilf mir. Guter Gott, was soll ich? Was soll ich tun? Guter Gott, guter Gott, hilf mir. Guter Gott!«

Das zartblaue Licht vor dem Fenster ließ es in der Küche dämmern. Aber drüben vor dem Geschäft von Einar & Bruno Nilsson leuchtete der Baum mit den weißen Blütentrauben noch ganz wunderbar. Sie wusste nicht, wie lange sie so untätig und ohne Hoffnung auf ein göttliches Eingreifen gesessen hatte, als es an der Tür klingelte.

Wer konnte so spät noch kommen? Es war fast zehn Uhr abends.

Rutger von Parr natürlich.

Und in ihren unerhörten Seelenqualen war er eben doch der einzige Mensch, den sie hatte. Obwohl sie viel zu gut wusste, wie die Klatschbasen diesen Besuch werten würden – denn vermutlich hatten die Damen in der oberen Etage die Schritte auf der Treppe gehört und auch wahrgenommen, dass sie vor Tornvalls Tür innehielten.

Aber das alles war ihr jetzt völlig gleichgültig. Es waren viel schlimmere Dinge passiert.

Und der Einzige, mit dem sie das besprechen konnte, war der Mann, mit dem der Klatsch sie eh schon verbunden hatte.

Nachdem Rutger seinen Mantel aufgehängt hatte, waren seine ersten Worte: »Hast du heute überhaupt schon etwas Warmes gegessen?«

Nein, wer hätte es schon geschafft, an so etwas zu denken? Sie hatte das Fleisch für die Rindsrouladen und die Dose mit den Pfirsichen völlig vergessen. Und damit das ganze sündhaft üppige Essen, das sie für sich und Signe mitten in der Woche geplant hatte.

Mit fast liebevoll mütterlichem Eifer forderte Rutger Hilma

auf, ins Herrenzimmer zu gehen und sich auf dem Divan auszustrecken, während er ihr ein Omelett zubereiten würde.

Natürlich konnte sie dieser Aufforderung nicht Folge leisten, wenn ein Mann in ihrer Küche den Kochlöffel schwang. Sie setzte sich also auf die Holzkiste und gab Anweisungen. Frische Eier lagen in einer weißen Schüssel, eingelegte Pilze in einem Glas im obersten Fach links, die Sahne sah er selbst, denn, na ja, um ein Omelett mit Sahne zusammenzurühren, dazu bedurfte es auf jeden Fall eines gebürtigen Schonen. Die Pilze ließ er in Butter aufzischen, dazu dann wieder Sahne und ein paar Messerspitzen Mehl. Elegant ließ er das Gericht zusammengeklappt auf die Servierplatte gleiten.

Er bat Hilma, den Tisch im Esszimmer zu decken. Preiselbeertrunk auch für ihn, denn Dünnbier hatte sie abbestellt.

Sie aßen schweigend. Das beruhigte. Und es war ein ganz außerordentliches Omelett, mit dem ihr Gast da aufwartete.

Als sie gegessen hatten, forderte er sie auf, sich ins Herrenzimmer zu setzen, bis er das verwendete Geschirr gespült hatte.

Aber auch dieses Mal gehorchte sie ihm nicht. Ihr reichte es jetzt. Das bisschen Abwasch konnte auch bis morgen stehen bleiben.

Sie machten es sich also in den Ledersesseln bequem, Rutger mit einer Zigarre.

Hilma saß so, dass sie die verhängnisvolle Rechnung vom Hospital in Gådeå sehen konnte. Sie lag noch dort, wo sie sie gefunden hatte.

Sie sprach also zunächst darüber.

Rutger von Parr begriff sofort, welcher Schock es für die empfindsame Signe gewesen sein musste. Gänzlich unvorbereitet und alleine in der Wohnung musste sie erfahren, an welcher Krankheit ihr Vater gelitten hatte.

Rutger erkundigte sich, ob das übersteigerte und immer unkontrolliertere Benehmen ihres Vaters Signe denn nie aufgefallen sei?

Nein. Offensichtlich nicht. Aber es war Hilma auch immer wieder gelungen, Signe von Sigfrid fern zu halten, wenn die Anzeichen sich mehrten. Sie sagte ihr dann, Papa sei beschäftigt, dürfe nicht gestört werden, müsse seine Ruhe haben. Aber natürlich hatte das Kind seine Unruhe bemerkt, seine Rastlosigkeit, sein unaufhörliches Reden – aber es war in ihrem Alter fast unmöglich, ein solches Verhalten zu deuten. Außerdem war er in diesem Stadium fast verschwenderisch großzügig gewesen. Brachte Süßigkeiten mit, Blumen für die Mutter, Bücher für Signe und den größten Zeichenblock, der in der Stadt aufzutreiben war. Das alles bewirkte, dass sie herumhopste, durch die Wohnung rannte, ihren Vater voll Freude umarmte. »Danke, lieber, guter Papa!«

Und Hilma musste schweigend daneben stehen, wenn der krankhaft überspannte Vater seine Tochter hochhob und sich mit ihr im Kreis drehte.

Signe hörte dann nicht auf zu lachen. Wie ähnlich war sie doch ihrem Vater in dieser Situation gewesen.

Beim letzten Mal, es war der Tag, an dem sie ihn endgültig abgeholt hatten, war es ihm offenbar noch gelungen, Signe einen kleinen Hund für Weihnachten zu versprechen.

Als Hilma ihr so schonend wie möglich beizubringen versuchte, dass sie dieses Versprechen nicht zu ernst nehmen solle, weil ihr Vater bei dieser Gelegenheit nicht ganz gesund gewesen sei, war Signe völlig aus der Fassung geraten und hatte geschrien, er sei nicht krank, er sei überhaupt kein bisschen krank!

»Und du wirst selbst verstehen, dass ich ihr nicht auseinander setzen konnte, von *welcher Krankheit* ihr Vater befallen war...«

»Vielleicht hättest du das doch tun sollen«, sagte Rutger von Parr und streifte die Asche von seiner Zigarre. »Warum hätte das Kind nicht trotzdem einen Hund kriegen können?«

»Aber – Rutger!«, rief Hilma bestürzt. »Signe wusste genau, dass ihr Vater und ich ein für alle Male übereingekommen waren, dass man in der Stadt keinen Hund halten kann.«

»Na ja«, sagte Rutger. »Sollefteå ist immerhin eine sehr kleine Stadt, und vielleicht wäre es die Sache wert gewesen.«

»Wie meinst du das?«, unterbrach ihn Hilma. »Ein Hund verschmutzt alles, haart, kriegt auf der Straße schmutzige Pfoten, springt auf die Polstermöbel, leckt sich...«

Sie hörte selbst, wie scharf ihre Stimme klang, dass sie fast schon schrie.

»Schon gut, Hilma, beruhige dich doch. Es war nur so ein Gedanke von mir.«

Aber es war schon zu spät. Durch diese Bemerkung war er zu den Feinden übergegangen.

Und damit war sie bei Boel angekommen, der Frau des Schuldirektors, dem Klatsch, und wie Rutger durch seinen steten Umgang mit ihr und Signe sie beide in der Stadt lächerlich gemacht hatte. Und wie Signe nach Hause gekommen war...

Das alles sprudelte jetzt aus ihr heraus bis zum Schlusssatz »und deshalb darfst du nie wieder hierher kommen, und aus ist es mit den Ausflügen im Auto und den Kinobesuchen...«

Du lieber Gott, wie sie sich in Rage redete! Ihre Wangen glühten, der Achselschweiß durchnässte die Schweißblätter und lief schon seitlich am Körper entlang. Alles pulsierte, verkrampfte sich, das Herz klopfte, ihr ganzes Ich überschlug sich ...

Und Rutger kam ihr in keiner Weise zu Hilfe.

Er hatte sich eine neue Zigarre angeraucht, und nur sein unablässiges Paffen und seine fieberhafte Art, die nicht vorhandene Asche abzustreifen, bewiesen, dass er längst nicht so ruhig war, wie es den Anschein haben sollte.

Plötzlich legte er seine Zigarre aus der Hand, beugte sich über den Rauchtisch mit der ziselierten Messingplatte und fasste nach ihrer Hand, die sich nervös am Tischrand zu schaffen machte.

»Hilma, liebe Hilma, nun beruhige dich schon.«

Er sagte es sanft und leise, und doch empfand sie es wie einen Vorwurf. Entsetzt riss sie die Hand an sich und bedeckte das glühende Gesicht mit beiden Händen. Tränen brannten unter den Augenlidern, sammelten sich hinter der Stirn, blitzten in den Schläfen... Aber sie hielt sie in Schach.

Ein tiefer, bebender Atemzug, und sie war wieder sie selbst. Ordnete die Haare, straffte den Rücken.

»Entschuldige«, sagte sie steif. »Vergib mir.«

»Du brauchst nicht um Entschuldigung zu bitten, liebe Hilma. Der Fehler liegt bei mir. Ich bin unverzeihlich gedankenlos gewesen. Es wundert mich nur, dass alles ausgerechnet von Irmelin Johannesén ausgehen soll, denn ihr Gatte weiß es ja. Dann hat er also nichts weiter gesagt... Nun ja, das ist an sich lobenswert, besonders lobenswert sogar.«

Sie starrte ihn verständnislos an. Wovon, in aller Welt, sprach er nur?

Er sah ihre Verwirrung.

»Hilma«, sagte er. »Ich hätte es dir schon vor langer, langer Zeit sagen sollen. Es ist nicht einfach, darüber zu sprechen, und ich bitte dich, lass mich ausreden.«

Was er auf dem Herzen hatte, war das Eingeständnis, dass er anders veranlagt war. Er fühlte sich nicht zu Frauen hingezogen. Er hielt inne und schnäuzte sich die Nase ins Taschentuch.

Beunruhigt stellte Hilma fest, dass Rutger von Parr gegen die Tränen ankämpfte.

Sie saß jetzt sehr aufrecht und angespannt da und wartete auf die Fortsetzung.

Rutger schnäuzte sich nochmals, bevor er wieder zu reden anfing.

»In meinem Fall ist dem lieben Gott ein Irrtum unterlaufen. Als Mann bin ich für eine Frau uninteressant...«

Hilma hatte das Gefühl, dass seine Stimme von weit her wie aus einem Tunnel kam. Und was er sagte, war so entsetzlich, dass sie es zunächst nicht zu verstehen wagte. Dass nämlich Sigfrids und ihr nächster Freund, Signes vergötterter Onkel Rutger, das war, was man als homosexuell bezeichnete. Dass er sich also in seinen Sinnenfreuden zum eigenen Geschlecht hingezogen fühlte. In Lund hatte er einen jungen Mann als Freund gehabt. Das war aufgeflogen. Deshalb hatte er eines Nachts in aller Eile seine Wohnung verlassen und seinen Lehrerdienst aufgeben müssen und war nach einigen Jahren als Aushilfslehrer in Vadstena am Gymnasium von Sollefteå wieder fest angestellt worden. Sigfrid und auch Direktor Johannesén hatten seine Probleme toleriert.

Seine anders gelagerten Neigungen bedeuteten ja nicht, dass er Frauen nicht schätzte, o nein. Er fühlte sich seelisch einer Frau ja viel näher verwandt. Hilma war für ihn der allerbeste Freund, den er je gehabt hatte. Und die Auszeichnung, bei Signe die Stelle des Vaters vertreten zu dürfen, war für ihn eine herzliche Freude gewesen...

Ihm hatte vorgeschwebt, und er hatte zu hoffen gewagt, da es zwischen ihm und Hilma ja eine besondere Seelenverwandtschaft gab, vielleicht nach einem Jahr oder so... eine auf gegenseitige Hochachtung und Freundschaft gegründete so genannte Josefsehe eingehen zu können. Sigfrid hatte ihm einmal schmerzlich anvertraut, dass seine körperlichen Bedürfnisse eher eine Qual zu sein schienen für...

Hier sprang Hilma, vor Scham und Ekel zitternd, von ihrem Stuhl auf.

Also war sie wieder auf einen Mann hereingefallen, der nicht ganz richtig war.

Dieser gütige, sympathische Mann war also schwul?

Nicht dass Hilma auch nur geahnt hätte, wie es zwischen zwei Männern zuging, und nie, niemals, wollte sie es je wissen!

Eine Person, mit deren unnatürlicher Veranlagung die Bibel kein Erbarmen kannte, eine solche Person hatte sie in ihrem Heim ein und aus gehen lassen, und er hatte sich dort immer heimischer gefühlt, ja geradezu unentbehrlich gemacht. Wie hatte Signes Gesicht aufgeleuchtet, wenn Onkel Rutger vor der Tür stand.

Also wieder ein kranker Mann!

Wie konnte das möglich sein? Entsprach es wirklich der Wahrheit? Aber sie hatte ja gesehen, mit welcher Qual er ihr sein schändliches Geheimnis offenbart hatte.

Ein Schwindelgefühl und die Übelkeit des Migräneanfalls machten es ihr fast unmöglich, etwas mit Blicken festzuhalten.

Sie wollte ihn auch gar nicht ansehen. Mit abgewandtem Gesicht rief sie heiser: »Geh, geh, geh, GEH!«

»Aber meine liebe Hilma«, sagte er und wollte sie offensichtlich anfassen.

»Nein!«, schrie sie ganz außer sich. »GEH, GEH, VERSCHWINDE!«

Und schon suchte sie, genau wie ihre Tochter, Zuflucht im Badezimmer und schloss sich ein.

Drinnen tastete sie nach dem Kaltwasserhahn, wusch und wusch sich, trank Wasser, badete, um der Übelkeit zu wehren, das Gesicht darin. Aber der Brechreiz übermannte sie mit solcher Heftigkeit, dass sie nicht mehr die Zeit fand, sich zur Toilette umzudrehen, sondern sie erbrach sich ins Waschbecken.

Pilzstückchen, Omelettschleim, Preiselbeersaft.

Bis nichts anderes als bitterer Gallengeschmack mehr in ihrem Mund zu schmecken war.

Aber das frische kalte Wasser, das sie jetzt direkt aus dem Hahn trank, konnte sie bei sich behalten.

Nur ein einziges Mal klopfte er an die Tür. Sie sah, dass er die Klinke nur einmal herunterdrückte.

Sie hörte einen Kleiderbügel zu Boden fallen. Das Schnappen des Schlosses. Das Zufallen der Tür.

Vorsichtig öffnete sie die Badezimmertür, um seine davoneilenden Schritte deutlicher hören zu können.

11

Es half nichts. Sie musste schließlich doch ein Pulver gegen das Zittern, das einem Schüttelfrost glich, einnehmen.

Sie behandelte sich selbst, als wäre sie Signe. Machte Milch heiß und tat Honig hinein. Zog Strickjacke und Wollsocken an.

Sie hätte Signe vorher noch in ein warmes Bad gesteckt.

Aber diese Entspannung gönnte sie sich selbst nicht.

Sie legte im Küchenherd Holz nach. Trug einen Arm voll Holzscheite ins Esszimmer und machte im Kachelofen Feuer. Vor den Fenstern war frühlingsblaue Nacht. Nur die Blüten der Traubenkirschen leuchteten weiß.

Sie trank eine zweite Tasse heiße Milch. Ging zu Signe hinein und lauschte ihren Atemzügen. Sie klangen normal.

Sie holte Papier aus der Schreibtischlade. Den Bleistift spitzte sie über dem Ausguss mit einem Messer.

Die Migräne war vergangen. Sie war hellwach. Sie hatte sich entschlossen. Sie mussten von Sollefteå wegziehen. Es war, abgesehen von der Katastrophe mit Rutger von Parr, höchste Zeit für sie, ein völlig anderes Leben zu planen.

Aus Leichtsinn und einem Mangel an Unternehmungsgeist war sie in dieser großartigen Vierzimmerwohnung hängen geblieben, in der jeder Zoll von Sigfrids Geist zeugte. Hier war alles unberührt stehen geblieben wie zu seinen Lebzeiten. Seine Bücher, Pfeifen, Aschenbecher und seine alten Zeitschriften. Im Schrank hingen noch immer seine Anzüge. Im Schlafzimmer standen zwei Betten. Das eine immer frisch bezogen unter einem glatten Überwurf.

In dieser Nacht, in der das Morgenlicht und das Gezwitscher der Vögel sie gegen halb drei aufweckte, begann sie einen Plan für ihr eigenes und Signes zukünftiges Leben zu entwerfen. Für eine Zeit, in der es wirklich und für immer nur sie beide geben würde.

In wenigen Tagen war das Schuljahr zu Ende.

Adrett gekleidete Schulkinder würden in Zweierreihen von der Schule zur Kirche ziehen. »Der Blumen Zeit ist gekommen« und »Geh aus mein Herz und suche Freud/in dieser lieben Sommerzeit/an deines Gottes Gaben«.

Der Pfarrer würde eine launige kurze Predigt halten. Trotzdem würden die Kinder ungeduldig auf den Bänken herumwetzen und mit den neuen Schuhen ein bisschen gegen die Vorderbank stoßen. Die bunten Haarschleifen würden von der Orgelempore aus wie eine Blumenwiese aussehen, durch die der Wind streicht.

Prämien für ältere Kinder, die sich hervorgetan hatten. Der Kinderchor würde ein weiteres Stück vortragen. Signe war mit dabei. Signe Tornvall sollte ein Solo singen. Das neckische kleine Lied »Als uns're Kleinste kam zur Welt«.

Signes Stimme hatte Aufmerksamkeit erregt. Das war schön. Es war etwas, worauf man stolz sein konnte. Aber gleichzeitig weckte ein solches Talent auch Neid.

Dass jetzt die Sommerferien vor der Tür standen, erleichterte das Planen. Hilma war sozusagen eine Atempause gegönnt.

Auf dem Zettel stand zuoberst: *Brita anrufen*. Hilma wusste, dass Brita ihr aufmerksam zuhören und sie verstehen würde. Dem Lügengerücht, dass Hilma und Rutger von Parr sich mit Heiratsgedanken trugen, war, wie das bei Gerüchten dieser Art zu sein pflegt, schwer Einhalt zu gebieten. An zweiter Stelle notierte Hilma ihre Idee, hinunter nach Eskilstuna zu fahren und dort mit früheren Freunden Kontakt aufzunehmen; Brita würde das sicher gescheit finden und es als ein Zeichen dafür betrachten, dass Hilma sich nach Sigfrids Tod zu erholen begann.

Aber über Rutger von Parrs andersartige Veranlagung würde Hilma kein Wort verlauten lassen. So weit ging ihr Vertrauen zu Brita Dahlström nicht, denn es war durchaus möglich, dass sie eine so interessante Neuigkeit irgendwann einmal unter dem Siegel der Verschwiegenheit weitererzählen würde.

Der erste Schritt in Hilmas neuen Plänen war, dass Signe alleine nach Hoting reisen sollte; es gab da eine direkte Bahnverbindung. Brita und Ingrid würden Signe am Bahnhof abholen, und sie würde die Woche, in der Hilmas Eskilstuna-Reise stattfinden sollte, bei Dahlströms verbringen.

Hilma würde jedoch die Sache mit der Rechnung des Krankenhauses in Gådeå und Signes Reaktion ansprechen müssen.

Brita würde sofort begreifen, dass sie bei sich zu Hause alle einschlägigen Medikamente unter Verschluss halten musste.

Das Gespräch mit Brita fand früh am nächsten Morgen statt, als Signe noch schlief.

In ihrer gewohnt ruhigen Art nahm Brita diese unerwartete Neuigkeit mit Fassung entgegen und hatte sofort praktische Vorschläge bei der Hand, was zu machen sei. Selbstverständlich würden sie Signe bei sich aufnehmen. Und falls Hilma in Eskilstuna mehr Zeit brauchen sollte, wäre das kein Hindernis.

Mit dem übersteigerten Scharfsinn, den die durchwachte

Nacht in ihr ausgelöst hatte, war Hilma ihre Planung, die sie jetzt mit Brita Dahlström besprach, noch einmal durchgegangen und hatte daraufhin bei der Vermittlung vier Einheiten mit der Möglichkeit einer Verlängerung bestellt.

Finanziell stand sie gar nicht so schlecht da. Sie hatte ihre Witwenpension, eine kleine von Sigfrid abgeschlossene Lebensversicherung sowie eine verfügbare Summe von 3000 Kronen, die, wie sich zeigte, von der Hinterlassenschaft des Pfarrerehepaares noch übrig geblieben waren. Diesen Bescheid hatte Rutger von Parr immerhin seinem Duzbruder Eskil Tornvall entlockt.

Ferner besaß Hilma ihr gutes Abgangszeugnis aus dem Lehrerseminar.

Die beiden Schockerlebnisse binnen 24 Stunden, eines schlimmer als das andere, hatten sie wachgerüttelt und ihre Einsicht und Tatkraft geweckt. Jetzt musste Schluss sein mit der armen Witwe und ihrer minderjährigen Tochter.

Papa ist tot. Papa lebt nicht mehr. Rutger von Parr hat Krebs und wird bald schwer krank sein – diese Notlüge musste Gott ihr vergeben.

Signe ging jetzt in die fünfte Klasse. In Eskilstuna würde sie ab dem Winterhalbjahr das Gymnasium besuchen. Bestimmt gab es dort noch den einen oder anderen Lehrer aus Sigfrids Zeit. Es würde manches erleichtern. Im Lauf der Sommerferien wollte sie das alles mit Signe besprechen.

Die Ferien begannen fröhlich und unbekümmert. Ingrid war die einzige echte Freundin, die Signe hatte. Genau wie ihre Mutter keine andere Vertraute hatte als Ingrids Mutter, Brita Dahlström.

Nur wenig, eigentlich gar nichts, band Signe und Hilma an Sollefteå.

Rutger von Parr hätte es sein können.

Hilma war nach dieser entscheidenden Nacht in einer so überreizten Stimmung, dass sie sogar glauben mochte, es läge in Rutger von Parrs unerhörtem Geständnis so etwas wie eine Fügung Gottes. Signe hatte ihn viel zu lieb gewonnen. Auch sie selbst war von ihm abhängig gewesen.

Was sie von ihm erfahren hatte, machte jede Bindung an den Assessor von Parr unmöglich.

Frei und alleine wollte sie versuchen, für sich und ihre Tochter ein erträgliches Leben zu gestalten.

Ohne einen Mann. Nie wieder ein Mann.

Es wäre vorstellbar, dass frühere traumatische Erlebnisse gerade in der Stadt Eskilstuna in Hilma Vorbehalte gegenüber einer Rückkehr dorthin wachrufen könnten.

Aber Hilma war realistisch. In keiner anderen schwedischen Stadt hatte sie die Möglichkeit, alte Kontakte wieder aufleben zu lassen.

Lappalien waren Hilma Tornvalls Sache nicht. Vielleicht würden unschöne Erinnerungen geweckt werden. Sie würde einige Nächte schlecht schlafen. Aber es ist ein für alle Male nicht Gottes Wille, dass der Mensch dem Schweren und Unangenehmen ausweicht.

2. Station

Eskilstuna

12

*H*erbst 1939. Die politische Lage in Europa hatte sich zugespitzt.

Was Hilmas Mann Sigfrid schon weit früher vorausgesagt hatte, war Wirklichkeit geworden. Nur wenige Menschen in Sollefteå hatten seine Besorgnis über die wahren Absichten dieses Adolf Hitler damals geteilt.

Man sah Hitler vor allem als den starken Führer, der sein Land aus einer schweren wirtschaftlichen Krise herausgeführt hatte. Die Räder rollten wieder und das moralisch gesundete deutsche Volk entwickelte nationales Selbstwertgefühl.

Überall dröhnten die Maschinen, die Arbeitslosigkeit gehörte der Vergangenheit an, aber erzeugt wurden nicht in erster Linie Bekleidung und Hausrat für die Bevölkerung, sondern Uniformen, Waffen und nochmals Waffen...

Dann überstürzten sich die Ereignisse. Trotz reger internationaler Bemühungen brach das, was später der Zweite Weltkrieg genannt werden sollte, über Europa herein. Die schwedischen Wochenschauen hatten des öfteren von Heil-Rufen begleitete Marschkolonnen gezeigt. Aber das Ausland verstand nicht, was diese Vorbeimärsche an einer mit Hakenkreuzfahnen geschmückten Tribüne bedeuteten, auf der ein schmächtiger Hitler mit einem süffisanten Lächeln unter dem Bärtchen in strammer Haltung stand.

Die übrige Welt wurde also fast unvorbereitet aus dem Schlaf gerissen, als deutsche Truppen im Morgengrauen des 1. September 1939 in Polen einmarschierten.

Zu spät schlug Mussolini am 2. September eine Konferenz vor. Die Bemühungen des versöhnlichen britischen Premierministers Neville Chamberlain, der mit dem deutschen Reichskanzler Adolf Hitler 1938 ein dem Frieden dienendes Abkommen schloss, waren in den Wind geschlagen worden.

»Alles, wofür ich mein Leben lang gearbeitet habe, ist jetzt in sich zusammengestürzt«, sagte der bedauernswerte britische Premierminister, während Hitler siegessicher rief: »Sieg oder Tod!«

»Sieg, Heil! Sieg, Heil! Sieg, Heil!«

Sein Ziel war ein arisches Großdeutschland. Schon bald würden Verfolgung und Vernichtung aller im Lande lebenden Juden systematisch in Angriff genommen werden. Juden galten als Untermenschen. Ihre Ausrottung war somit nur eine ethnische Säuberung.

Das Programm der deutschen Rundfunkstationen, das Hilma und ihre Tochter Signe so gerne wegen der schönen Operettenmusik hörten, veränderte sich. Es gab aber keineswegs nur noch Marschmusik und die von tausendfachem Gebrüll begleitete heiser geschriene Stimme des Führers zu hören. Auf Kurzwelle wurden auch leichte Musik und die beliebten Wunschkonzerte, sentimentale Heimatlieder und Wagneropern übertragen.

In der »Schmiedestadt« Eskilstuna, wo Hilma und ihre Tochter jetzt schon fast zwei Jahre wohnten, hatte der Krieg fieberhafte Aktivitäten ausgelöst.

Die mechanischen Werkstätten AB Bolinder & Munktell, deren imposante Gebäude sich im Fluss spiegelten, arbeiteten in zwei Schichten. Jede Art einer zivilen Produktion hatte der Herstellung von Waffen weichen müssen.

Der Chef der Gewehrfaktorei äußerte sich einem Reporter der Zeitung »Folket« (Das Volk) gegenüber so: »Ja, wir stellen Waffen her, Waffen werden für den Krieg gebraucht, gewiss, aber wenn wir sie nicht erzeugen, tut es ein anderer, und das würde Import bedeuten.«

Gleichzeitig konnte man von offizieller Seite nicht deutlich genug betonen, dass die neutrale Linie Schwedens klar, festgefügt und ungetrübt beibehalten werde. Schweden werde seine Neutralität genau wie bisher strikt verfolgen und sie kompromisslos wahren. Trotzdem können wir, hieß es in dem Bulletin, die Augen vor der Möglichkeit eines militärischen Angriffs durch eine fremde Macht nicht verschließen. Welche Macht dies im Fall des Falles sein könnte, wurde nicht verlautbart.

Es war eine jahrhundertealte Erfahrung, dass Schweden immer von Osten her angegriffen wurde. Die Russen hatten das Land gebrandschatzt und verwüstet. Nie war es Deutschland, das Bruderland, gewesen, dessen Sprache und Kultur uns Schweden so nahe standen und wohin bessere schwedische Familien ihre jungen Oberschüler in die Ferien schickten, um sie mit der kultivierten deutschen Wesensart vertraut zu machen.

Es war nicht leicht, sich dieses Land als präsumtiven Feind vorzustellen.

Wie auch immer. Der Krieg draußen in Europa war erst wenige Wochen alt, als in Schweden »Der allgemeine Wehrdienst aus Anlass verstärkter Verteidigungsbereitschaft« proklamiert wurde.

England und Frankreich griffen sofort in die Kämpfe ein,

um dem machtgierigen deutschen Reichskanzler nach Möglichkeit Einhalt zu gebieten.

Die Bedrohung durch einen Krieg wurde immer mehr zum Gegenstand von Inseraten und Annoncen. Angeboten wurden in Schweden erzeugte und behördlich zugelassene Gasmasken. Ein Baumeister empfahl sich für die kurzfristige Fertigstellung von zweckmäßigen Luftschutzräumen. Die Allgemeinheit wurde über Evakuierungsunterkünfte aufgeklärt, die in sicherem Abstand von den Großstädten gelegen waren. Signe fiel eine kurze Notiz auf, in der der Hundeschutzverband alle Hundebesitzer beruhigte, dass Schweden *im Falle eines Krieges* selbstverständlich auch für die im Land »wohnhaften« Hunde Evakuierungsmöglichkeiten bereitstellen würde.

Aus Härnösand rief Estrid an, dass Anders, Hilmas Bruder, einberufen worden war und dass nicht einmal sie als seine Ehefrau wissen durfte, wo in Schweden er im Grenzschutz eingesetzt werden würde.

An die Zivilbevölkerung ergingen staatliche Dekrete verschiedenster Art. So erlegten die Luftschutzbehörden des Landes jedem Haushalt die Pflicht auf, an den Fenstern für Verdunkelungsgardinen zu sorgen. In den Straßen würden Streifendienste das Einhalten der Verordnung überwachen.

Auf den Anhöhen der großen Nadelwälder begann man so genannte Luftraumüberwachungstürme zu bauen.

In der ersten Septemberwoche wurde der Verkauf von Benzin für Privatautos, Motorräder und Außenbordmotoren verboten.

Einige Überraschung rief das Importverbot für Gewürze und andere Kolonialwaren hervor.

Jetzt begannen die umsichtigen, finanziell besser gestellten Hausfrauen zu hamstern. Bald wurden auch gelbe und grüne getrocknete Erbsen beschlagnahmt; ebenso Futtererbsen. Erbsensuppe sollte offenbar zum wichtigsten Nahrungsmittel der Soldaten werden. Die uniformierten Frauen der Lotta-Bewegung wurden als Köchinnen eingesetzt. »Irgendwo in Schweden.«

Das Erbsenverbot brachte Hilma und Signe in Erinnerung, wie sie erst vor etwa einem Monat an einem staubigen Schotterweg die Fahrräder in den Straßengraben geschoben und sich an den Rand eines Erbsenfeldes gesetzt hatten, um Schote für Schote aufzuknacken und die frischen Erbsen unter der warmen Sonne mit der Zunge auszulösen. Gemächlich war eine Heufuhre vorbeigeholpert und hatte immer wieder lange Halme verloren, die sofort von einer Schar Spatzen untersucht wurden. Aber für sie waren vor allem die Pferdeäpfel interessant, an denen es immer wieder etwas zu picken gab.

Signe hatte die Botanisiertrommel mitgenommen. Mit einer für diesen Zweck besonders geeigneten Schaufel wollte sie am Straßenrand einen gelben Hahnenfuß und auch noch je ein Exemplar Ackernuss, gelbes und weißes Labkraut, roten Klee, Margarite und Pechnelke ausgraben...

So verliefen also die ersten Ferien, in denen Signes sonnige Sommertage von der Ferienaufgabe in Biologie überschattet waren. Nach den Schulferien waren nämlich als Auftakt zum Winterhalbjahr dreißig systematisch bestimmte und gepresste, mit Klebestreifen auf dickem Papier befestigte und mit dem lateinischen und dem schwedischen Namen versehene Pflanzen vorzulegen. So hieß zum Beispiel die Kuckucksplatterbse »Lathyrus linifolius«. Auch der Fundort musste angegeben werden.

Signe hatte auffallend viele Pflanzen mit dem Fundort: »Grabenrand« gesammelt.

An sich war sie ein Kind, das Blumen ungemein liebte. Mit echtem Talent und großer Geduld stellte sie die schönsten

Sträuße für die Vase auf dem Küchentisch zusammen. Aber Stempel und Staubgefäße zu zerlegen und danach die Arten zu bestimmen war etwas, das ihr schwer fiel und das sie nur widerstrebend tat.

Bei solcher Feinarbeit stellte sie sich außerdem sehr ungeschickt an. Der Umgang mit diesen unerhört zerbrechlichen getrockneten Pflanzen, die aber nicht zerbrechen durften, war schwierig für sie. Die Blumen vor dem Pressen schön und dekorativ auf das Löschblatt zu legen und sie später mit winzigen Stückchen Klebestreifen auf Papier zu befestigen, war wirklich nichts für Signe.

Es konnte vorkommen, dass Hilma, wenn Signe eingeschlafen war, alles noch ein bisschen besser zurechtlegte.

Aber im Allgemeinen gefiel es Signe in der Schule. Sie ging jetzt in die zweite Klasse der fünfjährigen Unterstufe und trug eine Schülermütze mit Schirm und einer kleinen gelben Kokarde vorne in der Mitte, was anzeigte, dass sie in die Höhere Allgemeine Lehranstalt Eskilstuna ging.

Signe hatte sich anfangs öfter darüber beklagt, dass es in der Klasse so viele freche, vorlaute Jungen gab, aber was machte das schon, wo sie doch eine »verwandte Seele« gefunden hatte. Der Ausdruck stammte aus ihrem Lieblingsbuch »Anne aus Grönkulla«, in dem die rothaarige, überspannte Anne immer auf der Suche nach »verwandten Seelen«, also ganz einfach nach guten Freunden, war.

Signes verwandte Seele war ein kleines, angenehmes Mädchen, das Birgitta Malmström hieß. Ihr Vater war der Besitzer eines der vielen Metallwerke der Stadt. Er wurde mit Disponent tituliert. Die restliche Familie bestand aus einer Mutter, die Signes Aussage nach wie ein Filmstar aussah, zwei kleineren Schwestern, einem Collie sowie einer Haushälterin und einem Kindermädchen.

Der Altersunterschied der beiden Kinder betrug fast zwei Jahre. Signe, die nicht wie üblich aus der sechsten, sondern schon nach der fünften Volksschulklasse in die erste Klasse der höheren Schule übergetreten war, war somit ein Jahr älter als ihre Schulkameraden. Während Birgitta aus irgendeinem Grund ein Jahr jünger als die anderen war. Zum ersten Mal hatte Signe hier eine ebenbürtige beste Freundin gefunden. Birgitta bewunderte Signe, weil sie so gut zeichnen konnte. Mit Birgitta zusammen konnte Signe ihre Phantasien weiterhin im Spiel mit den Papierpuppen ausleben.

Hilma neigte dazu, etwas – wenn nicht gerade Unnormales – so doch auffallend Unreifes darin zu sehen, dass ein so großes Mädchen wie Signe mit Ausschneidepuppen spielte. Aber wenn nun die jüngere Birgitta auch so viel Freude daran hatte, ließ sich nicht allzu viel dagegen einwenden.

Hilma hatte, als sie selbst zwölf Jahre alt war, in einem Elternhaus, wo es kleinere Geschwister, zwei Kühe und achtzehn Hühner gab, in ihrer freien Zeit Frauenarbeit verrichten müssen. Jetzt, nach so langen Jahren, konnte Hilma sich nicht erinnern, ob sie jemals so hatte spielen dürfen, wie Signe es tat. Ganz im Spiel aufzugehen. Es als einzige Beschäftigung haben zu dürfen. Außer den Schulaufgaben natürlich.

Dank Birgitta war der Wechsel von Sollefteå nach Eskilstuna nicht zu der Katastrophe geworden, die immerhin möglich gewesen wäre.

Weder Rutger von Parr noch Annastina hatten jetzt noch Platz in Signes Denken. Hingegen hörte sie nie auf, über die *Hässlichkeit* ihres neuen Wohnortes zu jammern.

Verglichen mit den Uferböschungen, dem Fluss, wo die Baumstämme in den Stromschnellen wie Streichhölzer tanzten und das Wasser schäumte und brauste. Und wieder der Fluss – an Herbstabenden, wenn er sich wie ein silbernes Band durch die Landschaft schlängelte. In dem stillen, spiegelnden Wasser stand der Nadelwald Kopf. Die große Schönheit der weißstämmigen Birken. In Eskilstuna gab es nicht eine einzige Birke, behauptete Signe. Ein Flüsschen gab es, nun ja. Ein armes, zahmes, träge fließendes Gewässer. Und wohin man auch schaute, nie traf der Blick am Horizont auf einen blauen Berg.

In Eskilstuna gab es nur Straßen, die zu beiden Seiten von hohen braunschwarzen Ziegelbauten gesäumt wurden. Es waren alles Fabriken. Eskilstuna war eine bedeutende Industriestadt, und die Industrie war Ursache ihres Wohlstandes.

Überall *Geräusche*. Es stampfte, grollte, surrte, und zuweilen gellten plötzlich die misstönigen Fabrikspfeifen.

Irgendwann hatte es sich ergeben, dass Hilma und Signe zufällig durch die Schmiedestraße gingen, als der schrill aufheulende Missklang losbrach. Die ganze Luft schien zu vibrieren. Und gleichzeitig öffneten sich die großen Fabrikstore und Hunderte, nein Tausende Arbeiter strömten auf die Straße.

Signe war wie gelähmt stehen geblieben, hatte die Hand ihrer Mutter fest umklammert und war erst zum Weitergehen bereit gewesen, als nur noch vereinzelte Arbeiter auf der Straße gingen. Man konnte hier und dort auch Frauen mit schmutzig grauen Gesichtern sehen, die ihre verschlissenen Strickjacken mit ungewaschenen Händen vorne zusammenhielten. Wie dem auch sei. Ehrlich und schwer arbeitende Menschen durften bei einem zwölfjährigen Mädchen doch keine solche Angst hervorrufen.

Ein Grund mochte darin liegen, dass es in Sollefteå keine Fabriksirenen gegeben hatte. Dort wimmelte es in den Straßen nicht von rußgeschwärzten Arbeitern. Dort hatte Militär das Stadtbild geprägt. Uniformen. Hätte ihr Vater noch gelebt, er hätte ihr gesagt, dass man eher Grund hatte, sich vor *Uniformen* zu fürchten als vor Arbeitern.

Am Ersten Mai dieses Jahres hatte Hilma ihre Tochter mitgenommen, um mit vielen anderen Stadtbewohnern im Straßengedränge zu erleben, wie der imponierende Erste-Mai-Umzug mit Blasmusik und roten Fahnen vorbeizog.

Es war ein schöner, windiger Tag, und die Schüler hatten frei.

Hilma glaubte es dem Andenken Sigfrids schuldig zu sein, ihrer beider Tochter zu dieser politischen Kundgebung mitzunehmen. Sie konnte sich die glühende Begeisterung ihres Mannes deutlich vorstellen, sein hoch erhobenes Haupt, seine geröteten Wangen, und wie er lauter und schöner als alle anderen die feurigen Worte mitgesungen hätte: »Brüder, hört die Signale! Auf zum letzten Gefecht... Die Internationale erkämpft das Menschenrecht...«

Er wäre selbstverständlich im Umzug mitgegangen. Oder vielleicht hätte er mit seinen Lieben, Tochter und Gattin, am Straßenrand gestanden und mit voller Stimme gesungen, dass sich alle nach ihm umgedreht hätten. Was ihn absolut nicht gestört hätte; denn das war seine Art, auch in gesunden Tagen.

Hier in Eskilstuna war der große Sieg der Sozialdemokratie wirklich sichtbar. Hier marschierten die tüchtigen Arbeiter mit erhobenen Köpfen, denn sie hatten sich ihr Recht erobert. Aus dem Dunkel waren sie ins Licht getreten. Jetzt war ein für alle Mal Schluss mit der Zeit, in der Menschenrecht nur hatte, wer Geld besaß. Hilma fand es doch gut, auch wenn sie Sigfrids übertrieben hektischen Jubel über diese Entwicklung nicht teilen konnte, dass mit den schlimmsten Ungerechtigkeiten aufgeräumt worden und eine eher gleichberechtigte Gesellschaft entstanden war.

Signe, die Schülermütze auf den frisch gewaschenen Haaren, stand dicht neben ihrer Mutter. Plötzlich schoben sich ein paar freche Jungs drängelnd und stoßend durch die Menge.

Zufällig schubsten sie auch Signe, deren Mütze herunterzufallen drohte. Darüber mussten die Lümmels laut lachen. Aber ein Herr wies sie barsch zurecht und drohte ihnen mit der Polizei, die im Hintergrund zu Pferde patrouillierte und – ganz im Gegensatz zur eigentlich beabsichtigten Beruhigung der Menge – eher beunruhigend wirkte.

Signe spürte das besonders deutlich. Denn trotz der fröhlichen Musik und der festlich im Wind flatternden roten Fahnen wollte Signe nach Hause gehen. Ihre unruhige Hand lag in Hilmas Hand. Die Unterlippe wurde immer kleiner und die Stimme klang weinerlich. »Mama, gehen wir! Ich will, dass wir gehen!« Und leiser, fast nur gehaucht an Hilmas Ohr: »Ich muss auf die Toilette.«

Und das war nun keine Überraschung für ihre Mutter.

Die nervöse Blase der Tochter musste sich in diesem dichten Gedränge selbstverständlich in Erinnerung bringen.

Es war alles andere als eine Kleinigkeit, sich gegen den Strom durch eine ununterbrochen nach vorne drängende Menschenmenge zu schieben.

Signe blieb mit dem Mantel hängen, wurde von Panik ergriffen und begann laut zu weinen. Das Gute daran war, dass die Leute nun Platz machten, und schon bald befanden sie sich im Park. Allerdings war dort im Gartencafé alles bis auf den letzten Stuhl besetzt.

Also mussten sie in Hurtigs Konditorei gehen, wo die feinen Damen Törtchen aßen und dabei Zigaretten rauchten. Es war, als käme man in eine völlig andere Welt. Hier saß bestimmt niemand, der auch nur im Traum daran gedacht hätte, sich die lärmenden Demonstranten anzusehen. Signe hatte größte Eile, in den wohlriechenden Raum für Damen zu kommen, während Hilma nach einem freien Tischchen Ausschau hielt.

Als sie sich setzte, die Handschuhe abstreifte und die Ellbogen auf die kalte Marmorplatte stützte, überkam sie unweigerlich die Erinnerung an ihren ersten Besuch in diesem eleganten Café. Allerdings war hier seither einiges modernisiert worden. Die Vorhänge waren anders arrangiert. Die Polsterung der Stühle war neu. In der hinteren Ecke stand ein Flügel. Sonntags spielte ein Pianist hier Wiener Musik, daneben aber auch manch Modernes aus amerikanischen Filmen.

Erfrischt und fröhlich tauchte Signe jetzt wieder auf. Die Art, einen großen runden Glasaufsatz voll Törtchen auf den Tisch zu stellen, war unverändert, und Signes Augen leuchteten, als sie sich ein Schokoladenbiskuit und auch noch ein Stück Sahnetorte nehmen durfte. Hilma selbst wählte ein Petits Fours. Das Kind bekam Apfelsaft, die Dame Kaffee.

Als die letzte Sahne vom Glastellerchen gekratzt war, hatte Signe Zeit, sich die eleganten Damen anzusehen, die um sie herum saßen. Manche sahen so aus, als wären sie von Hilmas Tochter gezeichnet und ausgeschnitten worden.

»Oh, Mama«, flüsterte sie. »Sieh sie dir an. Die Dame mit dem roten Hut. Mama, warum kannst du dir nicht auch so einen kaufen?«

Hilma schaute unauffällig hinüber. Eine kleine Pillbox saß über einer jungen frechen Nase. Grobmaschiger roter Schleier.

»Signe«, sagte sie. »Du weißt, ich würde nie... Und wenn schon, *wann* sollte ich so etwas tragen?«

Mit einem kleinen Seufzer verging Signe das Lachen.

Hilma wusste, welchen Typ Mutter das Kind gern gehabt hätte. Eine, die der schönen jungen Zahnarztfrau in Solleftea ähnlich sah. Die in Pumps mit hohen Absätzen durch den Schneematsch stöckelte. Oder Birgittas Mama. Als Hilma einmal mit Signe aus dem Kino gekommen war, sie hatten sich einen Film mit Cary Grant und Katherine Hepburn angesehen, hatte Signe ihre Mutter am Mantelärmel gezupft und gezischelt: »Die Frau da drüben im braunen Pelzmantel, das ist Birgittas Mama.«

Als Hilma damals, kurz nach ihrer Verlobung, zusammen mit ihrer Schwägerin Dagmar, der Hausschneiderin Fräulein Nilsson und einer Menge Modezeitungen in dieser Konditorei gesessen hatte, hatte ebenfalls die Vorstellung in der Luft gelegen, dass man die schüchterne Waldarbeiterstochter aus dem hohen Norden in eine schicke junge Dame des gehobenen sörmländischen Bürgertums verwandeln könne. Aber der Mann, ihr zukünftiger Gatte, der verrückte Studienassessor, hatte sie, so wie sie war, geschätzt. Er hätte sie nie anders haben wollen. Er hatte sie erwählt, weil sie nicht wie alle anderen war.

Nur selten vermisste sie ihn. Genau wie ihre Mutter Selma wusste sie, dass alles sich gut gefügt hatte. Und doch konnte sie so etwas wie Angst um ihre Tochter empfinden, die so sehr sein Kind war.

Gab es überhaupt Züge bei Signe, in denen Hilma sich selbst hätte erkennen können?

Nun ja, die Schüchternheit. Signe war lebhaft und wäre manchmal gern losgestürmt. Aber ihre angeborene Schüchternheit hielt sie zurück.

»... gerade richtig bei Signe.«

Das war das Letzte, was Sigfrid zu ihr gesagt hatte.

Es war sozusagen sein geistiges Testament, das zu verwalten er ihr überlassen hatte.

Man würde immer von ihr behaupten, dass sie eine starke und geradlinige Frau sei.

13

Aber sie war ständig in Sorge.

Und damit war sie nicht alleine. Sie lebten in einer Zeit, in der es vieles gab, worüber man sich ängstigen musste. Der Krieg breitete sich aus. Russland marschierte in Finnland ein, während die Deutschen ihre Eroberungsfeldzüge fortsetzten. Fast ganz Europa stand in Flammen. Schwedens Söhne und junge Ehemänner befanden sich abwartend an den Grenzen. Hielten Wacht. Standen Wache. In den Zeitungen war dauernd zu lesen, dass die Bereitschaft tadellos sei. Im Radio sagte der Ministerpräsident das Gleiche. Es gab keinen greifbaren Grund zur Beunruhigung.

Die Rationierung der Lebensmittel stand möglicherweise bevor. Vor allem dann, wenn die Leute nicht mit dem Hamstern und dem Anlegen von privaten Vorratslagern aufhörten. Brennstoffe für Zentralheizungen sowohl in Miets- als auch in Einfamilienhäusern standen bei einer eventuellen Rationierung an erster Stelle. Das betraf vor allem die Warmwasserbereitung. Hilmas Hausbesitzer hatte am Eingang einen Zettel mit dem Hinweis angebracht, dass die Bereitung von warmem Wasser auf bestimmte Wochentage beschränkt werden mußte. Aber solche Dinge beunruhigten Hilma nicht.

Praktische Unbequemlichkeiten konnten eine Holzfällerstochter aus dem oberen Jämtland nicht erschrecken. Sich hier und dort etwas abzuzwacken, zu sparen und zu verzichten empfand sie eher als eine Herausforderung. Auftretende Schwierigkeiten zu bewältigen, das war etwas, das sie von Kindesbeinen an geübt hatte.

Hilma hatte schon frühzeitig entdeckt, wie sehr es die Unruhe dämpfte, wenn man sich plagte und seinen Körper bis zur Schmerzgrenze anstrengte, sodass man am nächsten Morgen kaum aufstehen konnte. Es war so etwas wie ein guter und befriedigender Schmerz. Er war ein Beweis dafür, dass man sein Äußerstes geleistet hatte. Und schon einen Tag später würde es weniger wehtun.

Anders verhielt es sich mit der inneren Unruhe, an der Hilma litt. Sie wollte nicht einfach so vorübergehen und es gab keine Medizin dagegen. Bisweilen wurden ihre Ängste vom Trubel des Alltags vollkommen überdeckt, aber wenn der Abend kam, und dann die Nacht, begannen sie zu bohren und zu brennen, und Hilma musste aufstehen und ein Paar Strümpfe stopfen, sich eine Tasse Milch warm machen oder versuchen, ein Buch zu lesen. Sie hatte erst kürzlich entdeckt, dass ein Kriminalroman so sehr ablenken konnte, dass man für eine Weile alles andere vergaß.

Die Ängste hatten in ihrer Ehe mit Sigfrid begonnen. Und waren geblieben. Fürs Leben.

Solange ihr der Glaube an den Allmächtigen – und an seinen Willen einzugreifen – geblieben war, hatte es für sie stets so etwas wie Hoffnung gegeben. Den tödlichen Schlag hatte es ihr versetzt, als sie eines Nachts mit plötzlicher Klarheit erkannt hatte, dass dessen Macht, so viel sie auch betete, dass dieser Höchste, der doch keinen Sperling zu Boden fallen ließ…, dass diese Macht also nicht allzu groß war. Wenn es wirklich darauf ankam und Sigfrids Wahnsinn auszubrechen drohte, war der liebe Gott ebenso hilflos wie sie selbst.

Hilma war nach Signes Geburt sterilisiert worden. Diese Tochter, die ihrer beider Augenstern geworden war, und die jetzt nach Sigfrids Tod alles war, wofür Hilma lebte, hätte – wenn es mit rechten Dingen zugegangen wäre – nie zur Welt kommen dürfen.

Auch hier hatte Gott nicht eingegriffen. Er hatte es geschehen lassen. Und jetzt war sie mit ihrer ewigen Angst alleine. Wenn Signe die Anlagen ihres Vaters nun doch geerbt hatte?

An dieser verzweifelt ängstlichen Frage musste Hilma jetzt alleine tragen. Zudem ging es um ein Geheimnis. Signe durfte nie und nimmer etwas davon erfahren.

Hilmas einziger Ausweg war, die große Angst hinter vielen normalen kleinen Mutterängsten zu verbergen. Es gibt viele Gründe, sich Sorgen zu machen, wenn man als allein stehende Mutter für Gesundheit, Wohlergehen und Erziehung seines Kindes verantwortlich ist. Es ist absolut unmöglich, all die Unbill aufzuzählen, die einen ereilen kann! Das Kind geht zu dünn angezogen ins Freie, es kann ins Eis einbrechen, auf der Straße nicht aufpassen und von einem Auto überfahren werden ... Kleinere Kinder können pausenlos hinfallen, sich wehtun, in kindlichem Unverstand wer weiß was allem ausgesetzt sein. Wenn nicht jemand über sie wacht.

Größere Kinder lösen andere Ängste aus, und zwar gar nicht so wenige, das bleibt unbestritten. Bei Signe brauchte man sich wegen Schlamperei, Verlogenheit, Herumtreiberei, schlechten Freunden... keine Sorgen zu machen. Signe war, das beteuerten Leute immer wieder, die sie kannten, ein reizendes und wohlerzogenes Mädchen. Eine Tochter, die auch Anerkennung für ihre Mutter bedeutete.

Ein schüchternes, aber fröhliches junges Mädchen, höflich, anspruchslos und in der Schule fleißig.

Aber dann kommt diese Tochter eines Tages nach dem Vormittagsunterricht völlig aufgelöst nach Hause. Ohne ein Wort öffnet sie die Schultasche und nimmt ein Buch heraus, schlägt es mit leicht zitternden Händen auf, findet den Abschnitt, den sie sucht, und hält ihn ihrer Mutter, noch immer schweigend, vor die Augen. Verständnislos sieht die Mutter einen schwarzen Hahn, weiße, schwarze und einige graue Hühner. Sie sind durch Linien verbunden.

»Signe, was ist das?«

»Das siehst du doch. Vererbungslehre!«, schreit das Mädchen. »Das siehst du doch! Im Biologieunterricht hat der Lehrer heute über Anlagen gesprochen, die vererbt werden.«

Eine eisige Hand umklammert Hilmas Kehle. Der Speichel wird trocken. Findet keinen Ausweg.

»Entschuldige, Signe«, stößt sie hervor und läuft in die Küche, um Wasser zu trinken. Sie beugt sich unter den Hahn und schluckt und schluckt. Ihr Gesicht wird nass.

»Aber Mama!«, ruft Signe weinerlich. »Was ist denn?«

Hilma schnappt nach Luft, greift nach einem Handtuch, richtet sich auf.

»Das ist nur mein niedriger Blutdruck«, sagt sie so gleichgültig wie möglich. »Manchmal werde ich direkt schwindlig. Aber es ist schon vorbei. Komm, setzen wir uns, sehen wir uns das Biologiebuch gemeinsam an.«

Es ist immer noch da, das in einer Reihe neben und untereinander stehende Federvieh, weiß, schwarz, manchmal grau.

»Und was hat Magister Näslund euch da erklärt?«

»Er hat eigentlich gar nicht viel über die Hühner und den Hahn gesprochen, sondern er hat Beispiele von Erbkrankheiten gebracht. Eine davon war die Krankheit, die Papa...«

Signe schweigt. Ihre Lippen kräuseln sich, die Augen füllen sich mit Tränen, und sie lässt sich jetzt tatsächlich von ihrer Mutter den Arm um die Schultern legen, während sie schluchzend ausstößt: »Und wenn ich die nun kriege, Mama? Stimmt es? Dass ich sie kriegen kann?«

Vor ihnen auf dem Küchentisch liegt aufgeschlagen das unglückselige Buch. Hilma räuspert sich, um klar und deutlich sprechen zu können.

»Aber Signe, hier siehst du doch, dass ein Erbe nicht in gerade absteigender Linie verlaufen muss. Sieh dir die weiße Henne und den schwarzen Hahn an, sie haben drei graue Küken bekommen und *ein* weißes. Auch bei der nächsten Brut gibt es kein einziges schwarzes. Erst ganz weit unten ist wieder eins schwarz. Man erbt ja nicht nur von *einem* Elternteil. Dir wurden auch die Anlagen deiner Mutter und ihrer Familie vererbt, und eins ist gewiss, dort gibt es nur an Leib und Seele starke Menschen.«

Hilma spürt, wie Signes verkrampft hochgezogene Schultern schlaff werden, und sie lässt das Lügen wieder aufleben, das sie sich in den ersten Ehejahren so erfolgreich angewöhnt hatte, weil sie ihren Eltern oben in Lövberga die Wahrheit über die Krankheit des Schwiegersohnes verschweigen wollte.

»Ich habe früher einmal in Sollefteå mit einem Arzt darüber gesprochen, und er hat mir gesagt, dass es bei dir keinerlei Grund zur Besorgnis gibt«, log Hilma mit fester Stimme.

»Vielleicht sollte ich mit Magister Näslund sprechen, wie er...«

Signe schüttelte ihre Mutter ab, stand auf und schrie voller Verzweiflung: »*Nein, nein, Mama, das darfst du nicht.* Dann erfährt er es ja, dann *weiß* er *das* ja.«

Und damit war es wieder einmal abgetan.

Aber irgendwie bewältigten sie die Krise an diesem Nachmittag doch noch und gingen nach dem Essen ins Kino. Signe durfte sich drei Päckchen Rahmbonbons mit Filmstars kaufen, es waren Bildchen von Norma Shearer, Clark Gable und William Powell, und wenn Hilma ihre Tochter richtig verstand, war das gar nicht so dumm. Clark Gable stand bei den Sammlern in der Rangliste ganz oben. Jetzt schauten sie sich einen Film mit Signes Idol Gary Cooper an. Aber es gab auch noch andere Lieblinge. Die Vorliebe für Spencer Tracy teilte Signe mit ihrer Mutter. Es war die Herzensgüte, die er ausstrahlte. Geborgenheit.

Aber nur eine Woche später ist das Elend wieder da. Auch diesmal macht Signe in der Mittagspause einen ähnlichen Auftritt. Blass und ungebärdig und ohne ihre Mutter eines Blickes zu würdigen stürzt sie in ihr Zimmer. Knallt die Tür hinter sich zu. Kommt dann in einem alten blauen, an den Ellbogen gestopften Pullover wieder heraus.

»Was ist denn jetzt los? Warum hast du diesen schrecklichen alten Pullover angezogen?«

Morgens war Signe fröhlich und hübsch in ihrem altrosa Angorapullover, der ihr so gut stand, aus dem Haus gegangen. Hilma hatte ihn nach einer Anleitung in der Zeitschrift »Die Fleißige Hand« selbst gestrickt. Die Überschrift hatte gelautet: »Hübscher Pullover für das kleine Fräulein«.

Hilma war mit Strick- und Häkelnadeln weitaus weniger geschickt als ihre Mutter, und die Wolle hatte gehaart; sie hatte beim Stricken immer ein Handtuch über den Rock legen müssen. Aber das Ergebnis war gar nicht so übel ausgefallen.

Und jetzt passte dem kleinen Fräulein etwas nicht, das trotzig im Essen herumstocherte und piepsig behauptete, keinen Hunger zu haben. Hilma spürte, wie die Migräne über dem linken Auge zustach.

»Und was passt dir jetzt wieder nicht, wenn man fragen darf?«

Statt einer Antwort schob Signe ihren Stuhl heftig zurück und rannte wieder in ihr Zimmer.

Hilma seufzte. Hilma wurde zornig. Wurde »brummig«, wie sie daheim in Norrland sagten.

Was waren das nun wieder für Manieren? Verwöhnt, hätte Mutter Selma mit missbilligendem Kopfschütteln gezischelt. Das Kind hatte den Respekt vor der Mutter nicht rechtzeitig gelernt. Man war zu lasch gewesen.

In altbekannter Weise lag Signe, den Kopf mit einem Kissen bedeckt, bäuchlings auf dem Bett.

Rasch und entschlossen riss ihre Mutter das Kissen weg.

»Jetzt reicht's, Signe. Bitte setz dich auf und erzähl deiner Mutter, was das alles zu bedeuten hat. Und«, fügte Hilma hinzu, »warum liegt der neue Pullover auf dem Fußboden?«

Schließlich kam die ganze Geschichte heraus.

In der großen Pause hatten Birgitta und Signe und noch zwei andere Mädchen sich im hinteren Teil des Schulhofes ein Himmel-und-Hölle-Kästchen aufgemalt. Als es zum Unterricht klingelte, mussten sie sich beeilen. Es war ein ungewöhnlich warmer Tag, und Signe hatte keine Jacke angezogen. Der unglaublich freche Willi Wickberg hatte Signe rennen sehen. Laut und durchdringend rief er, dass alle es hören konnten: *»Haha, guckt mal, Tornvalls Titten! Tornvalls Titten müsst ihr seh'n...«*

Und viele hatten hingeguckt, vor allem die Jungs. Und alle hatten genau so frech gelacht wie Willi Wickberg.

»Und deshalb«, sagte Signe kleinlaut und schnupfte heftig auf. »Deshalb kann ich diesen Pullover nie mehr anziehen.«

»Was sagt man dazu!«, meinte ihre Mutter und reichte der Tochter automatisch ein Taschentuch.

»Ich brauche also einen... Büstenhalter«, flüsterte Signe.

Hilma starrte ihre Tochter an wie eine Fremde. Wo hatte sie in letzter Zeit nur ihre Augen und ihren Verstand gehabt?

Während des vergangenen Sommers hatten Mutter und Tochter eine gesunde Bräune bekommen. Sie hatten in der Umgebung schöne Ausflüge mit dem Fahrrad gemacht. Sie hatten an den Ufern des Mälarsees gebadet. Unter einer schattigen Eiche hatten sie ihren Proviant verzehrt und dazu im Strandkiosk gekaufte Limonade getrunken. Einmal hatten sie einen Tagesausflug zum schönen Mariefred und zu Schloss Gripsholm gemacht und dort die berühmte Gemäldegalerie besucht. Signe war etwas gelangweilt durch die großen Säle gegangen. Den Keller, in dem hochwohlgeborene Gefangene gesessen hatten, wollte sie nicht einmal sehen. Hingegen blieb sie wie gebannt vor dem von Roslin gemalten berühmten Porträt des Königs Gustav III. stehen. Hilma war weitergegangen und hatte plötzlich gemerkt, dass Signe nicht mehr bei ihr war. Sie fand das Mädchen ganz in sich versunken vor dem Gemälde stehen. Ein Leuchten schien von ihr auszugehen.

»Signe«, sagte ihre Mutter. »Wir müssen weiter. Sie schließen bald.«

Signe zuckte zusammen. Sie seufzte tief auf und wandte sich mit glänzenden Augen zu Hilma um: »Mama, dass er so schön war.«

Es gelang Hilma, trocken zu kommentieren, dass ein »höfischer« Porträtmaler wohl kaum wahrheitsgetreu arbeiten musste. Und sie ließ die Bemerkung fallen, dass dieser eher leichtlebige König nicht unbedingt unter die edleren Monarchen des schwedischen Reiches zu reihen war.

Das Mädchen schien es gar nicht zu hören.

Während Hilma ungeduldig auf Signe gewartet hatte, war ihr aufgefallen, dass ihre Tochter ein wenig zugenommen hatte.

Aber das Rundliche stand ihr durchaus. Sie sah frisch und gesund aus.

Aber es wäre ihr bei dieser Gelegenheit nie eingefallen, dass der zu eng gewordene Rock und die Blusenknöpfe, die offensichtlich ein wenig versetzt werden mussten, darauf hindeuteten, dass Signe drauf und dran war, eine junge Frau zu werden. Und dass Signe schon sehr bald kein Kind mehr sein würde. Und wie sie nun dort stand und das Bild des zweifelsohne koketten Königs abgöttisch bewunderte, sah sie tatsächlich wie eine verliebte Närrin aus.

Ein Angorapullover hatte aufgedeckt, was ihre Mutter absolut nicht hatte wahrhaben wollen.

Seelisch hielt Signe mit dieser Entwicklung ihres Körpers absolut nicht Schritt. Aber auch dieses liebe Mädchen, das eigentlich gar nicht hätte geboren werden dürfen, Sigfrids Augenstern, der Trost und die einzige Lebensaufgabe ihrer Mutter, musste eines Tages erwachsen und damit zur Frau werden.

Was immer das bedeuten mochte.

Signe Tornvall, eine tüchtige, ehrgeizige Schülerin, die ihre Freizeit mit dem Zeichnen von Papierpuppen ausfüllte und sich für diese ein wundervolles Leben zusammenphantasierte, ist die Gefangene eines wachsenden Körpers, von dem sie nichts wissen will.

Sie will ihn nicht haben. Gleichzeitig bestimmt er ihre Gedankenwelt immer mehr und als sie in der Zeitschrift »Die Hausfrau« eine Seite »Für uns nicht mehr ganz so Schlanke« findet, studiert sie diese »Frauenmodelle« sehr genau. Es sind senkrecht verlaufende Linien und Nähte, verzwickt eingesetzte schräge Bahnen und raffinierte Knopfreihen. Empfohlen werden die Farben Dunkelblau und Dunkelgrau. Längsstreifen sind vorteilhaft. Weiße Kragen und Einsätze lenken die Aufmerksamkeit auf das hübsche, offene Gesicht.

Signe liest, schaut und merkt es sich.

Signes eigenes Gesicht ist schmal und anmutig und scheint ganz unberührt von dem, was weiter unten schwillt und aufblüht. Im Gesicht sieht sie kein bisschen dicker aus als Birgitta, dieses ach so glückliche Mädchen mit dem flachen, sehnigen Knabenkörper, an dem sich nichts, absolut gar nichts wölbt – oder gar wackelt –, wenn sie läuft. Die berühmten amerikanischen Filmstars wie etwa Katherine Hepburn, Jean Arthur, Myrna Loy sind erwachsene Damen mit etwa der gleichen Figur wie die elfjährige Birgitta. Der einzige Unterschied ist, dass sie größer sind. Aber sonst haben sie einen kaum wahrnehmbaren Busen, haben knabenhafte Hüften, keinen dicken Po, aber breite Schultern und lange dünne Beine. Genau wie die Papierpuppen.

Signe träumt davon, wenn sie einmal groß ist, Modezeichnerin und so schlank wie eine Papierpuppe zu werden.

Den Launen ihres Körpers ausgeliefert, wehrt sie sich instinktiv dagegen. Das Ergebnis ist, dass der von ihr abgelehnte Körper ihr ärgerliche Streiche spielt. Sie war bisher schon ein eher plumpes Mädchen mit schlecht koordinierter Motorik, aber jetzt ist es wie verhext. Sie stolpert über Teppiche, stößt sich an Tischecken, peilt eine offene Tür verkehrt an und rammt den Türpfosten. Sie vergisst, verliert, zerschlägt Dinge. Sachen entgleiten ihren ungeschickten Händen. Eine rostfreie Schüssel voll Kuchenteig kommt ihr in die Quere, als sie an der Spüle ein Glas Wasser trinken will. Scheppernd landet die Schüssel auf dem Linoleum, ein Teil des Inhalts spritzt an den Schranktüren hoch, der Rest bildet eine gelbe Pfütze auf dem Fußboden. Beim Aufschrauben der Zahncremetube fällt ihr jedes Mal das Hütchen aus der Hand.

Zu Beginn dieser Serie von Ungeschicklichkeiten und kleinen Missgriffen schimpfte Hilma mit Signe. Sie solle sich vorsehen, beim Gehen besser aufpassen, wohin sie trat; sich ruhiger bewegen, nicht so »hudeln«.

Der Erfolg solcher Zurechtweisungen ist, dass Signe vor lauter Nervosität noch ungeschickter und »täppischer« wird.

Schließlich musste Hilma einsehen, dass das alles nicht aus Gedankenlosigkeit oder Unachtsamkeit passierte. Es war Unvermögen. Eine Unbeholfenheit, gegen die das Mädchen machtlos war. Aber Mutter und Tochter konnten, jede auf ihre Weise, Gott oder der Vorsehung oder einem Arzt in Sollefteå danken, der einmal bescheinigt hatte, dass Signe Tornvall aufgrund schwacher Fußgelenke von Turnen und Sport zu befreien sei. Dieses Attest hatte bis hin zum Abitur seine Gültigkeit behalten.

Es blieb ihr also erspart, ein unglücklicher, verlachter Plumpsack zu sein, der hilflos auf dem Bock hängen blieb, wenn der Reihe nach gesprungen werden sollte, und der Brüste hatte, die beim Dauerlauf schwabbelten.

Gleichwohl. Zum Schluss konnte Hilma die Bitte ihrer Tochter nicht mehr überhören, und es kam zu einem kleinen BH aus »Stridéns Korsett- und Damenwäsche-Geschäft«. Und im Stoffladen »Tyg Carlssons« wurde für zwei neue Schulkleider eingekauft, eines aus dunkelblauem Wollstoff mit schmalen weißen Streifen und eines in grau-weißem Pepita.

In diesem Geschäft konnte man auch in Modejournalen blättern. Die entsprechenden Schnittmuster waren käuflich zu erwerben.

Da Hilma gegenwärtig in keiner Schule als Vertretung einspringen musste, hatte sie Zeit, an der Nähmaschine zu sitzen. Aber sie schneiderte nicht besonders gern. Sie hatte nicht wie viele andere Frauen die richtige Fingerfertigkeit. Vielleicht war sie übergenau? Musste pausenlos auftrennen, was sie gerade genäht hatte. Um eine krumme Naht richtig gerade zu machen. Um einen Ärmel exakter einzunähen.

Signe spürte, dass ihre Mutter hier lieb- und lustlos am Werk war, nur weil ihre Tochter es so oder so haben wollte. Deshalb hielt sie bei den Anproben mit erstaunlicher Geduld still.

Eines Tages fiel Hilma auf, dass Signe nach Achselschweiß roch!

Lieber Gott. *Auch das noch.* Gerade jetzt, wo es nur noch zweimal in der Woche warmes Wasser gab.

Dreizehn Jahre? War das nicht ein bisschen früh?

War da etwa demnächst auch noch die erste Menstruation fällig? Sie würde mit Signe darüber sprechen müssen. Ruhig und vernünftig musste dieses unvermeidliche Gespräch geführt werden.

Aber sie schob es auf. Eine Woche Vertretung in Nyfors und dazu die Vorbereitung der Unterrichtsstunden. Sie vergaß. Es dauerte auch noch ein paar Monate, bis Signe, als sie auf der Toilette war, etwas Blut im Höschen entdeckte. Danach aber einen richtigen Klumpen Rotes im Klobecken.

»MAMA! MAAMAAA! MAMA, komm!«

Und ihre Mama musste den eigenen Ekel überwinden und Signe sachlich mitteilen, dass da nichts Gefährliches passiert war, sondern etwas ganz Normales. Diese »Monatsregel« würde sich in ihrem künftigen Leben regelmäßig wiederholen. Außer wenn sie schwanger würde.

Die Blutung ist ein Zeichen, dass... Es hängt zusammen mit... Mein Gott, sie brachte es einfach nicht über die Lippen.

»Dass du so nach und nach Mutter werden kannst.«

Na ja. Allzu dumm hatte das gar nicht geklungen.

Signe hörte mit abgewandtem Kopf widerwillig zu.

»Ich will nicht«, sagte sie leise. »Ich will nicht.«

Hilma tat, als hörte sie es nicht, und ging zum praktischen

Teil über. Heutzutage gab es leichte, weiche Sanitärbinden, die man wegwarf, wenn sie verschmutzt waren. Ein rostfreier Eimer mit Deckel stand während der akuten Periode im Badezimmer dafür bereit.

In Hilmas Jugend war das anders gewesen. Damals war ein Mädchen auf dicke, selbst gehäkelte Vorlagen angewiesen gewesen, die man dann in kaltem Wasser einweichte, um das Blut aufzulösen.

Hilma merkte plötzlich, dass Signe sich die Ohren zuhielt.

»Ich will nicht. Ich will nicht. Ich will nichts davon wissen.«

Hilma seufzte. Sie verstand nur allzu gut, was ihre Tochter empfand. Sie selbst empfand es ja ebenso. Alle diese übel riechenden, widerwärtigen Ausscheidungen, deren der Körper sich entledigen musste. Stuhlgang. Harn. Menstruationsblut. So viel Unreines.

Wobei Männer von einem der drei verschont blieben.

Und wenn sie dann von ihren eigenen entsprechenden Organen eine Art Flüssigkeit absonderten, war es auch noch mit Genuss verbunden, dem ein Röhren der Befreiung folgte.

14

Kein Außenstehender kann ahnen, welche inneren Stürme und Wolken der Angst die junge Witwe Hilma Tornvall und ihre Tochter Signe bisweilen heimsuchten. Praktisch jeden Sonntag sieht man sie Arm in Arm zum Gottesdienst in die Fors Kirche gehen. Sie wohnen ja in dieser Gemeinde.

Hilma Tornvall wird von denen, die sie kennen, als tapfere und starke Frau angesehen. Früh mit ihrer einzigen Tochter alleine geblieben, hat sie ihr Schicksal voll Energie selbst in die Hand genommen. Und nie kommt ein Wort der Klage über diese schönen, so entschlossenen Lippen. Hilma Tornvall hat einen unbeschwerten, jugendlichen Gang – nähert sie sich doch auch langsam den Vierzigern – und geht in sehr aufrechter Haltung. Sie zeigt eine gewisse Gemessenheit. Aber jeder, der mit ihr näher in Kontakt gekommen ist, weiß, dass sie eine sehr freundliche und entgegenkommende Frau ist. In den Schulen, wo sie vertretungsweise unterrichtet, ist sie beliebt. Sie fordert Respekt; eine sehr wichtige Eigenschaft für eine einspringende Lehrerin. Sonst droht Gefahr, dass die Schüler die vorübergehende Abwesenheit des Klassenlehrers ausnützen. Aber bei Hilma Tornvall ist es sinnlos, sich dummes Zeug einfallen zu lassen.

Tochter Signe wirkt auf den ersten Blick ernst und schüchtern. Sie wird leicht rot, aber wenn sie lächelnd einen Knicks macht, beginnt sie zu strahlen und man erkennt, was für ein hübsches und liebes Kind sie in Wirklichkeit ist. Ganz einfach ein entzückendes Ding.

Den Lehrern in der Schule fällt es nicht schwer, Signe Tornvall zu mögen. Sie macht trotz ihrer Schüchternheit eifrig mit und ist immer aufmerksam. Auffallend konzentriert hört sie auf das, was der Lehrer zu sagen hat. Sie macht ihre Hausaufgaben ordentlich und ist beim Aufzeigen flink. Aber sie lässt keinen Zweifel daran, wo ihre Vorlieben liegen. Sie gehen eher in Richtung humanistischer und reiner Lernfächer mit künstlerischem Schwerpunkt. In Religion und Geschichte ist sie mit ihren gut formulierten Antworten ein Licht in der Finsternis, und sie stellt Fragen, die echtes Interesse beweisen. Wie es um ihre Sprachbegabung bestellt ist, kann vorläufig nicht mit Sicherheit beantwortet werden. Vorläufig ist ja Deutsch die einzige Fremdsprache, und da hat sie mit der Grammatik offensichtlich Schwierigkeiten.

Für den Lehrer in schwedischer Muttersprache, Assessor Hilding Eurén, ist sie eine schwer zu knackende Nuss. Beim Aufsatzschreiben ist sie die Erste, die die Feder ins Tintenfass taucht und gleich anfängt; die Nase fast auf dem Papier, beugt sie sich über das Heft. Vermutlich ist sie ein wenig kurzsichtig. Sie schreibt eifrig und ohne eine Pause zu machen. Man sieht, dass sie viel einbringen will. Mangel an Phantasie und Formulierungsvermögen ist nicht zu beobachten. Aber sie kann sich die Zeit nicht einteilen. Wenn es klingelt und es an der Zeit ist, das Schreibheft abzugeben, huscht ein Anflug von Ungeduld, ja fast Missvergnügen über ihr hübsches Gesicht. Jetzt hat sie wieder keine Zeit gehabt, den Aufsatz noch einmal auf Interpunktion durchzusehen. Bei einer solchen schriftlichen Arbeit geht es nicht nur darum, sich gut ausdrücken zu können, es ist auch ein Nachweis darüber, wie weit die Schüler sich in den unverrückbaren Regeln der schwedischen Grammatik auskennen. Bei einem in dieser Hinsicht schludrigen Aufsatz kann der Lehrer sich gezwungen sehen, ein Nichtgenügend zu geben. Bei Signe löst Magister Eurén seine Nöte dadurch, dass er ihr auf den Inhalt eine Eins gibt und auf Interpunktion und Satzlehre eine Fünf.

In Geographie darf Magister Bladh den schriftlichen Tests entnehmen, dass Signe ihre Sache kann. Aber wenn er eine mündliche Darstellung von ihr verlangt, wird sie puterrot im Gesicht, fängt an zu stottern und findet keine Worte. Wenn Herr Bladh das im Kollegium vorbringt, tritt zunächst betretene Stille ein, denn alle wissen, dass der cholerische und – unter uns gesagt – unter Alkoholeinfluss stehende Bruno Bladh auf ein empfindsames kleines Mädchen recht einschüchternd wirken kann. Es geht das Gerücht, nun ja, eigentlich ist es sogar allgemein bekannt, dass der Geographielehrer ab und zu einen aufsässigen Schüler mit ins Kartenzimmer nimmt und ihm dort mit dem Zeigestock eine Abreibung verpaßt.

Das mag in gewissen Fällen angebracht erscheinen. Es ist gewiss nicht ratsam, immer fünf gerade sein zu lassen. Wie etwa die arme Dora Brodin, auch Brodeldora genannt, in deren eher maskuliner Gestalt eine ängstliche, leicht verletzliche Frauenseele schlummert. Von Klasse zu Klasse wird weitergegeben, dass man in ihren Stunden Krach machen, Papierröllchen werfen, mit den Pultdeckeln schlagen, laut miteinander reden und damit den Unterricht total blockieren kann, ohne dass das arme Fräulein Brodin dem Tumult ein Ende zu setzen vermag. Wenn es gar nicht mehr auszuhalten ist, drückt sie ein Taschentuch an ihr unvorteilhaftes Gesicht mit den viel zu großen Zähnen und rennt aus dem Klassenzimmer, um den Direktor zu holen. Sie droht mit einem Eintrag ins Klassenbuch und schriftlichen Mitteilungen, die vom Erziehungsberechtigten zur Kenntnis zu nehmen und zu unterschreiben sind.

Aber wenn der Direktor eintritt, sitzen alle mäuschenstill auf ihren Plätzen. Sogar der freche Willi Wickberg. Wenn Brodeldora dann die schlimmsten Sünder nennen soll, wird sie unsicher und äußerst nervös. Es kommt also nur ganz selten zu unangenehmen Folgen. Eher wird Fräulein Brodin vorgeworfen, dass sie keine Disziplin halten kann. Sie unterrichtet Mathematik. Ein wichtiges Unterrichtsfach. Wer sein Einmaleins nicht ordentlich gelernt hat, wird es im Leben nicht weit bringen.

Erzählt Signe ihrer Mutter von einer dieser chaotischen Schulstunden, heißt es natürlich, man muss Mitleid mit Fräulein Dora Brodin haben. Über vierzig, hässlich und unverheiratet. Natürlich hätte sie einen anderen Beruf wählen müssen. Aber welchen? Eine Akademikerin hat nicht allzu viele Möglichkeiten. Das Gebiet der Forschung oder eine andere akademische Laufbahn bleiben den Männern vorbehalten.

Signe hatte im Grund genommen Mitleid mit Dora Brodin, aber sie empfand Widerwillen, weil die Lehrerin, wenn sie sich aufregte, Speichel in den Mundecken hatte.

Rechnen gehörte auch nicht unbedingt zu den Fächern, in denen Signe sich besonders auszeichnete. Ähnliches konnte bei Physik und Chemie gesagt werden. Die übelriechenden Flüssigkeiten, die runden Reagenzgläser, Retorten, Tiegel und Zangen im Laborraum schreckten sie ab. Der Lehrer, Assessor Simon Zininsky, trug einen weißen Mantel. Das ergab unangenehme Assoziationen zu Arzt und Zahnarzt. Signe behauptete, Herr Zininsky rieche im Unterricht manchmal nach Alkohol. Und auch das war nicht gerade positiv.

Vielleicht war das auch der Grund, warum er plötzlich mitten im Schuljahr des Dienstes enthoben wurde. An seine Stelle trat der junge Magister Andersson. Er trug keinen weißen Mantel. Er zog eine graue Baumwolljacke über.

Magister Andersson weckte in Signe ein völlig ungewohntes Interesse für das Fach Chemie. Der neue Lehrer war groß und schlaksig und hatte Haare, die gerne wie bei einem Jungen in die Stirn fielen. Manchmal machte er einen wehmütigen Eindruck. Aber wenn er lächelte ... Signe fing von innen heraus zu strahlen an, wenn sie nur daran dachte. Denn in Freud und Leid ähnelte dieser Bengt Andersson Gary Cooper.

Aber Signes Lieblingsfach war und blieb das Zeichnen. Magister Lundstedt mit seiner langen Künstlermähne ergriff bedenkenlos Partei, wenn es um Signe Tornvall ging. Als er die Schüler irgendwann zeichnen ließ, was ihnen gerade einfiel, hatte Signe eine schnittige Modezeichnung mit einer grazilen Dame im schwarzen Kostüm und einem kleinen roten Schleierhütchen geliefert, das kühn über der Nase saß. Halblange rote Handschuhe und hochhackige rote Pumps vervollkommneten die Garderobe.

Magister Lundstedt war von Signes Arbeit so über alle Maßen entzückt gewesen, dass er die Zeichnung im Lehrerzimmer zeigte.

Signes Wangen glühten vor Stolz, als sie es ihrer Mutter erzählte, und Hilma musste sich ja mitfreuen und sagen, das sei wirklich sehr nett von Magister Lundstedt gewesen. Aber in der Tiefe ihres Herzens war sie nicht froh darüber, dass der Lehrer Signes Verrücktheiten unterstützte. Er bestärkte das Kind in der fixen Idee, wirklich einmal Modezeichnerin zu werden und nach Paris zu fahren.

Ein Mädchentraum wie so viele andere.

Hilma konnte nur hoffen, dass Signe diesen Dummheiten mit der Zeit entwachsen würde.

Die Tatsache, dass Signe in Dingen, die sie mochte, geschickt und von hingebungsvoller Gründlichkeit war, während sie sich anderen, vielleicht wichtigeren Fähigkeiten eher lustlos widmete, war im tieferen Sinn beunruhigend. Eine in Anbetracht ihrer Ausbildung oberflächliche und untragbare Einstellung.

Nach der Schule geht es im Leben selten um Arbeit, die immer nur Spaß macht. Im Gegenteil. Deshalb musste der junge Mensch schon früh begreifen lernen, worauf das Ganze abzielte. Dass man nämlich seine Pflicht willig und froh zu erfüllen hatte. Mühe und Entbehrung bestimmten das Leben. Und Gehorsam. Man hatte das zu tun, was einem auferlegt war.

Signe war nicht offensichtlich unwillig oder aufsässig, aber es gab da einen inneren Widerstand, dem nicht beizukommen war.

Solche Gedanken wälzte Hilma ganz für sich alleine. Mit wem hätte sie auch darüber sprechen können? Etwa mit ihrem Schwager Eskil? Nie im Leben. Es war für Hilma eine Erleichterung gewesen, dass man sich nach ihrem Umzug nur zu einer Einladung zum Essen in Eskil Tornvalls Haus verpflichtet gefühlt hatte. Danach hatte man sich auf beiden Seiten damit zufrieden gegeben, auf jeden weiteren Kontakt zu verzichten.

In solchen einsamen Stunden der Ratlosigkeit drängte sich ihr der Gedanke an Rutger von Parr auf. Sie schlug ihn sofort in den Wind. Rutger von Parr hätte für Hilma ebenso gut tot sein können. Er existierte für sie einfach nicht mehr.

Aber es war ja nur sein abscheuliches und zutiefst erschütterndes Bekenntnis gewesen, das Hilma zu diesem endgültigen Entschluss bewogen hatte.

Sollefteå zu verlassen war das Klügste, was sie je in ihrem Leben getan hatte. Es war ganz und gar ihre eigene Entscheidung gewesen.

Ganz alleine hatte sie im unsicheren Fahrwasser das Ruder in die Hand genommen und das Floß durch die Brandung in den Hafen gelenkt.

Ihr Mut war durch die Unterstützung und das Verständnis ihrer Umgebung belohnt worden. Mit Sollefteå hatte sie den Zustand der armen Witwe eines geisteskranken Mannes hinter sich gelassen.

Bis ans Ende der Zeiten würde jedoch in den Kirchenbüchern von Eskilstuna zu lesen sein: »Sigfrid H. Tornvall. Mag.phil. Geisteskrank.« Aber es gab keinen Grund zu der Annahme, dass die Menschen, denen sie hier begegnete, Kenntnis von diesen Angaben hatten.

In ihrem neuen Dasein war Hilma die Witwe eines Studienrates, der an den Folgen eines Herzinfarkts allzu früh verstorben war. An der Oberschule von Eskilstuna gab es noch einige Lehrer aus Sigfrids Zeit, aber nur der Direktor hatte Kenntnis davon gehabt, warum der damals neu eingestellte Aushilfslehrer seinen Dienst erst Mitte des Winterhalbjahres hatte antreten können. Und danach war er ja während der ganzen Zeit in Eskilstuna gesund geblieben. Die nächste Attacke hatte ihn erst nach der Ankunft in Sollefteå ereilt.

Das Wissen, dass sie hier, wie man so sagt, ein unbeschriebenes Blatt war, vermittelte ihr ein echtes Gefühl des Neubeginns.

Sie war frei von Altlasten.

Schon ihr erstes Zusammentreffen mit dem Oberlehrer Elof Kahlander war sehr viel versprechend verlaufen. Ihre ausgezeichneten Abschlusszeugnisse aus dem Lehrerseminar hatten noch immer Gültigkeit. Er konnte nichts anderes sagen, als dass er sie mit Freuden als Aushilfslehrerin an den Städtischen Grundschulen von Eskilstuna sehen würde. Er war von so entgegenkommender Herzlichkeit gewesen, dass sie schon glaubte, sich vor einem beunruhigenden Aufblitzen seiner Augen in Acht nehmen zu müssen. Aber ein großformatiges Familienfoto auf dem Schreibtisch beruhigte sie wieder. Man konnte darauf eine schöne blonde Ehefrau und zwei blond gelockte Kinder sehen. Dass ein verheirateter Mann sie in dieser gewissen Weise ansehen könnte, wäre ihr nie in den Sinn gekommen.

Oberlehrer Kahlander war also durch und durch korrekt gewesen. Freundlich, aber korrekt. Er hatte ihr auch einen seriösen Vermieter und Besitzer mehrerer Häuser genannt. Dadurch hatte sie schon bei ihrer Rückreise nach Norrland eine geräumige Zweizimmerwohnung in einem der besseren Stadtviertel von Eskilstuna an der Hand gehabt.

Vor Aufregung über die guten Ergebnisse dieser Reise ganz benommen, hatte sie am Zugfenster Felder und Wiesen, Seen und schattige Eichenhaine vorbeiziehen sehen. Die so schöne und liebliche sörmländische Landschaft. Dort drüben ein weißer kleiner zweiflügeliger Herrenhof mit einem runden Blumenbeet vor dem pompösen Eingang. Kurz danach tauchte eine weiß getünchte, von alten Grabkreuzen umgebene Kirche auf. Ein Schreck hatte sie durchzuckt. Sie hatte vergessen, den Postbus zur alten Kirche des Schwiegervaters zu besteigen und das Familiengrab zu besuchen und mit Blumen zu schmücken.

Der Gedanke, wie bestürzt ihre Mutter, hätte sie es erfahren, ob eines solchen Versäumnisses gewesen wäre, ließ sie vor sich selbst erröten. Eine ältere Dame schaute sie neugierig an. Hilma kramte schnell ein Taschentuch aus der Handtasche, und tat, als müsse sie sich die Nase putzen. In diesem Moment bot ein Zeitungsjunge seine Blätter an. Hilma fand es die 35 Öre wert, sich hinter einem Hausfrauenmagazin zu verstecken.

Signes ersehnter Besuch bei Ingrid in Hoting war hingegen nicht besonders gut ausgefallen. Schon beim Abholen auf dem Bahnsteig erkannte Hilma, dass etwas nicht stimmte. Brita protestierte zwar, aber sie übernachtete mit Signe trotzdem in einem »Zimmer für Reisende«. Hilma hatte sich vorgenommen, ein Leben lang ihre Selbständigkeit und ihren Stolz zu bewahren, indem sie sich davor hütete, jemandem »lästig zu fallen«. Ein Essen ging noch an. Nicht aber, dass die Gastgeberin Wäsche aus dem Schrank nehmen und ein Bett überziehen musste. Signe war beunruhigend wortkarg und irgendwie lustlos, als sie abends mit Ingrid und Brita bei dem Konditor Esaias und seinem bei Tisch ebenfalls anwesenden, fast erwachsenen Sohn eingeladen waren.

Erst in der Eisenbahn nach Lövberga erzählte Signe, was sie bedrückte.

Ihre Gastgeber hatten Signe zu einem Gebetstag in das große Sommerzelt von Vilhelmina mitgenommen, wo die unaufhörlichen Gebetsrufe, das Seufzen, die geleierten Zungenreden und die Menschen, die so sehr zu zittern anfingen, dass sie fast von den Bänken gefallen wären, ihr Angst eingejagt hatten. Signe war mitten drin einfach weggelaufen. Aber das hatte Brita gar nicht gefallen. Signe hatte sie durch ihr Benehmen blamiert.

Ihrer Mutter erzählte Signe ihre Eindrücke zwischen Ulriksfors und Lövberga. Sie hatte, die Beine fest verschränkt, dabei aus dem Fenster geschaut. Als würde sie sich schämen.

Und Hilma hatte erkennen müssen, dass eine Mutter auch bei größter Wachsamkeit nicht alles voraussehen konnte.

Hilma hatte sich vorgenommen, mit ihrer Tochter sofort über den bevorstehenden Ortswechsel zu sprechen. Aber Signe war so durcheinander, dass man ihr unmöglich noch mehr zumuten konnte.

Es vergingen also einige Ferienwochen, ohne dass Hilma den richtigen Zeitpunkt fand. Zum Glück hatte Signe in der ein Jahr jüngeren kleinen Tochter des neuen Kaufmanns Josua Byström eine nette Spielgefährtin gefunden. Bei Byströms gab es außerdem einen Polarhund, einen Bootssteg, an dem man baden konnte, sowie ein Ruderboot, das die Mädchen aber nicht alleine benutzen durften. Gegen Abend durften sie Josua jedoch auf den glitzernden See hinaus begleiten, und eines der Kinder durfte das Schleppnetz halten, das dem Boot wie eine sich windende Schlange folgte.

Es waren schöne, sorglose Sommerferientage. Hilma fand, dass Signe sie brauchte, und wollte sie nicht durch das zerstören, was auf sie zukam.

Hilmas Elternhaus war nicht mehr so untadelig sauber wie früher. Ihre Mutter wurde langsam alt. Sie fasste sich oft an die Brust und holte dann mit einem pfeifenden Nebengeräusch Luft. Auf dem Sofa in der Kammer lag hustend ihr Mann, Hilmas Vater, neben sich auf dem Fußboden einen porzellanenen Spucknapf. Nein, es war nicht die Schwindsucht. Sie waren mit dem Bus nach Strömsund gefahren, und der Vater war untersucht worden. Aber er hustete eben.

Hilma hatte also viel in Ordnung zu bringen; waschen, aufräumen, wegwerfen, das Unkraut in den kleinen Gemüsebeeten jäten, den Hühnerstall sauber machen. Das Örtchen scheuern. Die einzige Kuh melken und versorgen. Erst unten am Seeufer überkam sie die richtige Freude, als sie das Waschen der großen Wäsche in Angriff nahm. Der Geruch des sich kräuselnden Rauches, vermischt mit dem Duft des jetzt blühenden gelben Labkrauts und der Schärfe der Waschlauge, wenn sie mit dem Stock umrührte. Als sie aber mit dem Herausheben anfing, um das nasse Zeug zum Bootssteg zu tragen, schoss ihr der Schmerz derart durch den Rücken, dass sie richtig Angst kriegte. Auch sie war nicht mehr so jung wie damals, als die große Wäsche ihr federleicht von der Hand gegangen war. In ihrer Jugend waren die Laken nicht so schwer gewesen, wenn sie tropfnass auf die zwischen den dicken Birken gespannte Wäscheleine gehängt werden mussten.

Selma, unglücklich darüber, dass sie selbst nicht zupacken konnte, schlug vor, Hilma solle sich von Signe helfen lassen. Signe war doch schon ein großes Mädchen. Aber Hilma fürchtete, sie könnte, ungeschickt wie sie war, Spritzer von heißer Lauge abkriegen. Ihrer Mutter sagte sie, Signe sei hier, um zu spielen und fröhlich zu lachen. Sie hatten beide ein schweres Jahr hinter sich. Wie auch immer. Die Tage vergingen mehr als schnell, war sie doch ununterbrochen tätig.

Erst am letzten Tag beim Nachtisch, der bei dieser Abschiedsmahlzeit aus frisch gebackenen Biskuits und im Wald gepflückten Himbeeren mit Schlagsahne bestand, erzählte Hilma, was bevorstand. Signe hatte soeben die Sahne mit den letzten süßen Krümeln zusammengekratzt. Sie sah gesund und zufrieden aus.

Hilma sprach es aus, und es konnte nicht mehr zurückgenommen werden. Signe war natürlich, wie man sich vorstellen konnte, ganz aus dem Häuschen und rannte, die Hand vor dem Mund, hinaus aufs Örtchen, wo die inzwischen schon ganz farblos gewordenen Königinnen Europas noch immer an der Wand hingen. Der Riegel funktionierte so gut wie ehedem.

»Signe«, sagte Hilma und rüttelte an der Tür. Selma stand empört neben ihr.

Hilma ließ Signe sich in aller Ruhe ausweinen. Kein Wort des Trostes konnte helfen. Die Worte, die Signe gern gehört hätte, konnten nicht ausgesprochen werden.

In der Küche machte Selma ihrem Missvergnügen und ihren Bedenken gegenüber Hilma Luft. Auf was für Wagnisse wollte sie sich da einlassen? Ohne Mann. Alleine mit einem kleinen verwöhnten Mädchen, das gar nicht so leicht zu handhaben war.

Der Vater hatte beim ersten Anzeichen einer Verstimmung schweigend den Tisch verlassen, war in die Kammer gegangen und hatte die Tür hinter sich zugemacht. Man konnte hören, dass er das Radio angeschaltet hatte; übertragen wurde der Abendgottesdienst.

Während Hilma sich von ihrer Mutter anhören musste, dass sie sich in ihrem Übermut zu viel zutraute. Und wie hatte sie sich das finanziell vorgestellt? Man höre und staune, Hilma hatte eine klare und eindeutige Antwort bereit. Sie wollte ihren Beruf wieder aufnehmen. Ein gewisser Oberlehrer Kahlander hatte ihr echte Hoffnung auf eine Aushilfsstelle im Schuldienst gemacht.

Ihr Vater tauchte auf. Hustend und mit krummem Rücken ging er zum Herd, um nachzusehen, ob noch Kaffee in der Kanne war. Ja, ein Tröpfchen war noch übrig. Er schob einen Zuckerwürfel in den Mund, goss den dickflüssigen Kaffee in eine Untertasse, tunkte den Schnurrbart hinein und fing an, den »Gotteslohn« zu schlürfen. Er wischte sich mit der Hand über den Mund, hustete und sagte:

»Du musst dir wohl von Anders helfen lassen.«

Signe kam schweigend zurück und setzte sich beleidigt auf die Küchenbank. Die Zeit hatte auch Lövberga eingeholt. Es lag kein Kaufhauskatalog mehr da, in den man sich vertiefen konnte, bis der Trotz verraucht war. Man benutzte jetzt Klopapier.

Irgendwann begriff Signe, dass der Entschluss feststand. Ohne Protest packte sie ihre Lieblingsbücher, Malsachen,

Farben, Stifte und den Block, eine Schachtel mit Papierpuppen und eine andere mit den Modezeichnungen, die Aino ihr geschenkt hatte, in einen eigenen Reisekoffer. Und natürlich kam Anders und brachte auch Estrid mit. Um die Kinder kümmerte sich die Großmutter in Härnösand. Packer wurden engagiert, und als der Möbelwagen Sollefteå verließ, setzten Hilma und Signe sich in den Zug nach Süden. Eine Nacht im »Zimmer für Reisende« war gebucht. Von den Sommerferien waren noch zwei Wochen übrig, und die Stadt hatte vor sich hin gedöst. Annastina war nicht zu Hause gewesen, und auch Rutger von Parr war noch nicht da. Die Damen Norén hatten Hulda und Aino mit in ihr Sommerhaus auf Ulvön genommen.

Mitten im Sommer fällt ein Umzug kaum auf. Hilma hatte rein intuitiv den richtigen Zeitpunkt gewählt.

Und jetzt waren sie also schon das zweite Jahr in Eskilstuna und alles hatte sich wider Erwarten gut angelassen. Signe war den Pfadfindern beigetreten. Nach dem Tod des Vaters hatte niemand mehr etwas dagegen einzuwenden gehabt. Als Mutter konnte Hilma ganz beruhigt sein, denn unter den Mädchen gab es nur Töchter aus ordentlichen Familien. Birgitta und Signe waren in derselben Schar; sie nannte sich ›Schwalbe‹. Signe fühlte sich bei den Pfadfindern wohl. Lernte die Regeln und das Knüpfen von Knoten schnell. Hilma merkte, dass ihrer Tochter ganz einfach die Disziplin in der Einheit gefiel und sie gerne »ein guter Pfadfinder« war. Hilma blätterte das Pfadfinderbuch durch und war erstaunt über den »vaterländischen« Ton und die moralische Einstellung. »Ein Pfadfinder tut seine Pflicht gegenüber Gott und dem Vaterland. Ein Pfadfinder spricht die Wahrheit und steht zu seinem Wort. Ein Pfadfinder ist zu allen Menschen freundlich und ein guter Kamerad. Ein Pfadfinder ist aufmerksam und höflich. Ein

Pfadfinder ist Tierfreund und schützt die Natur. Ein Pfadfinder gehorcht seinen Eltern, Lehrern und Führern willig. Ein Pfadfinder nimmt alle Schwierigkeiten gut gelaunt auf sich. Ein Pfadfinder ist fleißig und sparsam.«

Nicht einmal Sigfrid hätte daran etwas auszusetzen gehabt. Es war die Uniform gewesen und das militante Grüßen. Eine Art Drill hätte er den Formulierungen der Pfadfindergesetze ohne weiteres entnehmen können. Und auch dem Wahlspruch: »Allzeit bereit!« Und der Antwort: »Allzeit bereit!«

Hilma hielt es für wichtiger, dass Signe durch die Pfadfinder hinaus in die freie Natur und an die frische Luft kam. Das Mädel hielt sich, über Zeichenblock und Bücher gebeugt, viel zuviel in der Wohnung auf.

Die Gemeinschaft der Pfadfinder vermittelte ihr ein Verständnis für die Natur, und sie lernte genießbare Wurzeln und Beeren zu erkennen. Die Wölflinge wurden unterwiesen, wie man ein Lagerfeuer macht, und dann saßen sie im Kreis herum und sangen fröhliche Volkslieder.

Hilma fand, dass die Pfadfinderinnen in ihrer dunkelblauen Tracht und dem unterhalb des Kragens gebundenen dreieckigen Halstuch hübsch aussahen. Sie standen in Habachtstellung und machten eine Ehrenbezeigung, wenn die Fahne gehisst oder eingeholt wurde.

Und gerade daran hätte Sigfrid Anstoß genommen.

Aber darunter brauchte er jetzt nicht mehr zu leiden.

Manchmal waren Ausflüge mit Übernachtung in einer größeren Pfadfinderhütte bei Torshälla angesagt. Ohne viele Worte waren Mutter und Tochter sich darin einig, dass Signe auf diese Abenteuer verzichten sollte.

Signe hatte in der neuen Wohnung das kleinere Zimmer mit einem Fenster zur Straße hinaus bekommen. Im anderen Zimmer, dem großen Zimmer, schlief Hilma auf einer neu angeschafften Bettcouch. Davor stand ein schöner runder Tisch aus Rüsterholz, den sie tatsächlich von Eskil Tornvall bekommen hatte. Seine Frau hatte ihn zu Gunsten eines moderneren Möbels ausrangiert. In einer Ecke stand das alte Tafelklavier aus dem Pfarrhaus, ein schönes, aber schwer zu stimmendes Instrument. Alle drei Monate musste der blinde Herr Ekenberg kommen und stundenlang eine Taste nach der anderen anschlagen und immer wieder im sonst unter dem Deckel verborgenen Inneren des Klaviers herumhämmern und schrauben.

Über Empfehlung ihrer Kollegin Annie Nilsson, Lehrerin an der Schule in Tunafors, war Hilma zu einer guten und nicht allzu teuren Klavierlehrerin, einem Fräulein Magdalena Hagenius, gekommen. Fräulein Hagenius wohnte mit ihrer verwitweten alten Mutter zusammen. Tochter Magdalena hatte als Einzige von den Geschwistern nicht geheiratet. Es war also selbstverständlich, dass sie sich um die Mutter kümmerte. Die Schicksale von Klavierlehrerinnen schienen sich alle zu gleichen. Gebildete Fräulein mittleren Alters, aus guter Familie, aber in beengten pekuniären Verhältnissen lebend. Nur selten waren sie aus Berufung Klavierlehrerin geworden. Vielleicht hatten sie zu Beginn ihrer musikalischen Laufbahn von einem Orchester geträumt und sich selbst als Solistin auf dem Podium gesehen. Selbstverständlich nur, wenn sie sich nicht für eine Ehe und Kinder entschieden hätten. Das etwas gebeugt gehende arme Fräulein Hagenius mit dem schlurfenden Gang war kaum geeignet, eine eher interesselose Schülerin zu begeistern. Signe hatte immer schlechte Laune, wenn schon wieder Mittwoch war und ihr bewusst wurde, dass sie sich für die aufgegebenen Fingerübungen und kleinen Etüden zu wenig Zeit genommen hatte. Fräulein Hagenius rieche nach Achselschweiß und fettigen Haaren, behauptete Signe boshaft. Als wenn das eine Entschuldigung dafür gewesen wäre, dass sie deren Unterricht nicht ernst nahm.

Hilma hörte bis in die Küche, wie die Klavierlehrerin Signe mit sanfter, geduldiger Stimme ermahnte, den Takt zu zählen. Ab und zu wurde das holprige Geklimper ihrer Tochter mit den Worten unterbrochen: »Lass die Strömung fließen, liebe Signe.« Damit wollte sie ausdrücken, Signe möge die Handgelenke locker über den Tasten halten und sie nicht gedankenlos durchhängen lassen und damit die Energie lähmen, die nach Fräulein Hagenius' Ansicht von den Schultern in die Finger strömen sollte, um Kraft und Entschlossenheit auf den Anschlag der Schülerin zu übertragen.

Fräulein Hagenius war von einer pädagogischen Idee beseelt. Einer Vision. Ob sie darauf wohl jemals von einer der gelangweilten Töchter des Mittelstandes eine Antwort bekam, denen sie die Kunst des Klavierspielens vermitteln sollte und wofür sie bezahlt wurde?

Signes Hände, die außer beim Zeichnen, Malen und Ausschneiden so unwillig waren, hatten kein Interesse an einem akrobatischen Fingersatz, und bei größeren Akkorden griff sie oft daneben.

Warum also Geld für Klavierstunden ausgeben?

Nun, Sigfrid hätte sich gewünscht, dass Signe mit ihrem hohen, reinen Sopran sich zu einfachen Volksweisen auf dem Klavier selbst hätte begleiten können. Im Gedanken daran war Sigfrid im Leben der beiden immer gegenwärtig. Das Ergebnis fiel nicht immer so aus, wie er es sich gewünscht hätte. Hinsichtlich der Pfadfinder hatte Hilma ihm getrotzt. Aber wo es ein Klavier im Haus gab, musste zumindest einer darauf spielen können. Hilma selbst musste im Schulunterricht manchmal auf dem Harmonium begleiten. Mit dem Gesangbuch auf dem Notenständer konnte sie die üblichen

Choräle einüben. Aber Signe sollte ihr Instrument auf ganz andere Weise beherrschen. So stellte ihre Mutter sich das vor. Aber Signe niemals.

Trotzdem hatte Hilma sich in den Kopf gesetzt, dass ihre Tochter mit dem Klavierspielen wohl oder übel weitermachen sollte.

Ihrem Vater zuliebe.

Darüber hinaus bedeutete Sigfrids Tod, dass Hilma ihr eigenes Ich wieder gefunden hatte. Sie gehörte wieder sich selbst. Natürlich nicht in gleicher Weise wie zu der Zeit, als sie ihrem Schicksal in der Gestalt des unwiderstehlich schön singenden, betörenden Studienassessors aus dem südlichen Schweden noch nicht begegnet war. Ihr Charakter und auch ihre Art zu denken hatten sich in der Zwischenzeit sehr verändert. Aber immerhin. Sie war jetzt wieder Grundschullehrerin.

Der sympathische Elof Kahlander hatte sein Versprechen gehalten und ihr mehrere Vertretungen anvertraut. Am Anfang war er persönlich zu Visitationen gekommen, was bei ihr einen trockenen Mund und Schweißausbrüche zur Folge gehabt hatte. Aber offensichtlich hatte sie Gnade vor seinen Augen gefunden.

Die Vertretungen waren nie von längerer Dauer; meistens zwischen vier Tagen und zwei Wochen. Sie war hauptsächlich in Tunafors, Nyfors Ost, der Schlossschule und dem Kapellenberg eingesetzt worden. Sie hatte es gern, wenn sie zur Vertretung wieder an eine dieser Schulen kam. Dadurch hatte sie auch einige Freundinnen gefunden. In Sollefteå hatte sie ja vor allem in Sigfrids Freundeskreis verkehrt. Die meisten der hiesigen Lehrerinnen waren unverheiratet. Sie hatte in der nervösen Annie Nilsson, der immer zu Scherzen aufgelegten, robusten Berit Johansson und der in Krokom in Jämtland geborenen, hinkenden Maivor Forsman – um mit Signe zu sprechen – »verwandte Seelen« gefunden. Sie trafen sich vor allem zu Hause bei Hilma, da sie ihre Tochter nicht gern alleine ließ. Sie handarbeiteten, tranken Tee und aßen vielleicht ein kleines belegtes Brot dazu. Manchmal gab es eine eher formelle Kaffeestunde, meistens nach der Kirche. Da waren noch einige andere Damen dabei und sie gingen gerne zusammen zu Beda Johansson, die den meisten Platz hatte. Sie hatte ihre Mutter bei sich wohnen. Aber das war eine gesunde, vitale Frau, eher ein Gewinn als eine Belastung. An diesen Kaffeekränzchen nahm auch Signe teil.

Dass Hilma eine Tochter hatte, war in diesem Kreis kein Hindernis. Ein Ehemann hätte jedoch gestört. Das bürgerliche Gesellschaftsleben war auf Paare aufgebaut. Allein stehende, nicht mehr ganz junge Damen waren bei einer Einladung zum Essen schwer unterzubringen. Hingegen – und das war ein Rätsel, das niemand lösen konnte – war es alles andere als schwierig, zusätzlich ein Gedeck für allein stehende unverheiratete Herren aufzulegen.

Ein überzähliger Kavalier schien eine Gesellschaft sogar eher zu beleben.

Ein wesentlicher Grund für Hilmas Gefühl der Freiheit und Befreiung war die Tatsache, dass sie als Witwe in die Stadt kam, ohne dass eine ihrer Freundinnen die näheren Umstände des Todes ihres Mannes kannte. Keine wortreichen Nachrufe waren in den Zeitungen zu lesen gewesen. Und so blieb sie von mitleidigen Blicken verschont. Es gab in Hilma Tornvalls Auftreten auch nichts, was zu teilnahmsvollen Seufzern Anlass gegeben hätte: »Noch so jung und schon Witwe!«

Zaghaft wagte Hilma mit immer größerem Vertrauen wieder an die Zukunft zu glauben. Weit mehr als die meisten anderen Menschen war sie sich der Gefahr allzu großer Zufriedenheit bewusst. Es bedeutet, sich mit forschen Schritten hinaus auf den zugefrorenen See zu begeben, ohne zu wissen, wohin man die Füße setzen sollte, wenn das Eis plötzlich brach.

Was ihre Tochter Signe anlangte, hatte Hilma sich von einer sehr gefährlichen Zufriedenheit einlullen lassen; ja, genau das war wohl der richtige Ausdruck. In dieser unüberlegten Zufriedenheit mit ihrer jetzigen Lage hatte sie völlig verdrängt, dass Signe nicht bis in alle Ewigkeit das reizende und umgängliche kleine Mädchen bleiben würde.

Natürlich hätten die schwellenden Brüste, die ersten unregelmäßigen Monatsblutungen bei Hilma Alarm auslösen müssen, aber sie hatte alles Wissen erfolgreich beiseite geschoben, dass diese Anzeichen bei Signe eine nicht aufzuhaltende biologische Entwicklung erkennen ließen und eindeutig darauf hinwiesen, dass die Tochter bald eine geschlechtsreife junge Frau sein würde.

An der ein Mann Gefallen finden, sie mit Blicken begehren konnte. Signe war hübsch. Schenkte dem selbst aber keine Beachtung. Wäre Sigfrid noch am Leben gewesen, er hätte sich nicht zurückhalten können, es ihr zu sagen.

Diesen Fehler wollte Hilma vermeiden.

15

Dieser siedende, schwellende Backfischkörper beherbergte unverdrossen und davon unbeeinflusst noch immer das kleine Mädchen Signe mit den Ausschneidepuppen. Die beste Freundin Birgitta machte begeistert mit.

Für Hilma, die im großen Zimmer saß und eines von Signes neuen »schlank machenden« Kleidern säumte, war es ein Rätsel, wie diese beiden doch schon recht großen und verständigen Mädchen solches Vergnügen daran haben konnten, Papierpuppen immer wieder anders anzuziehen. Und falls irgendetwas an Garderobe fehlte, entwarf Signe – schwupps! – ein neues Kleidungsstück.

Birgitta Malmström ließ sich immer wieder von der Phantasie und den Zeichenkünsten ihrer Freundin beeindrucken. Während Signe all ihre Talente mit Freuden gegen Birgittas schönen sehnigen Knabenkörper eingetauscht hätte. Hilma litt mit ihrer Tochter. Aber so gerne sie Signes frühere Reife einen Riegel vorgeschoben hätte, es war nichts zu machen. Die natürliche Entwicklung musste ihren Lauf nehmen.

Hilma versuchte sich daran zu erinnern, wie sie selbst sich in Signes Alter gefühlt hatte. Die hervorstechendste Erinnerung war das Erschrecken, als sie beim Aufwachen Blut am Nachthemd gesehen hatte und ihr erster Gedanke gewesen

war: »Jetzt wird die Mutter mich aber gewaltig ausschimpfen!«
Sie verstand das Törichte an dieser Vorstellung nicht. Aber sie war den barschen Unmut ihrer Mutter, wenn sie etwas verschüttet oder beschmutzt hatte, nun einmal gewöhnt.

Dieses Mal aber kam kein vorwurfsvolles Wort über Selmas Lippen. Nein, sanft und liebevoll hatte sie ihr erklärt, was diese Blutung bedeutete. Dass es ein Anzeichen dafür war, dass Hilma nun bald eine junge Frau sein würde, die, wenn die Zeit reif war, ein Kind unter dem Herzen tragen würde. Dann hatte Selma aus einem der Schränke in der ungeheizten Kammer einen eigentümlich langen, aus dickem Baumwollgarn gehäkelten Lappen geholt. Er war länger und dicker als ein Topflappen, wurde Binde genannt und verwendet, wenn eine Frau das Monatliche kriegte. Die gebrauchten Vorlagen mussten in eine Wanne mit kaltem Wasser gelegt werden, damit das Blut sich auflöste. Dann kamen sie zur Kochwäsche. An diesen Tagen hatte man sich mit einem eigenen Waschlappen zu waschen.

Das Bluten war also absolut nichts Gefährliches oder Ungewöhnliches. Sondern ganz natürlich und bei allen Frauen gleich. Aber natürlich hatte es sie vor dem klebrigen Gefühl von Unsauberkeit geekelt, und sie hatte immer Angst gehabt, dass das Blut durchsickern und einen Fleck auf dem Rock hinterlassen könnte.

Welcher SCHANDE wäre man da ausgesetzt gewesen. Außerdem roch das Blut besonders widerwärtig.

Im Übrigen konnte Hilma sich nicht daran erinnern, dass die Veränderungen ihres Körpers sie besonders gestört hätten.

Es war eher umgekehrt. Zu ihrer Zeit wollten Kinder so schnell wie möglich keine Kinder mehr sein. Die Kindheit war ein eher erniedrigender Zustand gewesen, wo man dem Nörgeln der Erwachsenen, dem An-den-Haaren-gezogen-, dem

Verhauenwerden ausgesetzt war. Dieses ganze Unglück wurde auch noch als nützlich für Kinder betrachtet, denn sie sollten dadurch zu tüchtigen, demütigen und fleißigen jungen Menschen gemacht werden, die ihren Platz kannten und ihre Pflicht taten.

Hilmas Körper war in Signes Alter knochig und zäh gewesen. Das ihr auferlegte Leben hatte sie geformt.

Für Signe, das Stadtkind, gab es keine Gründe, sich körperlich besonders anzustrengen. Sollte etwas gehoben oder weggetragen werden, besorgte ihre Mutter das. Sie war es ja gewohnt und hatte größtes Vertrauen in die eigene Kraft. Als die Möbelräumer das Tafelklavier einfach irgendwo abgestellt hatten und weggegangen waren, ohne die besonderen Glasuntersätze zu beachten, die unter die mit Rädern versehenen »Füße« des Instruments geschoben werden mussten, war Hilma auf allen vieren unter das Klavier gekrochen und hatte das Ungetüm mit dem Rücken angehoben.

Während Signe die besagten Glasuntersätze nach genauer Anleitung unter den Klavierbeinen anbrachte.

Hilma hatte jedoch bei dieser Gelegenheit gemerkt, dass sie den unteren Teil des Rückens überanstrengt hatte, der sich bisher beim Wäschewaschen, Fensterputzen und Saubermachen kaum bemerkbar gemacht hatte.

Denn dort tat es ihr jetzt weh. Nicht nur momentan, sondern unaufhörlich wie ein Mahlwerk. Der Hexenschuss sollte ihr im späteren Leben noch oft zu schaffen machen. Ob es auf das »Klavierheben« zurückzuführen war? Nein, sie hatte deswegen keinen Arzt bemüht. Nicht so sehr, weil sie nicht zimperlich erscheinen wollte, sondern weil sie sich das missbilligende Kopfschütteln des Arztes wegen einer so unverständigen – und unweiblichen – Kraftprobe vorstellen konnte.

Sie hätte natürlich einen Mann um Hilfe bitten müssen.

Ganz klar. Aber sicher hätte der Arzt auch nicht gewusst, wer dafür in Frage gekommen wäre. Der Widerwille, jemanden um Hilfe zu bitten, war tief in Hilma verwurzelt.

Hilma faltete das dunkelblaue Kleid mit dem abnehmbaren weißen Kragen zusammen. Jetzt waren nur noch die Knopflöcher zu machen. Die Knöpfe sollte Signe selbst aussuchen dürfen. Aus Signes Zimmer vernahm Hilma die fröhlich perlenden Stimmen zweier Mädchen, die ihren Spaß daran hatten, sich für die Papierpuppen Myrna und Gloria romantische Filmszenen auszudenken.

»... und als der Graf sie in seinem offenen Wagen nach Hause gefahren hatte, versuchte er sie beim Aussteigen zu küssen, aber da gab sie ihm eine saftige Ohrfeige, denn ihn liebte sie ja nicht. Oder vielleicht doch? Aber als sie dann mit Tränen in den Augen an ihrem Gartentor stand, kam der Volksschullehrer Gerald, den sie seit ihrer Kindheit kannte, obwohl er sieben Jahre älter war als sie. Und als er Gloria so traurig dort stehen sah, sprang er von seinem Fahrrad ...«

Du liebe Zeit, dachte Hilma. Ja, vieles hatte sich inzwischen verändert.

Als sie zu Hause in Lövberga dreizehn gewesen war, hätte sich bestimmt kein Mädchen aus ihrer Nachbarschaft einen solchen Roman zusammenreimen können. Wo hätten sie auch die Ideen dazu herhaben sollen? Aus Luthers Katechismus oder aus dem Evangelischen Wochenblatt?

Sie stand schwerfällig auf, die Couch eignete sich besser zum Liegen als zum Sitzen. Sie streckte gerade den schmerzenden Rücken, als zwei rotwangige, lebhafte Mädchen, die eine um einen Kopf größer als die andere, vor ihr standen und sie bittend ansahen.

»Bitte, liebe Mama«, bettelte die Größere. »Darf ich Birgitta nach Hause begleiten?«

»Aber wir essen doch gleich«, sagte ihre Mutter.

»Sie kann bei uns essen«, meinte die Freundin.

»Bitte, Mama«, bettelte Signe noch einmal mit viel zu glänzenden Augen.

»Ich kann zu Hause anrufen und fragen«, sagte Birgitta schnell, denn sie wusste, dass man das Eisen schmieden musste, solange es heiß war, und dass man sich einem Übel rechtzeitig entgegenstellen musste. Die Schmiedehitze kam vom glühenden Wunsch der Mädchen, noch zusammenbleiben zu dürfen und möglichen Ausreden von Signes Mama zuvorzukommen.

»Darf ich bitte anrufen?«, fragte Birgitta höflich, und es folgte zum Dank ein kleiner Knicks, als Signes Mutter zustimmend nickte. Sie tat es ganz unüberlegt. Sie sah zwar Signes übersteigerter Gesichtsfarbe an, dass es besser gewesen wäre, Birgitta alleine nach Hause gehen zu lassen.

Bei Birgitta zu essen war aber an sich kein ungewöhnliches Ereignis. Bei Annastina war es seinerzeit nicht anders gewesen. Für Signe war es einmalig lustig, mit vielen anderen Leuten am selben Tisch zu essen.

Schon seit Jahren hatte Signe damit aufgehört, um ein eigenes Geschwisterchen zu betteln. Sie hatte irgendwann eingesehen, dass es keinen Sinn hatte. Hilma konnte jedoch verstehen, dass es ihrer Tochter gut tat, ab und zu eine nette Familie mit mehreren Kindern zu besuchen. Bei Malmströms gab es zwei kleinere Schwestern. Und außerdem eine Colliehündin, die gerade geworfen hatte. Reinrassige Welpen.

Hilma lobte ihre Tochter im Stillen, weil sie nicht ein Wort darüber verloren hatte, eines von den Hündchen haben zu wollen. Signe war trotz allem mit den Jahren vernünftiger geworden.

Nach dem Tod des Vaters hatte Signe dessen Versprechen,

ihr zu Weihnachten einen Hund zu schenken, nie mehr erwähnt. Vermutlich hatte er es, kurz bevor er in die Klinik gebracht werden musste, in einem schon krankhaften Zustand gegeben. Hilma war sicher, dass Signe das nicht einfach erfunden hatte. Vorläufig hatte Hilma ihre Tochter noch nie bei einer bewussten Lüge ertappt.

Hilmas Gedanken wanderten zurück in die erste Zeit des Alleinseins, und sie erkannte plötzlich, dass Signe ihren Vater weder damals noch später je erwähnt hatte. Außer in einigen rein praktischen Dingen. Wie etwa der Mappe, in der Hilmas Bücher steckten, wenn sie zum Unterricht ging. »Nicht wahr, Mama, die hat doch ihm gehört?«

Aber es hatte nie Anzeichen gegeben, dass das Kind den Vater vermisste. Für Hilma war es eine Erleichterung.

Aber war es, wenn man genau überlegte, nicht eigentümlich?

Birgitta hatte am Telefon ganz offensichtlich eine Zusage bekommen. Ihre Eltern waren zum Essen eingeladen. Die Kinder sollten mit Karin, der Haushälterin, und der Kinderfrau, Schwester Edna, in der Küche essen. Es würde Fleisch in Meerrettichsoße geben und zum Nachtisch Pflaumenkompott. Auf die etwa sechzigjährige Köchin Karin konnte man sich verlassen.

Und schon waren die beiden Freundinnen aus der Tür gehuscht! Die fröhlichen Kinderstimmen hallten durchs Treppenhaus. Hilma ging in Signes Zimmer nachsehen. Dooch. Sie hatten schön aufgeräumt. Gloria und Myrna lagen in einem flachen Pralinenkarton. Die Kleider waren auf fünf ganz gleich aussehende Schubladen verteilt: Vormittag. Cocktail. Fünfuhrtee. Reisen und Gartenparties. Bälle und Hochzeiten.

Zum hundertsten Mal fragte Hilma sich, woher ihre Tochter

diese Leidenschaft für Kleider, Romantik und allerlei Oberflächlichkeiten hatte. Für junge Frauen, die nichts anderes zu tun hatten, als an die Riviera zu reisen, sich von Grafen den Hof machen zu lassen, von einer Cocktailparty zur anderen, zu mondänen Fünfuhrtees, Bällen und Soupers mit Frackzwang zu hetzen und zwischendurch ihr Aussehen zu pflegen und sich umzuziehen.

Signe war in einem Elternhaus mit einer sparsamen, fleißigen und alles andere als koketten Mutter aufgewachsen; woher hatte sie den Einfall, Modezeichnerin werden zu wollen? In Sollefteå gab es bestimmt niemanden, der eine solche auch nur kannte. Aber die südländisch wirkende Aino hatte ja auch eine Vorliebe für diesen Beruf gezeigt. Nun ja. Wie viele Modezeichnerinnen mochten auf dem schwedischen Arbeitsmarkt gebraucht werden?

Hilma konnte nur hoffen, dass Signe sich das alles mit den Jahren aus dem Kopf schlagen würde. Wenn sie absolut etwas werden wollte, das mit Zeichnen und Malen zu tun hatte, konnte sie ja Zeichenlehrerin werden. Ein guter und sicherer Beruf, wenn man das Glück hatte, eine feste Anstellung zu finden. Da konnte man dann die ganzen Sommerferien lang zum eigenen Vergnügen zeichnen.

Wenn Signe ein Talent besaß, das sich zum Beruf hin weiter entwickeln ließ, war es doch eher ihre schöne Singstimme. Aber auch dies war eine sehr schwierige und unsichere Laufbahn. Signe erkältete sich viel zu leicht. Hinzu kam ihre übersteigerte Nervosität. Ach ja. Hilma hatte nur den Wunsch, dass Signe sich besinnen und einen akademischen Beruf wählen würde.

Hilma hatte zu ihrer Frikadelle Bratkartoffeln gegessen. Jetzt saß sie vor einer Tasse Silbertee und blätterte in der neuen Nummer des Familienmagazins »Allers«. Im Radio lief die tägliche Grammophonstunde, die mit klassischer Musik begann und über Operettenmelodien in eine etwas leichtere Klangwelt führte. Harry Brandelius, ein neuer schwedischer Schlagerstar, brachte gerade eine übermütige Seemannsweise.

Ein sehr junges Mädchen, fast noch ein Schulkind, tauchte neuerdings in den Programmen auf. Sie hieß Alice Nilsson, nannte sich aber Alice Babs. Sie krähte viel zu laut zu schwarzafrikanisch inspirierter Musik. Bei dieser überreizt klingenden Singerei schaltete Hilma das Radio aus. Zum Glück war Signe hinsichtlich dieser Alice Babs mit ihrer Mutter einer Meinung. Signe bevorzugte die ebenso junge Deanna Durbin, einen amerikanischen Gesangs- und Filmstar. Sie war ein Mädchen mit wunderbar tragender und gut geschulter Stimme.

Auf dem Couchtisch lagen Schulfotos, die Signe irgendwann in den letzten Tagen mitgebracht hatte. Die ganze Klasse 2B, 21 Knaben und 13 Mädchen, kein Wunder, dass der empfindsame Assessor Brodin da ab und zu einen Nervenzusammenbruch erlitt und eine oder zwei Wochen zu Hause bleiben musste.

Signe war in der Mitte des Bildes zu finden. Sie saß ein wenig schief, irgendwie beengt. Schüchtern und ernst sah sie genau ins Objektiv. Von den vierunddreißig Schülern war Signe die Einzige, die nicht den geringsten Anflug eines Lächelns zeigte. Sie war auch das einzige Mädchen, bei dem die Brust sich abzeichnete. Trotz Büstenhalter und den Fältchen unter dem Sattel am Oberteil des Kleides. War es das Wissen um diese Tatsache, dass sie die Arme so fest an den Körper drückte? Als wollte sie sich schlanker machen.

Hilma holte den Nähkorb und nahm einen Unterrock heraus, an dem Kleinigkeiten auszubessern waren. Außerdem wollte sie zwei frisch gewaschene Schweißblätter in ein Kleid nähen.

Fünf Minuten nach acht rief Signe an, um zu fragen, ob sie noch ein Weilchen bleiben dürfe. Der überspannte Ton sagte ihrer Mutter, dass sie das Kind überhaupt nicht hätte mit zu Birgitta gehen lassen dürfen.

»Nein«, sagte Hilma sehr streng. »Du bedankst dich jetzt sofort, gehst auf die Toilette, ziehst den Mantel an und stellst dich vors Haus. Ich hole dich an der Haustür ab.«

Signe antwortete nicht. Signe war überhaupt nicht zu hören. Es kam nur ein unglücklich fiependes Winseln.

»Signe. Was klingt da so komisch?«, fragte ihre Mutter.

»O Mama, das ist Stella. Eins von den Welpen. Esmeralda hat mir erlaubt, dass ich ihn in den Arm nehme.«

»Esmeralda?«, wiederholte Hilma. »Wer ist das nun schon wieder?«

Fröhliches Mädchengekicher erklang im Telefonhörer. Es dauerte eine ganze Weile, bis Signe sich auf eine einigermaßen vernünftige Antwort konzentrieren konnte.

»Aber Mama, das ist doch Stellas Mama. O *Mama!* Sie ist so süß!«

Hilma seufzte. Ihr Überdruss meldete sich wie immer hinter der Stirn.

»Signe. Du tust jetzt sofort, was ich sage, und vergiss nicht, dich bei Fräulein Karin zu bedanken.«

Der kürzeste Weg zu den Malmströms, die in der Strandgata wohnten, führte durch die lange, schmale Köpmangata. Das war eine der ältesten Straßen der Stadt, an der viele Geschäfte und auch einige Lokale von eher zweifelhaftem Ruf lagen. Der öffentliche Alkoholausschank war inzwischen der Rationalisierung unterworfen. Um zu den ersehnten Tropfen zu kommen, musste man warmes Essen bestellen. »Zwei Weiße und eine Braune« nannte man eine solche Alkoholration. Hilma kannte sich in den Namen der Getränke nicht aus, wusste aber, dass es sich dabei um Hochprozentiges handelte. Böse Zungen behaupteten, dass weniger genaue Restaurants sogar ein und dasselbe Gericht mehrere Male auftragen ließen. Die Kellnerin bestätigte an der Kasse mit einem »Bon«, dass ein weiteres Gericht bestellt worden und der Gast somit berechtigt war, noch einmal zwei Weiße und einen Braunen zu konsumieren.

Das Restaurant Gästis war eines der Lokale von solchem Ruf. Aber soweit man wusste, hatte noch keine Behörde das Gebaren dort überprüft. Gästis war für seine angeheiterte Klientel bekannt. Aber dort wurde ja auch der so genannte Pilsnertrunk ausgeschenkt, ein Getränk, das keiner Beschränkung unterworfen war.

Mit den Jahren hatte Signe die eine oder andere dumme Angewohnheit abgelegt. Sie schob keine Gespenster mehr vor, die durch undichte Fensterrahmen schlüpften und sie am Einschlafen hinderten, weil sie laut *schnauften.* Die Gespenster waren beim Umzug in Sollefteå geblieben. Die jetzige Wohnung lag in einem modernen Haus, und im Hof gab es nichts außer einem sauber gehaltenen Verschlag für die Mülltonnen, einer Klopfstange und zwei Fahrradständern. Aber die Angst vor Betrunkenen hatte Signe nicht verloren. Das war zwar unbegreiflich, aber doch eher berechtigt. Soweit Hilma wusste, war ihre Tochter noch nie einem betrunkenen Mann begegnet. In Sollefteå nicht, und hier in der Stadt wohnten sie in einem gediegenen Viertel, in dem es keine Bierstuben gab.

Signe fürchtete sich ohne Grund.

Eines Abends waren Hilma und Signe auf dem Fristadtstorg, Ecke Rademachergata, verabredet gewesen. Schon von weitem sah Hilma ihre Tochter besonders schnell die Straße entlanggehen. Auf ihrer Straßenseite kam ihr aus der anderen Richtung ein Mann entgegen. An Hilma war er vorher schon vorbeigegangen. Ein ordentlich gekleideter Mann in Hut und Mantel.

Jetzt sieht Hilma, wie Signe plötzlich stehen bleibt und achtlos über die Straße läuft. Ein Auto kann gerade noch bremsen. Aber Signe scheint es nicht zu merken. Sie läuft ihrer Mutter jetzt auf dem anderen Trottoir entgegen. Sie kriegt keine Luft mehr und hat einen ganz wilden Blick.

»Was ist los, Signe? Ist was passiert?«
»Der Betrunkene! Er ist genau auf mich zugekommen.«
»Welcher Betrunkene?«
»Der auf meiner Straßenseite.«
»Aber liebes Kind, das ist doch kein Betrunkener!«
»Doch, ist er. Ich habe gesehen, wie er schwankt.«
Signe begann heftig zu weinen. Verständnislos und beunruhigt versuchte Hilma ihrer Tochter noch einmal zu versichern, dass dieser Mann kein auffälliges Benehmen gezeigt hatte.

Beruhigend legte sie Signe ihre Hand auf den Arm.

In einer Anwandlung von Unmut hatte Signe die Hand ihrer Mutter abgeschüttelt.

Als Hilma jetzt die Köpmangata entlangeilte, mäßigte sie ihre Schritte vor dem Restaurant Gästis. Ja, ja, man konnte gleich hören, dass das Gelage voll in Gang war. Gewaltige Lachsalven und manch unartikulierter Laut. Aus alter Gewohnheit schickte Hilma dem Gott, an den sie nicht mehr glaubte, ein Stoßgebet.

»Lieber Gott, mach, dass die alle noch dort drin sind, wenn ich gleich mit Signe wieder vorbeikomme!«

Und was tat Gott? Nun, genau in dem Augenblick, als Hilma und Signe am Eingang des Restaurants vorbeigingen, ließ er sechs oder sieben mehr als angeheiterte, heftig gestikulierende Männer auf unsicheren Beinen zur Tür heraus. Ihre Mäntel standen offen, die Hüte saßen schief auf dem Kopf, und sie schubsten und rempelten sich und lachten wie die Verrückten.

Bei diesem Anblick hakte Hilma sich bei Signe unter und ging ein paar Schritte zurück.

Und was tat Signe? Nun, sie stieß so etwas wie einen entsetzten Vogelschrei aus, riss sich von ihrer Mutter los und stürzte an den betrunkenen Männern vorbei, von denen einer jetzt, als er ein junges Mädchen mit Schülermütze vorbeirennen sah, noch übermütiger wurde.

»Signe! Signe!«, rief Hilma und lief, immerzu ihren Namen rufend, hinter der Tochter her. Alles zur größten Erheiterung der betrunkenen Männer. Glücklicherweise, danke lieber Gott, waren sie alle zu betrunken, um die Jagd aufzunehmen.

»Signe, bleib stehen! *Signe*!«, rief Hilma immer verzweifelter. Ihre Tochter aber schien blind und taub zu sein und beschleunigte das Tempo eher. Weit unten in der Gasse sah Hilma nur noch den Rücken des Mädchens. Sie hatte gar nicht gewusst, dass Signe so schnell laufen konnte. Und plötzlich – es war schon fast dunkel geworden – verlor die Mutter ihr Kind aus den Augen. Vielleicht hatte sie sich in einen Hof geflüchtet; hier standen niedrige Holzhäuser, alte Arbeiterunterkünfte mit umzäunten Höfen, aber offenen Toreinfahrten.

Die Luft war für einen Septemberabend ungewöhnlich lau. Überall waren die Fenster offen. Man hörte Grammophonmusik. Ulla Billqvist sang schmachtend von blauen Rosen. Irgendwo sang eine Frau laut mit: »Blaue Rosen sind / für mich eine zerbrochene Illusion.« Ein hemdsärmeliger Mann hing irgendwo aus dem Fenster und glotzte der adrett gekleideten Frau nach, die verwirrt nach einer gewissen Signe rief. Eine Frau, möglicherweise die, die den Schlager mitgesungen hatte, schubste den Mann weg, und Hilma wagte es, sie zu fragen, ob sie möglicherweise ein junges Mädchen hatten vorbeilaufen sehen.

Es war der Mann, der mit einem hämischen Auflachen antwortete: »Neee, kleine Frau, so eine haben wir nicht gesehen.«

Hilma machte also kehrt und lief jetzt die Köpmangata entlang, den Weg, den sie mit Signe eigentlich hatte gehen wollen. Oder war Signe in ihrer Fassungslosigkeit vielleicht durch die Ruddammsgata nach Hause gelaufen? Je mehr Hilma darüber nachdachte, desto wahrscheinlicher schien es ihr.

Signe hatte ja einen eigenen Wohnungsschlüssel. In manchen Mittagspausen schaffte Hilma es von ihrer Schule aus nicht bis nach Hause. Da musste Signe sich selbst in einem kleinen Topf etwas Vorgekochtes wärmen. Der an einer Schnur hängende Schlüssel war mit einer Sicherheitsnadel an einem Fach in Signes Schultasche befestigt. Sie war in ihrer Klasse das einzige Schlüsselkind. Bei den anderen Kindern war immer jemand zu Hause, wenn sie an der Tür klingelten. Wenn nicht die Mutter, dann das Dienstmädchen. Berufstätige Mütter gab es in der bürgerlichen Gesellschaft noch nicht. Dort hatte man für den Besuch seiner Kinder in der höheren Schule auch so Geld genug.

Hilma nahm, als sie die Treppe hinauflief, zwei Stufen auf einmal. Bevor sie den Schlüssel mit zitternden Händen ins Schloss steckte, klingelte sie dreimal lang.

»Signe! Signe!«, rief sie. »Signe, wo bist du?«

Sie schaute in die Küche, in Signes Zimmer, ins große Zimmer. Sie öffnete die Badezimmertür. Hier konnte man auf kleinerem Raum suchen als in Sollefteå. Sie hatte also sehr schnell festgestellt, dass niemand in der Wohnung war. Verschwitzt und benommen sank Hilma auf den Telefonstuhl, der noch immer getreu zu Diensten stand, wenn dem Empfänger eines Telefongespräches die Knie versagten.

In Hilma hatte sich der Gedanke festgesetzt, dass das Klingeln des Telefons vor allem etwas ankündigte, das man lieber nicht wissen wollte. Wenn Signe also etwas zugestoßen war? In ihrer panischen Angst und mit der schlechten Motorik konnte sie vor einem Auto gestolpert sein. Konnte beim Überqueren der Straße nicht aufgepasst haben. Konnte verletzt worden sein. Verwundet. Bewusstlos. *Tot.* Niemand würde wissen, wie sie hieß. Sie hatte keine Schultasche mit, auf der ein Namensschild die Besitzerin auswies. Sie wohnten ja noch nicht so lange in dieser Stadt, dass ihr Aussehen bekannt gewesen wäre.

Hilma streckte den Rücken und holte ein paar Mal tief Luft, bevor sie das Telefonbuch vom Haken nahm.

Auf der ersten Seite fand sie den Notruf POLIZEI.

Ihre Hand lag schon auf dem Hörer.

In diesem Augenblick klingelte das Telefon, und sie sank mit dem Hörer in der Hand auf den Stuhl zurück.

16

Spreche ich mit Signe Tornvalls Mutter, Frau Tornvall?«

Und als Nachhall: »Spreche ich mit Frau Studienrat Sigfrid Tornvall?«

In beiden Versionen stellte eine kühle Krankenschwesternstimme diese Frage.

Und Hilma haucht das Wort »ja«, während sie in ihrem Inneren die Gegenfrage vorbereitet: »Hatte sie oder er große Schmerzen?«

Aber dieses Mal kam das Gespräch nicht aus einem Krankenhaus. Es kam von Direktor Malmström, genauer gesagt war es die Kinderpflegerin Schwester Edna, die nur Bescheid geben wollte, dass die kleine Signe bei ihnen war. Unverletzt, aber in einem Zustand höchster Angst und Erregung hatte sie bei ihnen vor der Tür gestanden. Birgitta hatte geöffnet. Als sie sah, wie sehr ihre Freundin zitterte und kein vernünftiges Wort herausbrachte, hatte sie nach Schwester Edna gerufen, die ja in der Wohnung anwesend war. Obwohl sie sich eigentlich schon in ihr Zimmer zurückgezogen hatte. Sie hatte Fräulein Karin, die noch in der Küche werkte, gebeten, eine Tasse heißen Milchkakao zuzubereiten. Darin hatte Schwester Edna dann ein halbes Päckchen Schlafpulver aufgelöst. Sie hatte daneben gestanden, als Signe ihre Schokolade trank, und sich vergewissert, dass die Tasse ganz leer getrunken war.

Nein, es gab keinen Grund zur Besorgnis. Signe war jetzt ruhig und besonnen wie immer. Sie hatte sich offensichtlich vor dem Lokal Gästis vor betrunkenen Männern erschrocken.

Hilma hatte Schwierigkeiten, sich so zu konzentrieren, dass sie dieser hochtrabenden Kinderschwester mitteilen konnte, dass Signe bei dieser Gelegenheit mit ihrer Mutter unterwegs gewesen war.

»Kann ich mit meiner Tochter sprechen«, sagte Hilma.

»Signe, Kind, hier ist deine Mutter«, tönte es aus dem Hörer.

Stille. Warten. Dann wieder Schwester Edna: »Nun, ich weiß nicht, wie ich es ausdrücken soll, Frau Tornvall. Aber Signe schämt sich so sehr und befürchtet, dass ihre Mama böse auf sie ist ...«

Eine kurze Benommenheit, gepaart mit dem wohl bekannten stechenden Migräneschmerz über dem linken Auge, ließen Hilma verstummen. Die Atemluft verdickte sich gleichsam. Der Hals wurde eng.

Episoden aus der Zeit nach Sigfrids Tod schossen ihr durch ihren Kopf. Wie Signe ihre Mutter weggestoßen hatte. Am heftigsten gleich nach der Todesnachricht, als die besseren Damen der Stadt die Diele bevölkerten. Im Badezimmer hinter verschlossener Tür die bockige Tochter des Verstorbenen, die sich trotz Mutters inständiger Bitten weigerte, aufzuschließen und herauszukommen. Diese Schande! Wie alle Besucherinnen sich heimlich Blicke zugeworfen hatten. Und jetzt schon wieder! Signe war vor dem einzigen Menschen davongelaufen, der sie hätte schützen können, nämlich vor ihrer Mutter. Sie suchte Zuflucht bei einer fremden Familie. Dort wurde sie jetzt von einem blasierten Fräulein in Grau, mit weißer Schürze, einem gestärkten Häubchen auf der strengen Frisur und mit einer Brosche am Hals betreut. Sie hat heiße Schokolade, versetzt mit einem leichten Schlafmittel, bekommen. Und jetzt traut sie sich also nicht, mit ihrer Mutter zu sprechen! Wie wird ihre Umgebung das auslegen? Dass dieses arme Kind eben so streng gehalten wird, dass es sich vor seiner eigenen Mutter fürchtet? Einer Mutter, die in Wirklichkeit nichts anderes im Sinn hat, als dass es ihrer Tochter gut gehen möge, dass sie fröhlich ist und sich geborgen fühlt.

Wen könnte es da wundern, dass sich in Hilmas Kopf alles dreht und sie schon fürchtet, den Verstand zu verlieren. Sie, die Starke. Sie, die im Gegensatz zu ihrem verstorbenen Mann ihre Nerven in der Hand hat und die Zügel straff hält. Immer. Mag kommen, was will. Sie dürfen ihr jetzt nicht durchgehen! Sie muss auch die gegenwärtige Situation meistern.

Jedes Mal, wenn Signe in ihrem jungen Leben in irgendeiner Weise aus der Reihe getanzt war, hatte Hilma das vorwurfsvolle Kopfschütteln und die missbilligenden Blicke ihrer Mutter Selma vor Augen gehabt. Herrschaftszeiten, wie die das Kind verwöhnt.

Bis zu ihrem vierten Lebensjahr war Signe ein, wie man so sagt, »schwieriges« Kind gewesen. Sie war trotzig, unfolgsam und schwer zu lenken. Die Bestrafung fiel höchst unterschiedlich aus. Manchmal war es ein Klaps auf den Po. Andere Male Einschließen in einen Raum, in dem sie schreien und sich müde strampeln konnte. Auf der anderen Seite der verschlossenen Tür stand ihre Mutter und fragte, wenn Signe einmal kurz zu toben aufgehört hatte, ob sie jetzt ein artiges Mädchen sein wolle. »NEEEIN!«, schrie das Kind. Es war also noch zu früh, sie herauszulassen. Aber schließlich fügte sie sich doch, und die Antwort kam mit leiser, kläglicher Stimme: »Jetzt bin ich wieder lieb, Mama.« Und damit war das Theater überstanden. Eine dritte Strafe bestand darin, dass ihre Mutter sie nicht beachtete. Dass die Mutter am Spülstein stand und schwieg, als wäre kein Kind in der Küche vorhanden.

Das war die erfolgreichste Methode.

Als das kleine Mädchen viereinhalb war, hatte diese konsequente Erziehung Erfolge gezeigt, sie war lieb und wohlerzogen, aber sie war gesundheitlich ein wenig anfällig gewesen. Sie brauchte, um zu besseren »Werten« zu kommen, Höhensonnen-Bestrahlungen.

Signe blieb, wie ältere Damen sagten, ein reizendes, artiges Kind. Für Hilma war es mindestens ebenso wichtig, dass Signe zuverlässig, ehrlich und in der Schule gut war. Keine Übertreibungen und Mucken. Dass sie stolperte, umständlich war, Sachen verlor oder etwas umstieß, bedeutete ja nicht, dass sie aufsässig oder boshaft war. Sie tat das alles ja nicht absichtlich. Niemand war unglücklicher darüber als sie selbst.

Aber was sollte es nun bedeuten, dass sie sich in ihrer panischen Angst nicht an ihre Mutter hielt. Und nicht nur das. Sie regelrecht verstieß. Sie wie eine Feindin behandelte.

Nein. Das alles ging Hilma nicht in den dreißig Sekunden durch den Kopf, die sie brauchte, um nach Schwester Ednas sanft mitleidigen und doch vorwurfsvollen Worten »Signe fürchtet, dass ihre Mama böse auf sie ist« wieder zu sich zu finden.

Aber im Unterbewussten war er da. Der böse Ton.

Hilma lief es kalt über den Rücken.

»Das zu glauben hat sie wirklich keinen Anlass. Wenn Sie nun so freundlich wären, meiner Tochter zu sagen, sie möge ans Telefon kommen.«

Signe am Apparat – der Beweis: verheultes Luftholen.

»Signe, was soll das?«

»Ich hatte solche Angst«, flüsterte Signe. »Ich habe mich so schrecklich gefürchtet.«

»Aber Signe, deine Mama war doch bei dir. Wir waren doch zu zweit.«

Dazu hatte Signe nichts zu sagen, sie schnäuzte sich lieber.

»Wie unklug von dir, dich nicht an mich zu halten.«

Auch dem hatte Signe nichts hinzuzufügen.

Hilma schluckte. Plötzlich schien aller Speichel vertrocknet zu sein.

»Und warum bist du nicht auf kürzestem Weg nach Hause gelaufen?«

»Darum«, fing Signe wieder zu schluchzen an. »Auf der Straße habe ich noch zwei Betrunkene auf mich zukommen sehen, und da habe ich kehrtgemacht und bin hierher gerannt.«

Diesmal war das Schlucken noch schwieriger, Hilma seufzte und sagte: »Signe, du hast dir doch denken können, dass ich mich aufrege.«

Signe schniefte, sagte aber nichts. Gerade deswegen hatte sie ja Angst, dass ihre Mama böse sein würde. Im Hintergrund bellte ein Hund.

Das Ende vom Lied war, dass Signe dort, wo sie war, warten sollte. Ihre Mutter würde sie mit dem Taxi holen kommen.

Hilma ging auf die Toilette, trank noch ein Glas Wasser und schluckte zwei Tabletten, bevor sie einen Wagen rief.

Schweigend brachten Mutter und Tochter diese Luxusfahrt im Taxi hinter sich. Während Hilma bezahlte, lief Signe die Treppe hinauf und wartete brav vor der Tür, weil sie ja die Schultasche mit dem Schlüssel nicht bei sich hatte. Hilma schloss auf, und Signe witschte ins Badezimmer und schloss die Tür hinter sich zu.

Hilma ließ sich wieder auf den Telefonstuhl sinken. Nie

mehr so etwas, dachte sie, als die Migräne schon hämmerte und dröhnte. »Nie wieder. Ich schaffe das nicht.«

Gleichzeitig wusste sie, dass »Nicht-schaffen« ein Begriff war, der in ihrem Vokabular nicht vorkommen durfte. Man schafft alles, man muss nur wollen. Falsch. Man schafft alles, was sein *muss*.

Zu Sigfrids Lebzeiten hatten alle diese anstrengenden »Muss« den versöhnlichen Hintergrund gehabt, dass er nichts dafür konnte. Er war krank. Sein Gemüt war verdüstert.

Sie wagte nicht einmal den Gedanken zu streifen, dass Signes unbegreifliches, scheinbar launenhaft bösartiges Verhalten die gleiche Ursache haben konnte.

Sie konnte nicht wirklich Bosheit darin erkennen. Oder übermäßige Verwöhntheit. Es war, als würden böse Dämonen sie befallen. Diese merkwürdigen Ideen. Von Gespenstern. Zu dick zu sein – wo doch jeder sehen konnte, dass es nicht stimmte. Die absolut überreizte Vorstellung, dass jeder männliche Fußgänger, dem sie nach Einbruch der Dunkelheit begegnete, ein Betrunkener sein musste. Die Männer vor dem Restaurant Gästis waren es zweifellos gewesen; waren also keine fixe Idee eines überspannten Mädchens.

Aber warum war sie der Einzigen, die ihr hätte Schutz bieten können, davongelaufen?

Im Badezimmer wird die Wasserspülung gezogen. Wasser läuft in die Badewanne. Hilma schaut auf den Wochenkalender neben dem Telefon. Stimmt. Warmwassertag. Signe guckt rotwangig aus der Badezimmertür.

»Ich nehme ein Bad, Mama«, sagt sie in ganz normalem Alltagston.

Hilma nickt. Erhebt sich mit einem Körper, der nicht mehr richtig will. Sie friert und holt sich eine Strickjacke. Im Badezimmer wird munter geplätschert.

Seit Signes Brust sich entwickelt, erlaubt sie nicht mehr, dass ihre Mutter dabei ist, wenn sie badet. In das Badetuch gehüllt läuft sie schnell in ihr Zimmer. Schlurft in Nachthemd und Pantoffeln wieder heraus und hängt das nasse Tuch auf die Leine über der Badewanne. Sie macht das alles ruhig und unbekümmert. Als wäre nichts.

»Ich komme dir dann noch gute Nacht sagen«, ruft ihre Mutter – auch das eine alltägliche Aussage, wenn Schlafenszeit ist.

Sie sprachen immer noch gemeinsam ihr Abendgebet. Gottesfurcht gehört zu einer guten Erziehung. Hilma wusste, dass man Gott auch dann sehr wohl fürchten kann, wenn man nicht mehr an ihn glaubt.

Hilmas Richtschnur war trotz ihres eigenen Unglaubens der fromme und schwer heimgesuchte Bauer Paavo. Wie er sich auf seinem kargen Stück Land und unter der Geißel der Frostnächte abrackerte. Aber ohne zu wanken hielt dieser Paavo an seinem Glauben an den guten Gott fest. »Der Herr prüft nur/ er verstößt nicht.«

Hilma ist bis zum Äußersten geprüft worden. Aber sie hat sich nie verstoßen gefühlt. Denn sie hat ja Signe.

Sie hat Signe. Signe darf ihr nie genommen werden. Signe darf nicht. Nein, das wird Signe nicht. Es sind Signe und sie. Sie haben nur einander. Was heute Abend passiert war, lag daran, dass Signe in einem Schockzustand nicht mehr recht wusste, was sie tat oder sagte.

Hilma hatte vorgehabt, über das, was passiert war, mit Signe zu reden. Aber inzwischen ist Signe auf andere Gedanken gekommen. Sie hat sich offensichtlich beruhigt. Es ist besser, nichts dergleichen zu tun.

Hilma fühlt sich gar nicht wohl. Die Migräne hat sich beruhigt, lauert aber noch im Hinterhalt. Sie beschließt, eine Tasse

Silbertee zu trinken. Lässt Wasser in einen Topf laufen und knipst die Flamme mit dem Gasanzünder an. Mit Gas geht alles sehr schnell. Das Wasser kocht in einer Minute. Trotzdem vermisst sie den alten zuverlässigen AGA-Herd. Gas ist tödlich. Hilma sieht jeden Abend nach, ob der Haupthahn ordentlich zugedreht ist. Sie hat zu viel Unruhe in sich, um sich an den Tisch zu setzen. Sie schlürft das warme Getränk im Stehen. Es ist so heiß, dass sie sich fast die Zunge daran verbrennt. Sie wirft einen Blick auf die Küchenuhr und erschrickt, dass es schon zehn vorbei ist. Höchste Zeit für ein Schulkind, zur Ruhe zu kommen. In Signes Zimmer hat es rätselhafte Geräusche gegeben. Eine Schublade wurde aufgezogen und wieder zugeschoben. Rascheln von Papier. Die Ereignisse des Abends haben Hilma übervorsichtig gemacht. Leise klopft sie an Signes Tür. Obwohl Signe nicht antwortet, geht sie hinein. Alles mit Maß und Ziel.

Sie betritt ein Zimmer, in dem die Lampen an der Decke und auf dem Sekretär brennen. Der Bettüberwurf liegt ordentlich zusammengefaltet auf einem Stuhl. Auf dem anderen sitzt Signe. Sie hat eine Strickjacke über das Nachthemd gezogen. Sie zeichnet.

»Signe, was soll das nun wieder bedeuten? Warum liegst du noch nicht im Bett?«

Ohne sich umzudrehen erklärt Signe, dass ihr eine Idee gekommen ist. Sie will ein Modejournal mit eigenen Entwürfen zusammenstellen. Die Blätter des großen neuen Blocks kann man abreißen. Auf jeder Seite sollen zwei, höchstens vier Modezeichnungen sein.

Endlich dreht sie sich um, will ihrer Mutter etwas zeigen. Sie sieht sehr fröhlich, geradezu übermütig aus.

»Und unter jeder Zeichnung wird eine Beschreibung des Modells stehen. Hier dieses Braune zum Beispiel. Dort wird stehen, dass es über der Büste angeschnittene lange Ärmel hat. Die Knöpfe sind mit dem Kleiderstoff überzogen, ebenso der Gürtel. Mit den Papierpuppen ist jetzt Schluss.«

»Da wird Birgitta aber traurig sein«, sagt Hilma, ohne recht zu wissen, was sie da ausspricht.

Noch vor einer Stunde war Signe in einem Zustand der Angst und Verwirrung gewesen und hatte ihrer Mutter große Unruhe und starkes Unbehagen verursacht. Entsetzen hatte sich ihrer bemächtigt, bevor sie erfahren hatte, dass Signe außer Gefahr war. Im Taxi hatte Hilma neben einem schlafmittelmüden und niedergeschlagenen Kind gesessen, das sich der angezettelten Aufregung wohl bewusst war.

Und hier sitzt nun dasselbe Mädchen, lebhaft, begeistert, und redet von der Arbeit an einem Modejournal.

Hilma weiß weder ein noch aus. Die Migräne durchdringt die Wirkung der Tablette und schlägt mit erneuter Kraft zu. Sie hat jetzt solche Schmerzen, dass sie kaum etwas sieht, und das, was sie dennoch mitkriegt, ist verzerrt wie in einem zerbrochenen Spiegel.

Sie hat sich auf Signes Bett gesetzt, stellt sich nun aber auf, um ihren Worten mehr Gewicht zu verleihen. Dass Signe jetzt sofort, auf der Stelle, mit ihren Zeichenübungen aufzuhören und alles wegzuräumen und sich dann draußen noch die Hände zu waschen hat, und sieh nur – du hast Farbe aufs Nachthemd gekleckst, »du hättest wenigstens ein altes Handtuch über die Knie legen können. Jetzt musst du das Nachthemd wechseln, sonst wird die Bettwäsche auch noch schmutzig ...«

Hilmas Stimme klingt ganz normal. Trotzdem scheint Signe nichts zu hören. Da fragt Hilma sich, ob nicht vielleicht doch *Trotz und Widerborstigkeit* im Spiel sind.

»SIGNE!«

Zornig packt sie den Oberarm ihrer Tochter und schüttelt

sie hin und her, als wäre sie wieder die zurechtzuweisende Dreijährige.

»Signe, hörst du nicht, was ich sage. Hör jetzt auf. Sofort. Es ist fast halb elf.«

Da wendet Signe sich um und sieht ihre Mutter verständnislos an.

»Aber morgen ist doch Sonntag, Mama.«

Bei diesen alltäglichen Worten verändert sich ihr ganzes Verhalten. Sie wird rot. Sieht unglücklich aus. Im Nu ist der eben noch aufgeflammte Zorn verraucht.

»Ich habe das ganz vergessen«, sagt Signe kläglich. »Morgen machen wir ja einen Ausflug mit den Pfadfindern.«

Auch Hilma hat es vergessen.

»Auf den musst du eben verzichten. Kommt gar nicht in Frage, dass du mitmachst.«

»Aber Mama!«, muckt Signe auf. »Birgitta will mich doch um zehn abholen.«

»Da musst du eben gleich morgen früh absagen. Du brauchst einen geruhsamen Tag. Nach all den Aufregungen, die du dir eingebildet hast.«

Sie sieht Signes Gesicht schrumpfen, klein und traurig werden. Von dem früheren bockigen Auftreten keine Spur.

Sie ist ein gefügiges und stilles Mädchen, das tut, was Mama sagt. Wortlos wechselt sie das Nachthemd und kriecht ins Bett. Zieht die Decke über den Kopf. Hilma deckt sie ordentlich zu und löscht das Licht.

An einem Abend wie diesem fällt das Abendgebet aus.

Danach saß Hilma untätig auf dem Sofa, hatte dann aber doch das Bedürfnis, mit den Händen etwas zu tun. Da war ein Strumpf mit Laufmasche. Wenn sie die Stehlampe ganz nah heranrückte, konnte sie die Masche mit einer Nadel auffangen und so befestigen, dass sie nicht weiterlief.

Mitten in dieser Konzentration fordernden Geduldprobe klingelte das Telefon. Elf Uhr nachts! In Lövberga ist etwas passiert, es kann nur Anders sein.

Aber nein. Es war im Gegenteil ein sehr wohl gelaunter Oberlehrer Kahlander. Annie Nilsson hatte schon länger darauf gewartet, dass ihre Halsschmerzen vergingen, aber jetzt war das Fieber gestiegen, möglicherweise entwickelte sich eine Mandelentzündung. Ihr war inzwischen bewusst, dass sie bis Montag nicht gesund sein konnte.

Kahlander wollte sich nur erkundigen, ob Hilma die Vertretung übernehmen könnte. Selbstverständlich. Außerdem hatte sie an der Schule von Tunafors schon mehrere Male eine Lehrkraft vertreten.

Sie legte den Strumpf beiseite. Heute Abend war sie viel zu zittrig. Und was für ein Einfall, eine Laufmasche auffangen zu wollen, wenn der Kopf vor Migräne brannte.

Es war ein ewig langer, alles andere als normaler Abend gewesen, und sie war sehr müde.

Flüchtige Gedanken, was hinter Signes unerklärlicher Angst vor »betrunkenen Männern« stecken konnte, waren ihr an diesem Abend durch den Kopf gegangen. Aber sie wollte sich jetzt nicht weiter damit belasten.

Sonst wären möglicherweise noch die Misshelligkeiten der Vergangenheit aufgebrochen.

Wenn Sigfrids geistige Verwirrung sich zu zeigen begann, wenn er zu viel redete, sich über jede Kleinigkeit aufregte, hatte Hilma alles getan, um Signe solche Augenblicke zu ersparen. Sie wäre ja am liebsten immer nur mit ihrem Vater beisammen gewesen, aber in den schwierigen Phasen musste sie vor seinen unbeherrschten Verhaltensweisen bewahrt werden. Papa arbeitet, Papa ruht sich aus, Papa darf nicht gestört werden. Manchmal ging er in seiner Ruhelosigkeit ins Freie, machte, vor sich hin brabbelnd, weite Spaziergänge.

Soweit Hilma wusste, hatte Signe ihn nie so gesehen. Aber sie wusste natürlich nicht, wie es im Schulbereich gewesen war. Volksschule und Realschule waren benachbart. Ob Signe ihren Vater dort irgendwann unbeherrscht gesehen hatte? Ganz anders als zu normalen Zeiten?

Guter Gott, wenn es dich im Himmel und auf Erden gäbe, könntest du mir dann sagen, ob Signe etwas gesehen hatte oder an etwas beteiligt gewesen war, das sie nicht einmal ihrer Mutter hatte erzählen wollen?

Wie sehr hätte sie sich gewünscht, Doktor Bergström jetzt in der Nähe zu haben, den einzigen Mann in ihrem zerrissenen Leben, der gut zu ihr gewesen war, ohne für sich selbst etwas zu fordern. Schon bei ihrem ersten Besuch in Eskilstuna hatte sie seinen Namen im Telefonbuch gesucht. Aber ohne Erfolg. Er konnte überall in Schweden leben. Er konnte auch gestorben sein. Aber damals bei ihrer ersten Begegnung, als sie nach ihrer chaotischen Hochzeitsnacht waidwund fast verblutet wäre, hatte er ihr, nach medizinischer Versorgung und nachdem sie zur Beruhigung Brom eingenommen hatte, erklärt, dass ein Mensch im krankhaft manischen Zustand ein ähnliches Verhalten an den Tag legen kann wie ein Betrunkener.

Wenn ihre Tochter also, ohne dass Hilma es wusste, vor ihrem geliebten Papa erschrocken war?

Und es wieder vergessen hatte? Und wenn ein Mann mit unstetem Gang und einem in den Nacken geschobenen Hut aber Erinnerungen wachrief?

Hilmas Ängste, die nie zur Ruhe kamen, vermuteten hier einen Eiterherd, dem nicht beizukommen war.

Signe weigerte sich standhaft, ihre Mutter auf den Friedhof zu begleiten.

Tatsächlich hatte Signe das Grab ihres Vaters noch nie besucht. Obwohl sie dorthin nicht weit hatten!

Mit einer gewissen Mühe zog Hilma den unteren Teil der Bettcouch heraus, befestigte den oberen, um zu verhindern, dass er auf die im Bett Liegende fiel; es war ein kompaktes Möbel. Neumodisch, aber brauchbar. Wenn das Bett tagsüber zur Couch wurde, konnte niemand sehen, dass das Wohnzimmer auch als Schlafzimmer diente.

Na also. Jetzt konnte sie unter die Decke schlüpfen. Es war ein aus Ängsten und Unruhe bestehender karfreitaglanger Tag gewesen. Elof Kahlanders Anruf war als echtes Osterwunder anzusehen. Den ganzen Sommer über war Schmalhans Küchenmeister gewesen, sie hatte sogar von der »Erbschaft« etwas abheben müssen, um die Miete bezahlen zu können. Inzwischen war das Winterhalbjahr angebrochen. Ohne ausreichend viele Vertretungen hätte sie Signe nicht weiter auf die Höhere Schule schicken können. Aber jetzt hatte sie das Gefühl, dass die angekündigte Aushilfsstelle die erste in einer langen Reihe von Vertretungen sein würde.

Sie fühlte sich erleichtert und froh, als sie die Stehlampe ausknipste, die am Abend ans Kopfende ihrer Schlafstatt gezogen wurde.

War es nicht bemerkenswert, dass Signe sich so schnell von ihrem Angsterlebnis erholt hatte? Erst unter Schock schluchzend, um bald darauf unbekümmert in das Zeichnen von Modeentwürfen versunken zu sein! Zwischen diesen beiden Zuständen hatte kaum eine Stunde gelegen. Wie ließ sich das erklären? Hatte dieses Hinundhergeworfensein zwischen gegenteiligen Gemütsverfassungen nicht etwas Überspanntes oder geradezu Anomales an sich?

Hilma fielen die Schreikrämpfe ein, aus denen das dreijährige Kind in seiner schwierigsten Trotzphase nicht hatte loskommen können. Sie war gleichsam in diesem Schreikrampf gefesselt gewesen. Wenn ihre Mutter sie dann aber hart anfasste, sie schüttelte und ihr als letztem Ausweg den Po versohlte, löste sich der Krampf endlich.

Es sah dann fast so aus, als hätte man das Kind aus dem Schlaf geweckt.

Hilma wurde bei dem Gedanken, alleine für die Tochter verantwortlich und damit diejenige zu sein, die immer wissen musste, was in Erziehung und Behandlung das Beste für sie war, wieder hellwach.

Wie viele Male zuvor zog sie Morgenrock und Pantoffeln an und ging hinaus in die Küche, um sich eine Tasse Milch zu wärmen. Und mit einem Glas Wasser dann noch eine Tablette hinunterzuspülen. Die Küche kam ihr eiskalt vor. Der alte AGA-Herd war bei nächtlichen Küchenbesuchen ein treuer, stummer und warmer Verbündeter gewesen. Wie dürftig ist dagegen eine Gasflamme. Klar konnte sie die Klappe vom Backofen öffnen und mit den brennenden Flammen ein bisschen heizen. Aber sie hatte Angst davor. Dass eines von den Flämmchen nicht anspringen würde. Bei Nacht war sie zu erschöpft und nervös, um sich auf so etwas einzulassen.

Sie goss die dampfende Milch in eine von den alten Tassen aus Lövberga. Dickes weißes Steingut. Drei schmale blaue Streifen unter dem Rand. Sie setzte sich ans Fenster, blies in die Milch und erblickte sich selbst in der nachtdunklen Fensterscheibe. Lieber Gott, sie hatte das Verdunkelungsrollo vergessen.

Sie wollte es schnell herunterziehen, aber es war schon zu spät. Im Spiegelbild hatte eine alternde Frau mit Falten über der Nasenwurzel und um den Mund sie angesehen.

Wie sollte Hilma verstehen können, dass Signe sich aus völliger Panik in fieberhaftes Zeichnen gestürzt und damit etwas entdeckt hatte, das für ihr ganzes Leben ein unübertroffenes Mittel gegen die Angst werden sollte:

Intensive Arbeit und Vergessen.

Später sollte sie entdecken, dass die Besessenheit des Verliebtseins noch wirkungsvoller war.

Aber unzuverlässiger.

17

Nach Annie Nilssons Angina, die Hilma Tornvall zwölf Tage Vertretungstätigkeit einbrachte, wurde aus dem Herbst 1939 ein an Aufträgen armes Winterhalbjahr. Sie sah sich wieder genötigt, die Erbschaft anzuzapfen.

Billig zu wirtschaften war für sie keine Kunst; das hatte sie sozusagen im Blut. Aber dass Signe neue Winterschuhe und einen neuen Mantel brauchte, weil sie unaufhaltsam aus allem herauswuchs, das waren nicht einzusparende Ausgaben. Die Klavierstunden hingegen waren entbehrlich. Es war nicht einfach, einerseits Signes Erleichterung darüber zu beobachten, dass nicht nur die Stunden entfielen, sondern auch die Gegenwart der Lehrerin auf dem Klavierhocker, es war die Enttäuschung des Fräulein Hagenius, die sich hinter einem versuchten freundlichen Lächeln und der Beteuerung, es sei besonders angenehm gewesen, die kleine Signe als Schülerin zu haben, verbargen. Hilma konnte sich gut vorstellen, dass Menschen – auch Personen, die finanziell gut gestellt waren – in unruhigen Zeiten auf weniger Wichtiges verzichteten.

Eine andere nicht vorhersehbare Auswirkung von Krisen und Katastrophenängsten war, dass die Menschen sich auf geistige und körperliche Güter besannen und mehr auf ihre Gesundheit achteten.

Elof Kahlander rief manchmal bei Hilma an, um sich zu erkundigen, wie es ihr ging. Aber das wirkte sich leider nicht unmittelbar auf das Wirtschaftsgeld aus.

Sowjetische Truppen marschierten in Schwedens Bruderland ein, und die Sache Finnlands wurde auch die Sache Schwedens. Viele Männer meldeten sich freiwillig und zogen gegen den Kommunismus ins Feld. Der Winter war ungewöhnlich kalt. Frauen und Schulkinder strickten Fäustlinge, Socken und Kniewärmer für die schwedischen Mannen auf der anderen Seite der Bottnischen See. Und die Kampftauglichen, die nicht dort drüben waren, bewachten die Grenzen. »Irgendwo in Schweden«. Selma Lagerlöf starb. Im Mai 1940 besetzten deutsche Truppen Dänemark und Norwegen. Hilma hatte nach den Weihnachtsferien bis dahin nur eine einzige Vertretung von fünf Tagen gehabt.

Elof Kahlander lässt irgendwann verlauten, dass er da und dort einen guten Draht hat und Kontakte knüpfen will, aber Hilma verbindet damit keine Hoffnungen. Die Freundinnen aus dem Kreis der Grundschullehrerinnen treffen sich immer noch bei ihr zu Hause. Sie haben das Sticken aufgegeben, sie stricken jetzt Sachen aus feldgrauer Wolle. Und es wird trotzdem Frühling.

Annie Nilsson bringt zum ersten Treffen im April ein Exemplar des Zeitschriftenmagazins »Idun« mit. Als Hilma in der Küche ist, um Teewasser aufzusetzen, kommt Annie zu ihr heraus und legt das Heft auf den Küchentisch. Sie hat die Ecke einer Seite eingeknickt, die für Hilma interessant sein könnte. Sie hat auch mit Bleistift angekreuzt, was Hilma sich ansehen soll.

Signe ist in der Pfadfinderstunde und wird sicher nach Hause kommen, bevor die Damen gehen. Aber sie hat ihre Hausaufgaben noch zu machen.

Hilma schätzte es, dass Annie ihr die Zeitschrift so diskret zusteckte. Alle machten sich schon Sorgen um Hilmas finanzielle Lage. Aber das Mitleid ging nicht so weit, dass eine auch bei einer kleineren Erkältung zu Hause blieb, um der Freundin ein paar Vertretungstage zuzuschanzen. Bei ihren gemütlichen Handarbeitsnachmittagen mieden sie das Thema durchweg. Hilma Tornvall war keine von den Frauen, die offen über ihre persönlichen Schwierigkeiten sprach.

Durch den Hinweis auf eine gewisse Zeitungsanzeige überschritt Annie Nilsson nun sozusagen die Grenzen der gebotenen Diskretion.

Es handelte sich um eine Annonce in der Spalte »Stellenangebote«. Die bekannte und renommierte Korsettmarke Spirella suchte kultivierte, gepflegte und diskrete Damen für den privaten Verkauf ihrer erstklassigen, von anspruchsvollen Kundinnen hoch geschätzten Korsetts und Miederwaren. Die Arbeit bestand in Hausbesuchen bei bereits bekannten Kundinnen aus der tonangebenden Bevölkerungsschicht, um dort den neuen Katalog vorzustellen und bei Interesse Maß zu nehmen, wenn die Kundin sich für einen oder mehrere Artikel entschieden hatte. Nähkenntnisse und Geschick im Maßnehmen waren unbedingt erforderlich. Bewerbung mit Referenzen an ...

Hilma biss die Zähne zusammen und bewarb sich. Die Antwort kam fast postwendend. Hilma Tornvall war eine der Bewerberinnen, die von der Firma Spirella zu einem Gespräch eingeladen wurden. In einem Nebenraum des Stadthotels, das Hilma noch nie betreten hatte, traf sie zwei Vertreter der Firma Spirella. Einen Mann mittleren Alters im dunkelblauen Nadelstreif und eine etwas jüngere Dame, die eine sehr erfahrene »Heimverkäuferin« war. Veteranen in der Branche sozusagen. Ihrem schicken Kostüm und den eleganten Schuhen nach zu urteilen, konnte man auf eine ertragreiche Tätigkeit schließen. Gold klimperte an ihren Handgelenken. Mit Edelsteinen besetzte Ringe stachen in die Augen, als sie den offenen Reisekoffern voll lachsfarbener Unterwäsche einzelne Korsetts, Hüftgürtel und Büstenhalter entnahm. Gleichzeitig blätterte sie im Katalog, um zu zeigen, wie sich die Stücke auf der Zeichnung ausnahmen.

Es waren im Wesentlichen längere und kürzere Modelle verschiedenen Typs mit stützenden Metalleinlagen und Fischbeinstäbchen, die das zurückdämmen sollten, was die Kundin nach Möglichkeit verbergen wollte. Alle diese Stücke waren für korpulente Damen gedacht. Damen aus der mehr oder weniger gehobenen Gesellschaft, die es vorzogen, solche Extras mit Hilfe einer zuverlässigen und geübten Maßnehmerin und unter garantierter Diskretion in aller Ruhe zu Hause auszuwählen.

Die Verkäuferin sollte eine reifere, korrekte, gepflegte und gut, aber unaufdringlich gekleidete Dame sein. Hilma wunderte sich im Stillen über die langen roten Fingernägel und die auffallenden Ringe der Vorführdame.

Wie auch immer. Man fand Geschmack an Hilma Tornvall. Sie hatte einen aufrechten Gang, wirkte korrekt, sah gut aus und schien somit für den delikaten Auftrag geeignet. Man übergab ihr eine Adressen- und Telefonliste von schon bekannten und zufriedenen Kundinnen. Außerdem bekam sie einen kleineren Koffer mit Modellmustern, den Katalog und ein Auftragsheft.

Schon in der folgenden Woche machte Hilma den ersten Kundenbesuch. Bei der Frau Oberst Renée von Dramhuldt.

Aber niemand hatte Hilma gesagt, wie erniedrigend und peinlich es war, von diesen Damen mit herablassender Freundlichkeit behandelt zu werden, und wie unsagbar widerwärtig es war, bei ihnen Maß zu nehmen. Gewiss, das Warmwasser war rationiert, aber das entschuldigte den ungepflegten Körpergeruch einiger Damen noch lange nicht.

Nach zwei von solchen Besuchen hatte Hilma genug. Sie wollte diese Arbeit nicht. Aber Not kennt keine Gesetze. Sie musste jetzt dafür büßen, dass sie zu Anfang ihrer Zeit in Eskilstuna unvorsichtig genug gewesen war, sich etwas auf sich einzubilden und zu glauben, dass sie mit Leichtigkeit eine Vertretung als Grundschullehrerin bekommen würde. Das hatte sie nun davon. Jetzt stieg sie elegante Hauseingänge mit roten Läufern hinauf, klingelte, ein Dienstmädchen öffnete, und vor der Tür stand eine unbekannte Dame mit Koffer. Hätte sie nicht eigentlich den Hintereingang benützen müssen?

Hatte sie nicht ein Kundenverzeichnis und hätte sie nicht vorher anrufen können, um eine Besuchszeit zu vereinbaren? Natürlich wünschte die Firma, dass Hilma neue Kunden warb. Dafür gab es einen besonderen Bonus. Gemeint war, dass zufriedene Damen sie an ihre Freundinnen weiterempfahlen. Manche Kundinnen schätzten Hilmas korrekt zurückhaltende Art, während andere sich gewünscht hätten, dass sie verbindlicher, fröhlicher, gesprächiger gewesen wäre – also schmeichlerischer und gerne den neuesten Klatsch verbreitend. Für Hilma Tornvall war eine solche Haltung undenkbar.

Eine einflussreiche Kundin meinte, dass die unpersönliche Art der neuen Vertreterin einen des Vergnügens beraubte, in aller Vertraulichkeit zu besprechen, welches Sommerkorselett leicht, elegant und doch stramm genug sein könnte.

Elof Kahlander erfuhr durch seine Frau von Hilma Tornvalls neuer Erwerbsquelle; eine ihrer Freundinnen hatte ihr neues Spirella bei niemand Geringerem als Hilma Tornvall bestellt.

Dieser Bescheid verursachte einen derartigen inneren Aufruhr, dass er sich ans Herz greifen musste. Es war wie ein

Schlag vor den Kopf. Dass diese schöne, stolze Frau sich auf diese Art demütigen lassen musste.

Nein und nochmals nein. Er hatte schon früher mit einem Vertreter der Stadtverwaltung von Uppsala und vor allem mit einigen Lehrern, die er seit langem kannte, Kontakt aufgenommen und beschloss jetzt, sie schnellstens an Ort und Stelle zu besuchen. Zu diesem Zweck brauchte er Hilma Tornvalls Abgangszeugnisse aus dem Lehrerseminar. Er rief bei ihr an, um zu fragen, ob er noch am selben Abend vorbeikommen und sie holen dürfe.

Signe kam an die Tür. Ihre Mutter wusch gerade ab und musste sich die Hände noch abtrocknen und die Schürze abbinden.

Ihm fiel ihre Müdigkeit auf, und er machte sich Vorwürfe, dass er beim Aufwärmen seiner Kontakte in Uppsala nicht energischer vorgegangen war. Er ergriff Hilmas Hände, sie waren kalt, und die Wärme seiner Stimme, als er beteuerte, bald einen Bescheid zu erwirken, drang nie ganz zu ihr vor. Ihr mattes Lächeln war freudlos.

Aber von da an ging es vorwärts. Hilma Tornvall wurde nach Uppsala eingeladen, um an der Prinsens Skola, wo eine Stelle noch vor dem nächsten Halbjahr besetzt werden musste, Probeunterricht zu halten. Sie sollte Stunden in Religion, Schwedischer Muttersprache und Mathematik geben.

Sie hatte nicht einmal Zeit, richtig nervös zu werden. Zumindest nicht wegen der Probestunden. Das Problem war, dass Hilma über Nacht in Uppsala bleiben musste. Signe war vierzehn, fast schon fünfzehn Jahre alt, war aber noch nie über Nacht alleine in der Wohnung gewesen. Es wurde so gelöst, dass Birgitta bei ihr übernachten durfte.

Elof Kahlander hatte Hilma in Uppsala ein einfaches, aber sauberes Zimmer in einer Fremdenpension empfohlen. Sie bereitete ihre Stunden während der Bahnfahrt vor. In Religion wählte sie »Der barmherzige Samariter«, ein Gleichnis, das für Kinder leicht zu verstehen ist. In Muttersprache besprach sie die im Schwedischen so vielfältige Schreibung des sch-Lautes sowie die wichtigsten Regeln der Silbentrennung. In Mathematik mussten die Schüler vorgegebene Rechenbeispiele lösen, und es blieb genügend Zeit, alles zu erklären und zu besprechen.

Die Jury bestand in diesen Stunden aus dem Rektor, zwei Vertretern der Stadtverwaltung und einem Geistlichen, Pfarrer Lodenius. Man vergewisserte sich sehr eingehend, dass Hilma nicht Mitglied einer freikirchlichen Gemeinde war. Ihr Entsetzen über diese Frage wirkte sehr überzeugend und trug ihr ganz nebenbei einen sicheren Pluspunkt ein.

Hilma musste nach Hause fahren, ohne zu wissen, zu welchem Resultat die Prüfungskommission gekommen war. Das Domkapitel Uppsala würde ihr das Ergebnis binnen zwei Wochen mitteilen.

Sie kam nach Hause und sah dort ihren Koffer mit den Spirella-Modellen stehen. Ihre letzte Kundin würde Frau Elof Kahlander sein. Das Maßnehmen ging schnell, ohne viele Worte und korrekt vonstatten. Amelie Kahlander nahm eines der teuersten Modelle mit Spitzen-BH. Danach wollte sie zu einer Tasse Kaffee einladen, aber Hilma entschuldigte sich damit, dass Signe Fieber habe und der Arzt im Lauf des Nachmittags nach ihr sehen wollte. Sie wunderte sich immer wieder darüber, wie leicht ihr solche Lügen über die Lippen kamen.

Die übrige Wartezeit verbrachte sie mit dem Frühjahrsputz ihrer Wohnung, trug die Flickenteppiche in die Waschküche und arbeitete sich müde, wo es nur ging.

Der Brief kam überraschend schnell, schon nach acht Tagen. Der Bescheid steckte in einem braunen Umschlag ohne

Fenster. Der Anfang des Textes lautete: »Wir haben die Freude, Frau Hilma Tornvall als ordentliche Grundschullehrerin an der Prinsens Skola in der Gemeinde Domkapitel Uppsala begrüßen zu können.«

Sie saß am Küchentisch und las den Brief. Sie las ihn dreimal, bevor sie Elof Kahlander anrief. Ihre Stimme zitterte so sehr, dass er zunächst gar nicht verstand, was sie sagte.

Auch seine Stimme war aus Freude über diesen Bescheid etwas belegt. Er empfand ja nicht nur Glück bezüglich Hilma. Auch die Wehmut darüber, dass er sie vermissen würde, setzte schon jetzt ein. Dass sie Eskilstuna und somit auch ihn verlassen würde. Er hatte sie lieb gewonnen. Wenn diese tapfere, schöne und stolze Frau ihm im Direktorszimmer gegenübersaß und er sie plötzlich zum Lachen bringen konnte. Sie hatten ja die norrländische Mundart gemeinsam. Es konnte also ohne weiteres ein recht trockener Scherz sein, den sie sofort durchschaute und besonders schätzte. Und ihr Lachen erfüllte seine verstaubte, triste Kanzlei mit Licht.

Es war nicht nur, weil sie so ganz anders war als seine eigene Frau. Sie war anders als jede andere Frau, der er begegnet war. So selbständig und aufrecht. Jammerte nicht. Bat nie um Hilfe. War tapfer und unsentimental. Und dann dieses plötzliche Aufleuchten von Schönheit, und ein Lächeln, das dem von Greta Garbo glich. Auch sie eine Frau, die nicht sofort lachte. Er fragte sich, ob Hilma überhaupt gemerkt hatte, wie sehr er sie mochte?

Nein, das hatte sie wohl nicht. Beruhigt durch das große Familienfoto auf dem Schreibtisch, wäre ihr nie in den Sinn gekommen, auf den Blick des Rektors Elof Kahlander zu achten.

Sie konnte sich auch kein Bild von der unsäglichen Mühe und dem Zeitaufwand machen, den er aufgebracht hatte, um ihr zu einem Posten in Uppsala zu verhelfen. Er war sich bewusst, wie gekränkt sie gewesen wäre, hätte sie auch nur das Geringste erfahren.

Einmal hatte er Hilma und ihre Tochter für sonntags nach dem Gottesdienst zum Mittagessen eingeladen. Seine Frau war gleich damit einverstanden gewesen, war sie doch fast eifersüchtig neugierig auf diese energische, starke verwitwete Frau mit Tochter, die ihren Beruf nach dem Tod des Mannes wieder aufgenommen hatte und alleine gut zurechtkam. In den Gesprächen ihres Mannes kam sie manchmal ein bisschen zu oft vor. Amelie Kahlander, jüngste Tochter der Eskilstuna Messerfabrik, hatte zu ihrer Zeit eine schlanke Taille gehabt und gerne geflirtet. Ihren späteren Mann hatte sie beim Tanzen kennen gelernt. Sie war damals schon sechsundzwanzig und konnte es sich nicht leisten, noch länger zu warten. Die Eltern waren mit dem zukünftigen Schwiegersohn einverstanden. Ein anständiger Mann aus guter Familie.

Amelies Gefühle waren davor anderweitig vergeben gewesen. Ein Vorarbeiter aus der Fabrik. Aber der war natürlich nicht in Frage gekommen.

Ehefrau zu sein war längst nicht so lustig wie behauptet wurde. Aber das bedeutete noch lange nicht, dass es Amelie gleichgültig gewesen wäre, wenn ihr Mann einer anderen schöne Augen gemacht hätte.

Nun war Amelie Kahlander sofort beruhigt. Diese tapfere Witwe war eine absolut steife und langweilige Person. Und sie sah auch nicht besonders gut aus.

Die Mahlzeit hatte sich mit Konversation übers Wetter und bevorstehende Rationierungen hingeschleppt. Der Krieg als solcher war kein angenehmer Gesprächsstoff. Tochter Signe hatte stumm errötend dabeigesessen und hatte sich nicht die Spur um Kontakt zu den Kindern der Gastgeber bemüht, dem elfjährigen Olof und der sechzehnjährigen Ingegärd. Beide besuchten die Höhere Allgemeine Lehranstalt. Der Junge hatte gerade mit der Realschule begonnen, und Ingegärd besuchte die Oberstufe des Gymnasiums im zweiten Jahr. Sie war in der Schule eine absolute Leuchte. Gute Noten in den Lernfächern. Tüchtig in Turnen und Sport und außerdem hübsch wie ihre Mutter. Beim Nachtisch herrschte nur noch Langeweile.

Amelies Kontakt zu ihrem Mann war auf das rein Formale geschrumpft. Er arbeitete viel. Er hatte seine Herrenclubs. Er reiste ziemlich viel. Amelie hatte dahinter eine andere Frau befürchtet. Aber wenn, dann war es nicht Hilma Tornvall. Seit sie sie kennen gelernt hatte, war sie sich dessen sicher.

Hilma hatte es jetzt also schwarz auf weiß, dass sie ab dem Winterhalbjahr 1940 als Grundschullehrerin in Uppsala fest angestellt war. Sie konnte somit bei der Firma Spirella den verhassten mit Hausbesuchen verbundenen Verkauf von Korsetts kündigen. Es war ein Tag voll Seligkeit, als sie Koffer, Katalog und Auftragsblock zurückgeben konnte. Ihr Restguthaben wurde ausbezahlt. Es war in Anbetracht der für sie mit dieser Tätigkeit verbundenen Leiden schandbar gering.

Die Freude wurde durch die Tatsache etwas getrübt, dass Signe im Lauf des Frühjahrs endlich in ihre Rolle als Eskilstunerin hineingewachsen war. Sie war in der Klosterkirche konfirmiert worden und hatte während der Vorbereitung in der Konfirmandengruppe neue Freunde gefunden. Sie schwärmte nicht mehr von Felsen, Strömen und Bergen in Sollefteå. Sie beschwerte sich nicht mehr darüber, dass man in der Schmiedestadt so hässlich sprach: »Jaaee genauee«. Sie hatte sich hier ganz einfach akklimatisiert. Im Sommerhalbjahr war auch ein neuer Musiklehrer ans Gymnasium gekommen, der Signe Tornvalls eminente Gesangsbegabung entdeckt hatte. Also studierte er das wunderbare Lied »Auf Flügeln des Gesanges« von Felix Mendelssohn-Bartholdy mit Signe ein. Zum Jahresabschluss sang sie es mit großer Bravour, und dem Lehrer wurde gratuliert, dass er mit einem solchen Talent hatte arbeiten dürfen. Signe strahlte vor Freude. Das Zeugnis war ein weiterer Grund dafür.

Und dann kommt ihre Mutter mit der Nachricht, dass sie schon wieder umziehen werden.

Im August 1940 fuhr also der Möbelwagen von Eskilstuna nach Uppsala. Als einziger männlicher Verwandter war Bruder Anders wieder behilflich gewesen.

Hilmas älterer Bruder Enok war vor knapp zwei Jahren nach Detroit ausgewandert, wo Verwandte sich eine gute Existenz geschaffen hatten. Man konnte nicht gerade von Wohlstand reden, aber sie führten immerhin ein angenehmes Leben. Sie waren in Detroit Mitglieder der Methodistenkirche. Enok sollte sich nach und nach zum Teilhaber ihres Eisenwarengeschäftes hocharbeiten.

Von ihrer Schwester Asta hörte Hilma fast nie etwas.

Mutter Selma schrieb gern lange Briefe. Beim Anblick ihrer Interpunktion wäre dem Lehrer Eurén die Luft weggeblieben. Sie schickte drei eng beschriebene Seiten, ohne irgendwo einen Punkt zu machen. Als Lehrer stockte einem dabei manchmal der Atem, und man musste eine kleine Pause einlegen.

Eskilstuna war eine Station auf ihrem Weg gewesen. Ein Umsteigebahnhof. In Uppsala würden sie und Signe eine ernst zu nehmende Bleibe beziehen.

Hilma sollte bis zu ihrem Tod im Jahre 1981 dort wohnen bleiben.

3. Station

Uppsala

18

Während des Abschiedsbesuches bei Eskil und Edit kam der Gedanke auf, dass Hilma in Uppsala versuchen sollte, eine hübsche kleine Eigentumswohnung zu kaufen. Es war ja notwendig gewesen, den Schwager von Hilmas und Signes Ortswechsel zu informieren. Dies war an einem Sonntag beim Nachmittagstee geschehen, und Signe lernte bei dieser Gelegenheit auch ihre zwei Jahre ältere Cousine Aurore kennen, die schon eine richtige junge Dame mit Lippenstift und Dauerwellen war. Aurore hatte wenig Hang zum Lernen. Sie besuchte daher die Private Mädchenschule, sollte aber nach der 8. Klasse in ein Mädchenpensionat in der Schweiz geschickt werden. Auch wenn der schreckliche Krieg noch anhielt, die Deutschen waren ja so außerordentlich überlegen, würde die Schweiz, genau wie Schweden, ein neutrales Land bleiben.

Das Dienstmädchen in Schwarz-weiß servierte Tee und störte das Gespräch, als sie auf einem großen silbernen Tablett sehr kleine dreieckige, dreistöckige, verschieden belegte Sandwiches reichte.

»Liebes Kind, nimm doch noch ein Sandwich«, sagte Tante Edit zu Signe, die gar nicht ermuntert zu werden brauchte. Was sie hier angeboten bekam, gehörte mit zum Besten, was sie je gegessen hatte. Aurore war da etwas zurückhaltender. Sie knabberte lange an ihrem ersten Käse-Gurken-Sandwich; aber für Aurore war das alles wohl eher Alltagskost.

Die Cousinen kannten einander nicht. Sie waren sich nur ein einziges Mal in aller Eile begegnet. Hilma fiel es mit einem Anflug von schlechtem Gewissen ein. Signe hätte wohl mit ihrer einzigen jungen Verwandten väterlicherseits mehr Kontakt halten sollen? Dass sie ihrer Tochter das verwehrt hatte, hing natürlich damit zusammen, dass Hilma selbst es mit ihrem Schwager auch nicht so hatte. Auf der anderen Seite schien ebenfalls kein Interesse an verwandtschaftlichen Beziehungen zu bestehen. Edit sah ihre Lebensaufgabe im Wesentlichen darin, nach außen hin zu zeigen, dass die Rechtsanwaltskanzlei Eskil Tornvall gut zu tun hatte und dass sie, soweit ihr die Zeit dazu blieb, ihrem einzigen Kind Aurore eine gute Mutter war. In den ersten Lebensjahren der Tochter hatte es eine erstklassige Kinderpflegerin gegeben. Jetzt, wo Aurore ein Teenager war, genügte die Haushälterin Stina. Die frühere Köchin Beata half nur noch bei Empfängen und Festen aus.

Die kleine Einladung zum Tee war also eine Art Empfang und sollte nicht zu lange ausgedehnt werden. Edit hatte, wie man so sagt, ihre Figur gehalten, aber ihr Gesicht war seit jenem späten Sommernachmittag oder eher noch frühen Abend, an dem sie Hilmas Brautschleier davor bewahrt hatte, in der Tür der Autodroschke eingeklemmt zu werden, ziemlich gealtert. Es hatte damals Reiskörner auf den Wagenlack geregnet, und man hatte das Brautpaar immer wieder hochleben lassen: »Ein vierfaches Hoch! Hurra! Hurra! Hurra! Hurra!«

Edit war damals gerade Mutter geworden und etwas blass um die Nase gewesen. Jetzt konnte sie eine gesunde Sonnenbräune vorweisen; das war für eine modebewusste Dame der besseren Gesellschaft das Neueste. Die Zeit der Sonnenschirmchen war endgültig vorbei.

Die beiden Mädchen sahen einander kaum an. Aurore war ein mageres Ding, das nur unglücklich an den roten Pickeln im Gesicht kratzte. Trotz der strengen Blicke, die ihre Mutter ihr immer wieder zuwarf, konnte sie es nicht lassen.

Leonard Björkhammar, Eskil Tornvalls Kompagnon, ein jüngerer gut aussehender Mann, der sich gerne reden hörte, rettete die ganze Veranstaltung. Die Nachricht von der bevorstehenden Abreise Hilmas und ihrer Tochter in die Stadt der Gelehrsamkeit weckte in ihm enthusiastische Erinnerungen an seine eigenen Studentenjahre in Uppsala. Wohlwollend betrachtete er Signes schüchtern geneigten Kopf und wies sie darauf hin, dass es einfach wunderbar sei, in Uppsala jung zu sein; ganz besonders für ein so hübsches junges Mädchen wie Signe. Uppsala sei die Stadt der Jugend »par préférence«, er konnte zu diesem Wohnungswechsel also nur allerherzlichst gratulieren. Eskilstuna hatte in seiner Art wohl auch seine Vorzüge. Aber Bildung, Esprit und Kultur trieben in dieser Stadt der Maschinen nicht gerade üppige Blüten. Hingegen in Uppsala ...

»Dort werden Sie sich wirklich wohl fühlen«, sagte er mit einem zustimmenden Nicken.

Edit saß schweigend dabei und nahm sich nichts von den angebotenen leckeren Dingen. Sie hielt sich an den Tee und die langen, dünnen Zigaretten, die sie eine nach der anderen rauchte. Sie schaute zum Fenster hinaus. Oder auf den geschwätzigen Rechtsanwalt Björkhammar. In ihrem Blick lag etwas schwer zu Enträtselndes. Bedeutsames. Oder geradezu Bittendes.

Aurores Hand fühlte sich unwiderstehlich zu der dicken Pustel in der linken Mundecke hingezogen, und Signe nahm sich unauffällig ein weiteres Sandwich, als der Gastgeber selbst das Wort ergriff und fragte, ob Hilma sich in Uppsala schon nach einer Wohnung umgesehen habe.

Bevor Hilma noch reagieren konnte, mischte sich Leonard Björkhammar begeistert ein und äußerte seine Meinung. »Das Richtige für Sie, Frau Tornvall, wäre eine gemütliche kleine Eigentumswohnung. Die Preise sind momentan sehr vorteilhaft, und Wohnungen werden im Wert ständig steigen.«

Über Eigentumswohnungen wusste Hilma bis jetzt nur, dass man einen anständigen Betrag investieren musste und sie deshalb für eine Witwe in bescheidenen Verhältnissen kaum in Frage kamen. Da aber mischte Eskil sich ein und erinnerte Hilma an den restlichen Teil des Pfarrhoferbes, der ihr nach Sigfrids Tod zugefallen war. Es war ja insgesamt ein nicht zu verachtender Betrag gewesen. Seine liebe Schwägerin hatte das Geld doch hoffentlich noch nicht verjubelt?

Hilma wurde ganz rot und spürte den Schweiß unter den Armen. Wie konnte Eskil so etwas von ihr denken?

Sie hatte das Geld immer nur im äußersten Notfall angerührt, also lag der Großteil noch immer auf dem Sparbuch.

»Natürlich nicht«, antwortete sie spitz und wandte sich wieder an den Anwalt Björkhammar, der für den Augenblick nicht am Thema interessiert war, sondern Blicke mit der Frau des Hauses wechselte.

»Sagen Sie, Herr Björkhammar«, unterbrach Hilma das, was hier möglicherweise vor sich ging. »Wie viel könnte eine kleine Zweizimmerwohnung ausmachen? Ich meine, mit welchem Barbetrag müsste ich rechnen?«

Leonard Björkhammar besann sich wieder auf die laufende Konversation und antwortete prompt: »Rund tausendfünfhundert bis höchstens tausendachthundert«, sagte er geschäftsmäßig.

Da wurde Hilma noch einmal rot, und ihr Herzschlag setzte kurz aus, bevor er beglückt wieder losstürmte.

»Ja dann«, sagte sie atemlos.

Leonard Björkhammar, der wahrlich eine gewiefte Person war, hinderte Hilma daran, die Höhe ihres Vermögens preiszugeben, indem er sie lauthals aufforderte, mit ihrer schönen jungen Tochter nach Uppsala zu fahren, dort das HSB-Kontor am Vretgränd 2 aufzusuchen und dort um ein Gespräch mit Johan Björke zu bitten, einem sehr sympathischen und zuverlässigen Herrn. »Grüßen Sie ihn von mir«, fügte er hinzu.

»Und wenn Sie übernachten möchten, kann ich das Park Hotel gegenüber dem Bahnhofspark empfehlen. Ein ausgezeichnetes kleines Hotel. Sauber und gepflegt. Zu mäßigen Preisen.«

In der darauf folgenden Woche, einen Tag nach Hilmas Geburtstag, folgten sie Anwalt Björkhammars Rat. Ein Besuch auf der Sparkasse hatte erbracht, dass Hilma von der Erbschaft von 3000 Kronen plus Zinsen nicht mehr als 400 Kronen abgehoben hatte.

Direktor Johan Björke war in der Tat ein hilfreicher und Vertrauen erweckender Verhandlungspartner. Es ist nicht ganz selbstverständlich, dass eine allein stehende Frau in geschäftlichen Angelegenheiten mit Respekt behandelt wird. Hilmas gewohnt zurückhaltende Art hatte sich jetzt jedoch in so etwas wie ruhige Sicherheit verkehrt, die den Anschein erweckte, dass sie einen Mann an ihrer Seite hatte. Sie wusste, dass sie einen finanziellen Rückhalt hatte und nicht die erstbeste angebotene Wohnung nehmen musste. Also übernachteten Hilma und Signe im Park Hotel. Am nächsten Morgen hatte sie sich für eine geräumige Zweizimmerwohnung im Stadtteil Luthagen entschlossen; Ringgatan 10c, dritter Stock, lautete die Adresse. Kaufpreis 1700 Kronen; jährliche Miete 178,50 Kronen.

Es blieb noch Zeit für einen Rundgang durch die Stadt mit ihren schönen alten Gebäuden, dem pompösen Backsteinschloss auf dem Hügel und dem Dom, der Signe vor Andacht und Begeisterung verstummen ließ, als sie in das mächtige Deckengewölbe emporblickte. Sie gingen auch zur ruhmreichen Höhere Allgemeine Lehranstalt, Signes zukünftiger Schule, wo der jetzt verödete Schulhof im strahlenden Sonnenschein lag. Die schattig kühle Skolgata entlang spazierten sie zum Fyrisån, der von vielen Dichtern besungen wurde. Sie wanderten am Fluss entlang, zweigten bei der Drottninggatan ab und setzten sich in den Garten des Restaurants Flustret. Dort bestellten sie sich ein Apfelgetränk, ließen sich die Napoleontörtchen schmecken, beobachteten die Vögel im Schwanenteich und stellten genussvoll lachend fest, dass Sommerferien waren.

Aber es schien zu viel verlangt, dass Signe sich für den neuen Ort hätte begeistern können, wo sie sich doch erst in Eskilstuna eingelebt hatte. Dort hatte sie ihre beste Freundin Birgitta, die Pfadfinder und den über alle Maßen von ihr eingenommenen Zeichenlehrer Sigurd Lundstedt.

Hilma ereiferte sich über alle Vorteile, die Uppsala, verglichen mit der rußigen, lärmenden Industriestadt zu bieten hatte, in der schon morgens um fünf Uhr die Fabriksirenen zur Arbeit riefen.

Hilma hatte das Gefühl, einem schwierigen Kunden die Stadt Uppsala um des schnöden Mammons willen andrehen zu wollen. Sie versuchte auch, Signe schmackhaft zu machen, dass die Wohnung, die sie beziehen würden, ihr Eigentum war. Darüber konnte Signe schon gar nicht in Jubel ausbrechen. Sie wollte ganz einfach nicht umziehen.

Während Hilma redete, um Signe für Uppsala zu gewinnen, wurde das Mädchen immer trübsinniger. Keine Sommerferienlaune lag mehr in der Luft. Es war Aufbruchstimmung, und dazu kam noch die widerwärtige Vorstellung, als neue Schülerin in eine Klasse zu kommen, in der alle anderen sich schon kannten.

Für Hilma war Uppsala die ersehnte Endstation, wo sie allen Ernstes und wirklich in jeder Weise Wurzeln schlagen und ganz sie selbst sein wollte. Unabhängig von allem, was hinter ihr lag.

Uppsala, eine auf ihren Namen eingetragene Eigentumswohnung, eine feste Anstellung an der Prinsens Skola, das war zusammengenommen nicht nur der Beweis für ihre Loslösung von der Vergangenheit, sondern auch für ihre Fähigkeit, Signe und sich selbst versorgen zu können.

Sie durfte ihr neues Leben mit einer Klasse rosiger, schüchterner und feierlich gestimmter Erstklässler beginnen, die vertrauensvoll zu ihrer ersten Lehrerin aufblickten. Hilma spürte jetzt, in ihrer zweiten Lehrerinnenphase – die erste hatte sie ja in ihrer Jugend in Alanäs verbracht –, dass sie es wagen wollte, sich mit ihren Schülern verbunden zu fühlen. Denn dieses Mal wusste sie, dass sie sie ganze zwei Jahre unterrichten würde.

Das Grundschulkollegium bestand ausschließlich aus Damen, alle mit dem zivilen Stand »Fräulein«. Von ihnen unterschied Hilma sich durch die Anrede »Frau« sowie durch die Tatsache, dass sie Mutter einer halbwüchsigen Tochter war. Rektor war bis zum Beginn dieses Schuljahres ein Herr Simon Göts gewesen, der sich wegen des zunehmenden Antisemitismus in den Westen abgesetzt hatte. Nach Amerika. Der neue Oberlehrer hieß Manfred Sandgren, geboren in Alsike.

Signe ging jetzt in die erste Klasse der Oberstufe, humanistischer Zweig, der Uppsala Höheren Allgemeinen Lehranstalt.

Ach, wie wunderbar wäre es doch gewesen, wenn Signe sich in Uppsala ebenso wohl gefühlt hätte wie ihre Mutter. Aber Gott hat uns nicht in dieses Jammertal gesandt, damit wir uns wohl fühlen, krittelte Selma im Kopf ihrer Tochter. Als hätte Hilma das nicht schon in der Wiege und bis zum heutigen Tag mitgekriegt. Aber der Mensch ist, trotz allem, auch mit Hoffnung gesegnet, und wenn Hilma sich in ihrer Schule so zufrieden fühlte, konnte es doch nicht vermessen sein, Signe ein Gleiches zu wünschen?

In Uppsala merkte man nicht allzu viel davon, dass das Land die meisten seiner jungen waffentauglichen Männer zur Bewachung an die Grenzen geschickt hatte. Uppsala war auch in Kriegszeiten eine lebendige Stadt voll junger Menschen beiderlei Geschlechts. Darüber hinaus gab es jede Menge norwegische Jungs, die, von den deutschen Besatzern gesucht, unter den widrigsten Umständen geradezu heldenhaft über die Grenze geflüchtet waren. Im Winter kamen noch viele dazu, weil da der Grenzübertritt weniger riskant zu sein schien.

Die Deutschen fielen wie die Hunnen über Europa her. Deutsche Panzer hatten in Belgien und Holland jeglichen Widerstand gebrochen, und nun kam Frankreich an die Reihe. In den Wochenschauen sah man sie durch den Triumphbogen marschieren. Paris war zur »offenen Stadt« erklärt worden und dadurch vor der Zerstörung bewahrt geblieben.

Die schwedische Regierung, mit den Sozialdemokraten an der Spitze, verhandelt oder treibt eher einen Kuhhandel, damit Schweden nicht als nächster Brocken im Rachen des deutschen Untiers verschwindet. Das Ergebnis ist, dass Deutschland des Nachts Transitzüge mit Soldaten und Munition an die Front im Norden schleusen darf. Diese schändliche Vorgangsweise ist nicht zu verheimlichen und wird auch in der Öffentlichkeit bekannt. Aber was wäre die Alternative gewesen? Nur wenige Menschen wagen laut darüber zu sprechen. Alle jungen Ehemänner und Väter liegen dort oben an den Grenzen, und an der Heimatfront stricken Frauen, Mädchen und alte Tanten Fäustlinge, Schals, Kniewärmer, Mützen und dicke Wollsocken. Und wo man auch geht und steht, überall hört man den Schlager »Mein Soldat«. Ulla Billqvists Stimme mit dem schmachtenden Timbre durchdringt Wände und Zwischendecken, dringt durch offene Fenster nach draußen, das Lied wird von Dienstmädchen und Schulkindern gesummt, von den Jungens gepfiffen.

Währenddessen führten die Frauen ihren eigenen Kampf. Die Lebensmittelrationierung wird immer umfassender. Es gibt Marken für Brot, Seife, Margarine, Zucker, Fleisch und Textilien, und die Milch wird um zwei Öre teurer. Es ist der kälteste Winter seit Menschengedenken. In der Folge wird das Heizmaterial für Häuser und Warmwasser knapp. An den Häuserfronten von Uppsala türmen sich eingeschneite Holzstapel. Schweden ist ja doch ein reiches Land. Das gestapelte Holz zeigt, dass der Wald die eigentliche heimische Energiequelle ist. Der Schnee bleibt auf Fahrbahnen und Gehsteigen liegen. Man bewegt sich mit dem Tretschlitten fort. Die wenigen Autos mit Holzgasantrieb tuckern qualmend durch die Straßen. Im Schutz der Holzstapel küssen die Jungs ihre frierenden Mädchen.

Aber Hilma braucht nicht zu befürchten, dass Signe eins davon sein könnte. Eher schon einige ihrer Mitschülerinnen. Mehr als die Hälfte der Gymnasiasten kommt aus der ländlichen Umgebung von Uppsala oder von noch weiter her. Die Woche über wohnen sie in so genannten Schulhaushalten. Einige Pfarrers- oder Professorenwitwen haben ihre große Wohnung im zentralen Uppsala behalten und bessern ihre Pension dadurch etwas auf, dass sie an Jugendliche beiderlei Geschlechts untervermieten. Aus gutem Grund musste man annehmen, dass es in einem solchen Schulhaushalt recht ungezwungen zuging. Eine allein stehende ältere Dame mit einer Halbtagsköchin konnte kaum nackte Füße überwachen, die abends in das Zimmer schräg gegenüber tappten, wenn es schon lange zehn Uhr vorbei war.

Signe hatte mehrere solche »Schulhaushältler« in der Klasse. Sie bildeten eigene Cliquen und nahmen nur ungern Außenstehende auf. Einem hübschen, selbstsicheren Mädchen konnte es durch Unverfrorenheit und das notwendige lose Mundwerk eventuell gelingen.

Aber Signe war in keiner Weise ein solcher Typ. Jeden zweiten Samstag gab es im Turnsaal einen Tanzabend für die Schüler. Die mit rotem Krepppapier verhüllten Lampen sollten romantische Stimmung verbreiten. Eine Anzahl Lehrer hatte dafür zu sorgen, dass gewisse Grenzen nicht überschritten wurden.

Signe, die abends immer zu Hause saß und nach Erledigung der Schulaufgaben noch zeichnete, wurde von ihrer Mutter überredet, ein Mädchen namens Alice Alm anzurufen, die Signe einmal nach der Schule mit nach Hause gebracht hatte. Konnten die beiden nicht zusammen zum Schultanz gehen? Alice war auch Brillenträgerin. Aber die Mädchen würden ihre Augengläser später sowieso in die Handtasche stecken. Lieber halb blind als eine Brillenschlange.

Die Mädchen verabredeten sich also unten an der Schultreppe. Signe zog ihr neues tailliertes flaschengrünes Samtkleid mit dem schwingenden Rock an. Das halblange Haar hielt sie mit einer Strassspange zurück. Missmutig und äußerst nervös stand sie vor dem großen Spiegel in der Diele.

»Ich mag nicht gehen, Mama.«

»Aber Signe, du bist doch mit Alice verabredet. Ihr werdet bestimmt viel Spaß haben. Und um elf Uhr hole ich dich wieder ab.«

Es begann damit, dass Hilma Signe ein Stück begleitete. Das Mädchen hatte seine Angst vor Betrunkenen immer noch nicht ganz überwunden. Und schließlich war Samstagabend. Es war schon Ende März, aber die Kälte wollte nicht weichen.

Der Schnee knarrte unter den Schritten. Die Atemluft stand wie Rauch vor dem Mund.

Der Schultanz begann um neun Uhr. Aber Viertel nach zehn war Signe schon wieder zu Hause. Sie war schnell gelaufen, man hörte es an ihrem pfeifenden Atem. Das klang gar nicht gut; Signe erkältete sich doch so leicht. Sie hatte rote Ränder um die Augen. Und die Nase lief. Wortlos zog sie den Mantel aus und war schon im Badezimmer verschwunden. Aber es war kein Warmwasserabend. Sie kam also, gleichsam im Nachhinein frierend, mit eiskalten Händen und zitternden Lippen wieder heraus. Signe bekam, wenn sie müde oder traurig war, manchmal eine Art Schüttelfrost. Sie gehörte zu diesen überempfindlichen Menschen, die mit warmer Honigmilch, einem Bettjäckchen über dem Nachthemd und Wollsocken erwärmt werden mussten.

Hilma wagte nicht zu fragen, warum ihre Tochter den Schultanz so früh verlassen hatte. Aber sie glaubte es erraten zu haben. Es war das Unschuldige und Unerfahrene, das Signes offene Gesichtszüge ausstrahlten. Im Alter von sechzehn, siebzehn Jahren interessieren sich Jungens sicher mehr für etwas erfahrenere Mädchen. Solche, mit denen sie es mal versuchen können. Weil sie wissen, dass das Mädchen mit dem einverstanden ist, was sie vorhaben.

Signe war anders. Auch Hilma war nicht so, als sie Sigfrid an jenem strahlenden Sommertag in Tärnaby begegnete. Aber Sigfrid war ein reifer Mann gewesen. Es war gerade die Unschuld, in die er sich verliebte. Ein junges Ding mit Mandelblütenhaut. Eine edle Rose, so weiß, wie nur die Lilie ist.

Signe war schon fast siebzehn; sie war ein Jahr älter als die übrige Klasse. Aber sicher die Kindlichste von allen.

Hilma wollte ihrer Tochter diese Kindlichkeit so lange wie möglich bewahren. Aber Signe durfte dabei nicht unglücklich werden. Signe wollte wie alle anderen Mädchen sein. Genau wie sie früher wie Birgitta hatte aussehen wollen. Signe wollte immer so sein wie ein bestimmtes anderes Mädchen.

Hilma fragte sich, ob es normal war, dass Mädchen so fühlten.

Sie selbst war immer nur bestrebt gewesen, alles gut und recht zu machen, damit ihre Mutter mit ihr zufrieden war.

Signe hatte an diesem Abend die größten Schwierigkeiten mit dem Einschlafen. Sie musste aufstehen, um aufs Klo zu gehen, musste Wasser trinken, wieder aufs Klo, die Beine kribbelten unter der Haut. Hilma gab ihr eine leichte Tablette.

Schließlich schlief das Mädchen, bis über die Nase zugedeckt und mit dem kleinen Kissen über dem Kopf, ein. Damit hatte sie schon in Sollefteå angefangen. Sie hatte nämlich festgestellt, dass man mit so einem fest aufs Ohr gedrückten Kissen längst nicht jedes Scharren und Knarren, alle Seufzer und Schnaufer hört, die die Gespenster verursachen, wenn sie sich fortbewegen.

Es war schon fast ein Uhr nachts, als Hilma das Schlafsofa aufklappte und sich die Haare zu einem Zopf flocht. Sie hatte sich die Haare schon lange abschneiden lassen wollen, aber immer kam etwas dazwischen. Sie stellte die Stehlampe ans Kopfende und richtete den Strahl eines der beiden Schirme so, dass sie gutes Licht hatte, um den neuesten Krimi von Agatha Christie zu lesen, den sie sich aus der Bibliothek geholt hatte. Sie konnte noch immer unbehindert lesen, aber es war sicher nur eine Frage der Zeit, bis sie doch eine Lesebrille brauchen würde.

Wegen ihrer Kurzsichtigkeit war Signe Brillenträgerin geworden, was ihr Selbstbewusstsein noch mehr beeinträchtigt hatte. In amerikanischen Lustspielfilmen kam es oft vor, dass ein charmanter junger Mann (Cary Grant) sich in eine schöne

Blondine mit großen, strahlenden Augen verliebte, die eine langweilige Schwester mit Brille hatte. Urbild des hässlichen jungen Entleins. Gegen Ende des Filmes gibt es dann Probleme mit der Blondine und rein zufällig kommt der schöne junge Mann mit der unattraktiven Schwester ins Gespräch. Schon bald verdichtet sich die Geschichte bis zu dem Augenblick, wo der Held dem Mädchen langsam die Brille abnimmt und – schwupps! – entdeckt, was für ein schönes Kind sie ist. Er nimmt ihr die Haarnadeln aus der unwahrscheinlich altmodischen Frisur. Der Brille entledigt fällt sie dem hinreißenden Mann mit wallendem Haar in die Arme, und er küsst, *küsst sie*. Die Brille liegt auf dem Schreibtisch; das Mädchen sieht sie nicht. Aber was soll's! So kurzsichtig ist sie auch wieder nicht, dass sie dem Geliebten nicht in die Augen schauen könnte, als er flüstert: »Du bist so wunderbar. Willst du meine Frau werden?«

Manchmal glaubte Hilma fast, dass Signes Unbehagen in Uppsala damit zusammenhing, dass ein dortiger Arzt ihre Kurzsichtigkeit festgestellt hatte. Hilma wusste, dass Signe ihre Brille auf dem Schulweg am liebsten in die Schultasche steckte. Mädchen, die von den Jungs gesehen werden wollten, durften keine Brille auf der Nase haben. Hilma wusste jedoch nicht, ob Signe von Jungs gesehen werden *wollte.* Hilma wusste zur Zeit überhaupt sehr wenig von dem, was Signe dachte und wollte, außer dass sie noch immer fest entschlossen war, Modezeichnerin zu werden.

Signe war rein äußerlich zu einer jungen Frau mit weiblichen Formen herangewachsen. Aber ihr Innenleben war nicht mitgekommen. Schüchtern, kindlich und unwissend machte sie einen sehr guten Eindruck auf Hilmas Freundinnen aus Lehrerkreisen. Ein Mädchen von feiner Wesensart und daher ganz reizend. »Wie schön für dich, Hilma«, sagten sie von

Zeit zu Zeit, »dass Signe ein so gesittetes, prächtiges junges Mädchen ist. Wenn man weiß, wie die heutige Jugend ist. Nicht wenige Mütter fragen sich händeringend, was ihren Töchtern wohl eingefallen sein mag, wenn sie lange nach der vorgegebenen Zeit nach Hause kommen.«

Gewiss, Hilma war dankbar dafür, dass Signe nicht zu den leichtfertigen Mädchen gehörte, die sich in Toreinfahrten und dunkles Gebüsch zerren und sich küssen oder gar noch Schlimmeres gefallen ließen.

Um Viertel nach ein Uhr nachts kam die reizende Signe zu ihrer Mutter. Sie bibberte, dass die Zähne aufeinander schlugen, und jammerte mit müden schmalen Augen, dass sie nicht schlafen könne. Das war an sich kein ungewohnter Auftritt. Signe schienen Schlafprobleme angeboren zu sein. Sie fuhr aus unerfindlichen Gründen aus dem Schlaf hoch. Im Lauf des Tages konnte etwas Witziges oder etwas Schlimmes vorgefallen sein, das Ende vom Lied war immer, dass sie nicht einschlafen konnte. Seit sie in Uppsala wohnten, hatte diese Tendenz sich verstärkt. Hilma hatte sich schließlich gezwungen gesehen, bei einem Psychiater Rat und Hilfe zu suchen. Es war ein älterer, ruppiger Arzt. Aber gründlich. Zunächst sprach er eine Weile mit Signe allein. Dann musste sie sich ins Wartezimmer setzen, wo das Magazin »Idun« und das Wochen-Journal schon verrieten, in welcher Preisklasse sich dieser Doktor Henrikzén in der Gesellschaft bewegte. Jetzt war Hilma an der Reihe. Trotz ihrer Befürchtungen, dass die ärztliche Schweigepflicht vielleicht doch nicht immer hundertprozentig eingehalten wurde, musste sie Sigfrid und seine seelische Krankheit zumindest erwähnen. Später war sie froh, es getan zu haben, denn Doktor Henrikzén hatte bei Signe wirklich keine Spur des bedauerlichen väterlichen Gebrechens feststellen können. Hilma war ein Stein vom Herzen gefallen. Jetzt brauchte sie zumindest *das* nicht mehr in Betracht zu ziehen. Nein, Signe hatte pubertäre Schwierigkeiten einfach noch nicht überwunden. Sie hatte einen empfindsamen Intellekt und dazu die Tendenz, mitten am Tag Gespenster zu sehen.

Kurz vor dem Einschlafen wurde sie von beunruhigenden Gedanken heimgesucht und war sofort hellwach. Dazu kam das Wissen, dass es schon spät und das Einschlafen daher wichtig war, sonst würde sie am nächsten Tag in der Schule Schwierigkeiten haben. Signe hatte während des Gesprächs mehrmals betont, dass sie unbedingt acht Stunden Schlaf brauchte. Und wenn es eins schlug und sie noch immer nicht ... kam die Panik.

Signe musste von der Fixierung auf acht Stunden Schlaf loskommen. Das sollte durch gesundes Leben gefördert werden. Mehr frische Luft, Sport, mehr Bewegung – er unterbrach sich und schaute in die Krankengeschichte.

»Mhm. Sie ist vom Turnen befreit. Aber sie kann spazieren gehen. Wie wäre es mit einem Hund? Das würde der jungen Dame Beine machen, denn mit einem Hund muss man ja doch mehrmals am Tag ins Freie ...«

Hilma lauschte dem militanten Ton des Arztes ergeben. Trockene Worte. Aber dahinter erkannte Hilma die nie laut ausgesprochene Meinung des geradlinigen Mannes, dass das Mädchen ganz einfach verzärtelt war. Wie das bei Einzelkindern meist der Fall ist. Vor allem, wenn sie den Vater früh verloren haben.

Er schrieb trotzdem ein Rezept aus. »Aber nur im Notfall, liebe Frau Tornvall.«

»Ich kann nicht einschlafen, Mama.«

Hilma rechnete im Kopf schnell nach, wann Signe das letzte Mal eine halbe Tablette bekommen hatte. Es war noch gar nicht lange her. Vorgestern Nacht. Vor einer Englischarbeit.

Aber morgen war Sonntag. Nein, diesmal keine Tablette. Es wurde gehalten wie immer: leicht gezuckerte warme Milch und beruhigende Worte der Mutter, dass es ja nicht so schlimm sein könne. Morgen durfte sie ausschlafen.

Sie saßen einander am Küchentisch gegenüber. Sie hatten ihre Bademäntel an, denn das Küchenfenster war nicht dicht, und es zog trotz des Verdunkelungsrollos. Hilma, die sich Silbertee zubereitet hatte, sah, wie sehr Signe aus ihrem Bademantel herausgewachsen war. Die Ärmel endeten ein ganzes Stück über den Handgelenken. Sie brauchte einen neuen. Aber Baumwollfrotté kostete Kleidermarken. Sie mussten warten, bis die neue Zuteilung kam.

Signe saß mit krummem Rücken und gleichgültig in einer Weise da, die Doktor Henrikzén sehr missbilligt hätte.

»Es war also nicht lustig beim Schultanz?«, wagte Hilma sich zu erkundigen.

Auf dieses Signal schien Signe schon den ganzen Abend gewartet zu haben. Tränen tropften in die Milchtasse und schon stellte sich heftig und untröstlich das Weinen ein. Als Hilma versuchte, näher an Signe heranzurücken und ihr den Arm um die Schultern zu legen, reagierte sie wie gewöhnlich. Signe rückte weg. Entzog sich ihrer Mutter. Hilma seufzte, ließ den Arm sinken. Wartete ab.

»Keiner hat mich aufgefordert«, schluchzte Signe verschnupft.

Hilma fand ein sauberes Taschentuch in der Bademanteltasche und gab es ihrer Tochter, die sich schnäuzte, ohne ihre Mutter anzusehen.

»Das Mädchen neben mir und das vor mir wurden aufgefordert und dann auch das auf meiner anderen Seite, und dann war nur noch ich übrig. Ich habe die Rückenlehne vom Stuhl durchs Kleid gespürt ...«

Sie schwieg. Schnäuzte sich, aber es half nicht viel, denn jetzt hatte sie sich dem Weinen völlig hingegeben, und wenn sie schon dabei war, musste noch vieles andere mit weggeschwemmt werden. Dass sie so alleine war. Dass sie so hässlich war, dass niemand sie haben wollte. Dass ihr die Schule so schwer fiel. Dass sie solche Angst vor dem Französischlehrer hatte, dass sie in seinen Stunden immer nur herumstotterte ...

Dass sie ununterbrochen Angst hatte.

Das alles wurde Hilma in abgehackten, unfertigen Sätzen vermittelt. Und Hilma spürte die ganze Zeit, dass Signe ihr noch etwas verschwieg. Etwas, das noch schlimmer war.

Hilma zögerte nicht. Wortlos ging sie zu dem Oberschrank in der Küche, wo sie die kleine Dose mit den Schlaftabletten versteckt hatte. Sie schüttelte eine kleine weiße Tablette in die hohle Hand, ließ Wasser in ein Glas laufen und reichte es Signe. Sie nahm es.

Nach einer Viertelstunde schaute Hilma vorsichtig in Signes Zimmer und löschte die kleine Bettlampe. Dann ging sie ins Wohnzimmer, setzte sich in den unbequemsten Sessel, um schnell auf den Beinen zu sein, wenn Signe sie brauchte. Trotz Bademantel fror sie. Sie legte sich eine Decke um die Schultern. Das Zimmerthermometer stand auf 17 Grad.

Müde und verzagt wie sie war, brachte sie keine Ordnung in ihre Gedanken. Was half es, dass sie selbst sich wohl fühlte, dass sie sichere monatliche Einkünfte hatte, dass sie eine Wohnung besaß, die ihr keiner wegnehmen konnte; was half das alles, wenn Signe unglücklich war? Für Signe und nur für Signe hatte sie ein sicheres Leben für sie beide angestrebt.

Die aufreibenden Überlegungen, die in diesen Stunden der Schlaflosigkeit nur noch im Kreis gingen und keinen Ausweg fanden, endeten schließlich in dem ohnmächtigen Gedanken, dass sie niemanden hatte, mit dem sie über Signe sprechen konnte. Sie meinte damit nicht irgendeinen Arzt, sondern einen vertrauten Menschen, einen Freund oder eine Freundin, die wussten, mit welchen Gefühlen es verbunden war, Mutter eines Kindes zu sein, das kein Kind mehr war. Sie hatte mehrere Freundinnen, aber sie waren alle unverheiratet und kinderlos. Wie hätten sie Hilmas Probleme begreifen können?

In solchen Stunden der Hoffnungslosigkeit kam ihr immer wieder der Name Rutger von Parr in den Sinn. Dieser kluge, erfahrene und warmherzige Pädagoge hätte ihr eine solche Hilfe sein können! Warum hatte er das aussprechen müssen? Er hätte doch schweigen können, denn Hilma hatte keine Ahnung gehabt ...

Da war andererseits aber der Schock, dem er sie ausgesetzt und der sie bewogen hatte, Sollefteå zu verlassen, um heute in einer Eigentumswohnung in Uppsala zu sitzen und Grundschullehrerin mit fester Lehrverpflichtung an der Prinsens Skola zu sein.

19

Frühling lässt sein blaues Band...« Nirgends war der Frühling überzeugender jung und auch liedgemäßer als in Uppsala. Das Aufsetzen der weißen Studentenmützen in der Drottninggata, der Männerchor Orphei Drängar, der die alten abgeleierten Frühlingslieder so hinausjubelte, dass man meinte, sie zum ersten Mal zu hören. Der Anblick und der Geruch der Walpurgisfeuer; die beste Aussicht hatte man vom Schlossberg aus. Vorausgesetzt man vermochte sich durch das Gedränge zu schieben. Signe und Hilma hatten es geschafft. Aber sie waren nicht lange dort. Signe bekam kalte Füße und wollte nach Hause. Es war keine einfache Sache, sich durch die lachende, rempelnde, ausgelassene Menschenmenge zu drängeln, noch dazu in der falschen Richtung. Signe hatte es eilig. Sie brauchte ihrer Mutter gar nicht mehr zu sagen, warum.

Hilma ging der Gedanke durch den Kopf, was gewesen wäre, wenn Signe sich mit anderen jungen Leuten hier befunden und plötzlich diesen Harndrang verspürt hätte. Unter all diesen übermütigen jungen Menschen riefen einige Signe tatsächlich einen Gruß zu, waren aber gleich wieder untergetaucht. Sie gingen paarweise, Hand in Hand oder eng umschlungen. Hilma fand viele doch ein wenig zu jung, um ohne die Begleitung Erwachsener unterwegs zu sein.

Signe war mit ihrer Mutter zusammen; das gab Sicherheit. Neben dieser Gewissheit schlich sich aber eine Unruhe ein, die flüsterte, Signe müsste einen solchen Abend eigentlich mit ihren Kameraden verbringen. In der Walpurgisnacht in Uppsala. Es war nicht unbedingt großartig, keine andere Begleitung als die eigene Mutter zu haben.

Irgendwann im Mai bat Signes Klassenvorsteherin, Frau Assessor Helene Millrath, Hilma Tornvall um ein Gespräch unter vier Augen. Treffpunkt war die Rektoratskanzlei, ein düsterer, ungelüfteter Raum, wo der Tabakrauch sich überall festgesetzt hatte. An den Wänden Porträts von bereits verstorbenen, ernst dreinschauenden ehemaligen Direktoren. Während Assessorin Millrath einen Stuhl für den Gast zurechtrückte, eilten Hilmas Gedanken in einen Raum zurück, in den sie selbst – ebenfalls in einer dringenden Angelegenheit – gerufen worden war. Das Arbeitszimmer des Kirchenhirten Tornvall, in dem Familienrat gehalten werden sollte. Auf der Anklagebank: die junge Schwiegertochter Hilma.

In dem jetzigen Verhandlungsraum war aber nicht Hilma die Hauptperson, sondern unweigerlich ihre Tochter.

Studienassessorin Helene Millrath, im Übrigen Gattin des Dozenten Bengt Millrath, des Lateinlehrers, leitete das Gespräch mit so vielen freundlichen und lobenden Worten über »unsere liebe kleine Signe« ein, dass Hilmas Herz sich zu einem kleinen harten Klumpen zusammenzog, der auf das Zwerchfell niederplumpste und ihr das Atmen schwer und fast unmöglich machte. Als hätte sie gerade einen langen Geländelauf hinter sich.

So viele schöne Anfangsworte waren ein sehr schlechtes Omen. Klangen nach Katastrophenalarm.

Nun ja. Ganz so schlimm war es vielleicht gar nicht. Nur fast. Es war nämlich so, dass diese reizende und begabte Schülerin im Kollegium Gegenstand langer Diskussionen gewesen war. Alle Lehrer hatten sich schließlich darauf geeinigt, dass Signes bedauernswert schlechte Zensuren nicht auf den Mangel an Begabung oder gutem Willen zurückzuführen waren, sondern auf eine gewisse Labilität in Signes Wesen. Signe war ein scheues und sehr empfindliches Mädchen, das sich in dieser von Knaben dominierten Schule nicht geltend machen konnte.

Aus alter Tradition war Uppsalas Höhere Allgemeine Lehranstalt eine Schule für junge Leute mit einer gewissen Courage und Selbstsicherheit. Es gab zum Beispiel in den Pausen die üblichen Balgereien; Knabenspiele unter Gleichwertigen zur Erprobung der Kräfte. Und die im Kreis Herumstehenden sahen wie bei einer Sportveranstaltung zu, buhten oder spornten an.

Signe hingegen fand das so beängstigend, dass sie schon öfter ins Schulhaus gelaufen und von einem Dienst habenden Lehrer im Korridor entdeckt worden war. Verstöße gegen das Statut wurden geahndet. Die Schüler durften Pausen nicht im Schulhaus verbringen.

Signe war ganz einfach zu labil. Im Unterricht hatte sie ganz offenbar Schwierigkeiten, sich durchzusetzen. Wenn man ihr eine Frage stellte, wurde sie nervös, fand die richtigen Worte nicht, begann zu stottern, manchmal traten ihr sogar Tränen in die Augen, und der unter Druck stehende Lehrer gab die Frage an einen anderen Schüler weiter. Bei schriftlichen Prüfungen ging es besser, doch auch sie waren deutlich von Unsicherheit geprägt.

Im Zeichnen hingegen war sie eines der großen Talente, hier kannte sie keine Unsicherheit, keine Angst. Den Aussagen der Zeichenlehrerin Fräulein von Siebenholz nach konnte Signe es weit bringen, wenn sie ein ernsthaftes Kunststudium wählen sollte. Besonders im freiwilligen Zeichenunterricht an den Mittwochabenden tat Signe sich durch Freude und schöpferische Kraft hervor.

In Musik war Musikdirektor Nyrhén auf Signe Tornvalls hohen, glockenreinen Sopran aufmerksam geworden, aber sie war zu schüchtern, frei heraus zu singen. Bei Assessor Degerholm, der Englisch und Deutsch unterrichtete, hatte sich ergeben, dass er während der Studentenjahre in Uppsala ein Kollege von Signes Vater, Sigfrid Tornvall, gewesen war. Er erinnerte sich an den einmalig schönen, tragenden Tenor des Kameraden und meinte, die Stimme habe Signe von ihrem Vater geerbt.

Die Nennung dieses Studienkollegen hatte bei Hilma einen Migräneanfall ausgelöst. War man etwa der Meinung, Signe habe außer der Singstimme noch etwas anderes von ihrem Vater geerbt?

Hilma hielt den Atem an und wartete auf umschreibende Andeutungen. Aber sie kamen nicht. Stattdessen ging Assessorin Millrath zum konstruktiven Teil des Gespräches über. Das Kollegium hatte sich dahingehend geeinigt, dass Signe Tornvall in die Höhere Lehranstalt von Uppsala übertreten solle, und zwar in das dortige Gymnasium für Mädchen. Die Klassen waren dort wesentlich kleiner, das Lerntempo etwas mäßiger. Ein schüchternes und empfindsames Mädchen wie unsere liebe Signe würde in einem Mädchengymnasium sicher auch mehr zu ihrem Recht kommen. Zufällig war es so – hier schob Assessorin Millrath ein kleines fröhliches Lachen ein – rein zufällig war sie mit der dortigen Direktorin, Greta Zimmerman, Witwe des Direktors Zimmerman, persönlich befreundet. »Sie selbst ist eine geborene Sahlin«, fügte Studienassessorin Millrath hinzu. Als wenn das auch nur im Geringsten mit dem eigentlichen Anliegen zu tun gehabt hätte.

»Ich habe meiner lieben Freundin Greta Zimmerman gegenüber betont, was für ein angenehmes Mädchen Signe ist. Ihren guten Charakter und ihre Wohlerzogenheit erwähnt, ganz einfach ein entzückendes Mädchen, das sich zweifellos in einem psychisch weniger belastenden Schulmilieu besser würde entfalten können. Oder wie sehen Sie das, Frau Tornvall?«

Assessorin Millrath hatte ihre Ansprache beendet. Man konnte es wirklich so nennen. Oder es als einen Vortrag werten, der keine Unterbrechung duldete.

Doch jetzt war Hilma an der Reihe. Sie war zunächst sprachlos.

Immer gequälter und erstaunter hatte sie den Ausführungen über eine Schülerin gelauscht, die zufällig ihre Tochter Signe sein sollte. Ein unsicheres, wenn nicht gar verschrecktes junges Mädchen, das stotterte, errötete, Tränen in den Augen hatte, wenn ihm im Unterricht eine Frage gestellt wurde. Die Signe, die an der Höheren Allgemeinen Lehranstalt von Eskilstuna Schülerin gewesen war, war zwar anfangs ein wenig zurückhaltend gewesen, war aber schon bald eine aufgeweckte, freimütige Schülerin geworden, die immer schnell aufzeigte, eine Freude für jeden Lehrer, der sie in der Klasse hatte.

Hilma empfand diese Zusammenkunft weitaus düsterer und verwirrender als jene von damals in der nach Mottenpulver riechenden Schreibstube des Pfarrherrn.

Damals hatte sie sich seltsam überlegen gefühlt. In ihrem gesunden jungen Körper wuchs ein Kind heran, von dem die vornehmen frommen Herrschaften nichts wissen wollten. Lange Zeit hatte man sich eingeredet, es sei falscher Alarm; als die Schwiegertochter aber das Zimmer mit der Hand vor dem Mund eiligst verlassen musste, waren alle Zweifel beseitigt. Die Lage war hoffnungslos und man konnte alles nur noch in die Hand Unseres Herrgotts legen.

Sie hatte auf die Erbärmlichkeit dieser Menschen herabschauen dürfen, wusste, dass sie ihnen überlegen war. Wie schändlich, fast schon kriminell nahe waren sie daran gewesen, sich an ihr zu vergehen und sie den mordenden Händen eines diskreten Frauenarztes auszuliefern?

Dieses Mal aber saß sie wie vernichtet mit ihrer Migräne auf der Anklagebank und musste entsetzt erkennen, dass sie, Signes Mutter, nicht begriffen hatte, wie schlimm es um ihre Tochter stand.

Signe hatte geschwiegen. Signe hatte besonnener gewirkt, hatte weniger zu Übertreibungen und dramatischen Szenen geneigt. Hilma hatte es als positives Zeichen gesehen. Das Mädchen war ruhiger, klüger und verständiger geworden. Aber da hatte es diese mit dem Schlaf verbundenen Schwierigkeiten gegeben. Auch die Verstopfung war zeitweise ein arges Problem.

Die Zensuren des Winterhalbjahres waren im Vergleich zu Eskilstuna eher mäßig ausgefallen. Aber Hilma hatte es als vorübergehend betrachtet. Signe war in ihrer neuen Schule eben noch nicht richtig warm geworden.

Dass es aber *so* schlimm aussah! Warum hatte Signe ihrer Mutter nichts davon erzählt? Und es erfasste sie so etwas wie Zorn darüber, dass Signe nicht größeres Vertrauen zu ihr gehabt hatte. Sie hätte dann nicht so unvorbereitet zu diesem Gespräch kommen müssen. Aber der Gedanke war sofort verweht, als sie erkannte, wie schwer Signe es in diesem ersten Jahr in Uppsala gehabt haben musste.

Während ihre Mutter, blind für alles außer ihrer eigenen Arbeit und im Bewusstsein einer abgesicherten Existenz für sich und ihre Tochter, jeden Morgen, den Gott werden ließ, frohen Mutes den Weg in ihre Schule angetreten und am Abend die Vorbereitungen für den nächsten Tag in Angriff genommen hatte. Vielleicht drückte hier der Schuh? Dass Signes Mutter jetzt auch an andere Dinge zu denken hatte? Signe war nicht mehr die Einzige, die die Aufmerksamkeit der Mutter beanspruchte.

Hilma hatte an diese Möglichkeit nie einen Gedanken verschwendet. Signe und ihre Mutter hatten morgens jede ihre Schultasche genommen und waren gemeinsam losgezogen. Manchmal war Signe vor Hilma nach Hause gekommen. Zum Beispiel wenn Signes Klasse in den zwei letzten Stunden Turnen oder Sport hatte. Manchmal gab es Wandertage. Da war Signe den ganzen Tag alleine zu Hause. Aber sie hatte immer etwas zu lesen. Wenn sie nicht gerade zeichnete. Sie war jetzt so groß, dass sie nach dem Frühstück das Geschirr wegräumen und abwaschen und später Kartoffeln und Gemüse für das Mittagessen vorbereiten konnte. Signe hatte sich nie darüber beklagt, alleine zu Hause sein zu müssen. Hilma hatte das im Wesentlichen so verstanden, dass Signe reifer geworden war. Sie setzte nicht mehr Himmel und Erde in Bewegung, weil sie sich zu dick fühlte. Sie schloss – so hatte es zumindest den Anschein – jetzt sogar aus, dass jedes männliche Wesen, das ihr nach Einbruch der Dunkelheit begegnete, betrunken war.

Wie soll eine Mutter begreifen, dass ihre Tochter unglücklich ist, wenn sie selbst mit dem eigenen Leben so zufrieden zu sein scheint?

Signe hatte die Aquarelltechnik erlernt und begann die Geranien auf dem Fensterbrett und die blaue Schale mit den Äpfeln zu malen.

Und Hilma nährte heimlich die Hoffnung, dass Signe das Modezeichnen über Bord werfen würde. Sie hatte schon lange keine Modeentwürfe mehr gezeichnet.

Die Klavierstunden waren nach der Übersiedlung aus Eskilstuna nicht wieder aufgenommen worden. Aber Signe hatte immerhin so viel gelernt, dass sie sich beim Singen selbst auf dem

Tafelklavier begleiten konnte. Sie liebte die schwedischen Volksweisen und hatte von ihrem Vater eine ansehnliche Sammlung Noten aus dem Volksliedschatz übernommen. Aber manchmal spielte sie Operetten. Signe hatte sich zum Beispiel Klavierauszüge der Operetten »Die lustige Witwe« und »Die Czardasfürstin« kaufen dürfen. Sie besaß auch ein Heft mit leicht nachzusingenden Wienerliedern. »Ich weiß auf der Wieden ein kleines Hotel« oder »Drunt in der Lobau, wenn ich das Platzerl nur wüsst …«

Während Hilma in der Küche aus einem Ei einen Krisenkuchen zusammenrührte, hörte sie lächelnd dem Gesang aus dem Zimmer zu. Besonders gefiel es ihr, wenn das Heft mit »Fridas Weisen« aufgeschlagen war. Wenn Signe sang, klang es immer fröhlich. Auch wenn das Lied in Moll gesetzt war.

Es wäre übertrieben zu sagen, dass Hilma das alles durch den Kopf ging, bevor sie die Frage von Assessorin Millrath beantwortete. Aber ein blitzartiger Gedankengang enthielt alle diese Tatsachen. Zusammengenommen war es eine Entschuldigung dafür, dass sie nichts gemerkt hatte. Signe hatte ihre Einsamkeit und ihre Kontaktarmut hinter gekonnten und schnell hingeworfenen Aquarellen und schönen Liedern versteckt. Und Hilma selbst hatte das so sehr behagt, dass ihr gar nicht aufgefallen war, dass Signe nie von der Schule erzählte.

Hilma hatte sich instinktiv an die Worte Erik Gustaf Geijers gehalten: »*In jeder Qual wohnt auch ein Schrei, drum bleib gesund und schweig fein still.*«

Der gute Geijer hatte sich geirrt. Es gibt Schreie, die so wehtun, dass man nichts anderes tun kann, als zu schweigen.

20

Frau Assessor Helene Millrath hatte ganz Recht gehabt.
Im Mädchengymnasium, gemeinhin Magdeburg genannt, blühte Signe auf. Im Sommer vor dem Wechsel in die neue Schule hatte sie während der Ferien gelernt, um ihre Noten zu verbessern.

Signe fiel es schwer, mit Gleichaltrigen Freundschaft zu schließen, aber die Erwachsenen gewann sie schnell. Sigfrids alter Studienkollege Assessor Degerholm hatte es übernommen, Signe gegen ein sehr mäßiges Honorar Stunden in Englisch und Französisch zu geben. Der Lehrer, der Signe in den Französischstunden die Lippen versiegelt hatte, hatte unterschwellig doch einiges an brachliegenden Kenntnissen vermittelt, die der sympathische Assessor Degerholm jetzt zur Entfaltung brachte.

Ihrer Freundin Rut gegenüber erwähnte Hilma, wie dankbar sie diesem Studienassessor war, der Signe in den letzten Wochen der Sommerferien jeden zweiten Tag zwei Stunden in den beiden großen europäischen Sprachen gegeben hatte, damit sie sich in der neuen Schule besser zurechtfand. Deutsch wollte Signe abwählen. Im neusprachlichen Zweig konnte sie Spanisch als dritte Sprache wählen und dazu freiwillig den kleinen Kurs in lateinischer Prosa. Wie auch immer; das

Ganze sah sehr viel versprechend aus, und dafür war Hilma dem Assessor Degerholm und seinem Einsatz viel Dank schuldig.

Als Rut das hörte, verzog sie den Mund und bemerkte: »Ich nehme an, seine Familie ist draußen im Ferienhaus?«

Hilma verstand nicht, warum ihre Freundin das erwähnte.

Rut nahm kein Blatt vor den Mund. »Es heißt ja schon seit Jahren, dass Assessor Degerholm schwachen Schülerinnen bereitwilligst Nachhilfe erteilt, vor allem, wenn sie hübsch anzusehen sind.« Angeblich hatte er eine Schwäche für junge Mädchen. Seine Frau war zehn Jahre älter als er und etwas körperbehindert. Natürlich brauchte ein solches Interesse nicht hinter der Bereitschaft des Lehrers Degerholm zu stecken, wenn er der Tochter eines alten Studienkollegen auf die Sprünge half. Aber Rut meinte, Hilma müsse immerhin wissen, was so geredet wurde.

»Du willst damit doch nicht …?«

Rut zog die Lippen kraus und senkte die Stimme, als sie meinte, kein Rauch ohne Feuer, und Hilma müsse ja wissen … Vielleicht sollte Hilma Signe ein bisschen aushorchen.

»Die Stunden finden doch sicher in der Degermanschen Wohnung in der Sysslomansgata statt?«

Hilma errötete, Hilma griff sich ans Herz, Übelkeit machte sich bemerkbar.

»WAS WILLST DU DAMIT SAGEN?«

Rut zuckte die Schultern und zog eine ganz unschöne Schnute.

»Wahrscheinlich ist es nur dummes Gerede. Und Signe ist ja so unverdorben kindlich, dass ich mir nicht vorstellen kann…«

Das reichte. Rut und ihre Schwester Magnhild, die in der Övre Slottsgata nahe der Carolina Rediviva in einem von ihren

Eltern übernommenen alten Holzhaus wohnten, hatten dort an der Rückseite einen kleinen, schönen Garten. Mit einer Fliederlaube. Dort in der grünen Kühle träufelte Rut Gift in Hilmas aufnahmebereite, von Panik erfüllte Gedanken. Gerade an diesem Nachmittag hatte Signe Unterricht bei besagtem Lehrer.

Hilma brach sehr schnell auf. Sie radelte in rasender Eile nach Hause und wartete dort auf Signe. Als das Mädchen, rosig von der Radfahrt, auftauchte, versuchte die Mutter ihren Gesichtszügen zu entnehmen, ob sie Ungebührlichkeiten ausgesetzt gewesen war. Aber Signes Gesicht war ausdruckslos und verschlossen. Nein, sie wollte keinen Saft und keine Zimtschnecke haben. Sie wollte sofort die neuen Grammatikregeln in Französisch lernen, die Assessor Degerholm heute mit ihr durchgenommen hatte.

Hilma verließ der Mut. Das, was sie fragen wollte, war einfach nichtswürdig. Da fiel ihr ein, dass Signe während dieser Zeit der Nachhilfestunden angefangen hatte, Tagebuch zu schreiben. Es war ein dickes Buch mit weichem Ledereinband und einem Schloss mit einem kleinen vergoldeten Schlüssel. Signe hatte zum Geburtstag von ihren Großeltern etwas Geld bekommen. Es hatte für das Tagebuch nicht gereicht. Aber Signe hatte von ihrem Taschengeld etwas dazugelegt.

Was für eine Qual für eine besorgte Mutter, wenn die Tochter beginnt, Sachen in ein Tagebuch zu schreiben, das sie dann verschließt und den Schlüssel an einem geheimen Ort aufbewahrt. Kein Wunder, dass Hilma das verschlossene Buch nach Ruts zweideutigen Bemerkungen drehte und wendete, als könnte ein Teil des Inhalts durch den Einband sickern. Es wurde nie geklärt, ob Assessor Degerholm die Abgeschiedenheit des Privatunterrichts mit der Tochter des Studienkollegen ausgenützt oder gar gröblich missbraucht hatte – der Tochter, deren Lächeln so schön war wie das ihres Vaters. Es war nicht nur die Singstimme.

Hilma musste diese Seelenqualen alleine durchstehen. Die Erleichterung, als Signe nach der letzten Unterrichtsstunde bei besagtem Lehrer nach Hause kam, war unzureichend und nicht der Rede wert. Ihre Tochter gab ja doch keine Antwort auf die besorgte Frage, die wohl nur das Tagebuch hätte beantworten können.

Signe stand nun, am Ende ihres ersten Jahres am Gymnasium der Magdeburg, in der Obhut der Direktorin Greta Zimmerman. Es war für Signe ein angenehmes und zufriedenstellendes Jahr gewesen. Im Unterricht hatte es keine Schwierigkeiten gegeben. Sie hatte die schöne Freimütigkeit wiedererlangt, die die Lehrer in Eskilstuna so sehr an ihr geschätzt hatten.

Außerdem hatte sie in Britt-Marie Jungstrand, einem netten, ruhigen Mädchen, das mit seiner Mutter, der Witwe eines Missionars, und drei Geschwistern in der Geijersgata wohnte, eine beste Freundin gefunden.

Wieder eine große Familie, die Signe für das Leben in dem sehr kleinen Haushalt an der Ringgata 10c entschädigte.

Eine andere Kameradin war Margareta Grönberg. Sie war ein eher oberflächliches und extrovertiertes Mädchen. Sie hatte etwas Sinnliches an sich, das Hilma nicht so recht gefiel. Üppige, rot geschminkte Lippen, die sie nicht selten lüstern leckte. Sie hatte auch rot lackierte Fingernägel und ging seit zwei Jahren mit einem Jungen aus der dritten Klasse der Oberstufe des Gymnasiums. Die beiden Jugendlichen wohnten im selben Schulhaushalt. Margareta stammte aus Sala.

Nein, Britt-Marie war zweifellos die bessere Gesellschaft für Hilmas Tochter. Britt-Marie war Mitglied des Christlichen Gymnasiastenverbandes. Nun trat auch Signe bei. Außerdem war sie Mitglied des Abstinenzlerverbandes der Schuljugend. Insgesamt ein beruhigender Umgang. Trotzdem schien etwas zu fehlen.

In Signes Klasse waren viele Mädchen fest mit einem gleichaltrigen Jungen befreundet. Hilma hätte nichts dagegen gehabt, wenn Signe einen prächtigen, zuverlässigen jungen Mann kennen gelernt hätte, der sie ab und zu angerufen und vielleicht ins Kino eingeladen hätte. Es war natürlich recht und gut, dass Signe jeden Sonntag zur Kirche ging, das Abendmahl empfing, wenn Gelegenheit gegeben war, und einen Abend in der Woche für Bibelstudien freihielt.

Welche Mutter hätte sich darüber beklagt?

Aber Hilma erinnerte sich immer noch sehr deutlich an Signes Verzweiflung, als sie damals beim Schultanz nicht aufgefordert worden war.

Signe hatte noch immer die klaren, ahnungslosen Augen eines Kindes. Was immer in den Stunden bei Assessor Degerholm vor sich gegangen sein mochte, Signes Gesicht hatte diesen Ausdruck nicht verloren.

Draußen in der Welt schien nichts dem Vormarsch der deutschen Truppen Einhalt gebieten zu können. Unbestätigte Gerüchte, die so grausig waren, dass niemand sie recht glauben wollte, kamen von schwedischen Juden, die Verwandte irgendwo in Europa hatten. Jetzt war der deutschen Armee die erste große Niederlage in Stalingrad zum Verhängnis geworden.

Schweden war im Norden das einzige Land, das nicht von einer fremden Macht besetzt worden war. Seine Verbände waren nach wie vor in Bereitschaft, und der Schlager »Mein Soldat« hatte nichts an Aktualität verloren. Die bei den Kindern durch ihre unsterblichen Kinderlieder so beliebte Alice

Tegnér starb, und der 85. Geburtstag des schwedischen Königs Gustav V. wurde mit großem Aufwand gefeiert. Jetzt waren neben früheren Rationierungen auch Schuhe nur noch auf Bezugschein zu haben. Der Tauschmarkt per Zeitungsannonce blühte. »Tausche Butter gegen Kaffee.« – »Zucker, Kakao, Butter gegen Eier zu tauschen.« –»Erbsen, braune Bohnen und Reis vorhanden. Tabak und Textilien erwünscht.« – »Bademantel gegen andere Kleidung gesucht.« – »Waschmittel gegen Butter und Weizen.« Die Wochenzeitungen wetteiferten in der Veröffentlichung der besten Krisenkochrezepte. Als Neuheit bei den Fleischwaren gab es Fischwürste. Sie wurden in Scheiben gebraten. Hilma hatte eine Art Vergnügen daran, mit den knappen Zuteilungen auf Marken auszukommen. Aber auch sie musste Zucker und Kaffee gegen ein paar Kleidermarken tauschen. Signe brauchte nie zu hungern. Aber sie war doch ein wenig zu blass, und ihre Blutwerte hätten besser sein können.

Die Törtchen in den Konditoreien sahen noch ebenso lecker aus wie früher, bestanden aber aus lauter Ersatzstoffen undefinierbarer Herkunft. Die Konditorei, in der trotz Zigarettenrauchs immer Gedränge herrschte, hieß »Ofvandahl«. Auch Signe saß manchmal mit Margareta dort, die gerne rauchte. Ihre bevorzugte Marke war »Robin Hood«.

Viele von Signes Mitschülerinnen waren schon etwas aufgeklärtere Mädchen, die sich trotz strengen Verbotes Zugang zu den Studentenverbindungen erschlichen, die eigentlich nur Studierenden der Universität offen standen. Aber hübschen, selbstsicheren Mädchen stehen alle Türen offen. Sie werden sogar hereingebeten.

Signe zeigte nie Neid oder das Verlangen, so zu sein wie diese Mädchen. Aber das Tagebuch wurde täglich mit neuem Material gefüllt. Signe hatte sich schon ein zweites Buch beschaffen müssen. Das erste lag verschlossen und uneinnehmbar irgendwo in der Bodenkammer.

Nach außen hin schien es Signe gut zu gehen. Das bestätigten ihre Zensuren. In Französisch und Englisch hatte sie sich von 4+ auf 2+ verbessert. Ebenso in Schwedisch. Hilma bekam immer wieder den Namen der Schwedischlehrerin Mag. phil. Lydia Bylander zu hören. Britt-Marie und Signe strahlten auf eine ganz besondere Weise, wenn von Lydia die Rede war. Im Übrigen war Signe jetzt nicht nur die Beste in Zeichnen, sondern auch in Religion. In diesem Fach unterrichtete der Lizenziat Hårdh, der auch Philosophie gab, ein Fach, das Signe aufrichtig interessierte. Was wiederum dazu führte, dass dieser Lehrer Signe mochte.

Hilma konnte die bedrückende Tatsache nur schwer akzeptieren, dass eine Schülerin, von der die Lehrer viel hielten, bei ihren Mitschülerinnen kaum beliebt war. Hilma wusste nicht, ob es Signe traurig machte. Sie wusste auch nicht, ob sie es wagen sollte, eine Frage in dieser Richtung zu stellen.

Hilma, die nie richtig über das schockierende Gespräch mit Assessorin Millrath an der Höheren Allgemeinen Lehranstalt hinweg kam, begann jetzt gegenüber Signes Gefühlen hellhöriger zu werden.

Signes offene Gesichtszüge und die treuherzigen Augen verrieten nicht das Geringste.

Signe hatte beachtliche Interessen, aber das schien für sie keine Belastung zu sein. Hilma – von ihren Freundinnen ganz zu schweigen – schätzte Signes Fähigkeiten natürlich ganz besonders. Signe war und blieb ein junges Mädchen mit gutem Charakter und einem gewinnenden, schüchternen Lächeln.

Aber mitten in dieser Kopfarbeit konnte Signe unvermittelt von ihren Modezeichnungsplänen anfangen. Es gab jetzt in Stockholm eine neue Schule mit dem Schwerpunkt Ausbildung in Modezeichnen, Werbegrafik und Illustration. Sie nannte sich Anders Beckmans Skola. Signe hatte in der »Uppsala Nya Tidning« einen kurzen Artikel über diese Schule entdeckt und gesagt: »Prima! Dort werde ich mich um Aufnahme bewerben.«

Hilma, die gerade über ein Rezept nachdachte: »Wiener Schnitzel aus Dorsch«, hatte nicht so genau hingehört.

»Was sagst du? Wo willst du dich bewerben?«

»In dieser neuen Schule. Um Modezeichnerin zu werden.«

Hilma richtete sich auf.

»Signe! Soll das heißen, dass du über diese Flausen immer noch nicht hinweg bist?«

»Das sind keine Flausen, und du hast es mir versprochen!«

»Was habe ich versprochen?«

»Ist schon lange her. Du hast gesagt, wenn ich erst mal das Abi mache, darf ich danach Modezeichnen studieren. *Du hast es versprochen!*«

Dieses letzte »du hast es versprochen!« rief Signe mit leicht hysterischem Unterton aus.

»Aber Signe ... Jetzt, wo du so viel leistest in ...«

»*Du hast es versprochen!*«, schrie Signe und rannte, wie früher als Kind, in ihr Zimmer und schloss sich ein.

Im selben Jahr lernte Signe gegen Ende des Frühlings beim Volkstanzen im Abstinenzlerverband der Schuljugend einen jungen Mann kennen, Artur Strömgren, der Pfarrer werden wollte. Es war ein fröhliches Fest gewesen, bei dem Signe sicher durch ihre schöne Stimme und ihre etwas unerklärliche Begeisterung für das Volkstanzen und das fröhliche Röckeschwenken aufgefallen war. Hilma hatte das bei einem Mittsommerfest draußen in Storvreta entdeckt, wo Rut und Magnhild ihr kleines Sommerhaus hatten.

Keiner, der Signe bei den unermüdlichen Drehungen und

Hopsern der schwedischen Volkstänze zuschaute, hätte verstanden, wieso dieses Mädchen wegen schwacher Fußgelenke vom Turnen befreit war.

Artur hatte sich betören lassen und rief einige Tage später an, stellte sich höflich vor und bat, mit Signe sprechen zu dürfen. Er wollte sich bei ihr erkundigen, ob sie sich vorstellen könnte, am Sonntag mit ihm eine Wanderung zur Alten Uppsala-Kirche zu machen und danach eine kleine Erfrischung im »Odinsborg« einzunehmen. Es würde ein zweites Paar dabei sein. Svante Borg, ein Schulfreund von Artur, sowie Svantes Begleiterin Solbritt, die an einer Hauswirtschaftsschule den ersten Jahrgang besuchte.

»Darf ich, Mama?«, fragte Signe mit der Hand auf der Sprechmuschel. Sie sagte es höflich und eher gleichgültig.

Sie hatten Glück mit dem Wetter und Signe kam frisch und erholt aussehend von diesem Ausflug nach Hause. Aber verliebt wirkte sie nicht gerade. Hilma schlug trotzdem vor, Signe möge den jungen Mann bitten, am nächsten Sonntag nach der Kirche zu einer Tasse Kaffee zu ihnen zu kommen.

Artur, höflich, schüchtern und pickelig, stammte aus der Gegend von Vetlanda, wo sein Vater eine mittlere Landwirtschaft betrieb.

Hilma wusste, dass aus einfachen Verhältnissen stammende begabte Schüler nur zwei Möglichkeiten hatten, zu einer höheren Ausbildung zu kommen. Die Armee oder die Kirche. Die Fjellstedtsche Schule war ein Internat für minderbemittelte Jungen, die die Absicht hatten, nach dem Abitur Theologie zu studieren.

Arturs recht nichts sagendes, aber auf seine Art doch auch sympathisches Gesicht war während der Kaffeestunde immer nur Signe zugewandt. Wenn sie irgendetwas zu ihm sagte, strahlte er wie von innen heraus.

Hilmas erster Eindruck war, dass dieser Artur ein durch und durch anständiger und zuverlässiger Junge war, mit dem sie ihre Tochter ohne Bedenken ausgehen lassen konnte. Es folgten mehrere Kirchenwanderungen, Kinobesuche sowie Zusammenkünfte beim Christlichen Gymnasiastenverband und dem Abstinenzlerverband der Schuljugend. Die beiden jungen Leute hatten die gleichen Lebensnormen und wussten, was wichtig war und was nicht. Der einzige Haken war, dass Signe für diese Zusammenkünfte nur mäßige Begeisterung zeigte. Obwohl sie gut gelaunt mit ihm ausmachte, wann und wo sie sich wieder treffen wollten. *Aber sie strahlte nie.* Artur hingegen tat es, wenn er sie pünktlich in der Diele ablieferte. Er leuchtete tatsächlich vor Verliebtheit und Stolz. Signe umarmte ihn kurz und kühl, er verbeugte sich und ging.

Im Tagebuch schien es keine längeren Ergüsse über Artur zu geben. Wenn man danach urteilen wollte, wann bei Signe das Licht ausging.

Hilma merkte, dass Artur ihr ein bisschen Leid tat.

Gleichzeitig musste sie sich als Mutter über diese so vernünftige, kameradschaftliche Freundschaft freuen, aus der sich mit der Zeit etwas Tieferes und Innigeres entwickeln konnte. Signe und Artur waren ja noch so jung.

Sollte Signes Wahl irgendwann in ferner Zukunft auf Artur fallen, würde sie nie so schreckliche Erfahrungen machen müssen wie ihre Mutter. Verblendet und wie benommen vom plötzlichen, intensiven Werben eines reifen Mannes aus den südlichen Landesteilen, einem Kavalier, der Gedichte schrieb und wie ein Gott sang, hatte Hilma nach kaum zwei Wochen den Verstand verloren und den Antrag dieses Fremden angenommen. Man hätte diesen Mann mit einem warmen, sie betörenden Windhauch vergleichen können, der von weit her kam und sie einfach umblies.

Bei Artur konnte Hilma sicher sein, dass er ein junger Mann war, der mit ihrer Tochter nie »etwas probieren« würde.

Aber herauszukriegen, was Signe selbst über ihren hündisch ergebenen Begleiter dachte, was sie empfand, war zum Scheitern verurteilt. Signe wich jedem Gespräch darüber aus.

Der Mensch, der Signe in unwiderstehlichem Entzücken erstrahlen ließ, war ihre Schwedischlehrerin Lydia Bylander. Diese Schwärmerei teilte Signe mit ihrer besten Freundin Britt-Marie. In Telefongesprächen kam der Name immer wieder vor. Allerdings wurde nur der Vorname genannt. Lydia.

Gegen Ende des Sommerhalbjahres hatte Lydia sieben Mädchen aus der Klasse, die eine Fachbereichsarbeit über Dichter und Schriftsteller am Hof des Schwedenkönigs Gustav III. geschrieben hatten, zu sich nach Hause eingeladen. Lydia war mit dem Arbeitsergebnis mehr als zufrieden gewesen. Signe mit ihrem besonderen Interesse für diese Epoche war in der Gruppe die treibende Kraft gewesen. Vor dieser kleinen Einladung zum Tee bei Lydia, die mit der Turnlehrerin Dagny von Mahlerhof in der St. Persgata wohnte, war Signe mit dem Anprobieren von Kleidern über die Maßen beschäftigt. Sie wusste nicht, welches sie anziehen sollte. Lockenwickler im Haar, posierte sie mit rotem Gesicht in den verschiedensten Toiletten vor dem Spiegel. Ihre Mutter empfahl das blaue Leinenkleid mit dem weißen Kragen und den weißen Manschetten. Signe blieb eine Weile ruhig stehen, dann drehte und wendete sie sich, um zu sehen, wie das Kleid saß. Plötzlich überkam sie eine Art Zorn oder eher noch Abscheu, sie zog es über den Kopf und rannte wieder zum Kleiderschrank, um etwas anderes herauszuzerren.

Während dieses Manövers nahm Hilma aus Signes Richtung den Geruch von Achselschweiß wahr. Vor der nächsten Anprobe musste das junge Fräulein sich unter den Armen gündlich waschen – zum Glück war gerade Warmwassertag – und sich danach mit einem befeuchteten Wattebausch Aluminiumchlorid aus der Apotheke auftragen. Signe entschloss sich schließlich für das Schwarz-weiß-Karierte mit dem gezogenen Rock und einem fest ansitzenden, breiten weißen Gürtel.

Signes Brust war, seit sie vierzehn war, nicht mehr größer geworden. Bis zur Taille war Signe ein ganz schlankes Mädchen. Mit ihrem schmalen Gesicht und den schmalen Schultern wirkte sie, wenn sie saß, geradezu schmächtig. Aber wenn sie aufstand, kamen die schwellenden Hüften, der Popo und die dicken Oberschenkel zum Vorschein; ganz besonders schämte Signe sich wegen ihrer Hüften. Wieder konnte man von Glück sprechen, dass sie vom Turnen befreit war und sich nicht im gemeinsamen Umkleideraum auszuziehen brauchte.

Hinsichtlich ihrer Figur fühlte Signe sich vom Schöpfer benachteiligt. Es war, als hätte Gott zwei Papierpuppen auseinander geschnitten und verkehrt wieder zusammengesetzt.

Sie wählte das Graukarierte wegen des längeren Rockes. Dann nahm sie die Lockenwickler aus den Haaren, bürstete sie, befestigte die neue Haarspange und drehte sich vor dem Spiegel. Sie lächelte. Ihre Haare glänzten. Ihre Augen leuchteten. Hilma suchte einen Grund, sie anzufassen, zog den Gürtel zurecht und glättete ein paar Fältchen am Rock. Im Spiegel begegnete ihr das blühende Gesicht ihrer Tochter, und der Seufzer kam ganz ungewollt: »Ja, es ist allemal wahr, es gibt nichts Schöneres als ein reines junges Mädchen.«

Signe wandte sich wütend ab und verschwand im Badezimmer.

Bestürzt stand Hilma vor ihrem eigenen Spiegelbild. Eine müde und nicht mehr junge Frau, deren dunkles Haar immer mehr von grauen Fäden durchzogen war.

Aber das Bild von Signes strahlender Jugend hatte sich nicht in ihr verflüchtigt, und eine Erinnerung tauchte auf. Es war zwei Tage vor ihrer Hochzeit gewesen. Sie probierte im Pfarrhof zum ersten Mal das Brautkleid mit Schleier an. Im Zimmer befanden sich außer ihr noch die Hausschneiderin, das kleine Fräulein Nilsson, dann Hilmas Schwägerin Dagmar, die Küchenmädchen und ihr künftiger Schwiegervater, der Pastor. Während Fräulein Nilsson den Schleier ordnete, erblickte der alte Mann die junge Frau im Spiegel und rief aus: »Bei Gott, es gibt nichts Schöneres als eine reine junge Frau.«

Und deutlich erinnerte sie sich an das beunruhigte kleine Raunen, das durchs Zimmer gehuscht war.

Das Telefon klingelte. Signe stürzte zum Apparat. Es war Britt-Marie. Die Mädchen hatten Geld zusammengelegt und Blumen für die Lehrerin gekauft. Sie verabredeten sich vor Lydias Haustür. Es war ausgemacht, dass alle Mädchen das Haus gleichzeitig betreten würden.

21

Vor den Sommerferien 1944 meldeten Hilma und Signe sich für »Landwirtschaftsferien« an. Den schwedischen Bauern fehlte es an Arbeitskräften, weil die meisten gesunden jungen Männer im Grenzeinsatz waren. Die jungen Frauen aus bürgerlichen Kreisen ließen sich lieber beim Sanitätseinsatz einschreiben, als dass sie sich beim Ausmisten, Melken und Einfahren des Heues schmutzig machten. Da kam die Idee der Landwirtschaftsferien auf. Den Gymnasiasten, und vor allem den Städtern, tat es sicher gut, wenn sie die vom Generatorgas verqualmten Straßen und die muffigen Studierstuben einmal verlassen und ihre Körperkräfte bei der Arbeit auf dem Bauernhof einsetzen konnten. Freie Station war inbegriffen. Hilma hatte sich mit Signe für die Zeit der Heuernte für zwei Wochen auf einem größeren Hof in der Nähe von Heby angemeldet.

Sie stellte sich vor, dass es Signe mit ihrer ständigen Blutarmut und den häufigen Schwächezuständen gut tun würde, einmal richtig aufs Land zu kommen. Es garantierte Bewegung in frischer Luft.

Nach der Übersiedlung von Eskilstuna hatte Signe die Pfadfinder und damit auch das Lagerleben aufgegeben.

Vor dem Arbeitseinsatz für Schwedens Grundernährung machten Mutter und Tochter noch einen kurzen Besuch in

Lövberga. Für Signe war der Versuch, einen solchen Besuch froh und munter durchzustehen, eine angenehme Pflicht. Die langen hellen Abende waren zum Lesen wie geschaffen. Aber die Mücken störten. Irgendwie schafften es diese Blutsauger, trotz Mückengitter, ins Haus zu kommen. Hilma sah sich an, was ihre Tochter als Urlaubslektüre mitgenommen hatte, und wurde nachdenklich. Zuoberst lag ein aus dem Mittelalter stammendes Buch des Mönchs Thomas von Kempen, »Nachfolge Christi«. Außerdem war da »Die Reise eines Christen« von einem gewissen Herrn Bunyan sowie Dostojewskis »Schuld und Sühne«.

Man darf wohl sagen, das war eine recht eigentümliche Literaturauswahl für ein Schulmädchen. Andere, Hilma ging der Ausdruck *gewöhnliche* Mädchen oder eben *normale* Mädchen durch den Kopf, stillten ihren Bedarf an Lektüre mit Filmzeitschriften oder einem Wochenblatt. Aber es gab ja auch noch etwas dazwischen. Manche Autorinnen schrieben ganz gute Mädchenbücher. Ob Artur Signes Buchwahl beeinflusst hatte?

Ungelöst blieb die Frage: Wie ließ sich Thomas von Kempen mit Signes Modezeichnungsfimmel unter einen Hut bringen?

Gerade richtig war für Hilma ein gern verwendeter Ausdruck. Dieses Wort hatte auch Sigfrid gewählt, als er vor seinem Tod bei ihrer letzten Begegnung von seinem Herzenskind Signe sprach. Dass es bei Signe *gerade richtig* werden würde. Er äußerte dies im Zusammenhang mit Sinnlichkeit und Erotik. Aber bei Hilma hatte es für die meisten Dinge in Signes Leben Geltung. Nicht lichterloh begeistert sein. Nicht einfach losstürmen. Es wäre Wasser auf Hilmas Mühlen der nur selten aussetzenden Besorgnis gewesen, wenn Signe eine Neigung für religiöse Betrachtungen entwickelt hätte.

Als Hilma irgendwann bei ihrem Vater saß, der jetzt immer

mehr Zeit auf dem Ausziehsofa in der Kammer verbrachte, hörte sie laute Stimmen in der Küche. Vater Christian lag mit geschlossenen Augen da und würde wohl gleich einschlummern. Drum konnte Hilma deutlich hören, wie ihre Tochter mit klarer und deutlicher Predigerstimme sagte: »Doch. So steht es geschrieben. Dass die Letzten die Ersten sein werden, das sagt uns Jesus.«

Sie sprachen offensichtlich vom Jüngsten Gericht. Hilma streichelte ihrem Vater über die Hand, die immer noch »Die Östersunds Post« festhielt, und ging hinaus in die Küche. Auf dem Flickenteppich vor der Anrichte stand kerzengerade ihre Mutter. Ihr Gesicht war stark gerötet, und sie atmete heftig.

»Das kann ich einfach nicht glauben«, sagte sie verärgert. »So kann das nicht gemeint sein, dass Kajsa, die ihr Leben lang schlampig und schmuddelig gewesen ist und heimlich Bier ausgeschenkt hat, dass *die* besser abschneiden sollte als ich, wo ich nach Rechtschaffenheit und Ehrlichkeit gestrebt habe und verzichtet ...«

»Doch«, unterbrach Signe und es lag so etwas wie Triumph in ihrer Stimme und ein übernatürlicher Glanz in ihren Augen. »*Genau das sagt uns die Bibel!* Denke nur an die Arbeiter im Weinberg. Wo die zuletzt Eingestellten ebenso viel Lohn bekamen wie die ...«

»Signe!«

Jetzt war Hilma die Angreiferin. Es reichte wirklich. Und Selma legte sich einen Schal um die Schultern und griff nach dem Korb, den sie immer mitnahm, wenn sie zum Krämer Karl Johan ging. Wortlos machte sie sich auf den Weg.

»Signe, warum musstest du Großmutter so etwas sagen? Hast du nicht gesehen, wie sie sich aufregt?«

»Damit sie endlich weiß, was wirklich in der Bibel steht«, fauchte Signe und verließ die Küche ebenfalls.

Sie hatte, als sie sich umdrehte, nicht nur ein freches, sondern auch ein hochmütiges Gesicht gemacht.

Und in der Küche blieb Hilma zurück. Die Wanduhr in der Kammer surrte und schlug viermal. Sie wusste genau, dass sie, wenn ihre Mutter vom Einkaufen zurückkam, wegen des mangelnden Respekts vor älteren Menschen, den die Enkeltochter an den Tag gelegt hatte, zur Verantwortung gezogen werden würde.

Aber so war es nicht. Selma hatte bei ihrer Rückkehr ganz andere Sachen zu berichten. Karl Johans Geschäft war im Dorf von jeher der Umschlagplatz für Tratsch jeder Art. Man blieb gerne draußen vor dem Laden stehen und gab interessante, aber nicht immer der Wahrheit entsprechende Neuigkeiten von sich. Auf diese Weise hatte Selma seinerzeit spät doch noch Kenntnis von der Art der Erkrankung ihres Schwiegersohnes erhalten, derentwegen er ab und zu im Krankenhaus behandelt werden musste. Hilma hatte ihr also jahrelang Lügen aufgetischt. Es waren keine Magengeschwüre. Es war im Kopf.

Dieses Mal war ihr die Kunde durch eine Dame namens Edna Lövström vermittelt worden, die in Storriset zu Besuch war. Sie war mit Gerda Strömsted um drei Ecken verwandt und wohnte eigentlich in Hoting. Von dort brachte sie eine entsetzliche Neuigkeit mit, die vielleicht – weil sie wusste, dass Selma Besuch von weiter südlich hatte – für sie von Interesse war. Denn Hilma hatte doch in Hoting eine Freundin, Brita Dahlström? Das konnte Selma nicht abstreiten. »Aber«, sagte die Besucherin aus Hoting. »Es ist vielleicht gar nicht bekannt, wie es um ihre Tochter Ingrid steht?«

Selma schwieg und wollte gehen. Da packte die Frau Selma am Arm und flüsterte mit feuchten Lippen ganz nah an Selmas Gesicht, dass die arme Brita Dahlström, die schon so viel mitgemacht hatte ... Und jetzt war es also die Tochter. Sie war »in gewissen Umständen«. »Und«, jetzt senkte die Besucherin aus Hoting die Stimme noch ein klein wenig mehr, »es heißt, es könnten zwei in Frage kommen.«

Da hatte es Selma vor Unbehagen innerlich geschüttelt und sie hatte gehen wollen, konnte dem festen Zugriff aber nicht entkommen.

»Und selbstverständlich konnten sie da nicht mehr in Hoting wohnen bleiben.«

»Puhhh.« Mit pfeifendem Atem hatte Selma sich auf den nächstbesten Stuhl fallen lassen. Sie saß mit dem Rücken zur Außentür, Hilma stand neben ihr. Keine von ihnen dachte daran, dass die Tür zur Vortreppe offen stand und dass Signe jetzt im Sommer Gummisohlen an den Schuhen hatte. Hilma hörte sie nicht. Wahrscheinlich spürte sie das Entsetzen des Mädchens im Nacken. Als sie sich umdrehte, stand da ihre Tochter. Sprachlos und in unnatürlicher Haltung. Wie von einem schmerzhaften Hieb getroffen, der sie bewegungsunfähig machte. Als Hilma auf sie zutrat, ließ der Krampf nach, und Signe rannte, die Mutter ihr nach, die Vortreppe hinunter.

Hilma kriegte sie zu fassen und zog, ja schleppte sie hinter sich her zur Bank an der Bootsbrücke.

»Signe, das muss ja nicht wahr sein. Es kann hässliches Gerede sein. Komm, Signe, setz dich zu mir!«

Signe setzte sich. Blass starrte sie unverwandt auf den See hinaus. Dann drehte sie sich um. Mit blutleeren Lippen.

»Mama«, sagte sie. »Wieso können zwei in Frage kommen?«

Sie schluckte schwer. Sie stand mit hochgezogenen Schultern und geballten Fäusten auf.

»Mama, ich weiß nicht, wie man das macht. Wie geht das?«

Der Art und Weise, wie sie diese Worte herauspresste, entnahm Hilma, dass es stimmte. Signe wusste nicht, was ein

Mann und eine Frau miteinander tun. Signe, Schülerin einer modernen Schule, wo man selbstverständlich Unterricht in der Technik der menschlichen Fortpflanzung haben musste.

Es stellte sich heraus, dass Signe in der Schule zwar Abbildungen gesehen hatte, die zeigten, wie der Embryo im Körper der Mutter zum fertigen Kind heranwächst. Aber wie er überhaupt dorthin gekommen war, das wusste sie nicht. Bestimmt hatte die Biologielehrerin im Unterricht auch davon gesprochen, aber möglicherweise war Signe an diesem Tag krank gewesen; sie blieb ja oft wegen einer Erkältung zu Hause.

Es war in der Tat eine qualvolle und schreckliche Stunde für beide. Signe verzweifelt und wegen ihrer Unkenntnis ganz durcheinander; sie hatte ja nie jemanden zu fragen gewagt. Einmal hatte Margarete ihr flüsternd anvertraut, dass sie mit Gösta bis an die äußerste Grenze gegangen war. Signe hatte sich entsprechend erstaunt und schockiert gestellt – denn sie war überzeugt, dass man das von ihr erwartete. Sie hatte keine Ahnung gehabt, um was für eine Grenze es sich handeln könnte. Aber als achtzehnjähriges Mädchen konnte sie das ja nicht zugeben. Das hatte sogar Signe begriffen.

Hilmas Zittern vor der notwendigen Antwort, die ehrlich und konkret gegeben werden musste, ließ die Migräne wie eine Gasflamme aufzischen, die mit dem Gasanzünder zum Brennen gebracht wird. Der Kopfschmerz brannte. Der Hals verengte sich. Während die Zunge sich wie geschwollen anfühlte und zu dick zu sein schien. Signe stand vor ihr und verdeckte die so beruhigende Aussicht auf den Flåsee. Wie die Salzsäule aus der Bibel. Unbeweglich, unerbittlich wartete sie auf die Antwort ihrer Mutter.

»Setz dich«, bat Hilma. »Setz dich hier neben mich.«

»Nein«, schnappte Signe. »Ich stehe. Sag's endlich. Wie geht das?«

Hilma hatte ebenso wenig die Wahl wie ein zum Tode Verurteilter, der auf dem elektrischen Stuhl schon festgeschnallt ist. Auf eine Begnadigung, die in letzter Minute von einem Präsidenten oder gar vom lieben Gott kam, war nicht zu hoffen.

Vieles kann man schonend und mit einfachen Umschreibungen erklären. Dieses aber nicht. Es war, wie es war. Abstoßend und peinlich und das unumgängliche Los der Frau. Wenn sie erst einmal verheiratet war.

Hilma wusste, dass es Frauen gab, die trotzdem ... Obwohl sie nicht mussten. Begreifen würde sie das nie. Aber hier ging es nun um ein Mädchen in Signes Alter, das es sogar mit zweien gemacht hatte.

Signes verkrampfter Körper und dieser schonungslos scharfe Blick.

Hilma sprach es aus. Signes Ausdruck von Ekel und Entsetzen zeigte, dass sie es nicht als Wahrheit hinnehmen wollte. Es durfte nicht wahr sein! Wie konnte es nur so HÄSSLICH sein? Da unten! Zwischen den beiden unreinen Körperöffnungen vereinten sich also ein Mann und eine Frau, um ein Kind zu zeugen. Hätte die Schöpfung sich da nicht etwas Besseres einfallen lassen können? Dass es durch einen Kuss geschah. Dass die Spermien des Mannes sich im Speichel befanden. Das war es, was Signe geglaubt hatte. Drum hatte sie beschlossen, dass vor dem Mann, den sie zu ihrem Zukünftigen erwählen würde, keiner sie küssen durfte.

Signes ungeküsste Lippen waren schmal und bewegten sich nicht, als sie stammelte: »Aber da muss man ja nackt sein.« Pause. »Und ich bin doch so dick!« Wieder Pause. »Ich werde das nie, nie, nie tun. NIEMALS.«

Hilma stand auf, um ihre verzweifelte Tochter in den Arm zu nehmen, die ja schon eine erblühende junge Frau war.

Wie immer schüttelte Signe den zaghaften Versuch ihrer Mutter, sie zu umarmen, ab.

»Aber Signe«, warf Hilma ein. »So darfst du nicht sprechen. Du wirst jemanden kennen lernen, dem du Zärtlichkeit und Vertrauen entgegenbringst, und dann ...« Sie hörte selbst, wie wenig überzeugend es klang.

»Nein, nie, sage ich! *Niemals!*«, schrie Signe und stürzte heulend zum einzigen Zufluchtsort, den man verriegeln konnte.

Eine gewisse Erleichterung in diesem Albtraum war, dass Signe vergessen hatte, näher darauf einzugehen, wie es denn zwei gewesen sein konnten.

Hilma war sich nicht sicher, ob sie es geschafft hätte, ihr das zu erklären.

Während der letzten Jahre hatte Hilma nur sehr sporadischen Briefkontakt mit ihrer alten Freundin Brita Dahlström gehabt. Britas letzter Brief, der schon fast ein Jahr zurückliegen musste, hatte Enttäuschung und Ratlosigkeit geatmet. Die Gemeinde hatte eine Eheschließung zwischen dem Konditor und Witwer Esaias Lundström und der geschiedenen Brita Dahlström nicht absegnen können. Man hatte ein beratendes Gespräch mit der Pfingstlergemeinde Lewi Pethrus in Stockholm geführt. Der Beschluss war eindeutig. Darauf, dass in Brita Dahlströms Fall der geschiedene Gatte der schuldige Teil gewesen war, konnte keine Rücksicht genommen werden.

Die Ehe ist ein von Gott eingesetztes Sakrament, und was Gott verbunden hat, soll der Mensch nicht trennen.

Der Beschluss kam nicht unerwartet. Und die Hoffnung des Menschen stirbt als Letztes. Esaias hatte sich danach von ihr zurückgezogen. Er war zuvor schon mehrmals ermahnt worden, wie unpassend es sei, außerhalb der gemeinsamen reinen Gemeindearbeit so häufig Umgang mit dieser geschiedenen

Frau zu pflegen. Brita hatte ihre Trauer darüber in für sie ungewöhnlich knappe und beherrschte Worte gefasst.

Über Ingrid war auch nicht viel geschrieben worden. Außer dass sie der Jugendsektion der Lotta-Bewegung beigetreten war.

Hilma war immer unangenehm berührt gewesen, wenn Brita ihre Neigung zur Sinnlichkeit offen ausgesprochen hatte. Es war nicht ausgeschlossen, dass ein in einer solchen Atmosphäre aufgewachsenes junges Mädchen davon beeinflusst worden war. Wie man in den Wald hineinruft, so schallt es heraus.

Die Gebetsrufe, das Zungenreden und die hysterischen Ohnmachten der ekstatischen Pfingstkirche waren für ein schwärmerisch veranlagtes junges Mädchen auch nicht unbedingt das gesündeste Milieu.

Die körperlichen Berührungen unter den Angehörigen der Pfingstkirche hatten Signe während ihres einzigen Besuchs eines Gottesdienstes dieser Gemeinde abgeschreckt. Hilma spürte, dass es klug von Signe gewesen war, so zu reagieren.

Die Sache war es wert, dass Hilma auf ihrer Bank am See ganz kurz eine geradezu pharisäische Zufriedenheit darüber verspürte, dass sie eine andere Art Mutter war als Brita. »Gott, ich danke Dir, dass ich nicht wie diese dort bin, Räuber, Ungerechte, Ehebrecher, und auch nicht wie jener Zöllner dort.«

Ganz gegensätzliche Gefühle und Gedanken durchströmten sie. Hilma empfand Signes heftige Ablehnung des Liebesaktes als Erleichterung. In dieser Beziehung war Signe ja doch ihre und nicht Sigfrids Tochter.

Andererseits möchte keine Mutter, dass ihre Tochter zu Ehe und Kindern nein sagt und eine alte Jungfer wie Dagmar wird.

Das Schönste an Signe war ihre Reinheit.

Wegen dieser Reinheit hatte auch Sigfrid sich damals zu Hilma hingezogen gefühlt.

Wie sollte sie als Mutter Signe davor schützen können, dass sie an einen Mann geriet, der sie – ohne krank zu sein – durch seine Leidenschaft erschreckte?

Artur schien in dieser Hinsicht ein verständiger junger Mann zu sein. Aber Signes Gefühle für ihn wirkten etwas zu kühl, als dass man an eine dauerhafte Bindung hätte denken können.

Ach, wie sehr wünschte sich Hilma – genau wie Signe –, dass Liebe durch schöne und romantische intime Beziehungen besiegelt würde.

Der Anfang dieser Sommerferien war also nicht besonders geglückt. Hilma hoffte, dass Signes Trübsinn auf dem Bauernhof vergehen würde.

Das geschah aber nicht.

Für Hilma war es hingegen eine Freude, sich durch die rein physisch spürbaren Tätigkeiten körperlich zu verausgaben. Auf einer großen Wiese mit den ruhigen Bewegungen des Harkens den Körper zu dehnen. Sich zu bücken und, die Arme voll duftendem Gras, hinüber zu den Männern zu gehen, die mit der Heugabel bereitstanden, um es zum Trocknen auf die Reuter zu hängen. Schwere Milchkannen mussten auf die Karre gehoben und unten an der Landstraße auf die Milchbank gestellt werden. Dafür musste man zu zweit sein. Sie versuchte immer, Signe dafür zu gewinnen. Es war schön, den schattigen Feldweg entlang zur sonnigen Straße zu gehen. Mit vereinten Kräften wuchteten Hilma und Signe die große Milchkanne hoch. Danach konnten sie am Wegrain Walderdbeeren pflücken. Das war ganz nach dem Geschmack von Mutter und Tochter. Es gab nichts, was leckerer war als sonnenwarme reife Erdbeeren.

Abends, wenn die Kühe zum Melken in den Stall gebracht wurden, hätte Hilma ihr Stadtkind gerne erleben lassen, wie es war, eine Kuh zu melken. Die Nähe des warmen Tieres zu spüren und dann die Befriedigung, den hervorgemolkenen Milchstrahl in den Eimer prasseln zu hören. Hier und dort gab es auch schon Melkmaschinen.

Signe ekelte sich davor, ans Euter zu fassen. Vieles in Bauernhof und Stallungen war für sie widerwärtig. Der Geruch von Mist und Silofutter. Die vielen großen schwarzblau glänzenden Fliegen und auch die lästigen kleinen Insekten, die einen umsurrten, wenn man schwitzte. Es gab Bremsen und Wespen, und gegen Abend kamen dann noch die Stechmücken. Käfer krochen durchs Gras und knirschten, wenn man zufällig auf einen trat. Die Arbeit behagte dem jungen Fräulein überhaupt nicht. Vom Rechen bekam sie Blasen an den Händen. Und als sie sich beim Himbeerenpflücken nützlich machen sollte, wurde sie von einer Wespe gestochen.

Es gab einen hübschen kleinen See mit Badeplatz und Bootsbrücke und sogar einem Häuschen, in dem man sich umziehen konnte. Das sandige Ufer behagte den Füßen. Junge Leute und Kinder kamen zum Baden dorthin. Nur Signe, die sich wegen ihrer breiten Hüften und dicken Beine genierte, zog sich immer etwas an, wenn sie ins Wasser gehen wollte. Sie wickelte sich bis zum Bauch in ein großes Badetuch, warf es am Wasser schnell von sich und hopste, heftig plätschernd, in den See. Sie schwamm sehr gerne. Wenn es aber an der Zeit war, aus dem Wasser zu gehen, bedeutete es wieder Minuten der Blöße, bis sie bei ihrem Schutz bietenden Handtuch war. An einer tieferen Stelle gab es sogar ein Sprungbrett, von dem aus Jungen und Mädchen Kopfsprünge machten. Dazu fehlte es Signe an Mut. Sie schreckte davor zurück, mit dem Kopf unter Wasser zu kommen.

Lachende, unbekümmerte Mädchen hatten, knabenhaft schlanke Beine, schmale Hüften und kleine Brüste. Ungeniert schwatzten sie mit großartig aussehenden Jungen, während sie sich die Haare auswanden und sie dann mit den Fingern nach hinten kämmten. Sie waren alle viel brauner als Signe. Ganz klar. Sie scheuten sich nicht, im Badeanzug flach auf dem Boden zu liegen und sich von der Sonne bescheinen zu lassen. Sie waren mit sich zufrieden.

Signe wäre gerne wie sie gewesen. Aber so wenig, wie ein Schwarzafrikaner weiß werden kann, konnte Signe eine von ihnen werden.

Thomas von Kempen und Dostojewski halfen ihr nichts. Signe wollte trotzdem wie eine Ausschneidepuppe aussehen.

Am zweiten Samstag, also am Tag vor ihrer Heimreise, saßen Hilma und Signe auf der Gartentreppe. Es war ein warmer, stiller Abend, Rosen und Jasmin verströmten einen betörenden Duft. Von ferne war eine Ziehharmonika zu hören. Der älteste Sohn des Hauses, ein Jurastudent und seine Verlobte waren übers Wochenende zu Besuch gekommen. Sie fragten Signe freundlich, ob sie nicht mit zum Tanzen kommen wolle. Es würde dort sicher eine Menge junger Leute in Signes Alter geben.

Aber Signe lehnte ab. Das war auch der Grund, warum sie hier saß und ihre Mutter anschwieg. Der Kies auf den Wegen war fein säuberlich geharkt. Drüben vor der Knechtekammer spielte Ivan, ein schüchterner, linkischer Junge, Mandoline. Man konnte hören, dass er das nicht zum ersten Mal tat. Die vibrierenden hohen Töne klangen unsagbar traurig und waren so wunderschön anzuhören. Schließlich konnte Signe nicht mehr widerstehen. Sie musste, um besser hören zu können, näher herangehen, näherte sich Schritt um Schritt und saß unversehens auf einem kaputten Gartenstuhl neben Ivan und sang zu der Melodie »Ein Kreuz auf Idas Grab« mit. Danach erklang »Alpenrose«. Den Text der darauf folgenden schmachtenden Zigeunerweise »Mustalainen« kannte sie nicht, konnte aber auch ohne Worte mitsummen.

Die alten Leute vom Hof machten einen Spaziergang, um zuzuhören, und Hilma durchzuckte es wie eine Offenbarung, ob Signe ihre Lebensaufgabe nicht vielleicht im *Gesang* finden konnte.

Wieder zu Hause in der Wohnung, setzte Signe sich mit offensichtlicher Freude ans Klavier, blätterte in ihren Noten und entschied sich für »Machen wir's den Schwalben nach/bau'n wir uns ein Nest...«. Danach fiel ihre Wahl auf »Ich weiß ein' schöne Rose/so weiß wie Lilienblüt'./Wenn ich an sie nur denke/erfreut sich mein Gemüt...«

Draußen in der Küche probierte Hilma ein neues Rezept aus, das sie im Hausfrauenmagazin »Husmodern« gefunden hatte. »Fischbuletten«. »Man drehe ausgenommenen und entgräteten Strömling durch den Fleischwolf...«

Diese Arbeit führte Hilma also mit einem Lächeln auf den Lippen aus. Signes Gesang öffnete meistens verschlossene Türen in ihr und ließ das Gefühl einer sanften Traurigkeit frei. Sigfrid hatte sie ja doch vor allem durch seine Stimme für sich gewonnen.

Mitten in dieser weichherzigen Stimmung knallte Signe den Klavierdeckel zu, es klang wie ein Schuss. Und schon stand sie neben dem Herd, um nachzusehen, was es zu essen gab. Als sie die merkwürdigen Fischbuletten sah, verzog sie missvergnügt das Gesicht. Hilma nahm sich zusammen und war sofort wieder ernst und sachlich.

Das Mädel war zweifellos mehr als verwöhnt.

22

Kaum hatte die Schule begonnen, wurde Signe wieder lebhaft. Eine fröhlichere Schülerin als Signe, als sie die alte, lieb gewonnene Schultasche unter den Arm klemmte, konnte man sich kaum vorstellen. Hilma hörte sie schnell und übermütig die Treppe hinunterlaufen.

Während der Sommerferien war das Tagebuch nebensächlich gewesen, Signe hatte Briefe an Britt-Marie und Lydia Bylander geschrieben. Artur musste sich mit einer Ansichtskarte begnügen, er aber schrieb einen langen Brief, mit dem Signe weglief, um ihn ungestört lesen zu können.

Der Sommer hatte offensichtlich nicht mit Sensationen aufwarten können, die eine Eintragung ins Tagebuch wert gewesen wären. Hilma musste zugeben, dass dieses Tagebuch sie irritierte. Man hätte fast sagen können, dass sie darauf eifersüchtig war. Spät abends, wenn Hilma noch einmal kurz ins Badezimmer ging, konnte es vorkommen, dass bei Signe noch Licht brannte. Hilma klopfte an, rief »*Signe*« und bekam zur Antwort »Komm rein«. Das Mädchen hatte eine Jacke übers Nachthemd gezogen. Das Gesicht, das sie der Mutter zuwandte, war rosig erregt. Die Augen fieberglänzend.

»Aber liebes Kind! Hast du Fieber?«

Signe schob die Mutterhand, die an ihrer Stirn fühlen wollte, ungeduldig weg.

»Ich bin nicht krank«, sagte sie unwirsch. Klappte ihr Tagebuch zu und schloss es ab. Den kleinen Schlüssel verwahrte sie fest in der geballten Hand.

»Es ist schon elf Uhr vorbei«, sagte Hilma. »Du weißt, wie schwer dir morgen früh das Aufstehen fallen wird.«

Signe blieb ruhig sitzen und wartete darauf, dass ihre Mutter gehen würde. Vermutlich, damit sie den Tagebuchschlüssel wegstecken konnte.

Für Hilma wurde dieses geheime Tagebuch fast zum moralischen Problem. Es enthielt vermutlich allerlei, was eine Mutter hätte wissen müssen. Aber nach dem Schlüssel zu suchen, um heimlich lesen zu können, das wäre nicht recht gewesen, das spürte sie sehr wohl.

»Gute Nacht«, sagte sie lahm. Signe nickte. Wartete, bis Hilma die Tür zugezogen hatte, und schloss sie dann von innen ab. Und selbst wenn in der Wohnung längst Ruhe eingekehrt war, schloss Signe die Badezimmertür hinter sich zu. Diese ganze Abschließerei machte Hilma zusätzlich nervös. Was sollte dieses Benehmen ihrer Tochter eigentlich bedeuten? Im Artikel eines Arztes hatte sie gelesen, dass auch Mädchen dieses Gewisse mit sich selbst machen konnten. Da unten. Hilma verstand nur nicht, was sie damit bewirkten. Gedanken wollte sie sich darüber nicht weiter machen. Aber die alte Mahnung »Hände auf die Decke« hatte sicher ihren Grund.

Und immer noch und wie immer hatte sie niemanden, mit dem sie über diese schwierigen Fragen hätte reden können.

Artur war jedenfalls noch nicht von der Bildfläche verschwunden. Für Hilma bedeutete es so eine Art Sicherheit, wenn sein rundes, pickeliges Gesicht wieder einmal in der Diele auftauchte.

Aber Signe hatte nicht besonders viel Zeit für ihn. Sie war zusammen mit Britt-Marie mit einer Arbeit beschäftigt, die sowohl unter »Schwedisch« als auch unter »Französisch« gewertet wurde. Hilma hatte das bei einem Telefongespräch der beiden Mädchen aufgeschnappt. Auch da war Lydias Name in jedem zweiten Satz gefallen.

Britt-Marie kam ab und zu mit Signe nach Hause, wenn sie sich gemeinsam auf eine Schularbeit vorbereiten wollten. Sie sperrten sich dazu in Signes Zimmer ein. Leises, von gelegentlichem Kichern unterbrochenes Gemurmel war von drinnen zu vernehmen. Hilma konnte nicht gut an der Tür horchen, aber sie konnte im Vorbeigehen kurz stehen bleiben und vernahm dabei nicht selten den Namen Lydia. Britt-Marie teilte Signes Schwärmerei für die Schwedischlehrerin. Hilma fand die beiden für solchen Unsinn eigentlich schon zu alt. Signes Gefühle für Artur schienen sich dagegen nicht zu entfalten. Aber sie hatte in ihm wenigstens einen *ständigen* Begleiter. Für Britt-Marie galt das nicht. Aber sie hatte schließlich Geschwister.

Durch ihre Bekannten hatte Hilma einen Gesangslehrer für Signe gefunden. Einen beleibten, theatralischen Herrn mit gediegenen Nachweisen erfolgreicher Tätigkeit als Gesangspädagoge. Er hieß Friedrich Boldt und wurde mit dem Titel »Doktor« angesprochen, da er seine Ausbildung in Deutschland genossen hatte. Hilma vermutete, dass er Jude war. Aber er lebte schon über zwanzig Jahre in Schweden.

Für das Vorsingen hatte Signe »Ich war wohl vierzehn Jahre alt« sowie »Marias Wiegenlied« gewählt. Doktor Boldts zunächst gleichgültige Miene schlug schon bald in entzücktes Staunen um. Denn hier war Material vorhanden! Diese Stimme auszubilden würde eine Ehre für ihn sein. Er konnte bei Signe schon jetzt die Anklänge an einen Koloratursopran hören. Es war kein Gold in der Stimme des Mädchens. Aber doch Silber. Eine typische Mozart-Stimme.

Hilma war dankbar, dass niemand aus ihrer Heimat hörte, wie gerne er übertrieb. Sie beobachtete Signe mit gewisser Sorge. Ob ihr das schwülstige Lob dieses Herrn, der seiner neuen Elevin die Großartigkeit europäischer Bühnen ausmalte, nicht zu Kopf stieg. Signe war aber so sehr die Tochter ihrer Mutter, dass sie eher verlegen wurde. Aber sich doch freute, und das konnte man ihr nicht übel nehmen. Auch Hilma verspürte insgeheim Freude. Sie fühlte, was Sigfrid empfunden haben würde. Wie stolz wäre er gewesen, hätte er diese Stunden erleben dürfen.

Von jetzt an ging Signe an einem Nachmittag der Woche von der Schule direkt in das Studio des Maestro Boldt an der Övre Slottsgata. Natürlich hielt er eine Stunde in der Woche für absolut unzureichend. Aber er wollte die Mutter nicht unter Druck setzen. Eine einfache Frau, das hatte er sofort erkannt; aber doch von aufrechter Haltung und edlem Geist.

Signe hatte Freude an den Stunden. Das war etwas ganz anderes als damals die Klavierstunden bei dem armen Fräulein Hagenius. Mit Vergnügen übte sie Tonleitern. Akkorde, die ihre Stimme schrittweise in immer höhere Höhen führten, mit dem Ziel, eines Tages das hohe C mühelos singen zu können.

Die kleinen Lieder, die anfangs zu ihrer Übung dienten, waren vor allem schwedische Volksweisen sowie französische »Bergerettes«, kleine Schäferliedchen des achtzehnten Jahrhunderts. Signe hatte noch immer eine Vorliebe für diese Epoche. Für die schwedische ebenso wie für die französische. Dass dieses ernste Mädchen, das sich für den Christlichen Gymnasiastenverband ebenso einsetzte wie für den Abstinenzlerbund, so für ein von Koketterie und Unmoral geprägtes Jahrhundert schwärmen konnte, war ein weiteres Zeichen von unvereinbaren Zügen in Signes Charakter.

Im Schwedischunterricht waren sie jetzt bei der weniger extravaganten Literatur des neunzehnten Jahrhunderts angelangt. Hier hatte es Signe der eher umstrittene Jonas Love Almqvist angetan. Wen kann das wundern, dachte Hilma. Aber es konnte auch dem Einfluss der Lehrerin zuzuschreiben sein. Hilma hatte den Eindruck, dass Almqvists kleinem Roman »Das kommt davon« mit dem geradezu unpassenden Schluss auffallend viel Zeit gewidmet wurde und dass in der Klasse auch noch laut daraus gelesen wurde.

Für Hilma waren Geijer und Tegnér Dichter von weitaus größerem moralischen und literarischen Gewicht.

Hilma tat, was jede gute Mutter tun sollte, sie blätterte die Lehrbücher ihrer Tochter durch, um zumindest eine Ahnung von dem zu haben, was durchgenommen wurde. Jedes Mal war sie aufs Neue schockiert, dass Signe alle Ränder mit modisch gekleideten Frauen, deren Beine in hochhackigen Schuhen steckten, und mit Ballkleidern mit tiefem Ausschnitt vollgekritzelt hatte.

»Das ist ja entsetzlich«, sagte Hilma zu ihrer Tochter. »Wie deine Bücher aussehen. Sagen deine Lehrer gar nichts dazu?«

»Nein«, antwortete Signe unbekümmert und ohne rot zu werden. »Sie wissen, dass ich besser zuhöre, wenn ich dabei zeichne.«

Bei Doktor Boldt studierte Signe einige von Almqvists »Songes« ein, die, wie Hilma zugeben musste, in ihrer innigen Unschuld ganz entzückend waren. Zum Beispiel »Marias Staunen«: »Weiße Lämmer auf der Wiese weiden/und inmitten steht das Jesuskind/Als Maria staunend ausruft/Seht die Strahlen, deren Glänzen/dieses Kindes Haupt umhüllt.«

Eines Tages kam Signe sehr aufgeregt aus der Schule nach Hause. Alles an ihr strahlte. Augen, Wangen, Haar.

»Heute durfte ich im Schwedischunterricht ›Marias Staunen‹ a capella singen.

»Woher wusste Fräulein Bylander, dass du dieses Lied kennst?«

»Ich habe es ihr gesagt. Und da hat sie gefragt, ob ich es vorsingen würde, also bin ich vor zum Katheder gegangen und habe gesungen. Lydia hat es so schön gefunden, dass sie Tränen in den Augen hatte.«

Hilma sah den unnatürlichen, überspannten Ausdruck in Signes Augen, und es überkam sie eine Unruhe, eine entsetzliche Ahnung, die sie bisher nie zuzugeben gewagt hatte.

War es wirklich normal, dass eine neunzehnjährige junge Frau mit diesem Gesichtsausdruck von ihrer Lehrerin sprach?

Britt-Marie war in dieser Hinsicht ganz gleich. Waren nicht beide Freundinnen atemlos vor Glück gewesen, als sie rein zufällig in der Lundequistschen Buchhandlung mit dieser Lehrerin zusammengetroffen waren und sie mit ihnen herumgegangen war und ihnen Neuerscheinungen empfohlen hatte. Karin Boyes »Kallocain« war zwar nicht ganz neu, aber sie mussten es unbedingt lesen. Die Liebesgedichte dieser Dichterin hatte Hilma in Signes Zimmer liegen sehen. Sie hatte es sich in der Bibliothek geholt. Hilma hatte ein wenig in dem schmalen Band geschmökert, es waren wirklich schöne, meist etwas melancholische, sehr innige und nicht so rüde Liebesgedichte, wie manch andere Lyrik von heute. Es war inzwischen ja zulässig, naturalistische Schilderungen intimer Handlungen zwischen Mann und Frau im Druck zu veröffentlichen.

Karin Boye war keine von diesen Schriftstellerinnen. Aber sie hatte immerhin Selbstmord begangen. Hinterher wurde getuschelt, dass diese zärtlichen Liebesgedichte tatsächlich einer Frau gegolten hatten.

Hilma musste nun endlich begreifen, dass Frauen einander in sinnlicher Liebe zugetan sein konnten. Nicht anders als Mann und Frau. Und trotzdem auf andere Art. In der Praxis.

Hilma wagte es nicht, sich weiter in diese Gedankengänge zu vertiefen.

Viel zu gut erinnerte sie sich an Rutger von Parrs Enthüllung seiner Homophilie. Liebe zwischen Männern kannte man aus der Bibel, und das über sie gesprochene Urteil ließ keine Zweifel offen. Aber über Frauen wie Karin Boye stand dort nichts. In der Bibel lebten liederliche Frauen ihre Schamlosigkeit mit Männern aus.

Die heiligste, vielfach geschilderte biblische Frau war Maria, die gesegneten Leibes war, ohne einen Mann gehabt zu haben.

Signe ging jetzt also in die Oberprima. Im Frühling würde sie das Abitur machen. Ihr Zeugnis zu Weihnachten war ausgezeichnet. Sie hatte in Zeichnen und Religion eine Eins. Der Religionslehrer, Lizenziat Erland Hårdh, war ein Lehrer, von dem Signe zu Hause nicht viel erzählte. Aber irgendwann, als die fröhliche und eher leichtfertige Margareta Signe zu einem Schulkonzert abholte, bei dem ihr »ständiger Begleiter« Gösta in der Schulband Klarinette spielte, hörte Hilma, die in der Küche Kohlrüben schälte, so allerlei.

»Und dann Hårdh! Unser Harter!«, hörte sie Margareta mit heller Stimme zu Signe sagen, die sich in ihrem Zimmer umzog. »Wie er heute gesagt hat, wenn wir irgendwelche Zweifel oder *Probleme* hätten, sollten wir ruhig zu ihm kommen. Der spinnt ja. Das wäre wohl das Letzte! Der sucht ja nur eine Gelegenheit, dass er grapschen...«

Signes Stimme jetzt neben Margaretas in der Diele.

»Waaas? Was meinst du, sollte Hårdh ...?«

Margaretas fröhliches Lachen unterbrach Signes unschuldige Frage. »Aber das weißt du doch. Alle wissen es. Elisabeth ist er vorige Woche, als sie alleine nach Hause ging, auf der Straße entgegengekommen. Er hat sich ihr in den Weg gestellt und mit schleimiger Stimme gemeint, aber Elisabeth, Sie sollten so spät am Abend nicht mehr alleine unterwegs sein! Und dann hat er sie *angefasst*. Aber Elisabeth ist ja eine gute Sportlerin. Sie hat ihn einfach weggeschubst und ist gerannt ...«

Hilma konnte nicht mehr hören, was Signe dazu sagte. Denn die Tür fiel ins Schloss, und die Mädchen waren gegangen.

Wenn eine Schülerin sich in einen Lehrer verliebte, war das nicht gut, selbstverständlich nicht. Aber es war das Natürlichere. Hilma kam mit ihren ängstlichen Überlegungen zu keinem Schluss, sie drehten sich nur im Kreis.

Aber bei nächster Gelegenheit würde sie unter vier Augen mit Rut sprechen und sich bei ihr erkundigen, was sie von der Studienassessorin Lydia Bylander hielt.

Aber die arme Rut hatte andere Sorgen. Ihre Schwester, die vier Jahre jüngere Postbeamtin Magnhild, war eines Tages nach Hause gekommen und hatte ihr einen völlig unbekannten Herrn Erik Pettersson, Installateur, als ihren soeben angetrauten Ehemann vorgestellt. Magnhild war einundvierzig Jahre alt und Pettersson sechsunddreißig; da musste doch etwas nicht in Ordnung sein.

Offenbar hatten sie sich im Postamt kennen gelernt, wo er sich immer wieder in die Schlange vor Magnhilds Schalter stellte. Ohne dass Rut eine Ahnung gehabt hätte, hatten die beiden sich heimlich getroffen. Nicht einmal von der Verlobung hatte Rut etwas erfahren. Magnhild hatte den Ring an ihrem goldenen Halskettchen mit dem Kreuz getragen. Aber Rut war das nicht aufgefallen.

Rut und Magnhild hatten über zwanzig Jahre im gemeinsamen Haushalt gelebt. Ihre Eltern waren bei einem Schiffsunglück tragisch ums Leben gekommen. Die beiden Schwestern hatten sich zusammengetan und waren in ihrem Elternhaus, dem schönen einstöckigen Holzhaus in der Övre Slottsgata, wohnen geblieben.

Magnhild war selbstverständlich in Ruts Freundinnenkreis aus der Prinsens Skola aufgenommen worden. Man hatte Rut und Magnhild für unzertrennlich gehalten. Und jetzt dieser Schlag – diese *Katastrophe*, ein anderes Wort dafür gab es nicht. Allen war völlig klar, dass dieser gute Herr Pettersson ein Glücksritter war. Ein echter Heiratsschwindler. Rut und Magnhild waren nämlich vermögend. Der Vater war Stadtrat gewesen, Mitglied der Kirchenbrüder, Freimaurer und Tempelritter. Eine bekannte und geachtete Persönlichkeit der Stadt.

Es war also dessen jüngere Tochter, das Lieblingskind, der reizende Lockenkopf Magnhild, das der Installateur in zwei Zimmern und Küche in der Svartmangata untergebracht hatte. Nein, Rut hatte sie dort nicht besucht. Das schaffte sie nicht. Magnhild war im Zusammenhang mit diesem unerhörten Ereignis auch noch boshaft gegen ihre Schwester geworden, richtig grausam.

Traurigkeit und Verzweiflung zehrten an Ruts Gesundheit. Sie wurde krank. Sie verlor an Gewicht und sah immer elender aus. Immer wieder musste sie zur Untersuchung ins Krankenhaus. Ihre Freundinnen begannen sich zu fragen, ob es vielleicht etwas mit »Krebs« zu tun haben konnte?

Zwischen den Krankenhausaufenthalten versah Rut ihren Dienst in der Schule. Aber sie war nicht mehr die gute, alte, immer zu Scherzen aufgelegte Rut, als die sie allen bekannt war. Sie war zu einer stillen, kraftlosen, schnell gealterten Frau geworden.

In einer Pause fragte Hilma ganz nebenbei, was Rut über Lydia Bylander wusste. Nur Gutes, war die Antwort. An Assessor Bylander gab es nichts auszusetzen. Eine ausgezeichnete Lehrerin, begnadete Pädagogin, von ihren Schülern geliebt. Mitglied des Kirchengemeinderates.

Aha. Da gab es bestimmt keinen Grund zur Besorgnis.

Natürlich verschwieg Hilma, warum sie die Frage gestellt hatte.

Hilma ertappte sich manchmal bei dem Wunsch, dass Artur ein etwas unwiderstehlicherer junger Mann gewesen wäre.

Draußen in Europa ging der Krieg weiter. Unverändert. Außer dass die Deutschen nicht mehr so erfolgreich waren. Die USA hatten sich mit den Alliierten verbündet, was zur Befreiung Frankreichs geführt hatte. Auch in Finnland schwiegen die Waffen. Aber selbst in den friedlichen schwedischen Gewässern lauerte die Katastrophe. Der Passagierdampfer »Hansa« der Gotlandgesellschaft sank auf einer Fahrt von Nynäshamn nach Visby frühmorgens nach einer Explosion. Vierundachtzig Menschen wurden mit in die Tiefe gerissen. Mit größter Wahrscheinlichkeit war die »Hansa« von einem fremden Kriegsschiff, vermutlich einem U-Boot, torpediert worden. Später stellte sich heraus, dass die »Hansa« drei Tonnen explosives Material an Bord gehabt hatte, überwiegend Nitrolit. Die Gotlandgesellschaft musste zugeben, dass die Sprengstoffladung weit größer gewesen war als erlaubt.

Aus Berichten geht hervor, dass diese Weihnachten 1944 als Flüchtlingsweihnacht bezeichnet werden konnte. Balten, Belgier, Norweger, Polen, Tschechen, Österreicher und Deutsche versammelten sich um 16 Uhr um den Tannenbaum in der Blauen Halle des Stockholmer Stadthauses.

Signe fuhr nach den Feiertagen mit Britt-Marie zu einem vom Christlichen Gymnasiastenverband organisierten Wintertreffen in der schönen Sigtunastiftung, der ihr Gründer, Manfred Björkquist, vorstand. Die für das Treffen Verantwortlichen waren an sich junge Geistliche, einige Theologiestudenten sowie zwei Diakonissinnen. An der Veranstaltung nahmen sowohl Jungen als auch Mädchen teil. In der Broschüre, die die Sigtunastiftung an die Teilnehmer versandt hatte, wurde hervorgehoben, dass es bei dem Treffen um das Thema der ewigen Fragen gehen würde. Schuld, Reue, Buße, Sündenvergebung, Gnade, Heiligung und Versöhnung. Zentraler Punkt war das gemeinsame Versammeln um den Abendmahltisch. Es wurde erklärt, dass es Tage geistiger Vertiefung und der Konzentration auf Gott und seine Gnaden werden sollten. Etwas verhalten wies der Text darauf hin, dass physischer Kontakt jedweder Art unter den Geschlechtern nicht toleriert werden würde. Damit waren auch scheues Berühren, wie etwa ein Hand in Hand gehen, zu verstehen.

Signe würde das Zimmer mit Britt-Marie teilen. Hilma fragte sich, ob das gut gehen konnte. Signe mit ihren Schlafproblemen und der nervösen Blase, wegen der sie nachts mehrmals aufstehen musste.

Es war für Hilma ungewohnt, alleine in der Wohnung zu sein. Sie hatte jetzt ja auch Weihnachtsferien. So meinte sie, ein Großreinemachen sei nie verkehrt. In dieser Jahreszeit war eine wirklich durchgreifende Reinigung zwar nicht möglich. Aber man konnte mit einem Lappen über dem Besen Decken und Wände abstauben. Den Herd von der Wand wegziehen. Das Schränkchen unter der Spüle konnte man auch im Schein des Herdfeuers ausräumen. Eine gründliche Durchsicht von

Speisekammer, Kühlschrank und Badezimmer war ebenfalls fällig. Aufräumen war etwas, das Hilma ein wunderbares Gefühl nutzbringender Tätigkeit vermittelte. Und hinterher roch alles sauber. Überall.

Sie konnte die Kleider, auch wenn Winter war, zum Lüften auf den Balkon hängen. Als sie, mit einer Strickjacke angetan, ein Wollkleid ausbürstete, roch sie die Abgase eines vorbeifahrenden, mit Holzgas angetriebenen Autos, aus einem offenen Fenster drang der Geruch von gebratenen Zwiebeln, und von einer Schallplatte hörte sie die Stimme Jussi Björlings, der Weihnachtslieder sang.

In Signes Kleiderschrank lag, in einem Schuhkarton versteckt, das Tagebuch, und die Versuchung, den Schlüssel zu suchen, war fast unwiderstehlich groß. Schnell legte Hilma das Buch in den Karton zurück und ging ins große Zimmer zurück, wo die Balkontür noch offen stand. Sie holte die nach Kälte riechenden Kleider herein. Auch in der Wohnung war es kalt geworden.

In der Küche kochte sie sich Wasser für ihre Portion Silbertee und wusch dann ein paar Kartoffeln, die sie zu der aufgewärmten Fischwurst von gestern essen wollte. Der Gasherd war gleichzeitig eine Art Wärmequelle. Sie rieb sich die Hände ein, aber die Creme eignete sich für die aufgesprungenen Finger nicht so recht. Das Rezept des Apothekers, ein Gemisch aus Alkohol, Glycerin und Rosenwasser, war aus der Mode gekommen. Ob sie einmal Nivea ausprobieren sollte?

Als sie sich an den Schreibtisch setzte, um einen Brief an Brita zu schreiben, waren es im Zimmer nur 16 Grad. Von Musik wurde es einem zwar nicht wärmer, aber sie belebte immerhin. Die deutschen Sender brachten wieder mehr Operettenmelodien. Doch ab und zu wurde die Musik durch eine Fliegerwarnung unterbrochen.

Das bedeutete, dass sich Bombereinheiten der Alliierten im Anflug befanden.

Einen Brief an Brita zu schreiben war eine schwierige und heikle Sache. Aber Brita brauchte Mitteilungen von den alten Freunden. Als Ingrid »ins Unglück gekommen« und Brita aus der Pfingstlergemeinde ausgeschlossen worden war, hatte sie ihre Habseligkeiten zusammengepackt und war von Hoting nach Bollnäs gezogen, wo sie bald eine Anstellung im Krankenrevier bekam. Zum Glück hatte sie ja einen Beruf erlernt. Genau wie Hilma. Und Brita war nicht unterzukriegen. Hoch erhobenen Hauptes ging sie mit ihrer in einen weiten Mantel gehüllten Tochter durch die Straßen der Stadt.

Der Vater des Kindes ließ nie wieder von sich hören. Ob er überhaupt von seiner Vaterschaft wusste? Brita wollte keinen Drückeberger als Schwiegersohn. Ingrid und sie würden alleine besser zurechtkommen.

Ingrid war sehr schnell erwachsen geworden, während ihre alte Papierpuppenfreundin immer noch ein Kind war.

Von dem Treffen in Sigtuna kam Signe blass und mit schwarzen Augenrändern nach Hause zurück. Nein, es hatte ihr nicht gefallen, mit einer Fremden im selben Zimmer zu schlafen – in dieser Situation wurde ihre Freundin Britt-Marie zu »einer Fremden«. Und das Klosett hatte sich am anderen Ende des Ganges befunden. Am Vorabend hatte sich außerdem, mit gut einer Woche Verspätung, »das Monatliche« eingestellt.

Signe sah einfach elend aus. Schlapp und teilnahmslos. Schweigend und niedergeschlagen aß sie das Abendessen, das Hilma ihr vorsetzte. Grießbrei mit Zucker und Zimt und danach ein Käsebrot. Hilma saß Signe gegenüber, neugierig, wie es denn so gewesen war. Aber Signe war zum Erzählen zu müde. Nachdem sie das Badezimmer aufgesucht hatte, sagte sie gute

Nacht und ging sofort in ihr Zimmer. Hilma hörte, wie sich der Schlüssel im Schloss drehte. Aha, jetzt würde also das Tagebuch erfahren, was Mama nichts anging.

Hilma stopfte ein Paar Strümpfe und nähte einen Riss in ihrem rosa Unterrock zusammen. Sie machte sich für die Nacht zurecht und nahm den neuesten Krimi des Schweden Stieg Trenter mit. Es war fast halb zwölf, als sie die Lampe ausknipste. Seit den Jahren mit Sigfrid hatte Hilma einen leichten Schlaf. Sie wachte auf, als die Wasserspülung gezogen wurde. Es war schon ein Uhr vorbei. Die Badezimmertür stand offen, und Hilma sah, dass Signe in einer Hand den vollen Zahnputzbecher und in der anderen eine kleine weiße Tablette hatte. Signe warf ihrer Mutter einen ungnädigen Blick zu. Aber Hilma ließ sich nicht so leicht ins Bockshorn jagen; wenn man eine Ehe mit einem geisteskranken Mann überstanden hatte, war man vielem gewachsen.

»Der Arzt hat dir doch gesagt, eine Schlaftablette darfst du nur im äußersten Notfall nehmen.«

Signes Augen füllten sich mit Tränen.

»Und was ist ein Notfall?«, schluchzte sie.

Hilma musste zugeben, dass nach vier schlaflosen Nächten und vier Tagen, die mit Gebeten und Gesprächen über die heiligen Werte ausgefüllt waren, sehr wohl ein Notfall eingetreten sein konnte.

»Soll ich dir eine Tasse Milch warm machen?«, fragte Hilma. »Wir könnten dann noch ein bisschen plaudern.«

Nein. Das wollte Signe nicht. Sie wollte noch ein Weilchen lesen, bis die Tablette wirken würde. Das Buch war von Bo Giertz und hieß »Steinerner Grund«. Sie hatten es beim Treffen zum halben Preis kaufen können.

Am nächsten Morgen ließ Hilma ihre Tochter ausschlafen. Sie ging zum Fleischer und opferte ein paar Fleischmarken für ein Stückchen Kalbfleisch. Signe hatte nicht nur müde ausgesehen. Sie hatte auch irgendwie ausgehöhlt gewirkt. Wer weiß, was sie bei diesem Treffen zu essen bekommen hatte. Eingemachtes Kalbfleisch mit viel Dill war eine von Signes Lieblingsspeisen.

Als Hilma zurückkam, stand Signe am Telefon. Ihr geradezu verklärtes Gesicht ließ vermuten, dass sie mit Lydia Bylander sprach. Im Nachthemd stand sie barfuß auf dem eiskalten Linoleum. Als sie ihre Mutter sah, beendete sie das Gespräch sehr schnell.

»Ich habe Lydia nur angerufen, weil ich sie etwas fragen wollte«, sagte Signe und versuchte den Glanz in ihren Augen zu dämpfen.

»Du kannst sie doch mitten in den Weihnachtsferien nicht einfach stören!«

»Sie mag das sehr«, sagte Signe und lächelte ganz selig.

»Wieso das?«

»Nun, wir besprechen mit ihr, welche Bücher wir lesen sollen und so. Sie hat mir die Novellen von Hemingway empfohlen.«

Hilma trug ihr Einkaufsnetz in die Küche und räumte Sachen in die Speisekammer und den Kühlschrank. Signe war verlegen zwischen Küche und Diele stehen geblieben.

»Ich bilde mir ein, du hast erst kürzlich ein Buch von diesem Hemingway angefangen, aber du hast es nicht zu Ende gelesen, weil du es abstoßend fandest.«

Signe wurde rot.

»Ja. Aber Lydia sagt, die Novellen sind ganz anders. Sie meint, sie könnten mir nützen. Damit ich beim Aufsatzschreiben zu einem konzentrierteren Stil finde. Meine Aufsätze sind zu lang.«

Für Hilma war das nicht neu. Schon Lehrer Eurén in Eskilstuna hatte das gesagt. Signe nahm sich nie Zeit für knappe Formulierungen.

»Sie hat gesagt, ich könnte jetzt gleich zu ihr kommen. Sie will mir das Buch borgen.«

Hilmas Hand blieb über der Haferflockentüte in der Luft hängen.

»Aber du bist ja noch nicht einmal richtig aufgestanden.«

Signe wurde wieder rot.

»Natürlich erst, wenn ich gefrühstückt habe. Doch man muss immer eine Tasse Tee bei ihr trinken.«

Jetzt wurde Hilma hellhörig. IMMER?

Bevor sie hätte nachfragen können, war Signe wie der Blitz im Badezimmer verschwunden und lief dann mit dem Nachthemd über dem Arm in ihr Zimmer. Hilma hörte Kleiderbügel auf den Fußboden fallen. Kleider wurden anprobiert. Mechanisch rührte Hilma den Milchkakao. Schmierte zwei Scheiben Vollkornbrot. Signe verbrannte sich an der Schokolade den Mund und schaffte nur ein Brot. Aber Hilma stellte keine Fragen mehr. Sie hatte beschlossen, die wunderbare Lydia Bylander persönlich aufzusuchen.

23

Nicht zum ersten Mal machte Hilma, den Magen flau vor Nervosität und für einen Besuch gekleidet, einen Gang, vor dem sie Gott gebeten hätte, sie zu verschonen – hätte sie noch an ihn geglaubt.

Lass diesen Kelch an mir vorübergehen.

Die Frau des Direktors Johannesén in Sollefteå war einmal nicht zu Hause gewesen, als Hilma mit ihr über die Gerüchte hatte sprechen wollen, die deren Tochter in der Schule verbreitete. Bald darauf sollte Hilma jedoch Dinge erfahren, die noch viel schlimmer waren.

Lydia Bylander hatte am Telefon äußerst freundlich geklungen. »Wie schön. Es ist mir wirklich eine Freude, Signes Mutter kennen zu lernen.«

Es gab wirklich Tee. Und Sandkuchen und mehrere Sorten Plätzchen. Hier musste es Beziehungen zum Land geben. Denn die Kekse waren mit echter Butter gebacken und der Kuchen mit mehreren Eiern. Alles stand schon auf dem Tisch, als Hilma kam. Eine Gruppe niedriger Armstühle um einen runden Tisch vor dem offenen Kamin, in dem das Birkenholz anheimelnd knisterte. Und Hilmas kalte Hände wärmte. Wenn sie aufgeregt war, hatte sie meistens kalte Hände und Füße.

Sie hatte sich im Stillen ein Gespräch ausgedacht, in dem sie zunächst ihrer Hoffnung Ausdruck geben wollte, dass ihre Tochter nicht lästig fiel, wenn sie ihre Schwedischlehrerin in den Ferien störte.

Hilma bekam nie Gelegenheit, ihre auswendig gelernte Hausaufgabe aufzusagen. Fräulein Bylander ergriff sofort das Wort und behielt es praktisch bis zum Schluss. Wie sehr sie sich über Hilma Tornvalls Initiative freute. Es war immer wertvoll, rein informativ über eine Schülerin zu sprechen, und Signe war ja eine ihrer besten und vielversprechendsten Schülerinnen im Fach Schwedische Muttersprache. Signe war, wie sie es wörtlich ausdrückte, ein so waches und entschlussfreudiges Mädchen.

Hier konnte Hilma eine Bemerkung nicht unterdrücken: »Aber Signe regt sich doch wegen jeder Kleinigkeit auf und fürchtet sich so leicht.«

Lydia Bylander legte Biskuitroulade vor, goss Tee nach, zündete sich eine Zigarette an und nahm, bevor sie antwortete, zwei tiefe Züge.

»Ich wollte damit eigentlich ausdrücken, dass Signe einen wachen und unbeugsamen Intellekt hat. Sie kommt schnell zu eigenen Schlussfolgerungen und wagt sie, anders als viele andere Schülerinnen, auch auszusprechen. Enthusiasmus und Neugier prägen ihre Freude an Diskussionen und dem Verlangen nach mehr Wissen. Auch ihre Aufsätze weisen eine erstaunliche Mühelosigkeit des Formulierens auf; es würde mich nicht wundern, wenn Signe irgendwann allen Ernstes selbst zu schreiben anfinge. Und wenn ich daran denke, welche Möglichkeiten ihr offen stehen, macht es mich besorgt, wie hartnäckig sie an ihrem Entschluss festhält, nach dem Abitur das Modezeichnen zu studieren. Einleuchtend wäre doch, dass sie hier in Uppsala bleibt und sich dem Studium der Geisteswissenschaften widmet. Die Malerei kann sie doch als zusätzliches, gedeihliches Hobby pflegen.«

Hilma wollte ihren Ohren nicht trauen. Nie hätte sie es sich träumen lassen, in Signes vergötterter Lydia eine Verbündete für ihre eigenen Gedanken und Vorstellungen zu finden.

Endlich fand sie Worte, um einer Frau, die sie gar nicht kannte, ihre Ängste und ihre Ohnmacht anzuvertrauen. Weil deren menschliche Wärme, deren aufrichtig freundliches Interesse an Signes Zukunft so gut mit Hilmas eigenen Wünschen übereinstimmte. Beide wünschten sich für das junge Mädchen in dieser Hinsicht nur das Beste. Lydia Bylander erwähnte auch ihre Zweifel an dem Milieu, dem Signe auf dieser Kunst- und Werbegraphikschule ausgesetzt sein würde. Welche Art Freunde würde sie dort treffen? Signe war ein fröhliches, offenes und doch ernsthaftes Mädchen. Und sehr unerfahren.

Lydia Bylander brauchte sich nicht weiter darüber auszulassen, in welcher Hinsicht Signe besonders unerfahren war.

Die Einladung zum Tee endete in verschwörerischer und warmherziger Stimmung. In Lydia Bylander hatte Hilma jene Verbündete gefunden, die ihr bisher gefehlt hatte. Dass Rut und die anderen Kolleginnen an der Prinsens Skola sich über Signes Modezeichenwahn alterierten, konnte das Mädchen nicht zu einer Richtungsänderung bewegen. Wenn aber ihre Lieblingslehrerin einen ähnlichen Standpunkt vertrat, war das etwas ganz anderes.

Lydia Bylander war auch auf Signes Gesangsstunden zu sprechen gekommen. Nicht in negativer Weise. Signe hatte zweifellos eine wunderschöne Stimme; Signe war in Wahrheit ein Kind, an dessen Wiege viele gute Feen gestanden haben mussten. Sich dem Gesang aber professionell zuzuwenden, war sehr anstrengend und brauchte nicht nur gute Nerven, sondern auch kräftige Ellbogen. Signe war eine viel zu zerbrechliche und sensible Natur, um das durchzustehen.

Hilma hatte mit einem fast schmerzlichen Gefühl zugeben müssen, dass Lydia Bylander auch hier kluge und wohlwollende Worte fand.

Das Sommerhalbjahr war geprägt von vielen und sehr langen schriftlichen Arbeiten in der Aula und dem geradezu hektischen Lernen für das immer näher rückende Abitur.

Anfang März beendete Signe ihre Gesangsstunden bei Herrn Dr. Friedrich Boldt. Sie waren so weit gekommen, dass Signe die Arien des Cherubino aus Mozarts »Die Hochzeit des Figaro« zu studieren begann. Il Maestro war hellauf begeistert von ihrer Mühelosigkeit in den hohen Lagen. Er hatte es ja schon bei ihrem ersten Vorsingen erkannt: Ein echter Mozart-Sopran! Und dann sagt diese viel versprechende Schülerin, diese Entdeckung!, ohne Vorankündigung, dass sie aufhören will. Sie hatte keine Zeit mehr. Sie musste sich in ihrer freien Zeit auf das Zeichnen konzentrieren.

In seiner südländisch übertriebenen Art bat Friedrich Boldt Signes Mutter um ein Gespräch, das sie in einer Mischung aus überschwänglichem Lob und tiefer Zerknirschung darüber aufklärte, dass es ein Verbrechen an Gott und der Menschheit sei, Signes Studien aus solchen Gründen abzubrechen, und dass es jetzt die Pflicht der Mutter wäre, der Tochter den Kopf zurechtzusetzen.

Hilma, unangenehm berührt von der übertriebenen und melodramatischen Art des Lehrers und seiner Wichtigtuerei, erwiderte trocken, dass niemand anderer als Signe in dieser Frage das letzte Wort habe.

In etwas gemäßigterer Form trug Hilma ihrer Tochter den Standpunkt des Herrn Doktor Boldt vor. Signe hörte ihr sogar zu und zog eine wüste Grimasse, als sie erklärte, der alte Boldt habe nicht alle Tassen im Schrank.

»So redet er wahrscheinlich von allen seinen Schülern. Damit man weiter Stunden bei ihm nimmt.«

Hilma war über die an Zynismus grenzende Klarsicht des Mädchens etwas erstaunt.

»Nein, das glaube ich wirklich nicht. Du hast *ganz sicher* eine entwicklungsfähige Stimme, wie er das ausdrückt.«

»Ach was, der labert nur schmeichelhaften Quatsch. Solchem Gesülze kann man doch nicht trauen...«

Hilma hörte plötzlich ihren Vater Christian durch den Mund seiner Enkelin reden.

»Und außerdem«, sagte Signe in gemäßigterem Ton. »Es würde nie was draus werden. Ich bin viel zu oft erkältet.«

Hilma musste einsehen, dass ihr Traum, Signe würde von ihrer Stimme leben können, überspannt und selbstherrlich gewesen war. Was wäre es denn für ein Leben geworden? Immer unter Leistungszwang. Immer ebenso gut zu sein wie in der letzten Vorstellung. Und kaum eine von tausend reinen, hohen Sopranen bringt es weiter als bis zur Kirchenchorsolistin. Der Lehrer hatte sie mit seiner Suada ganz einfach geblendet. Eine solche Stimme findet man nicht... Eine strahlende Hoffnung, das kann ich Ihnen versichern, liebe Frau Tornvall. Nur schade, dass sie Brillenträgerin ist. Aber auch Kurzsichtige können es lernen, ohne Brille aufzutreten.

»Eine Weile habe ich sehr viel Freude daran gehabt«, hörte die in Gedanken versunkene Hilma ihre Tochter sagen. »Aber ich habe die ganze Zeit gewusst, dass ich auf jeden Fall Modezeichnerin werden will.«

Da war es wieder. Und um sich auf diese Ausbildung vorzubereiten, entwarf Signe nicht etwa Mode. Nein, sie hatte die Zeichenlehrerin an ihrer früheren Schule, Fräulein von Siebenholz, überredet, am freiwilligen Zeichenunterricht teilnehmen zu dürfen, obwohl sie gar nicht mehr in diese Schule ging. Und Signe hatte so überzeugend gesprochen, dass sie die Erlaubnis erhielt. Jeden Donnerstagabend saß sie im Zeichensaal des Gymnasiums und lernte, wie man zwei Krüge, einen stehenden und einen umgefallenen, auf einem Hintergrund von drapiertem Stoff in verschiedenen Techniken malte. Aquarell, Pastell, Tuschezeichnung mit dem Pinsel. Ein anderes Mal waren es Früchte auf einem Teller; lauter klassische Motive, die mit Mode nicht das Geringste zu tun hatten. Die Schülerinnen mussten auch gegenseitig Modell stehen. Natürlich in Kleidern. Es zeigte sich, dass Signe Bewegungen besonders eindrucksvoll wiedergeben konnte. Rhythmus und Balance in der Drehung des Oberkörpers.

Signe brachte ihre Arbeiten mit nach Hause und legte sie in einen großen Pappkarton, in dem einmal ein Mantel transportiert worden war.

Hilmas Freundinnen bewunderten Signes Zeichnungen gerne. Weil sie Hilma aber dabei helfen wollten, ihre Tochter auf andere Gedanken zu bringen, redeten sie oft von den Vorzügen des Berufes einer Zeichenlehrerin. Eine feste und sichere Anstellung. Mit Pensionsberechtigung. Und dann die wunderbar langen Ferien!

Wohlmeinend gesprochen, aber von Signe durch die Brille mit finsteren Blicken belohnt. Mit einem Mund, schmal wie ein Strich, verließ sie dann die Gesellschaft und ging in ihr Zimmer.

»Was soll man dazu sagen«, seufzten Rut oder Alma oder Ingegärd oder Magnhild, ja, auch sie, denn sie war zur Ordnung zurückgekehrt und wohnte jetzt wieder mit ihrer Schwester zusammen. Die Ehe hatte, genau wie von Rut vorausgesagt, nicht lange gehalten.

Aber Magnhild hatte sich verändert. Sie war die Einzige, die Hilma nicht mit dieser Miene ansah, die bedeutete »Du Ärmste, es ist nicht leicht, allein erziehende Mutter zu sein. Einzelkinder werden so leicht verwöhnt und egozentrisch. Und Signes Vater ist ja so früh verstorben!«

In diesem vertrauten Freundinnenkreis wusste keine von der Geisteskrankheit und dem Erbe.

Sie wussten nur, dass Studienrat Tornvall in viel zu jungen Jahren an einem Herzinfarkt gestorben war. Der Witwe war dann die schwer wiegende Verantwortung zugefallen, die Tochter zu einem großartigen Menschen zu erziehen, der mit beiden Beinen im Leben stand.

Niemand konnte behaupten, dass ihr das nicht gelungen war. Signes Beharren, ja die geradezu Verbohrtheit in ihre Berufswahl, war eine Marotte der sonst so reizenden und moralisch untadeligen jungen Dame. Nie beobachtete man, dass sie mit Jungen ging oder sich sonstwie anstößig aufführte. Einen festen Freund hatte sie, einen prächtigen Jungen und zukünftigen Pfarrer. Hilma brauchte sich nie, wie viele andere Mütter, zu ängstigen, dass ihre Tochter eines Tages »ins Unglück stürzen« würde.

Signe war eines von diesen wirklich hübschen Mädchen, die nicht wussten, dass sie hübsch waren. Vielleicht machte gerade das sie so anmutig? Das ihr Unbewusste. Ihr etwas altmodisches Verhalten. Das aber dennoch vorhandene schöne, freimütige Lächeln, das sie unvermittelt verschenken konnte?

»Warum verzichten/auf ein kleines Stückchen Glück/vielleicht kommt die Stunde/nie wieder zurück«, schmachtete der Schlagersänger.

Signe hatte keine Eile. Sie wartete auf den *Richtigen*. Den Andeutungen ihrer Mutter war zu entnehmen, dass der durch und durch zuverlässige Artur wohl doch nicht der Richtige war.

Hilmas ältliche Freundinnen und Kolleginnen waren allesamt im biblischen Sinn unberührte Schulfräulein. Keine von ihnen war jemals einem Mann in Lust und Sünde begegnet. Ihr Schoß war jungfräulich. Ausgenommen war natürlich die arme Magnhild. Aber sie hatte dafür büßen müssen. Jede hütete sich davor, diese Ehe auch nur zu erwähnen, die kaum vier Monate gehalten hatte.

Magnhild sah noch immer mitgenommen und blass aus. Während Rut aufblühte. Die Beschwerden, die sie früher so oft hatte untersuchen und behandeln lassen, waren keine Anzeichen einer ernsthaften Erkrankung gewesen. Wie auch immer, Rut war kerngesund und unverwüstlich wie ehedem.

Hilma war in diesem Kreis die Einzige, die ein Kind hatte. Die Freundinnen fühlten sich alle mehr oder minder an Signes Entwicklung beteiligt. Sie freuten sich mit der Mutter über die guten Zeugnisse des Mädchens und über dessen wunderbare Unschuld. Desgleichen waren sie mit Hilma über die Berufswahl Signes bestürzt. Völlig ungewöhnlich, so an einem Kindertraum festzuhalten.

Darin lag eine Art Trotz, der zu Signes sonstigem Wesen nicht passen wollte.

Ingegärd verlieh dem gemeinsamen Gedanken Ausdruck, als sie sagte, dass Signe, die eine so reizende junge Frau und außerdem so hübsch anzusehen war, sicher einen sympathischen jungen Akademiker kennen lernen und ihn heiraten würde.

Und alles würde zum allgemeinen Besten führen.

Hinter ihrem hübschen glatten Gesicht und dem frohen Lächeln verbarg sich bei dem Mädchen abgrundtiefe Angst. Die größte aller Ängste war ihre Todesangst. Soweit Signe sich erinnern konnte, war diese immer vorhanden gewesen. Nein, sie hatte nicht mit dem Tod des Vaters begonnen. Es hatte sie schon viel früher gegeben. Schon als sehr kleines Kind hatte sie diese Angst in Furcht vor etwas anderem verkehren können. Gespenster. Betrunkene Männer. Den eigenen Körper, der durch sein Wachsen einen Verrat an ihr beging, vor dem sie sich nicht wehren konnte. Die Angst, die Krankheit des Vaters geerbt zu haben und wahnsinnig zu werden.

Die Schwärmerei für Lydia Bylander, oder besser gesagt, die Verliebtheit in diese Lehrerin, hatte zunächst keine Angstkomponente enthalten. Nur fieberhafte Sehnsucht und ebenso fiebrige Beglückung, wenn sie Lydia vor Augen hatte. Signe wusste nichts von dem Verbotenen, Unnatürlichen in der Liebe unter Gleichgeschlechtlichen. Irgendwann las sie einen Artikel, vielleicht im Zusammenhang mit Karin Boye? Nach deren Selbstmord? So bekam sie Kenntnis von der Perversität einer solchen Liebe, konnte somit den alten Ängsten eine neue hinzufügen.

All das schrieb sie in ihr Tagebuch. Die sexuelle Aufklärung, die ihr, noch dazu durch ihre eigene unglückliche Mutter, unge-

wöhnlich spät zuteil wurde, hatte sie in neue Nöte verstrickt. Dass es so eklig zuging und man dabei nackt sein musste, dass es aber keine andere Wahl gab, wollte man eine normale Frau sein. Aber noch hatte sie keinen jungen Mann kennen gelernt, bei dem sie vom Gefühl her hätte akzeptieren können, was Erfüllung in der Liebe hieß. Sie war sich im Klaren darüber, dass, sollte ein überaus tiefes Gefühl sie erfassen, die Glückseligkeit und das Vertrauen zu dem Geliebten, als das sich, wie sie aus Romanen wusste, die wahre Liebe äußerte, sie »dieses Gewisse« als ganz natürlich empfinden würde.

Eine weitere Ursache der Angst war, dass gleichaltrige Jungen zwar gerne mit ihr über Gott oder über Kafka sprachen, diese aber bei hereinbrechender Dämmerung lieber anderen Mädchen an den Busen griffen.

Nein, sie würde sich nicht von jedem Beliebigen die Brust betatschen und sie würde sich von keinem küssen lassen, bevor sie nicht jenem begegnet war, mit dem sie ihr Leben teilen wollte.

Aber warum hatte es eigentlich noch keiner bei ihr probiert? Doch sollte es geschehen, würde sie natürlich sehr böse werden und dem Frechling eine Ohrfeige verpassen. War sie so hässlich? Oder stimmte bei ihr etwas anderes nicht?

Und Artur? Ach, der. Irgendwann hatte sein pickliges, schmachtendes Gesicht sich ihr tatsächlich in der Absicht genähert, sie zu küssen. Sie aber hatte ihn mit den Worten weggestoßen: »Spinnst du? Was bildest du dir ein?«

Artur war jemand, der ihr nach außen hin den Anschein einer gewissen Normalität gab. Ein neunzehnjähriges Mädchen muss einen ständigen Begleiter haben. Artur sorgte dafür, dass sie sich von allen anderen nicht unterschied.

Als Elfjährige hatte sie das Buch mit dem Titel »Nicht wie andere Mädchen« immer wieder gelesen. Es hatte ihr Trost ge-

schenkt, denn schon damals hatte sie gespürt, dass sie nicht wie andere Mädchen war.

Jetzt aber war es Signes sehnlichster Wunsch, ein ganz gewöhnliches Mädchen zu sein.

»Lieber Gott, gib, dass ich wie andere Mädchen werde, lieber Gott gib, dass ich noch lange nicht sterbe. Lieber Gott, gib, dass ich über mein Abitur hinaus lebe!«

Signes übertriebene Frömmigkeit – die Bibelstudien und Thomas von Kempen – waren nichts anderes als Beschwörungen. Um Gott zu bestechen. In der verzweifelten Hoffnung, eines Tages eine überzeugte und über alle Zweifel erhabene christliche Bekennerin zu werden und keine Angst vor dem Tod mehr zu haben. Ein echt frommer Mensch, der daran glaubt, nach dem Tod in den Himmel zu kommen, in jenen Himmel, in dem es weder Not noch Schmerzen gibt, kann sich vor dem Sterben nicht fürchten.

Und was war mit der fixen Idee, Modezeichnerin zu werden?

Vielleicht enthielt sie die Hoffnung, wie eine Papierpuppe zu werden? Wie wir wissen, kann eine solche nicht sterben. Auch eine in einem dicken, großen Modejournal veröffentlichte Zeichnung bleibt bestehen. Vorausgesetzt, die Zeitschrift wird nicht ins Feuer geworfen.

Niemand wusste um all diese Ängste und krampfhaften Verdrängungsversuche. Nicht einmal Lydia Bylander.

Signe wusste genau, welche Antwort sie bekommen würde, wenn sie zugab, dass sie sich unablässig vor dem Sterben fürchtete.

»Aber liebes Kind, du brauchst dich doch nicht vor dem Sterben zu fürchten. Du bist jung und gesund und hast das ganze Leben noch vor dir.«

Ungefähr jeden dritten Sonntag verlas der Pfarrer die Namen verstorbener Gemeindemitglieder. Oft genug waren Junge dabei.

24

Das Frühjahr 1945 brachte umfassende Veränderungen nicht nur draußen in der Welt, sondern auch in Signes Leben. Erschreckende Enthüllungen über deutsche Todeslager dominierten die Pressemeldungen oder wechselten sich mit Berichten über die bevorstehende totale Niederlage der Deutschen und die Luftangriffe der Alliierten, die den Tod auf Deutschlands Städte niedersausen ließen, ab.

Der April war fast zu Ende. Wie immer wollte Signe mit Artur, Svante und Solbritt auf den Slottsbacken gehen. Und auch am Ersten Mai stand Artur in der Diele. Diesmal ging es um einen Radausflug über die Hügel nach Gamla Uppsala und eine Erfrischung in Odinsborg. Am Ersten Mai stachen in Uppsala rote Fahnen und Arbeiter, die zu den Klängen der Internationale durch die Stadt zogen, nicht besonders hervor. Natürlich gab es einen Aufmarsch. Über die Vaksalagata zum Volkshaus. Aber er ging im Stadtbild fast unter. Prägend waren die weißen Studentenmützen und das Lachen und Lärmen der mehr oder weniger angeheiterten studentischen Jugend beiderlei Geschlechts.

Signe schien nur mäßig begeistert, als sie ihrer Mutter ein ›Hej!‹ zurief und mit Artur die Treppe hinunterging. Unten auf der Straße wartete das andere junge Paar. Signe trug einen neuen roten Rock, eine viel zu dünne blaue Jacke und, um die Haare gebunden, einen rot-weiß-karierten Schal. Der ganze Aufzug wirkte einfach nicht warm genug. Die Erste-Mai-Wärme ist trügerisch. Signes Gesundheit war nicht stabil. Der Arzt hatte ihr einmal in der Woche Bestrahlungen mit der Quarzlampe verordnet.

Bei Hilma stand nachmittags das Wohnzimmerfenster offen, denn sie wischte Staub und musste den Lappen ab und zu ausschütteln. Als sie mit dem Zimmer fertig war und den Staublappen zum letzten Mal ausschüttelte, erblickte sie Signe und Artur. Beide hatten die Räder an die Hauswand gelehnt. Artur stand ganz dicht bei Signe. Er hielt ihre Hände in seinen und redete eindringlich auf sie ein.

Signe hörte wie abwesend zu, überließ ihm aber ihre Hände. Sein Gesicht näherte sich dem ihren immer mehr. Seiner Haltung konnte man entnehmen, dass er etwas sehr Wichtiges auf dem Herzen hatte.

Plötzlich schien Signe es satt zu haben, packte ihr Rad und schob es durch den Hausgang in den Hof. Dann, sozusagen auf halbem Weg, sagte sie etwas zu Artur, winkte ihm mit der linken Hand zu und verschwand aus Arturs und Hilmas Blickfeld. Artur zog ein Taschentuch heraus und schnäuzte sich, um dann sein Rad mit verzagten, langsamen Bewegungen auf die Fahrbahn zu schieben und wegzufahren.

Unmittelbar danach klingelte es an der Tür. Signe läutete immer an, wenn sie wusste, dass ihre Mutter zu Hause war. Ihrer Atemlosigkeit nach zu schließen, war Signe bis in den dritten Stock hinaufgerannt. Mit ruckartigen Bewegungen riss sie sich den Schal herunter und hängte die Jacke auf. Hilma sah, dass sie fror. Sie hätte eine Strickjacke überziehen sollen; und das war es auch, was Hilma ihr sagte.

Signe grüßte kaum und ging in die Küche, setzte einen Topf

Wasser auf und schaute in der Blechdose nach, ob noch eine Zimtschnecke da war. Das alles geschah rasch und fahrig.

»Was ist los, Signe? Was ist passiert?«

Signe seufzte, machte den Kühlschrank auf, um Butter herauszunehmen. Wenn nichts anderes da war, wollte sie lieber ein Butterbrot zu dem Honigwasser essen, das sie für sich aufgießen wollte.

»Was ist los? Du hast doch nicht etwa Halsschmerzen?«

»Nein, ich habe keine Halsschmerzen. Ich friere.«

Sie schwieg, tat einen Löffel Honig in das kochend heiße Wasser und setzte sich müde hin. Sie nippte an dem Wasser. Es war zu heiß. Sie rührte um. Biss vom Butterbrot ab.

»Signe, sag endlich, was los ist. Ist etwas passiert?«

Ungeduldig aß das Mädchen den Mund leer und brachte es endlich heraus.

»Er hat mir einen Antrag gemacht, Mama. Artur Strömberg wollte sich mit mir verloben.«

»Aber Kind, ihr geht beide noch in die Schule.«

»Das macht doch nichts. Bodil Jung aus meiner Klasse ist auch schon verlobt. Sie sitzt den ganzen Tag in der Bank und dreht an ihrem goldenen Ring. Aber sie ist ja auch in Bertil, also in ihren Bräutigam, verliebt.«

Jetzt konnte sie ihr Honigwasser trinken. Sie schaffte es in drei Schlucken, schob den Stuhl zurück, fuhr sich mit den Fingern durch die Haare und befestigte die Haarspange besser, bevor sie fortfuhr.

»Ich bin das aber nicht. In Artur, meine ich. Aber der hat sich das wahrscheinlich die ganze Zeit eingebildet. Obwohl er mich nicht einmal küssen durfte. Aber mir ist ein guter Grund fürs Neinsagen eingefallen. Artur hat ja immer wieder davon gesprochen, dass er Missionar werden will. Ich habe gesagt, dass ich nicht seine Frau werden kann, weil ich Modezeichnerin werde. Missionarsfrau und Modezeichnerin, das lässt sich nicht vereinbaren. Und das hat ihm eingeleuchtet«, sagte Signe zufrieden und machte sich noch ein Brot. Diesmal mit Streichkäse.

Hilma war leicht benommen und musste sich setzen.

»Ich habe ihn also nicht traurig machen und ihm nicht sagen müssen, dass ich ihn nie und nimmer heiraten würde.«

»Warum bist du dann fast zwei Jahre mit ihm gegangen?«

»Man muss doch einen Jungen haben, der anruft und mit dem man weggehen kann. In die Kirche. Ins Kino. In die Konditorei. Sonst halten einen doch alle für komisch. Man braucht jemand...«

Hilma hatte jetzt fast zärtliches Mitleid mit diesem treuen, schüchternen Kavalier, der ihrer Tochter trotz allem mit so bewundernswerter Beherrschung und solchem Vertrauen den Hof gemacht hatte. Nein, einen rechtschaffeneren jungen Mann hätte eine Mutter sich als Schwiegersohn nicht wünschen können.

Was ihr aber besonders zu schaffen machte und ihr trotz der Migräne keine Ruhe ließ, war die Entschuldigung, mit der Signe den jungen Freier abgespeist hatte: »Das geht nicht, weil ich Modezeichnerin werde.«

Sie sprach den Gedanken nicht aus. Aber Signe musste es trotzdem gehört haben.

»In den nächsten Tagen werden die Bewerbungsunterlagen in der Anders-Beckman-Schule eintreffen. Letzter Termin ist der 20. Mai. Man bewirbt sich nur mit Arbeitsproben. Zeugnisse sind ihnen nicht wichtig«, erklärte Signe fröhlich und goss sich ein Glas Milch ein.

»Aber Signe, wir essen doch bald«, sagte Hilma niedergeschlagen.

Zum ersten Mal musste sie ernst nehmen, dass Signe ihre

Kindheitsphantasien durchdrücken wollte. Und dass Hilma in dieser Sache nichts zu sagen hatte.

Sie hatten schon früher davon gesprochen, und Signe hatte Hilma jedes Mal ganz entrüstet an das Versprechen erinnert, das sie ihr vor Jahren gegeben hatte. Wenn Signe dem Wunsch der Mutter entsprechen und das Abitur machen würde, dürfe sie ...

Anfang Mai 1945 kam die Nachricht, dass Adolf Hitler Selbstmord begangen und seine Geliebte, Eva Braun, mit in den Tod genommen hatte. Einen Tag später war Dänemark wieder ein freies Land und Norwegen desgleichen. Die von den Nazis begangenen Schandtaten, der Völkermord an Millionen Juden, all das war in normalen deutschen Ortschaften geschehen, wo rechtschaffene Menschen den Rauch aus den Schornsteinen der Verbrennungsöfen seit Jahren ohne Misstrauen aufsteigen gesehen und gerochen hatten. Die Bevölkerung erfuhr erst jetzt davon, als die Hilfskolonnen, mit dem schwedischen Grafen Folke Bernadotte an der Spitze, die ersten apathischen, ausgemergelten Insassen aus den Konzentrationslagern befreiten. Die ganzen Jahre war ein jüdisches Mädchen in Signes Klasse gegangen. Sie hieß Rosa. Ihre Eltern hatten Deutschland rechtzeitig verlassen. In ihrem Zimmer hatte Rosa eine Sparbüchse mit der Aufschrift »Für den jüdischen Staat Israel« stehen. Einen solchen Staat gab es nicht. Aber Rosa war überzeugt, dass das jüdische Volk in absehbarer Zeit in das Gelobte Land zurückkehren würde.

Signe und Britt-Marie hatten etwas Geld in die Büchse gesteckt, doch machte es sie ein bisschen verlegen, dass Rosa so felsenfest davon überzeugt war. Lebte im Land Israel etwa nicht seit mehr als zweitausend Jahren ein ganz anderes Volk?

Der 7. Mai 1945 sollte in Signes Erinnerung einen ebenso

festen Platz einnehmen wie der 14. Mai 1931, der Tag der Ådals-Krawalle, als sie ihren Vater in der Wohnung in Sollefteå im Herrenzimmer hin und her gehen sah und ihn immer wieder sagen hörte: »Es ist schrecklich, sie schießen auf die Arbeiter, das hiesige Militär hat Befehl erhalten, auf die Arbeiter zu schießen.« Signe war damals fünf Jahre alt gewesen.

Jetzt war sie neunzehn, würde im August zwanzig werden und lag, bis auf das Höschen nackt, auf einer Liege in Schwester Astrids Bestrahlungsraum. Auf den Augen hatte sie, um von dem ultravioletten Licht der Quarzlampe keine Schäden davonzutragen, kleine schwarze Metallschalen. Es war früher Nachmittag. Die übrige Klasse hatte Turnen. Signe, die an Blutarmut litt und ganz allgemein als anfällig galt, ging in ihrer Freistunde für dreißig Minuten zu dieser Schwester Astrid, um sich mit künstlicher Höhensonne bestrahlen zu lassen. Es roch muffig und ein bisschen stechend.

Schwester Astrid konnte vier Patienten gleichzeitig drannehmen. Sie lagen, durch Vorhänge voneinander getrennt, jeder in einem eigenen Abteil. Die Schwester hatte ihr Büro nebenan in einem ebenso kleinen Raum. Auf den Bestrahlungsliegen konnte man ihr Radio gut mithören. Signe fiel auf, dass die laufende Sendung wegen einer Nachricht aus dem Internationalen Pressebüro mitten in einem Schlager unterbrochen wurde. Es war ein Kommuniqué, das besagte, dass Deutschland bedingungslos kapituliert hatte. Der Zweite Weltkrieg war nach sechs Jahren Kampf zu Ende. Es war Frieden!

Was tut ein Mensch, wenn er eine so wunderbare Nachricht empfängt? Nun, er springt auf und jubelt vor Freude.

Aber Signe blieb wie versteinert liegen. Die barsche Schwester Astrid missbilligte jede Art von Unordnung. Wenn der Arzt Signe Tornvall eine halbe Stunde Höhensonne verordnet hatte, dann musste das eingehalten werden. Darauf hatten weder

Krieg noch Frieden Einfluss. Wenn nicht gerade die Sirenen heulten und Bomben fielen. Aber in Schweden hatte man glücklicherweise nie alles stehen und liegen lassen müssen, um in den Schutzraum zu laufen.

Signe blieb also gehorsam die volle halbe Stunde unter der Höhensonne liegen.

Dann zog sie sich mit vor Aufregung zitternden Händen an und rannte über die fast menschenleere Skolgata hinunter zur Magdeburg. Die ganze Zeit sang es in ihr: »*Außer mir weiß es niemand. Außer mir weiß es niemand.*« Hinein in den Schulhof. Auch der war leer, aber in der hintersten Ecke hatte der Traubenkirschenbaum ausgeschlagen. Die schwere Schultür. Das verödet hallende Treppenhaus. Ihre einsamen Schritte durch den Korridor. Hinter jeder Klassenzimmertür war Unterricht. Erst in vierzehn Minuten würde es läuten.

Aber sie hielt es nicht mehr aus. Sie klopfte an der erstbesten Tür und platzte mitten in eine Deutschstunde des Dozenten Lundbom. Sie hatte nicht einmal das »Herein!« abgewartet. Sie hatte einfach die Tür aufgerissen. Ihr Puls pochte, verschwitzt und puterrot vor Anspannung sagte sie mit einem Knicks: »Entschuldigen Sie die Störung. Ich wollte nur sagen, dass Frieden ist.«

Dozent Lundbom konnte das Gebrüll, das auszubrechen drohte, mit seiner Autorität noch in Schach halten.

»Und worauf gründet sich Signe Tornvalls Aussage?«

Da sagte sie es noch einmal. Ruhiger und deutlicher diesmal, und sie erklärte auch, wie es kam, dass sie es wusste. Nun durfte das Freudengeheul losbrechen. Und es war nicht mehr nur Signe, die von Klasse zu Klasse rannte, die Türen aufriss und rief: »*Es ist Frieden! Es ist Frieden! Es ist Frieden!*«

Innerhalb weniger Minuten wusste es die ganze Schule. Der Unterricht wurde beendet, und die Botin konnte zu ihrer Mutter nach Hause radeln. In der Sysslomansgata kam ihr Lydia nichts ahnend entgegen, Signe ließ ihr Rad achtlos fallen und lief auf die Lehrerin zu.

Und Lydia hatte es tatsächlich noch nicht gehört! Signe durfte es ihr als Erste mitteilen und wurde zur Belohnung herzlich umarmt.

Aber bald wussten es immer mehr Leute, und als Signe zur Ringgata kam, standen jubelnde Menschen auf ihren Balkons und schwenkten die schwedische Fahne. Auf der Straße umarmten selbst Unbekannte einander wahllos in geradezu südländischer Manier. Und unvermittelt kam Hilma auf dem Fahrrad daher.

Oben in der Wohnung saß ihre Tochter am Tafelklavier und sang mit heller Stimme die Arie des Cherubin aus Mozarts »Die Hochzeit des Figaro«. Was das wohl mit dem Frieden zu tun hatte? Aber eine frohe Melodie war es allemal.

Es ist nicht leicht zu entscheiden, was man tun soll, wenn einen eine große und ersehnte Nachricht erreicht. Mit Überraschungen dieser Art hatte Hilma wenig Erfahrung. Zum Konditor zu laufen und Kuchen zu kaufen war keine besonders gute Idee. Das Krisenbackwerk schmeckte ja doch nur nach Pappe mit gesüßten Sägespänen und künstlicher Vanillecreme.

Aber es war nun einmal da. Dieses infantile Bedürfnis, mit dem Mund zu feiern. Signe kam auf die Idee, zwei Eier aufzuschlagen und zu trennen, ein Eigelb in je eine Tasse zu geben und mit dem letzten Rest aus der Zuckertüte einen alkoholfreien Eierlikör zu zaubern. Dazu gab es ein Glas echten selbst gemachten Preiselbeertrunk. Aus dem Eiweiß wollte Hilma später Baisers machen.

Dann saßen sie an dem sehr kleinen Klapptisch auf dem Balkon, und Signe erzählte, wie sie zur Friedenstaube der Schule geworden war. Genussvoll kratzten sie auch noch den kleinsten Rest der gelben Süßigkeit vom Boden der Tasse. Sie winkten allen Leuten zu, die, wie sie, auf ihren Balkons saßen oder mit kleinen Kindern auf dem Arm im Garten standen. Manch einer weinte vor Freude. Überall standen die Fenster offen, und die Radios verkündeten mit voller Lautstärke, was man nicht oft genug hören konnte. *Dass wahrhaft Frieden war.*

Eine Woche später bekam Signe schulfrei, um an der Anders-Beckman-Schule in Stockholm ihre Arbeiten abzugeben. Sie waren ihr so wichtig, dass sie sie nicht mit der Post schicken wollte. Signe musste für ihre Abwesenheit das Einverständnis der Direktorin Greta Zimmerman einholen. Als die Direktorin den Grund erfuhr, war sie nicht nur überrascht, sondern schien auch enttäuscht.

»Meine liebe Signe, glaubst du wirklich, dass das die Ausbildung ist, die du anstreben solltest? Deine Zensuren in Schwedisch und Philosophie weisen in eine ganz andere Richtung, und du könntest das Studium hier in Uppsala absolvieren. In Religion hast du sogar eine Eins. Sind das nicht die Stärken, die du weiter ausbauen solltest?«

»Ich habe auch in Zeichnen eine Eins«, sagte Signe mit einem Knicks.

Nun, das hatte wohl seine Richtigkeit.

»Aber warum gerade Modezeichnen, liebe Signe?«

»Weil ich schon immer Modezeichnerin werden wollte.«

Frau Direktor Zimmerman hatte aufgeseufzt und Signe schließlich für Donnerstag dieser Woche nach der großen Pause beurlaubt.

Die Anders-Beckman-Schule lag in der Smålandsgatan 1 im vierten Stock. Ein Fahrstuhl war vorhanden. Aber es wollten ihn so viele benutzen, dass sich eine Schlange gebildet hatte. Wegen riesiger Mappen und Kartons hatten jeweils nur drei Personen Platz. Signe stieg gleichzeitig mit einem dunkelhaarigen jungen Mann südländischen Typs aus. Sie standen somit in der nächsten Schlange vor der Direktion nebeneinander. Ein Lehrer nahm sie in Empfang. Der junge Mann hatte Signe, obwohl seine Augen blau waren, mit einem eigenartig dunkel glänzenden Blick angesehen und ein Gespräch mit ihr begonnen. Es ergab sich, dass dieser junge Mann mit dem etwas verbummelten oder eher verwegenen Gesicht und dem dichten Haar, das ihm immer wieder in die Stirn fiel, auch aus Uppsala kam. Seine Eltern waren die Besitzer des Parkhotels am Bahnhofspark. Signe war rot geworden und hatte gesagt, nein, wie komisch. Denn genau in diesem Hotel hatte sie bei ihrem ersten Besuch in Uppsala mit ihrer Mutter logiert.

Lars-Ivar Palm hieß er, und er hatte dazu bemerkt, dass er zwar manchmal in der Rezeption aushalf, wenn er aber damals Dienst gehabt hätte, würde er es bis heute nicht vergessen haben.

Und dabei hatte er Signe angesehen, als gäbe es dafür nur einen einzigen Grund, dass er sich nämlich an ein so hübsches Mädchen bis zum heutigen Tag erinnert hätte. Signe, die derlei Blicke nicht gewöhnt war, hatte einen Schritt zurück gemacht und jemand anderem den Platz neben Lars-Ivar Palm überlassen.

Sie hatte später in einer kleinen Bäckerei zwei belegte Brote und ein Glas Milch zu sich genommen, war frühzeitig zum Stockholmer Hauptbahnhof gegangen und hatte, als der Zug nach Uppsala einfuhr, einen Fensterplatz gewählt. In Fahrtrichtung. Weil ihr sonst schlecht wurde. Zufrieden, aber gleichzeitig voll Unruhe, saß sie nun dort. Denn sie war ihrem Ziel jetzt immerhin schon recht nahe gekommen. Was aber, wenn ihre vorgelegten Arbeiten nicht gut genug waren? Lars-Ivar Palm, der vier Jahre älter war als sie, hatte vorher schon eine richtige Kunstschule besucht und brauchte sich bestimmt keine Sorgen zu machen. Während sie solchen Gedanken nachhing, füllte sich das Abteil. Der Schaffner hatte schon »Bitte einsteigen und Türen schließen!« gerufen und wollte gerade abpfeifen, als ein zerzauster junger Mann den Kopf durch die Tür steckte, um nachzusehen, ob noch ein Platz frei war. Und tatsächlich. Neben Signe. Und dann hatten sie miteinander geredet. Er hatte ihr eine Zigarette angeboten und als sie ablehnte, höflich gefragt, ob es gestattet sei. Er redete sie mit Fräulein Tornvall an. Er rauchte mit einer kurzen, beinfarbenen Zigarettenspitze.

Zu Hause in der Küche plapperte Signe später lebhaft über ihre Reise nach Stockholm. Hilma fiel dabei möglicherweise sogar zum ersten Mal auf, wie hübsch ihre Tochter war. Hilma war in einer Atmosphäre aufgewachsen, in der immer wieder darauf hingewiesen worden war, dass es keine Rolle spielte, wie ein Mädchen aussah, Hauptsache sie war brav, reinlich, gehorsam und ordentlich. Es zählte nur die Schönheit der Seele. Und hier stand nun Signe, von innen und von außen strahlend, und es gab Hilma einen Stich, als sie sich entsetzt fragte, ob das etwa mit dem jungen Mann zusammenhängen konnte, über den Signe sich so wortreich ausließ.

»Will er auch Modezeichnerin werden?«

Hilma sagte es bewusst boshaft. Aber Signe merkte es gar nicht. So beschäftigt war sie mit ihren eigenen Gedanken.

»Nein«, sagte sie und lächelte dabei ganz unbewusst. »Lars-Ivar wird die Fachrichtung Werbung besuchen. Seine Eltern meinen, es wäre zu unsicher, als freischaffender Künstler zu leben, und halten Gebrauchsgraphik für besser...«

Signe blieb mitten im Satz stecken, ging ins Bad und von dort direkt in ihr eigenes Zimmer und schloss ab.

Hilma seufzte. Jetzt war also das Tagebuch wieder an der Reihe. Der vierte Band. Die voll geschriebenen Hefte lagen in einem fest mit Bindfaden verschnürten Karton ganz oben in Signes Kleiderschrank.

Hilma schälte die Kartoffeln besonders energisch.

Es reichte schon, dass Signe alleine zwischen Zuhause und dieser Schule hin und her fuhr. Hilma spürte, dass das alles zerstören würde, was sie um Signe herum aufgebaut hatte, denn ihre Tochter würde in dieser Zeit einen jungen Mann treffen, der ein dümmliches Lächeln und einen Schimmer in ihren Augen hervorrief. Lieber Gott, wie sollte sie dieses Geschehen unterbinden, das kaum angefangen hatte? Ernsthafte Gespräche mit dem Mädchen hatten deren Entschlüsse bisher immer nur noch mehr gefestigt.

Die einzige, aber sehr schwache Hoffnung war, dass Signe in dieser Schule nicht angenommen würde.

Gegen Abend saß Signe wieder am Tafelklavier und sang eines ihrer Lieblingslieder aus der »Czardasfürstin«: »Machen wir's den Schwalben nach, bau'n wir uns ein Nest ...«

25

Im Gymnasium war jetzt in den letzten Wochen vor dem Abitur viel los. Der Endspurt, der für manche Schüler ausschlaggebend war, wirkte sich auf alle derart aus, dass sie wie in einem unwirklichen Zustand lebten. Alles, was nicht mit den Abschlussprüfungen zu tun hatte, war wie durch eine Glaswand von ihnen abgetrennt. Dass die Welt dabei war, Ordnung zu schaffen und den Frieden zu konsolidieren, lag jenseits aller Abiturienteninteressen. Nicht einmal der blühende, duftende Frühling schien sie wirklich anzugehen. Der Schulabschluss hatte aber auch praktische Aspekte. Die weiße Studentenmütze musste probiert werden. Das weiße Kleid war eine angenehme Zugabe. Signe entwarf ihres selbst, aber Hilma überließ das Nähen der Hausschneiderin Dora Andersson.

An Signes ganz allgemeiner Zerfahrenheit und ihrem schlechten Schlaf war wohl nicht nur das bevorstehende Examen schuld. Sie musste sich wirklich keine Sorgen machen.

Hilma brauchte keine übernatürlichen Kräfte, um zu merken, dass Signes extreme Nervosität, wenn sie sich auf das klingelnde Telefon stürzte, nichts mit Prüfungsangst zu tun hatte. Sie glaubte und hoffte jedes Mal, dass der Anrufer der dunkelhaarige Charmeur aus der Eisenbahn war. Hilma glaubte nicht, dass Signe ihm ihre Telefonnummer gegeben hatte. Aber er kannte ja ihren Familiennamen.

Signes Gefühle konnte man ihr ebenso deutlich vom Gesicht ablesen wie dem Himmel, wenn das Wetter von Sonnenschein in Regen umschlug und umgekehrt. Ihre Mutter wusste also, welch großen Eindruck dieser junge Mann auf ihre Tochter gemacht hatte. Ängstlich und hilflos erinnerte sich Hilma daran, wie sie selbst sich einmal vom Lächeln und den unverhohlenen Blicken eines Mannes hatte verführen lassen und wie sie naiv und unschuldig nicht begriffen hatte, worauf er eigentlich aus gewesen war.

Der junge Herr Palm hatte vielleicht gar nichts im Schilde geführt. Er gehörte sicher zu der Sorte Männer, die Blicke und Lächeln frohgemut verteilten. Und sich gar nicht erinnern konnten, wer das letzte Opfer eines gedankenlosen Flirts gewesen war.

Hilma sah Signe wie eine Rose erblühen, die allmählich aber die Kraft verlor, den Kopf hochzuhalten, und langsam zu welken begann.

Im Prüfungsaufsatz wählte sie das Thema »Ein armer Mönch aus Skara – Dichtung von Gustaf Fröding. Idee und Analyse«.

Signe schrieb ohne Schwung. So gern Lydia auch gewollt hätte, sie konnte die Arbeit nicht besser als mit einer Drei bewerten, was wiederum den Durchschnitt des Abgangszeugnisses auf eine Zwei herabsetzte. Der Aufsatz war unkonzentriert geschrieben worden, und die Analyse hatte nicht viel Substanz gehabt. Die Schülerin hatte im Wesentlichen nur das Gedicht mit eigenen Worten nacherzählt. Die Prüflinge hatten den ganzen Text als Ausgangsmaterial und Quelle neben sich liegen gehabt.

Über dem Abitur lag zunächst eine Art Beerdigungsstimmung. Nach den Prüfungen aber waren starke Arme gefragt.

Die frisch gebackene Abiturientin musste hoch in die Luft geworfen und wieder sicher aufgefangen werden. Für beliebte, etwas leichtlebigere Mädchen als Signe war das kein Problem, aber für einen Streber wie sie war es einigermaßen schwierig, junge Männer zu finden, die die hochschulreife Studentin hochwirbelten. Aber es gab immerhin Kameraden bei den Abstinenzlern und im Christlichen Studentenverband. Und tatsächlich tauchte Artur, dieser arme Artur, mit Rosen am blau-gelben Band auf, das er dem Mädchen um den Hals hängte, das es abgelehnt hatte, die Frau eines Missionars zu werden. Britt-Marie hatte zwei ältere Brüder und deren Freunde und war somit gerettet. Rut hatte einen Neffen, der gegen Versprechungen, von denen Hilma nichts wusste, mit einem Freund kam. Sie hatten in einem Geschäft ein Fahrrad mit großem Anhänger geliehen und ihn mit Birkenzweigen geschmückt, in deren Mitte ein Hocker stand, auf dem der »Anlass der Ehrung« sitzen durfte.

Schließlich kamen doch eine ganze Menge Sträuße zusammen. Die mit Hilma befreundeten Kolleginnen aus Prinsens Skola hatten sich nicht lumpen lassen.

Über der Stadt schwebten die übermütigen Worte des Studentenliedes: »Besingt der Studenten glücklichen Tag / genießt ihrer Jugend grünenden Mai / Noch klopft das Herze mit frischem Schlag / steht doch die jubelnde Zukunft bereit / Sorgen sind uns fern ...«

An der Ringgata hingen die Leute aus den Fenstern und standen auf den Balkons, als das geschmückte Lieferfahrrad vor dem Haus Nr. 10c hielt. Es wurde gewinkt, man rief Glückwunsch! Glückwunsch! Hurra, hurra, hurra, hurra! Ein älterer Herr hatte sich seine vergilbte Studentenmütze, ein verjährtes Modell, aufgesetzt und warf nun chevaleresk eine rote Rose vom Balkon. Signe, die sonst nicht einmal fähig war, einen Ball zu fangen, vermochte sie sogar zu erhaschen. Sie strahlte vor Glück. Dabei war sie blass und hatte schwarze Ringe unter den Augen.

Es war eine Erleichterung, die Blumenpracht abzulegen. Bänder und Schnüre hatten im Nacken tiefe Kerben eingeschnitten. Die Vasen reichten gar nicht aus. Putzeimer und Waschwännchen mussten zu Hilfe genommen werden. Das weiße Kleid hatte Flecken von Blütenstaub und Blattgrün abbekommen. Hilma hoffte, dass man es auf dem Studentenfoto nicht sehen würde, das am nächsten Tag im Atelier Jeanette Slovinsky, der angeblich besten Fotografin der Stadt, aufgenommen werden sollte. Sie fotografierte besonders gern junge Mädchen, am liebsten mit entblößten Schultern. Aber das kam in diesem Fall natürlich nicht in Frage.

In der Wohnung war es eng und laut. Eine Menge Leute, vor allem Frauen, waren gekommen. Angeboten wurden Sandwiches und alkoholfreies Leichtbier.

Am frühen Nachmittag, es war schon stiller geworden, klingelte es an der Tür. Signe, ihre Studentenmütze keck auf dem Ohr, ging aufmachen. Es war ein Bote aus dem Blumenladen. Während Hilma ihm ein Trinkgeld in die Hand drückte, riss Signe das Papier ab. Unter der Verpackung waren die Blumen in Seidenpapier gehüllt, und heraus kam ein Strauß aus Maiglöckchen und Traubenhyazinthen. Signe vergrub das Gesicht in dem lieblichen Duft.

Hilma fragte: »Wer hat dir die denn geschickt? Die sind ja wunderschön!«

Signe schaute ihre Mutter aus perlmuttschimmernden Augen an und flüsterte: »Es liegt keine Karte dabei.«

»Eine merkwürdige Art, Blumen ohne Absender zu schicken«, brummelte Hilma vor sich hin, als sie Teller und Gläser in die Küche trug.

Sie hegte aber keine Zweifel, woher die Blumen kamen. Jemand, der Erfahrung mit Frauen hatte, wusste auch, dass man einem Mädchen wie ihrer Signe nichts Romantischeres schicken konnte als einen anonymen Strauß aus bescheidenen kleinen Blumen.

Es war ein solches Hin und Her an Spüle und Wasserhahn, dass Hilma Signes Verschwinden gar nicht bemerkte. Als sie sich schließlich die Hände abtrocknete und mit Nivea eincremte, die Schürze abband und zu Signe hineinging, um sich das Abgangszeugnis anzusehen, war das Zimmer leer. Das etwas verschmuddelte weiße Abschlusskleid lag auf dem Bett. Der Kleiderschrank stand weit offen. Signe hatte offenbar den blauen Rock und eine weiße Bluse mit kurzen Ärmeln angezogen. Aber die Studentenmütze hatte sie bei ihrer Flucht aufbehalten.

Sie kam erst abends gegen sieben Uhr wieder nach Hause. Atemlos. »Eine schöne Rose/weiß wie Lilienblüt'.«

In strahlend rosigen Glanz gehüllt.

Dooooch. Ja, sie hatte ihn getroffen. Sie war erst zum Hotel geradelt und hatte dort erfahren, dass er in der Farbenhandlung Brodin in der Svartmannagata zu finden sei. Er hatte in einem der Schaufenster Ölbilder ausgestellt. Als Signe davorstand, hatte er sie von drinnen entdeckt und war aus dem Laden zu ihr auf die Straße gekommen.

»Als ich mich für die Blumen bedankte, hat er gesagt, ich sehe aus wie sie. Ich sei wie verkörperte Maiglöckchen und Traubenhyazinthen.«

Großer Gott! Es traf Hilma mitten ins Herz. Ihr schwindelte. Schwerfällig sank sie auf den Telefonstuhl.

»Und dann?«, sagte sie. »Was habt ihr dann gemacht? Du bist über zwei Stunden weg gewesen.«

Signe lächelte. Oh, dieses schrecklich glückliche, selige Lächeln!

»Wir haben in der Konditorei im Garten gesessen, und er hat mir Kopenhagener und Zitronenlimonade spendiert.«

Hilma glaubte zumindest, dass Signe das gesagt hatte.

Aber das strahlende Gesicht des Mädchens und ihr verträumter Blick bewiesen, dass das ausgereicht hatte. Sie war total verschossen und wie von Sinnen. Sie hätte es nicht einmal gemerkt, wenn ihre Mutter sich auf den Kopf gestellt und wie ein Hahn gekräht hätte.

Und als Signe fragte, ob sie den jungen Mann am Sonntag nach der Kirche zum Kaffee einladen dürfe und Hilma etwas spitz fragte, ob der Betreffende kirchlich eingestellt sei, begriff die Tochter die Anspielung gar nicht. Sie lächelte nur selig und meinte, das habe sie nur aus alter Gewohnheit gesagt. Es war um den Zeitpunkt gegangen. Sonntag, ein Uhr.

Dass Lars-Ivar aber Atheist und Sozialist sei.

»Er wählt die Sozialdemokraten. Genau wie Papa.«

Und er kam. Mit dem dichten Haar und den so gefährlich schmal werdenden Augen. Schon als er ihr die Hand gab, spürte Hilma seine Unzuverlässigkeit. Sein Händedruck war schlaff, und er wich ihrem Blick aus. Sein südländisches Aussehen war auf Wallonenblut in der Familie zurückzuführen. Den Sommer würde er in Heby verbringen und einem Onkel beim Heuen helfen.

Der Sommer ging vorüber und im August, einen Tag nach dem Abwurf der ersten Atombombe auf Hiroshima, bekam Signe Bescheid von der Beckmanschen Schule. Sie war angenommen.

Durch Lydia Bylander hatte Hilma für Signe ein geeignetes Zimmer in Stockholm gefunden. Ein pensioniertes Pfarrerpaar – der Pfarrer war Lydia Bylanders Onkel – vermietete das geräumige Dienstbotenzimmer gern an die reizende Signe. Ein religiöses Mädchen. Nichtraucherin. Abstinenzlerin. Nur ihre merkwürdige Berufswahl konnte man nicht ganz begreifen. Lydia Bylander hatte aber versichert, dass man bei Signe Tornvall als Untermieterin ständigen Herrenbesuch nicht zu befürchten brauchte.

Das alles klang außerordentlich beruhigend und zuverlässig. Aber da war ein gewisser junger Mann, der sich in der Nähe eine kleine Mietwohnung genommen hatte.

Hilma lebte in ständiger Panik. An jedem zweiten Wochenende besuchte die Tochter ihre Mutter. Sie war weiterhin überglücklich, dass sie diese Schule besuchen und nicht nur in der Freizeit, wenn die Schulaufgaben erledigt waren, sondern unablässig zeichnen durfte. Und dass es so unerhört, unglaublich, einmalig viel Spaß machte!

Über Lars-Ivar Palm äußerte sie keinen Ton. Doch das Schweigen sagte mehr als tausend Worte.

Und dann kam Signe kurz vor Weihnachten an einem trüben, düsteren Tag mitten in der Woche unerwartet nach Hause. Sie klagte über Halsschmerzen und Fieber und sah wirklich fiebrig aus. Am zweiten Tag, es war ein Donnerstag, tauchte sie bei Hilma im Klassenzimmer auf – es war kurz nach der großen Pause. Hilma stand am Katheder und wollte gerade Schreibhefte austeilen.

Signe stand plötzlich vor ihr. Den Kopf hoch erhoben, die Fäuste geballt, die hängenden Arme an den Körper gedrückt.

»Ich habe mit ihm geschlafen«, sagte Signe.

Unbewusst hielt Hilma sich am Tisch fest, um nicht ins Wanken zu geraten.

»Was sagst du da?«

»Ich habe gesagt, dass ich mit ihm geschlafen habe.«

Und Hilma fühlte, wie ihre Züge irgendwie entgleisten, und dass ihr Gesicht nie wieder zurückfinden würde.

Sie fasste sich an die Kehle und glaubte, ersticken zu müssen.

»Signe, das darf nicht wahr sein.«

Sie schluckte. Holte Luft. »Es ist das Schlimmste, was mir je passiert ist.«

Und als sie ihre Tochter endlich voll ansehen konnte, sah sie nicht etwa ein zerknirschtes Mädchen, sondern eine aufrechte Walküre, deren Augen vor Hass glühten.

»Ich liebe ihn«, sagte sie. Und ging.

Hilma zwang sie später, ihr die Telefonnummer dieses Mannes zu geben. Aber da heulte Signe laut und schrill auf und sagte, es sei nicht seine Schuld gewesen.

Immerhin war er Manns genug, um am Wochenende in die Ringgata 10c zu kommen. Als Hilma ihn fragte, welche Absichten er mit ihrer Tochter habe, antwortete er, dass er keine besonderen Absichten habe und irgendwelche Versprechungen habe er ihr auch nicht gemacht.

Signe saß während dieses Wortwechsels, temperamentvoll wie ein Sack Kartoffeln, schweigend auf einem Stuhl.

»Sie haben meine Tochter also verführt und gröblich ausgenützt?«, fuhr Hilma in ihrem Gerichtsverfahren fort.

Aber noch bevor der Verführer antworten konnte, sprang Signe wie eine Furie auf und rief: »Er war es nicht. Es war immer nur ich. Ich wollte. *Ich bin es gewesen!*«

Nun hatten Sigfrid und das Erbe sie also doch noch eingeholt.

Und es würde bei Signe nicht »gerade richtig« werden.